中国专业作家作品典藏文库

中国专业作家作品典藏文库
石钟山卷

兵舍三味

石钟山 著

中国文史出版社

图书在版编目（CIP）数据

兵舍三味 / 石钟山著. -- 北京 : 中国文史出版社, 2023.2

（中国专业作家作品典藏文库. 石钟山卷）

ISBN 978-7-5205-3759-9

Ⅰ. ①兵… Ⅱ. ①石… Ⅲ. ①短篇小说-小说集-中国-当代 Ⅳ. ①I247.7

中国版本图书馆 CIP 数据核字（2022）第 179943 号

责任编辑：蔡晓欧

出版发行：中国文史出版社
社　　址：北京市海淀区西八里庄路 69 号院　邮编：100142
电　　话：010-81136606　81136602　81136603（发行部）
传　　真：010-81136655
印　　装：北京新华印刷有限公司
经　　销：全国新华书店
开　　本：720×1020　1/16
印　　张：21　　　　字数：306 千字
版　　次：2023 年 2 月第 1 版
印　　次：2023 年 2 月第 1 次印刷
定　　价：69.80 元

目　录

兵舍三味

打　　鼾

鲁小松分到二班的当天晚上，兵们刚刚蒙眬入眠。鲁小松便打起了鼾。那鼾声愈打愈大，最后竟高低有序，于是二班的兵们在那鼾声中清醒过来。寻着声音，一双双目光透过很混浊的夜，便定在鲁小松睡的床铺上。睡在窗旁床铺上的班长首先翻了个身，兵们便也跟着翻身，接着各自的床铺都发出一阵阵吱吱嘎嘎的响声，那鼾声便陡然弱了下去，只有一丝很含蓄的呼噜声，在鲁小松的喉咙口回绕。

兵们刚绷紧的神经又渐渐地放松。这时正有一钩弯月透过窗口，洒进几许暧昧的光亮，整个宿舍便影影绰绰的。兵们就在这很有氛围的夜晚，渐渐地又蒙眬睡去。陡然，上铺的鼾声又起，兵们复又在蒙眬中清醒。这次又是班长首先在床铺上翻身，兵们也随着翻身，床铺吱吱呀呀的呻吟声便愈加响亮地连成一片。这次那鼾声并没有减弱下去，仍旧有秩有序地打。于是兵们便隔了影影绰绰的夜，望窗口的班长，班长的床铺上被暧昧的光笼罩着，班长整个身子便有了个大致的轮廓。鲁小松仍在打鼾，一如初始，愈来愈洪亮。

班长撑起半个身子，背靠在床头的墙上，模糊中班长的目光环顾一番床上的兵们那一张张睡眼蒙眬的脸，最后就把目光定在鲁小松的床上。兵们的目光也随了班长定在鲁小松的床上。少顷，班长悠长地叹口气，兵们一声接一声也跟着悠长地叹气。那一晚，鲁小松的鼾声一夜未断，床铺的吱呀声和叹气声也一直持续到很晚，才渐渐地又平静下来。

转天无事时，兵们都坐在宿舍里。班长便用眼睛不时地瞟鲁小松，兵们望着班长，也用两眼的余光瞟鲁小松。班长满脸倦色地打了一个长长的哈欠，兵们受到传染似的，一个接着一个也打着长长的哈欠。鲁小松不打哈欠，满脸愧色地望大家，然后就很真诚地冲大家道：俺打鼾。班长首先一怔，忙止住刚打了一半的哈欠，冲鲁小松淡淡地笑一笑道：无所谓，真的无所谓。兵们也都冲鲁小松满脸无所谓地笑，似乎鲁小松的鼾声从没影响到自己。鲁小松却依然满脸愧色。

晚上，兵们刚在蒙眬中踱进梦境，又被那鼾声惊醒。然后又各自翻身，床铺依旧吱吱呀呀地响成一片，然后兵们又去望只有一个轮廓的班长。班长便半坐起身，把脊背靠在墙上，从床边的衣兜里掏出支烟，划火点燃。整个房间便随了那烟头一明一暗。这时那鼾声依然洪亮地响。班长长吸一口烟，又把那烟雾缓缓地吐出，让那看不见却很浓重的烟雾在模糊的宿舍里荡漾，然后班长便和兵们说一些白天不宜说出口的亲密话，兵们听了就很感动，都从被窝里半撑起身，心里热辣辣地望着只有一个轮廓的班长。班长越说越动情，最后压低声音冲兵们道：这批有两个入党名额，大家都要争取。班长的话可信，因为班长是支委委员。兵们就一起冲班长热烈地道：以后班长要多多关照。班长在暗夜里轻描淡写地笑一笑，声音潮湿地道：那是自然，你们不都是咱们班的兵嘛！这时就有一个兵爬起身，从衣兜里掏出支烟，甩在班长的铺上。班长什么也不说，从被子上摸起烟，用即将燃尽的烟屁股对着这支烟，于是宿舍里复又明明灭灭起来。一双双灼热的目光便望着那明灭的烟头，愈加兴奋地和班长说这样或那样很真诚的话题。渐渐夜便深了，班长和兵们也就都倦了，在鲁小松鼾声的伴奏下，沉沉地走进了梦乡。

每周六的傍晚，班长都要召集全班的兵们开班务会，讲评上周的工作。班长的目光便逐个地在兵们脸上扫过，兵们的目光也随了班长的目光在移动，最后班长的目光就定在鲁小松的脸上。兵们的目光也定在鲁小松的脸上。然后班长便开始讲评每个兵各方面的优点，每当讲评到一个兵，这个兵便谦逊地冲班长和大家笑。班长每次讲评完，结尾都带上一句：鲁小松也不错。于是兵们都冲班长愈加舒畅地笑，鲁小松便瞅瞅班长，望望大家，笑得却很勉强。

夜晚再入睡时，鲁小松的鼾声又响起了。兵们便开始活动身子，动作却极轻。床铺只轻微地呻吟几声，恐惊醒鲁小松的梦。黑暗中又有人甩给班长一支烟，班长便点燃，明明暗暗地吸。班长就又娓娓地说，似兄长在开导一群小弟弟。兵们也都似在向兄长倾吐心扉。于是那氛围便愈加融洽热烈。不时地，便有兵在黑暗中甩给班长一支烟，班长便一支接一支地吸，谈话的声音轻松又亲昵。渐渐夜又深了，班长和兵们便又都在那鼾声的伴奏下沉沉地睡去。

日子就这样一天天过去了。没事时，兵们依然围着班长热烈又融洽地说笑，间或打着一个个长长的、并不太成熟的哈欠，并用眼睛的余光去瞟坐在一旁愣神的鲁小松。说到兴致处，兵们便在班长的带动下，响亮地笑，唯有鲁小松不笑，望着说笑的兵们痴痴怔怔。

一晃年底到了，上级依然要评功评奖。评奖的方式很民主，首先从班里评起。二班也很民主，班长发给每个人一张纸条，无记名投票。班长把票收集起来，自己当众唱票，并让人记住每个人的票数。唱票的结果，班长得票最多。其他的人不均地也有几票，唯鲁小松一票也没有。

那一晚，兵们躺下了很久，都没有听到鲁小松的鼾声。却看到鲁小松蒙着被子，背膀在夜色下轻轻地颤动，于是兵们都盯着鲁小松的床不动。那一晚，班长没有吸烟，也没有和兵们兄长似的谈话，直到兵们都沉沉地睡去了，还没有听到那鼾声，一连几天都是如此。

又过了一段时间，担任连队饲养员的老兵复员了。没几日，鲁小松被调去当了饲养员，搬到饲养场去住了。兵们听班长说：鲁小松是自己要求去的。

鲁小松搬走以后，从此二班宿舍里没了鼾声，兵们似在心里都松了口气。夜晚熄灯后，班长又摸过从黑暗中甩来的烟，一明一暗地吸，然后就低声地说话，兵们也说，说着说着就到了以往每天入睡的时间，兵们便停止了说话。此时宿舍里便很安静，可兵们却久久不能入睡，黑暗中眼巴巴地盯着鲁小松曾住过的铺位愣神。于是床铺依次吱吱呀呀又响到了很晚。转天，兵们都满脸倦色地打着长长的哈欠，围着班长说一些很疲倦的话。夜晚再熄灯后，班长又吸烟，也说话。到了该睡觉的时间，仍然睡不着。宿舍里很安静，只有从未间断过的床板吱呀声。班长长长地叹口气，兵们便也跟着叹气，床板的吱呀声和叹气声一直持续到很晚，兵们再低声说话时明显没有以往热烈融洽了。转天，兵们眼里都布满了血丝，无事时，便朝着鲁小松工作的猪舍方向发怔。二班的兵们偶尔看见鲁小松从这里经过，都一起真诚地冲鲁小松笑着，鲁小松起初会呆怔片刻，几次之后，也自自然然地冲二班的兵们笑。再以后，兵们再看见鲁小松从窗前走过，便说：来玩玩嘛！鲁小松就笑一笑道：正忙呢。然后就走了。晚上熄灯后，班长依然吸烟叹气，兵们也叹气，他们都久久不能入眠，都定定地望着鲁小松住过的铺位。

窗

各班的兵们住着一排坐东向西的宿舍。这些宿舍以前是作仓库用的，二班现在住的那一间，以前住着几个看仓库的兵，因此唯有二班宿舍有一扇后窗。每当太阳从东方升起，是二班的兵们首先望到东方那片辉煌。于是二班的宿舍便很整洁明亮，二班的兵们也比其他班的兵们多一些明媚鲜活的笑。其他各班的兵们瞅了二班的兵们便说：都是因为二班多了扇窗的缘故。二班的兵们听了，也不说什么，仍明媚鲜活地笑，这就使其他班的兵们很妒忌。

宿舍的后面有一条光洁的小路。小路的一端连着不远处只有几户人家的小村落，另一端系着一条笔直的公路。公路再往前走一程，就是繁华的市区了。小路并没有多大用处，兵们早晨出操时，会顺着小路，绕着一溜宿舍跑上几圈，剩下的时间，小路便很冷清。只有朝阳初升，照耀得二班宿舍一片明亮的时候，这时小路连着小村的那一端，会驶来一辆自行车，自行车上端坐着一个头戴粉红色太阳帽的姑娘。姑娘骑着自行车似朵朝霞般从小村方向飘来，飘过这一溜宿舍。姑娘每当路过二班宿舍的窗下时，都要放慢车速，半侧了脸，在那扇明亮的玻璃窗里顾盼一瞬自己姣好的面容和那一头飘洒在脑后的长发，然后又顺着小路飘到宽阔的公路上，再顺着公路去市里上班。每当太阳西照，一抹夕阳洒进二班宿舍的时候，那位姑娘又如一朵晚霞般顺着小路飘回来，飘进小村的家。

二班的墙上挂了一溜从内务卫生到作风纪律各式各样的流动红旗，这和二班的全体努力是分不开的。每天东方初露微曦的时候，二班的兵们便开始起床了。每个人先是动作很轻地整理自己的床铺，待被子都叠得见棱见角，床铺上下都清理得条理分明，兵们才挺起腰长出口气。然后有人摸起扫把去清扫属于二班卫生区的那条小路，没有扫把的人便去擦窗子。小路被兵们扫了一遍又一遍，窗子擦了一回又一回，待兵们确信，小路已光洁明亮，窗子一尘不染，兵们才停了手脚。这时起床哨便吹响了，于是二班的兵们和其他班的兵们一道，顺着那条光洁明亮的小路跑步出操。当出完操，各班的兵们都回到各自的宿舍，朝霞才鲜艳地从东方升起。这时小路的那一端会准时出现那位姑娘的身影，那身影仍然像一朵朝霞，从二班窗前飘过。每逢这时，二班的兵们都刚洗过脸，站在宿舍的中央，冲着那一尘不染的窗子端详自己。朝阳便透过窗口，洒在一张张年轻的脸上，于是那一张张青春洋溢的脸，便愈加鲜艳年轻。接着，二班的兵们便个个精神抖擞地开始了一天的工作。

晚饭过后，是兵们自由活动的时间。于是连队院里的角角落落都活跃着一个个兵们的身影，或三三两两地谈天说地，或几个人聚在一处如孩子般嬉笑玩耍。唯有二班的兵们有自己的爱好，都坐在自己整洁的床铺上，班长弹吉他，兵们唱。吉他声优美动听，歌声洪亮委婉。这时的晚霞，透过西边的窗子，蹦蹦跳跳地溅在东边的窗子上，又反射在兵们的一双双眸子里，那一双双眸子便愈发的晶亮无比，班长的吉他声便愈发的优美动听，兵们的歌声也就更洪亮委婉。不一会儿，窗外那条小路上便出现了那位姑娘，如朵晚霞般从小路的那一头飘来，荡过窗口归家。二班的歌声、吉他声，一阵阵如缕缕轻风荡出窗外，院前院后便不绝如缕地缭绕。再过一会儿，太阳隐进了西边的地平线，晚霞消失了。接着一间间宿舍的灯燃亮了。二班窗口透出的那片灯光，静静地洒在窗外那条光洁的小路上，兵们便都聚在窗前看夜景。灯光以外都很暗，只有窗口透出的那片灯光照耀在小路上，一片光明。小路上印着一道道清晰的自行车胎印，兵们的一双双目光便凝在那儿，说着一天中愉快的事情，不知不觉熄灯号响了，兵们便都各自进入了自己甜蜜的梦乡。

日子有韵有律地就这么一天天过去了，二班的兵们依旧早早地起床，整理内务，扫那条并没有什么杂物的小路，擦那扇光可照人的窗子，一遍遍让朝阳染亮年轻的脸颊，一次次伴着吉他唱那首轻松愉快的歌儿……长此以往，日复一日，连里每周检查一次内务卫生、作风纪律的流动红旗，便都挂在了二班的墙上。

日子一天天充实又愉快地过去了，二班的兵们便在这很有嚼头的日子里找到了生活和期盼的韵律。欢快地送走晚霞满天的傍晚，甜蜜地迎来朝阳初升的早晨，二班的兵们便越发的鲜活朝气了。

那一个星期天，离连队不远的小村里，突然响起了鞭炮声。二班的兵们都被鞭炮声吸引到窗前，向小村里望。不一会儿，小村里驶出一辆贴着喜字的轿车，待轿车驶到近前，二班的兵们才发现，坐在轿车里的新娘就是天天从窗口飘来飘去的那位姑娘。此时，那姑娘微笑着，当路过窗前的时候，兵们感觉到那姑娘似不经意地隔着车窗向兵们瞟了一眼。轿车很快地远去了，消失在公路上，兵们就站在窗口，盯着轿车消失的方向，有人就轻声问：她结婚了？嗯，结婚了。有人就答。她会嫁到什么地方去呢？有兵轻声问，又似在自言自语。兵们便都不再说话了。沉默片刻，兵们互相望一望，淡淡地笑一笑，便忙各自的事去了。那一夜，兵们躺在床上好久都没有睡着。

时间一天天又过去了，早晨依然有人去扫那条小路，也依然有人擦窗上的玻璃。傍晚，二班的兵们依然坐在宿舍里，伴着班长优美的吉他声，唱那支愉快的歌。夜晚，灯光燃亮的时候，兵们仍然聚在窗前看夜景，说一天的事，小路上那一条条车胎印却变得模糊了。

有时，当朝阳初升，兵们仍然会对着窗子端详自己，偶尔那一双双目光会越过窗子，飘飘悠悠地去望小路那一端只有几户人家的小村，小村里静静的。傍晚，夕阳洒满小路，洒满二班宿舍，二班的兵们唱着歌，目光不知不觉地也会越过窗口，去捕捉小路上一片片美好的夕阳。

渐渐地，兵们发现那条小路并没有多少落叶可扫了，窗子也并不脏。一天天，扫小路擦窗子的次数便愈来愈少了。最后竟和别的班一样，直到星期六早晨打扫卫生的时间，兵们才又去扫小路擦窗子。傍晚，当兵们再唱那支委婉愉快的歌，便发现那歌并不那么欢快，且天天都反反复复，渐渐也就没有了新鲜愉快的味道。开始有一两个兵不再唱歌，而是走到院子里和别的班的兵们一起谈笑、玩耍。又过了几天，班长也不再弹那支歌，兵们便也不再唱，都开始走到院里谈天说笑去了。

床位

高个子兵、矮个子兵从小在一块儿长大，上学时坐一张课桌，又一块儿到部队当兵，且又被分到一个班里。又因为都是新兵，便一同住在上铺。两张床铺紧挨着连在一起，两人晚上睡觉就头对头，熄了灯，两人都侧了脸隔着床栏，亲亲密密地说会儿悄悄话。当倦意涌上来的时候，高个子兵便悄声说：睡吧。矮个子兵也说：睡吧。两人就沉沉地睡去了。晚饭后，无事时，班里的其他人都到外面散步谈天去了，唯有两人，隔着床栏，一块木板垫在中间，木板上又摆了一副象棋，两人各自端坐在自己床上，不紧不慢地杀将起来。在家时，两人便经常这样，一局下来，不管谁胜谁负，都不计较，两人抬起头，相视一笑，高个子兵说一声：你这小子。矮个子兵道一句：你这小子。然后两人重新摆子再战，几局下来，双方均有胜负，两人便都有些乏累了，矮个子兵会说一声：出去走一走。于是两人翻身下床，傍在一起，顺着宿舍外曲曲弯弯的田埂，摇摇晃晃地走下去。田埂很窄，两人只能相拥着走在一起，这时夕阳西垂，把两个人叠在一起的影子，长长地印在后面。两人走，影子也走。于是两人就傍在一起，迎着夕阳，说一些棋的路数，说到投机处，两人会相视一望，咯咯地笑出声来。那笑声很清脆也很真诚，在夕阳里蹦蹦跳跳地丢给了后面的影子。直到暮色朦胧，高个子兵说一声：回吧。矮个子兵也说一声：回吧。两人便顺着田埂走回宿舍。两人躺在床上，仍隔着床栏，说棋的路数，也说家乡的事。说到兴致处，两人会抑制不住，蒙着被子笑成一团。惹得班里的人都从床上撑起身子望他俩。渐渐夜便深了，高个子兵说一声：睡吧。矮个子兵也说一声：睡吧。两人就各自踱进梦乡。

一天天一日日，两人就这么亲亲密密地过。兵们都说军营的生活单调，两人却没觉得什么，还觉得这样的生活也有滋有味。一天晚饭后，两人又坐在床上，隔着床栏下棋。宿舍里还有班长没出去，坐在宿舍唯一那张桌子前，一支接一支地吸烟。两人一边下棋，一边不时地瞟一眼桌前的班长。这时班长扔下烟头，仰起脸，望望他俩，最后把目光定在高个子兵脸上，这时高个子兵手里正捏了一个棋子，发现班长正站在床下望他，便住了手也望班长。这时班长就说：你陪俺散散步吧。高个子兵便放下棋子，望一眼矮个子兵，矮个子兵无所谓地笑一笑，低下头便收拾棋子。高个子兵翻身下床，陪班长到外面一同散步，散步的地点仍是田埂。班长倒剪了双手在前边走，高个子兵随在后面，步子走得有些飘。于是班长就在前边问一些无关紧要的话，高个子兵在后边就轻描淡写地答。两个人，一个在前，一个随后，步子迈得却不齐。随在身后的两条影子，就一会儿重合，一会儿分开。不一会儿，两人就转回来了。

转天再吃过晚饭，还没等高个子兵爬上床铺，班长便朝高个子兵点点头说一声：散散步吧。高个子兵矮个子兵便都有些遗憾地望一望，最后高个子兵还是随了班长走上了那条田埂，班长就又问，高个子兵就又答，声音很轻。这回两人中间隔的距离便短了些。有时高个子兵也问一些部队以前的事，班长就答。就这样，班长和高个子兵一连走了很多个晚上，有时高个子兵和班长回来得早一些，还能陪矮个子兵杀上两盘。渐渐地，高个子兵和班长散步的时间越来越长，有时一直到宿舍里燃起了灯，两人才走回来。这以后，每当吃过晚饭，不等班长再叫高个子兵，高个子兵便用目光去寻找班长，班长便冲高个子兵点一点头，两人就走出宿舍，又走上了那条田埂。这回，两人不再一前一后地走了，而是肩并肩地走在一起。田埂仍然很窄，两人就拥在一处，迈着一致的步子，两只影子就一会儿重合，一会儿分开，然后两人就说一些亲亲密密的话。班长说部队的事，也说自己的事。高个子兵说自己的事，也说家里的事。说到高兴处，高个子兵和班长仍会咯咯地笑，把那清脆的笑声丢给身后的影子。两人就愈说愈投机，愈来愈亲密。最后班长就说：你这兵很好。两人就越走越晚，最后直到熄灯号快吹响时，两人才回来。高个子兵回来，洗漱完便钻进了被窝。这时的矮个子兵就望高个子兵，高个子兵看到了，就幸福地笑一笑，然后两人又隔着床栏说一些话，还没有说上几句，高个子兵便沉沉地睡着了。矮个子兵却睡不着，望着漆黑的天棚发呆。

没多久，在一次清扫卫生时，班长把高个子兵调到了下铺，和班长睡对面。班里唯一的那一张桌子就摆在两人中间。每逢开班务会时，班长便把会议记录推给高个子兵说：你来记。班长坐在桌子的一头，高个子兵坐在另一头，屏气凝神、认真严肃，班长说，高个子兵就记。偶尔高个子兵抬起头，碰到矮个子兵的目光，就很优越地一笑，矮个子兵也笑，那笑却很淡。有时班长说完了，会对着高个子兵说：你也说一说。起初高个子兵谦恭地冲班长和大家说：没什么说的，还是大家说。几次之后，班长再让高个子兵说一说时，高个子兵便也就说上几句。因高个子兵搬到了下铺，再也没有和矮个子兵下棋的机会了，两人平时目光相对，只是匆忙地一笑，又各忙各的去了。一次两人又匆匆相视一笑之后，高个子兵拉住矮个子兵低声道：班长愿意散步。矮个子兵就一怔。高个子兵便冲矮个子兵意味深长地笑一笑。

高个子兵很少和矮个子兵下棋了，矮个子兵就很冷清，便找出从家里带来的那把小提琴。再吃完晚饭后，班长和高个子兵又去田埂上散步时，矮个子兵便来到宿舍处，倚着墙，吱吱呀呀地拉琴，那琴声便时而欢快，时而忧郁，那声音，丝丝缕缕地在晚霞夕照的傍晚里飘。一天班长和高个子兵散步回来，矮个子兵仍在拉琴，那琴声颤颤悠悠的，似诉似吟，分外动听。班长就立住脚出神地看矮个子兵拉琴，一曲终了，矮个子兵才收住手，冲班长笑一笑，回屋去了。

第二天，矮个子兵又倚在窗外拉琴，班长和高个子兵散步回来了。班长又立住脚看，高个子兵也看了一会儿，在家时他经常看到矮个子兵拉琴，并不觉得新鲜，便回屋去了。班长听着那琴声，两眼渐渐地就变得晶亮了，一双晶亮的眼睛再也离不开那琴。当矮个子兵收回架势，停止拉琴时，班长才走上去小声问：这玩意儿好学吗？矮个子兵笑笑答：也不难。班长又说：你教俺？矮个子兵又盯紧班长的眼睛，最后还是点了点头。

再转日，吃过晚饭，班长就叫上矮个子兵，立在窗下，班长在脖子下夹着琴，一下下地锯。矮个子兵在一旁，手把手地教。高个子兵看一会儿，便没了耐心，独自顺着田埂散步去了。再以后，傍晚无事，班长都要和矮个子兵立在窗下拉琴，高个子兵独自散步。经过一段时间，班长终于能拉出一些韵律了。班长那一双眼睛便越发地闪亮起来。这时的高个子兵，就听着那琴声，独自一人在田埂上走来走去。班长跟矮个子兵学拉琴，入了魔，时间一长就有了明显的长进。当两人拉琴累了时，便会倚在墙上说一些家常话。以后两人边拉琴边说话，越说越亲密了。渐渐地，除拉琴外，班长也会叫上矮个子兵走一走，说一些知心话，两人的话越来越多，越说越热烈。有一天，班长就说：你这兵聪明。

没过多久，班长又调换铺位，让矮个子兵住下铺，高个子兵又住回上铺，起初矮个子兵不肯，班长就说：好铺位轮流住嘛。班长一再坚持，矮个子兵也不好再说什么了，便搬到下铺来住。再开班务会时，班长便会把记录本推给矮个子兵。矮个子兵便学着高个子兵以前的模样，屏神静气、认真严肃。班长发完言，就又让矮个子兵说，矮个子兵有时也会说一两句无关紧要的话。当矮个子兵和高个子兵的目光对视在一起的时候，两人就都淡淡地笑一笑，匆匆地把目光滑开了。

一晃一年过去了，班长复员了。又有一个老兵当了新班长，新班长不喜欢散步也不喜欢拉琴。没几天，新班长又命令调换床位，矮个子兵又住到了上铺。高个子兵矮个子兵的铺位又紧挨着连在了一起。晚上睡觉前，两人挨头躺下的时候，偶尔也下一盘棋，下棋的时候，都发现对方上唇的绒毛不知什么时候变黑变浓了。

从此，他们下棋越来越少了。吃完晚饭无事时，高个子兵独自走到田埂上去散步，勾着头一趟趟地走，似在数着自己的步子，也似在想心事。矮个子兵依然倚在墙外拉琴，拉着拉着便会走神，望着那渐逝的夕阳呆定地沉思起来。

新兵三事

扫　把

每年，连队都要成立一个月的新兵班。新兵分到连队，并不马上分配工作，而是在新兵班里待上一个月，考察一下，看一看到底适合做什么样的工作。

每年，连队里总要分来十几个兵，由一名老兵班长带着，勤勤奋奋地干上一个月，再依据各人的条件和专长，分到各班。新兵们都懂得，这一个月的新兵班对他们的前途和进步是何等重要。于是每名新兵都在这一个月里攒足劲，好好工作一番，为将来的进步打下一个基础。

李松刚到新兵班便被班长分到后勤班帮助饲养员喂猪。喂猪其实并不累，每天早晨起床号刚吹响，李松便和老饲养员，各挑了副猪食担子，来到猪舍喂猪。白天，其余的新兵随着其他老兵一起训练、劳动，待到中午时，别人都回来吃饭了，李松又和老饲养员一起挑着担子去喂猪。白天没事时，李松就来到炊事班，帮着切一切菜，烧一烧火，天天也是一副忙忙火火的样子。

管后勤的副连长早晨总是要到后勤班转一转，看一看。每次看到李松忙这忙那的，便笑眯眯地拍一拍李松的肩膀，说一声："好，不错。"于是在晚点名时副连长便拿着一个本本，很庄严地在全连人面前提到李松的名字，自然都是一些表扬的话语。每次点名完毕，副连长都要说上一句"希望全体新兵都学习李松"之类的话。

晚上没事了，新兵们回到宿舍，就都嬉笑着冲李松说："还是你行啊。”李松在众新兵的目光中自然看出了羡慕和嫉妒。于是便不说什么，只是冲众人笑一笑，有时也会说上一句：“哪里，哪里，还得向大家学习。”大家虽听李松这么说，但心里仍不是滋味，有人就在私下里嘀咕：“还不是因为分了个能表现的美差?!”于是大家心里便明显地不平起来。晚上睡觉时，有人便开始失眠，弄得床铺吱吱呀呀地响，渐渐失眠的人又多了起来，唯有李松睡得很踏实。

时间长了，新兵们都摸准了老连队的规矩。开始时，有三三两两的新兵提前起床，摸起扫把，把院子角角落落打扫得干干净净。等起床号吹响，干部和老兵们看着眼前干干净净的院落，都要说一句：“真不错。”然后把目光投在那几个已汗水涔涔的新兵的脸上。

再次晚点名时，领导们就要把早晨扫院子的新兵们逐个表扬一次，并号召全体新兵要向他们学习。最后领导也不会忘记说一声李松也不错。李松听到这，心里就动一动，有些不是滋味。再回到宿舍时，被表扬的几个兵，总要冲李松抿嘴乐一乐。李松不乐，也不看他们，托着下巴想心事。

这样一来，新兵们便都不等起床号响就起了床。于是每人一把扫把，把院子里的角角落落扫得尘土飞扬，人多院子小，一会儿便扫完了。于是大家又去扫院外的马路，一时间，院里院外都变得整洁明亮起来。一天天，起床后的领导和老兵们看着眼前的景象，总是要说上一句：“真不错。”于是再晚点名时，这些兵们的名字，总要逐次地被表扬一番。因为每天总要表扬一长串名字，渐渐地，李松的好事就变得不那么新鲜了。不新鲜了，领导就再也没有老话重提的必要了。于是，在夜晚，别的新兵都很滋润地打着长一声短一声的鼾，李松就在这长一声短一声的鼾声里辗转。

新兵们，天天一大早都手握扫把，扫着院里院外的角角落落，其实有些地方根本用不着天天打扫，渐渐地，新兵们也觉得不太适合。于是众人都用目光搜寻新的目标，终于发现库房厕所还从没打扫过，然后十几支扫把又一起扫向了新的目标。多年的死角和人们不易察觉到的地方，都被众新兵的扫把打破了昔日和平安谐的气氛。

于是在领导晚点名时，表扬的话题自然多了份内容。每次点名时，被表扬的新兵总是把胸挺了又挺，两眼晶莹闪烁地盯着领导手中的记事本，那目光里分明希望领导把那些美好和鼓励的话，一直那么说下去。每每这时，站在队伍中的李松，总是要把腰弯下去，再弯下去。每次点名他都觉得有一双双自得又满足的眼睛在望着自己，每点一次名，他都汗颜得难忍难挨。睡觉后，李松自然要在床上辗转好长一段时间。

一如既往，在众新兵悄悄地提前起床，摸起扫把扫院子的时候，李松也起了床，担起猪食桶，一晃一摇地向猪舍走去。有时他会把猪食担子放在地上，转回身望着院子里被扬起的尘土遮住了的兵们的身影，摇摇头叹口气。一天天，李松眼前是一幕幕兵们舞弄扫把的身影。扫把舞弄时间长了，免不了要坏掉一些。有的磨秃了头，有的散开来。一时间，扫把成了新兵们的抢手货。有时早晨起来了，晚一些的人便没了扫把，只能远远地站在一旁，看着有扫把的兵们在尘埃里很幸福地扫。

后来，在晚上睡觉前，新兵们便把扫把拿进宿舍放到床下，不管怎样扫把还是不够用，总有那么几个兵，因为动作慢了半拍，而坐在床上唉声叹气。李松不叹气，只是静静地看着。

白天没事时，李松就倒背了双手，院里院外走走，看一看。突然有一天，他在院外的一片柳树丛前停下来，呆呆定定地望着那片柳树丛，看着看着，双眼就渐渐地亮了起来。他转回身，匆匆地走回连队，拿来镰刀，一捆捆地割回那些柳条，然后又找来铁丝把这些柳条扎成一把把扫把，放在院里很显眼的地方。等训练回来的领导和兵们看到眼前这一把把扎成的扫把，都呆住了。然后又一起望向仍在忙着的李松。就在那天晚点名时，李松的名字又被领导翻来复去地提到了好几次。新兵们有了扫把都感激地望李松。李松仍不望他们。

再以后，李松白天的工作多了项内容，就是扎扫把。先是割回一捆捆柳条，然后又仔仔细细地把这些扫把，一把又一把地扎好，整整齐齐地放在很显眼的地方垛好。时间一长，扫把就堆了好多，不管新兵们怎样地在尘埃里舞弄这些扫把，一时是用不完的。一天天的晚点名，随着扫把的增多，李松的名字也一次次在领导的口中增多。李松便把以往弯下去的腰一点一点地挺直，夜晚的宿舍里又开始有吱吱嘎嘎的声音从李松的床铺周围响起。

很快，一个月的新兵班结束了。领导都根据新兵们各自所长分配了工作，有的被分去开车，有的被分去当文化教员，最不理想的，也分到了战勤班，体体面面地去工作和训练了。唯有李松被领导留在了后勤班。领导说得很肯定：李松后勤工作思想活，有点子，留在后勤班正合适。

新兵们都高高兴兴地去新的岗位工作了，唯有李松依旧担了那副猪食担子，一摇一晃地去喂猪。满身自然是油腻腻的。偶尔的，有穿戴得很整洁的新兵见到李松，总要说上句：“怎么不扎扫把了？”这时的李松就别过头去，望着那一堆扎好的扫把。

一天天过去了。李松在以后的日子里，总要在那堆扫把前站一会儿，看一看，想一想。领导看到他时，总要亲热地走过来，拍拍他的肩，说上句：“这些扫把以后会用得着的。”李松就冲领导笑一笑。领导走了，李松就看着那一堆用柳树条扎成的扫把愣神。

吉祥饺

刚过完元旦，新兵班的兵们便议论起年三十晚上那顿饺子了。这些兵们，大都居住在北方，有年三十晚上吃饺子的习惯。

班长自然也是北方人，对年三十晚上那顿饺子更是津津乐道。提起吃年三十晚上那顿饺子，班长总是喜滋滋地眯了眼，一副遐想无边的神情。新兵们大都初次远离自己的父母和家乡，又是第一次在部队过春节，自然也充满了新奇和想象。于是大家在夜晚临睡觉前，总是畅谈一番年三十那晚的饺子。兵们谈够了，说累了，才倦倦地睡去，梦中自然少不了关于饺子的想象。一天天一日日，兵们每天晚上总是聚在班长的周围，听班长一遍遍说自己吃年三十晚上那顿饺子的经历。

班长是入伍三年的老兵了，也就是说，班长已经在部队吃了三次年夜饺了。班长每次谈起吃饺子，总是很有滋味地说起那吉祥饺。吉祥饺其实很简单，就是根据新一年的属相，用若干形式把这一年的属相做成一只小动物，包饺子时把这只小动物连同饺子馅一同包进去，吉祥饺便做成了。做成后的吉祥饺混杂在其他饺子中间，一起煮出来，谁要是吃上吉祥饺就预示着新的一年里万事吉祥。这一传统不知是从哪朝哪代流传至今的，不管信否，就是图个吉利。

班长说，第一年他吃到了全班唯一的那只吉祥饺，结果年底便得了个嘉奖。第二年他又吃到了全班那唯一的吉祥饺，第二年的年底他便入了党。到第三年时，那只吉祥饺他又吃到了，他便当上了班长。班长每次谈到吉祥饺，便一如既往地眯起眼，让那眼神的光都拢在一起，然后逐个地环顾周围的兵们，兵们便依次地在那“光”的注视下，一次次冲班长极幸福和崇敬地笑。班长不笑，神情肃穆庄重。班长不厌其烦地说完自己吃到三次吉祥饺的经历后，总会满腹心事地叹口气。兵们听到那声叹气，心里都重重地沉一沉。班长很忧郁地说：“谁知今年会怎么样呢？”兵们都知道，班长今年面临着要么提干要么复员的选择。班长自然不愿意复员，愿意提干。提干后的前途和命运也就有了着落，这些新兵们也都清楚。每次班长这么忧郁地说完，兵们就热烈地冲班长说：“今年的吉祥饺也一定是你的。”然后就有兵附和：“就是，就是。”班长这时再一次深深地望兵们一眼，心事重重地笑一笑。再下来，班长就换了话题，一次次做着包年三十晚上那顿饺子的计划，这时兵们的情绪也都热烈起来，纷纷出谋划策。每次兵们谈起这些，总是把计划做得圆满又美好。

每次兵们围着班长热烈又融洽地谈起年三十晚上那顿饺子，新兵张达木总是躲在一旁的灯影里，独自想着心事。围着班长的兵们一次次很有气氛地笑，他不笑，摸出支烟点燃，让缕缕浓重的烟雾在眼前飘升。说着笑着的兵们，偶尔回过头望见灯影里的张达木，都在瞬间止住笑，怔一怔神。待转过头，融进那热烈的氛围，便很快又把张达木忘记了。他们都知道张达木是个孤儿，性格怪僻。

兵们每次围着班长热烈地说些这样或那样的话，张达木总是想起自己入伍前，每年的三十晚上。乡邻们每年的三十晚上总不会忘记孤儿张达木，热情地把张达木接到自己家中，愉快地过年三十晚上。每个乡邻家也总是要包一只吉祥饺，不管谁吃到了，一家人便是一片欢笑，冲吃到吉祥饺的人轮番地说一些吉祥的话。这时的张达木，也咧开嘴，冲吃到吉祥饺的主人笑，心里却总是怅怅的。一年又一年，每年的三十晚上，张达木总是要被好心的邻居请到家中，可每年，他都没有吃过吉祥饺。于是他怕过年三十晚上，更怕提起吉祥饺。

元旦后的一天晚上，在班长和兵们一次次热烈的畅想里就这么过去了。年三十那一天终于来了。

那一天下午，新兵班的全体兵们在班长的带领下，一起来到街上。街上一溜小摊摆着各式各样玲珑的用十二属相做成的小工艺品，有大有小，大到拳头般，小的似指甲盖。班长的脚步终于在一个小摊前停下了，然后班长回转过身，征询似的望着大家，大家望望小摊上如指甲盖大小的十二属相，都一起点点头。于是班长就选了一只小老虎。这一年正是虎年。回到宿舍后，班长把这只小老虎依次地递到兵们的手上，摸一摸，看一看。每个兵接过这只小老虎都爱不释手，小老虎冲每个人都憨态可掬地笑，兵们也笑，冲手上的小老虎也冲班长。最后一个轮到张达木，他接过班长手中的小老虎不像别的兵们那样笑，而是苍白了脸，盯着手中小老虎的目光也痴痴定定的。于是班长和兵们就望一望张达木。

终于等到了晚上，班长领回了面和饺子馅，然后大家就在明亮的宿舍里欢欢喜喜地包饺子，自然不会忘记把那只小老虎也包进去。大家一起悬着的心也就一同包进了那只吉祥饺里。

远远近近的鞭炮鸣响时，新兵班也把所有包好的饺子放到了滚开的锅里，兵们围在锅的四周看着翻上翻下的饺子，心里也就翻上翻下地动。这时站在一旁的班长就又叹口气，并自言自语地道："谁知今年会怎么样呢？"兵们听到了那声音，就都抬起头，隔着蒙蒙的水汽望班长，突然醒悟了什么似的道："班长，你会吃到的。"一个人这么说，其他人也就说："就是，就是。"望着锅里饺子的眼神就淡了一些。唯有张达木不言也不语，痴痴地盯着锅里上下翻动的饺子。

饺子煮好了，班长依次心事重重地给兵们碗里盛上饺子，自己最后也极沉重地盛了一碗。于是兵们就坐在自己床上极小心地吃饺子，班长吃完一个，就摇摇头，叹口气。兵们就抬起头望望班长，也相互地望。张达木谁也不望只是埋下头吃饺子。这时窗外远远近近的鞭炮声响得正热烈。这时不管谁吃出一点响声，班长和大家的目光便都聚到那个人的碗里，待发现那人并没吃到吉祥饺，才又满怀希望地吃自己的饺子。

饺子终于吃完了，结果却没发现那只吉祥饺。只剩下空碗的兵们都抬起头望班长，班长也逐个地望大家的眼睛，望到一个，就有目光慌慌地避开，张达木仍谁也不望，很响地打了一个饱嗝，望眼前的空碗。于是班长就声音喑哑地道："谁也没吃到吗?"大家就又抬起目光冲班长摇摇头。班长便再次逐个地望兵们的眼睛，兵们莫名地又一次慌慌地把目光躲开。然后谁也不说话，就那么久久地静默着。窗外，偶尔的还可以听到远远近近传来一两声稀落的鞭炮声。

那晚，兵们都没有睡好，从班长的床铺开始，床铺吱吱呀呀地响了很久。在以后的日子里，班长总是用目光很深地望兵们，兵们躲开班长的目光，也学着班长的模样，很深地相互凝望一番。

不久，新兵班就结束了。又过了不久，虽然班长没吃到吉祥饺但还是提了干。这样，提了干的班长又可以长时间地和兵们共处了。张达木还是以前的样子，不言不语地想心事，独自一个人时他就从内衣袋里掏出那只小老虎瞅上一阵，瞅着小老虎的目光渐渐地就有了神采。

提了干的班长，遇上昔日新兵班的兵们，总是自觉不自觉地要去望这些兵们的眼睛，每次这些兵们总是慌慌地把目光移开。唯有张达木，每次总是迎着那目光也很深地望昔日的班长。每次总是提了干的班长先躲开他的目光，这令兵们都很不解。

眼　睛

苗新刚到新兵班不久，班长就对他说："你去站门岗!"于是苗新就站门岗了。

军区大院的门岗多，苗新站的是正门岗。正门临着街，街上穿梭着各式各样的车辆，也有红男绿女们，摇着很响的车铃，在苗新的眼皮底下经过。正门出入的车辆也很多，大大小小的首长乘坐的车，不时地驶进驶出，驶出的车辆，很快就被街上的车流吞没了，驶进的便泊在一片肃穆里。

苗新因为是新兵，领导就没有安排他站夜班岗，而是站早晨六点至八点、晚上五点至七点的岗。这两个时间的岗并不影响苗新什么，他就很高兴站这样的两班岗。这两个时间正是上下班的时间，车流人流喧闹不息。苗新望着热热闹闹的人流车流，觉得很有意思，不一会儿，便到了交岗的时间。可时间长了，眼前的一切便不新鲜了，一次站两个小时的岗不说不动的，苗新就觉得有些寂寞，时间也变得漫长难挨。苗新的目光就漫无目的地四处瞧一瞧看一看，马路上十八路无轨电车，拖着两条“长辫子”，一趟趟轰轰地跑。苗新无聊又无奈的目光随着远远近近驶来驶去的电车，也远远近近地望。

那一天七点刚过，太阳很明亮地从东方楼群里爬上来，染得四周一片温暖。苗新的目光穿过很温暖的阳光，追寻着一趟趟穿梭于眼前的十八路无轨电车，突然他发现了一双眼睛，那双眼睛是后门第二个窗口望过来的。那是一双明亮而又澄澈的眼睛，弯弯的一双眉毛下，如夜幕下闪亮的两颗星。那双眼睛一闪一闪地望着岗位上的苗新。苗新的目光和那道目光对视在一起，苗新的心就一颤，全身不知不觉就挺直了，望着在车里的那双渐远的眼睛深深地吸了一口气。在以后的时间里，他怎么也忘不掉那双明澈的眼睛，那双眼睛很美丽地在他眼前闪来闪去。那是一双女孩子的眼睛，他模糊地记得，那女孩长着一头又浓又乌的头发，上半个面孔白白净净的，下半张脸被车窗遮住了。苗新只是朦胧地记住了这些，可那双眼睛，他却怎么也不会忘记，很清晰地在他面前闪来闪去。在那辆十八路电车消逝在车流里时，他仍然觉得那道目光一直在默默地望着他，望着他挺直的腰身。这时他就觉得浑身很热。直到接岗的兵来了，他才恋恋不舍地离开哨位。莫名地，他觉得那双眼睛仍在追寻着他，走路的姿势与以前便有了不同，极认真地抬腿落足，走着正规又标准的军人步伐。

苗新接第二班岗时又想起那双眼睛，他便不安地望着一辆辆驶过眼前的十八路电车。一辆又一辆的电车在他眼前很有规律地来来往往驶过，他一次次失望地收回目光。他觉得自己很好笑，一辆辆过往的车，一车又一车匆匆忙忙的乘客，来的来，去的去，来的来了，去的永远就去了。苗新就有一丝淡淡的愁绪笼了一方心头。

傍晚的天空很美丽，晚霞如火如血地在楼群的上空飘荡，变得清爽的风慢慢悠悠地飘过。一辆十八路电车轰轰地驶过来，苗新的目光又去寻那车上的窗，他陡然怔住了，几乎不敢相信自己的眼睛，他真切地又看到了那双眼，又是在后门的第二个窗口。那双明澈的眼睛，一直在默默地望着他。这时夕阳照在远去的车窗上，似开了两盏艳丽的花儿。久久，苗新才从恍怔中醒悟过来，长长地深吁了口气。车远去了，他的心也远去了。他收回目光的时候，惊奇地发现那道目光就在眼前悬着，静静的，默默的……血液又在他的胸膛里一漾一漾地涌动，他挺胸抬头，迎视着眼前那纯洁明亮的目光，一动不动地在哨位上站着。

从那天开始，一连几天，苗新都会在每天早晨七点刚过，看到那双眼睛出现在电车后门的第二个窗口上，电车匆匆地去了，那双眼睛也就渐渐地消失了。站傍晚那班岗时，也是七点刚过，一辆电车驶来，苗新就又会看到那双眼睛很明媚地在后门的第二个窗口闪烁。苗新由此推断，那女孩早晨上班，傍晚下班。可他怎么也弄不明白，那双纯洁明亮的目光为什么一直默默地注视着他。越想不清楚的事情就越有想头，于是苗新就一遍遍地想。

每天在苗新不上岗的时候，他也会走到门口，望着大街上一辆辆奔驶而过的车辆，他希望每辆电车里都会出现那双眼睛，结果他总是失望。他知道，那双眼睛只有在上下班的时间才能看到，然而他还是在等。每次接早晨和傍晚的岗时，他总是提前来到哨位，要下岗的哨兵便友好地冲他笑。他不笑，神情严肃地立在哨位上，只要他往哨位上一站，便觉得那双眼睛从四面八方一起网着他，于是就又有一股温暖又骄傲的东西在周身流过，他便挺胸抬头，神情一丝不苟。他盼望着那双眼睛早些在车窗里出现。出现了，他又期盼着那辆电车开得慢些再慢些。那双眼睛最后还是在他视线里消失了，冥冥中那双眼睛却仍在注视着他，他便一动不动，木雕泥塑般地在哨位上挺立着，不管风风雨雨，他就那般挺立着。时间一长，过往大门的大小首长，总是留意地望一望哨位上的苗新，会说一声："这是个好兵！"

苗新忘不掉那一双眼睛，他下了早晨那班岗又盼着站晚上那班岗，那双眼睛也和他约好了似的，准时准点出现在电车后门的第二个窗口上。晚上睡觉，苗新的梦中经常会出现那双黑黑的极美丽温柔的眼睛，那双眼睛便冲他笑冲他说话。于是在以后的日子里，苗新的生活中充满了期盼和等待。

很快新兵班就结束了，因苗新表现突出，他受了一次嘉奖，然后他就留在了哨位上。一天苗新又站傍晚那班岗，这时大雨如注，风夹着雨没头没脑地倾泻下来，顿时天地间一片昏蒙。街上的人流和车流减少了一半。按规定，在这样的天里哨兵可以躲到门岗亭里，苗新不动，睁大眼睛一动不动地站在哨位上，他在注视着每趟过往的电车后门第二个窗口。这时一辆从外面归来的小轿车，"哧"的一声停在他的身旁。他没有发现。直到车里走下一位首长把一件雨衣披在他身上，他才醒过神来。那位首长很激动，抓住他的手握了又握，还问了他的姓名。那位首长临上车时，转过身竟冲他敬了个军礼，这大出苗新的意外，忙举手还礼。

这事没多久，苗新受到了一次通报表扬，又过了不久，苗新被调到办公楼前站岗。在办公楼前站岗的兵，轻松多了，站在门楼下，风吹不着雨淋不到，出入办公楼的都是些大大小小的首长们，进步也快。可苗新不愿意，几次找到领导要求回原哨位去。领导就认真地说："这怎么行，这是领导对你的信任。"苗新的哨位便固定在办公楼前。这以后，领导就经常提醒苗新说："在这站岗可不比站门岗，这里的一举一动首长都看着哩。"以后的日子里，苗新站在办公楼前的哨位上，他都觉得有一双双首长的眼睛透过办公室的窗子，从四面八方望着他，他于是便又挺胸抬头，一丝不苟地站定。每班岗下来，他的双腿都似灌了铅。晚上躺在床上，总是腰酸腿疼。然而当他一走上哨位却又觉得从一间间办公室的窗子里透出一双双首长的眼睛在望着他，便机械般地挺胸抬头。偶尔的，院墙外马路上轰轰鸣响的电车声会渺远地传来，这时他又会想起电车后门第二个窗口透出的那双明澈美丽的眼睛。瞬间这幻觉便消失了，耳畔又回响起领导嘱咐他的话："领导在注视着你……" 于是他又挺胸抬头，两眼注视着前方。

这一年底，连里评功评奖，苗新因表现突出，又受了一次嘉奖。

女　兵

十七岁的女兵是司令部微机房的打字员。微机房很漂亮，落地的玻璃窗，大红绒的窗帘，绿地毯，整个微机房里一尘不染。十七岁的女兵坐在电脑前面，弹奏电子琴似的打字，那神情那姿态无比优美动人。

林参谋经常光顾微机房。林参谋是上尉，三颗银星扛在肩上。林参谋很干练地说话办事，他是司令部的一支笔，经常起草大小文件各式命令。自从有了微机房，林参谋再起草诸种文件和命令时，便不在纸上涂抹了，而是不停地光顾微机房，找一把软椅很沉稳地坐下来，微闭上双眼，修长的十指放在键盘上，像弹琴似的不停地在键盘上飞舞。十七岁的女兵早就优雅地端坐在电脑前，等待着林参谋的大小文章从嘴里说出来。

这时微机房里极静，像一片无风无雨的森林。少顷，林参谋的文章从嘴里传出，逻辑清晰，字字珠玑。女兵的十指优美地在键盘上飞舞，一行行一段段文章在屏幕上闪现。

林参谋睁开眼，下意识地掏出烟，他看见微机房“禁止吸烟”的木牌无声地立在女兵身后。他停下来，女兵也停下来。她看见他的犹豫，便笑一笑，一排细密洁白的牙齿，在他眼里一片灿烂。她立起身，把那块木牌翻过去，又变魔术似的变出一只烟灰缸。烟灰缸是她亲手做的，把易拉罐剪开，上半部剪出一幅乘风破浪的远航的帆船。她把这只极具特色的烟灰缸放在他面前，他看见她的脸红了，像那片雨后的朝霞。他笑了笑，那笑很淡，冲她点点头。这一切都很和他的身份相称。

淡蓝色烟雾在洁净的微机房里缭绕，他和她坐在烟雾中，一切都是那么和谐而又静谧。一篇文章打完了，他帮她收起烟灰缸，翻过那块写有“禁止吸烟”的木牌。她帮他把那些份文件装订好，厚厚的一沓，放在他手上，像一件工艺品。他再笑一笑，说声“谢谢你小孩儿”，然后转身。她立在那儿，一直目送他高大的背影消失在走廊的尽头，心里缭绕着回味和甜蜜。

十八岁的男兵吹着口哨，腋下夹着一沓分好的报纸轻松地走在楼道里，他走进每间办公室把报纸分发给他们。一路口哨声不断，男兵来到微机房，口哨声愈加悦耳动听。男兵用双手撑着门，像鸟一样把头探进去。这时口哨声停止。男兵说：“嗨——”

女兵抬起头轻松地一笑，也说声：“嗨——”女兵并没有停止打字。男兵说：“你真忙。”女兵笑一笑。这时双手在键盘上停下来。“你去帮我买两张电影票。”女兵命令似的冲男兵说。男兵又笑了一下，笑得很诡秘，仍双手撑着门，歪着头，不动，那么诡秘地望着她。

女兵说：“你不想去是吗？”

男兵嘴角翘了翘，说了声：“OK。”吹着口哨一路走出去。

不一会儿，两张粉红色的票放在女兵手上。男兵说：“你用什么谢我？”女兵笑一笑，笑得很羞涩，从兜里掏出一块巧克力塞在男兵手上。

男兵说：“又是老一套。”

女兵不答，只是浅笑。

男兵说：“看电影回来，天就黑了，你不害怕？”

女兵脸上仍挂着浅笑道：“不用你管。”

男兵打一声呼哨扬长而去。

晚饭时，女兵坐在林参谋对面，小声地说：“今天是我的生日。”

“是吗？”林参谋抬起头，含笑说，“祝贺你。”

女兵把手伸进衣兜，半晌犹豫着掏出票。林参谋看到了，就又笑了一下。女兵说：“晚上我去看电影。”林参谋说：“你去好了。”女兵说：“你不怕我一个人出事，出事你可有责任呢。”然后顽皮地一笑。林参谋把钢勺在碗里搅几下，长出一口气道：“碰上你，算我倒霉。”女兵终于露出胜利的微笑。

电影散场后，天早就黑透了。林参谋和女兵走在一条幽深的巷子里。后面响起自行车急促的铃声，两人没回头向一旁让了让。男兵骑着自行车擦肩而过，男兵的口哨声清澈悦耳。走出胡同口，他们看见男兵正冲他们笑。很快，男兵的身影和口哨声消失在营院的林荫路上。

傍晚，热闹了一天的营院清静下来。甬路上树影婆娑，花池里鲜花怒放，香气四溢。

林参谋和一位穿花裙子、戴眼镜的女子在林荫路上漫步，俩人轻说细笑，很轻松很投入。走到尽头，停下再转过身，向另一头走，于是路在脚下便没有了尽头。

女兵怀抱吉他，站在花坛旁，一边弹吉他，一边轻唱着。

走在林参谋身旁的女子停下脚，向女兵这边张望。

女子说："这女孩儿唱得真好听。"

林参谋不说什么，只是笑一笑。目光越过女兵的头顶望西边那抹即逝的晚霞。那女子真切地听了一会儿，便笑一笑，回过头冲林参谋说："现在的小女孩儿都挺早熟，你听她唱的歌词。"

"是吗？"林参谋笑着说。

两人依旧走着，走在朦胧的暮色里。

女兵的吉他声、歌声像风像云轻飘在这朦胧里。

女兵抱着吉他忧郁地走在回宿舍的路上，男兵吹着口哨赶上来。他就像没看见女兵，大步向前走去，边走边唱：

周末午夜别徘徊，
快到苹果园里来，
欢迎流浪的小孩，
你呀不要再徘徊。

女兵听到男兵唱的歌就"扑哧"笑出了声。男兵听到了，停下脚等女兵走过来，一本正经地问：

"你笑什么？"

“我没笑。”女兵板起脸。

“你笑了。”

“我没笑。”

男兵和女兵一边打着嘴仗一边往前走。

女兵走回宿舍，“咚”的一声把吉他戳在墙角。女兵四脚朝天地躺在床上，望着天棚怔怔地发呆。

男兵走回宿舍，推开窗子。先脱去半袖军装，又脱去背心，站在窗前。他看见女兵宿舍那条飘荡的白窗帘，深思一会儿，从墙上摘下拉力器，一次次地拉直，胸脯一鼓一鼓，像有两只小老鼠在蹿。不一会儿，男兵就气喘着，有汗水顺着周身的毛孔冒出，最后他大汗淋漓，他的眼前一黑，看见女兵宿舍的灯熄了。他出口长气，把拉力器挂在墙上，拿过毛巾擦净身子，熄了灯。在黑暗中又站了一会儿，然后脱去长裤，躺在床上。

微机房里，林参谋从女兵手里接过打印好的文件正准备走。女兵突然说：“等等。”

他转过身看着她。

她说：“今天是我生日，十七岁生日。”

他说：“你的生日不是过完了吗？”

她说：“不，那次是假的，这次才是真的。”

他吁口长气，无奈地望着她：“你想怎么样？”

她说：“让你陪我去跳舞。”

他说：“我要不去呢？”

她说：“那我就跳通宵，反正我是你的兵，有什么后果，你负责。”

他叹口气，耸一下肩，转身离去。

她望着他的背影得意地笑。

那天晚上，男兵很久才看见女兵宿舍里亮起灯，透过女兵的白窗帘，看见女兵摇动的身影，隐隐有女兵的吟唱声：

你是一粒火种
点燃这片沉睡的土地
……

男兵于是冲那白窗帘里面吹了一声悠长的口哨。

在那没有林参谋的微机房里，女兵总是心神不安。她不时地站起身，在地毯上走来走去，不时地打开门向走廊上张望，直到她看见林参谋高大的身影向机房里走来。她一时显得很慌乱，拿出那只带帆的烟灰缸，又把“禁止吸烟”的牌子翻过去。这时他走了进来，也坐在了电脑前，机房里一下子变得安静下来。他坐在椅子上，看见了眼前那只小巧的烟灰缸，他嘴角闪过一丝不易察觉的笑。他不慌不忙地掏出烟，淡蓝色的烟雾飘在空气中就像荡在水中的一圈圈涟漪。她坐在那儿，透过烟雾看他，心里平静得出奇，就像在欣赏一尊塑像，眼前的他实在真切。他沉默一会儿，便清晰地口述，电脑屏幕上，一行行文字不停地向前延伸，像一条奔涌的河流，清澈宁静，不疲不倦欢畅自由。她纤巧的手指在键盘上舞蹈着，美丽而有节奏，像音乐，更像一首诗。

她的表情宁静优美，双目闪亮地一会儿望他，一会儿看屏幕。他微闭着眼睛，沉浸在文章的流程中，胸有成竹。

时光像河流在他们中间涓涓流过。

男兵歪着脑袋，夹着报纸走过来，默默地看了一会儿，打声口哨走了。女兵用余光注视着男兵走远，嘴角闪过一丝微笑。

傍晚的时候，女兵站在林荫路上，看见穿花裙子、戴眼镜的姑娘亲热地和林参谋说笑着走过来。她迎着他们走过去，挺着不成熟的胸脯目不斜视。他一直微笑着冲她点点头，她看见了竟有几分得意。戴眼镜的姑娘惊奇地看她一眼，很快便和他走过去。她挺着胸，又向前走了一段路，终于放慢脚步，停下来，当她缓缓转过身时，马路上已经空空荡荡，没有了他们的身影。她呆怔地立在那儿，不知自己要看什么。

“嗨——”男兵一蹦一跳地走过来，停在她的身后。

“知道吗？林参谋要结婚了。”男兵说。

“讨厌。”她猛地转过身。

“怎么了？”男兵赔着小心，一脸的不解。

“你吓着我了。”她说。

那天男兵怀里抱着一堆花花绿绿的鞭炮走。

“嗨——”她走过去。

“你要提前过年吗？”她一边跟着他往前走一边说。

“怎么，你不知道？”男兵睁大眼睛问。

“什么？”她说。

“林参谋明天结婚。”

她一下子停住脚，脸变得很白，盯着男兵怀里那堆鞭炮。男兵停下脚：“你怎么了？”

她不动，男兵就隔着鞭炮望她。

她冲男兵凄然地笑一笑说：“给我一挂鞭炮。”

男兵犹豫着把一怀的鞭炮向她送过来。她在男兵怀里抓了一挂鞭炮往回跑。

男兵在她背后喊：“明天再放啊——”

林参谋的婚礼就在家属院里举行。林参谋牵着新娘的手在人群里穿行。男兵高高举起一挂鞭炮，鞭炮发出欢快的爆响，人群也随之热闹起来——

她站在白窗帘后，透过那条缝隙看见他们一步步走去，最后身影消失在一片鞭炮炸开的纸屑中。她也举起了那挂鞭炮，擎在手里，很快地点燃，鞭炮沉闷地在宿舍里炸响。男兵听到了，仰着头向楼上望，先是吃惊，后来是惊喜。男兵撒腿往楼上跑去，他一头撞开她的门。她站在烟雾中，周围全是碎纸屑，花花绿绿的一地。男兵隔着烟雾大声地冲她说：

“你真带劲儿。”

“响吧？”她说。

“响，真响。”男兵咳嗽着。

新婚的林参谋再来到微机房时，他没看见那只带帆的烟灰缸。林参谋就在心里大度地笑一笑，也没有伸手掏烟。他又闭上双眼，让文章的思路在脑子里厘清，然后又像流水似的口述出来。

电脑的键盘稀稀落落地响着。他说了一阵，看见她一直白着脸。

他问：“怎么，你病了吗？”

她不说话。

他又坐回去，重新复述。

键盘声仍响得很稀落，电脑里不时地传来找错字的提示声。

“怎么搞的？”他有些恼火。

她用上齿狠狠地咬着下唇，一动不动地坐在那儿，假装强忍着什么。

“算了，算了。”他沮丧地走出门去。

她没有看他走出去的背影，一直盯着屏幕上那几行错字连篇的文章的开头。

饭堂里她坐在桌边默默地吃饭。男兵打完饭过来，坐在她对面。

“嗨，想什么呢？”男兵说。

她没抬头，仍是那个姿势。

男兵从桌子下面递过来两张粉色的电影票，她看到了。男兵说：“晚上的电影，特棒。”

突然，她“哇”的一声大哭起来。

男兵愣住了。

饭堂里所有的人都朝这边张望。

男兵在桌下一把把那两张电影票抓在手里捏成了纸球，让它从指缝里掉在了地上。

湖

野战部队大都散居在山里。六连便驻扎在一座山头的半山腰里，为了战备的需要，一班住在山头上，负责瞭望、观察。

一班是尖子班，自从一班住在山头以来，更是如此，无论是训练还是思想作风。一班的兵们便很骄傲，时常会站在山头，望着山腰间训练的兵们，优越地笑。

自从一班驻扎在山头，兵们便发现了远方那个湖泊，承受着春夏秋冬的交替，兵们惊奇地发现，那个湖会变幻出各种颜色。

春天的时候，随着山野返青发绿，远方的湖水便也渐渐地绿了。夏天的山野，树木遮日，芳草浓郁，远方的湖水也就浓浓地绿了起来。秋天的山野是最美丽的时刻，到处都是一片火般的红叶，湖水也随着红润起来，在远方如飘扬起的旗帜。冬天悄悄地走近山野，红叶黄了，湖泊也黄了，金灿灿的一片，温暖着远方山头上兵们的心。

于是，每天闲暇下来的兵们，围坐在山头的一块块石头上，平心静气地望着远方的湖泊，那片湖似悬在天上，若一片巨大的云朵，一飘一摇地消失在兵们视线的尽头。兵们望着那湖，又似从远方驶来的一艘渡船，载着一轮辉煌的太阳——

那湖随着早晚太阳不同的角度，变幻着不同的心态。于是兵们瞅着那湖便争论不休。这时唯有周班长坐在石头上不言不语，静静又痴怔地看着远方的湖。在身旁的兵们争论得不可开交时，他便扭过头，很响亮地清理一下喉咙。兵们听到了班长的响声，都噤了声，微笑着望班长。班长就掏出一盒烟，熟练地每人甩一支，然后一班的兵们就慢悠悠地吸烟，透过丝丝缕缕的烟雾，望望班长，又望望远方的湖。静默一会儿，兵们问班长：那湖远吗？

班长便抬起眼皮，望一望那湖，又望一望问话的兵，不紧不慢地答：说远也远，说近也近。

兵们便钦佩地望班长，又望那湖。

湖水怎么还会变颜色呢？有兵又问。

班长就深吸一口烟，望着眼前的山山岭岭，吐着烟雾答：就像这天地，该变它就变了。

兵们就极认真地点头，望着眼前远方的世界，又抬眼寻那湖，真诚地点着头。

要是能亲眼看一看那湖该多好啊！有兵就感叹，然后都用目光期待地望班长。周班长不望那目光，扔掉烟头，站起身，轻轻地说一声：训练！

一班的兵们就又开始训练了。虽只是短短地休息了一会儿，但兵们顿觉轻松无比，在班长的口令下，认真地训练。训练时的口号声很洪亮，山腰间的兵们，不时地抬起头，羡慕地往山头上望。一班的兵们不看他们，却望远方那湖，湖水清碧，只要望一眼那湖，浑身便清凉无比，大汗尽消。接下来，一班的兵们更加轻松地训练，愈加洪亮地喊口号。

傍晚，太阳倚在湖水上，一片一朵的晚霞，似燃着的一簇簇火焰，那片湖融在晚霞中，似升腾起的一片绚丽的霞光，贴在天际，遥望着山上的兵们。兵们瞅着湖的景致，宛若踱进了一种仙境。兵们就长久地痴迷着，那片“晚霞”就愈飘愈近，终于完全彻底地融在了兵们的双眸中。半晌，兵们终于说：这真好。说话的兵呼吸有些急促。

住在山腰间的兵们，并没有什么事情可干，三三两两地在林间走一走，站一站。唯有一班的兵们能望见那湖，一年四季领略着湖水纷呈的风采。闲暇下来的兵们，极少走到山下去，没事时就望那湖，想那湖，说那湖。偶尔的，山下的兵们会爬上山，来探望山上的兵。只要有山下的兵出现在那一级级的小路上时，一班的兵们便拿眼望周班长。周班长不语，望望那湖，又望一眼正往山上走来的兵，被找的兵，便会意地迎着爬上来的兵走去。一班的兵，从不邀山下的兵到山头上来。要是来了，便在那石阶上坐一坐，说一些零七碎八的话，但只字不提那湖。坐在石阶上的兵，便觉没什么意思，说两句道别的话，顺着石阶一摇一晃地走了。渐渐地，山腰间的兵们便极少到山头上来，都说一班的兵不热情，看不起他们。一班的兵不管他们怎么说，依然故我地这么做，没事时也不到山腰间去，只是一班人围坐在一起，入神地望远方的湖。

天渐渐就晚了，晚霞逝了，太阳沉到了湖的那一边，暮色悄悄地降到山头上。兵们努力地寻着只剩下个影子的湖，直到那湖完全被那夜色吞噬了，才恋恋地收回目光。这时班长又掏出烟，每人散一支，烟头便在山顶一明一灭。兵们都静默着，想着被夜色吞噬的湖。几颗星儿在天边弹出来，热闹地悬在兵们的头顶。过了半晌，周班长就说：回去吧。然后立起身，一耸一耸地走回宿舍。

兵们也默默地立起身，随着班长默默地走回去。夜晚很静，兵们的梦也很安恬。偶尔的，夜半有兵会在梦中醒来，翻个身，目光透过窗口，望一会儿夜色下湖的方向，想一想，然后又渐渐地进入了梦乡。

每天，起床号悠扬响起的时候，兵们便起床，走到宿舍外。站在山头上的兵们，一双双目光不知不觉地便去寻那远方的湖。

太阳慢慢地从东天里升起来，世界亮了。湖的身影也渐渐明晰地显现出来，朝霞映在上面，绿色的湖水上便似燃了团火，兵们的眼睛里也有一簇簇的火苗在闪动。这时山下的兵们正列队出操，隐隐的，不时有口号声传来，班长便说：出操。兵们就很利落地站成一字在班长面前集合。口号声洪亮悦耳，兵们不时地喊着口号绕着山头上那块平地跑步，脚步声铿锵有力，惹得山腰下的兵们，不时地抬头望山上。每当一班的兵们在山头喊口号的时候，山下的兵们便不再喊了，好似自己的声音羞于出口。每次山下的兵们在收操时，领导都不满地说：你们看一看一班的兵。于是山下的兵们就很悲哀地望着山上。山上的兵们不望山下，仍然望那湖，然后一遍遍地说：要是能亲眼看一看，能美死。然后兵们又一起拿眼望班长。班长就望那湖，渐渐地，眸子里也有一簇簇的火苗在闪烁。兵们的心里就动一动。

一天天，一月月，山头上兵们看那湖，想那湖。老兵走了，带着那湖的神秘；新兵来了，又同山上的老兵一样，一起恪守着湖的秘密。时光就这么不紧不慢地流。

又一个秋天悄悄地来了，漫山的树叶正红。远方的湖，也渐渐开始红润起来，如少女的脸庞化上了淡妆。兵们的目光也被那远方的湖映得红润起来。那是一个星期天的早晨，一班的兵悄悄下山了，这次下山去看湖，是周班长决定的。

秋风正爽，小路弯弯。周班长走在队前，兵们兴奋异常地随在后面，向着那湖的方向急急地走。山头渐渐地远了，中午时分，身后的山头只剩下了模糊的影子。兵们一路上带的水早就喝光了，还不见湖的影子。太阳正悬在当顶，兵们你看我，我看你，然后一起把目光投向班长。班长不看兵们，仍望着前方。于是兵们忍受着饥渴，跟在班长身后，仍大步地向前走。口干舌燥，汗水湿透了兵们的脊背。兵们不想这些，却想那片如少女脸庞的湖，顿时浑身变得清凉。太阳西斜，兵们追着太阳走，他们知道，太阳落下去的地方，就是那片美丽的湖。兵们沉默着，两眼寻着前方，觉得那湖随时会在眼前出现。班长这时就回过头，望一望已在视线里消失的山头，又清了清干燥的嗓子，兵们便望班长的脸。班长就说：累吗？兵们向前望，想到了那清冽的湖，便答：不累！班长又说：怕吗？兵们仍望着前方，似看到了那湖，齐齐地回答：不怕！于是一群兵，在西斜太阳的辉映下，顺着太阳西斜的方向走去。

就在兵们近乎绝望的时候，兵们看到了眼前的湖。这哪里是湖，眼前的一片沼泽中，生满了红色的水草，水草在晚风的吹拂下，正似浪般在风中涌动，浑浊得已发绿的沼泽中的水，不时地汩汩地翻出气泡。兵们望着眼前的景象，呆怔了，几乎不相信自己的眼睛。兵们顿觉脑中一片晕眩，瘫倒在地。班长也趔趄着坐在潮湿的泥地上，看着眼前那片沼泽地，又望一眼无力绝望的兵们，嘶哑地又清理了一下喉咙。这次兵们没再望他，而是用空蒙的目光望天。太阳隐下地平线，晚霞布满天际。兵们都想到了在山头上时，每天这时候，正是围坐在石头上，眺望那美丽的湖的时候。可眼前的一切，兵们望着，泪水顺着眼角悄悄地流下来。班长坐在泥地上，傻了似的望着眼前的一切，兵们清楚地看到班长的眼泪被晚霞染得一闪一闪。不知过了多长时间，夜幕笼了世界，星儿已经高高地悬上天空，兵们才似在一场梦中醒来。然后都用目光望着模糊中的班长，班长喑哑着声音说：我们回去吧。兵们相互搀扶着，有气无力地向夜色中走去。他们似乎什么都想了，又似乎什么也没有去想。

周班长为这件事受了一次处分，班长是私自带领兵们去看湖的。年底时，班长就复员了。班长走时什么也没说，最后一次默默地从宿舍里走出来，又来到了他们昔日看湖的地方，兵们悄悄随在身后，陪班长呆呆地望那湖。湖依旧美丽，如一团火，可兵们都想到了那片浑浊的沼泽地。班长转过身，兵们分明看见了班长含在眼里的两颗又圆又大的泪珠。

班长走了，走时一直没有回头，但兵们确信，那两颗泪就在他眼里含着。兵们一直目送着班长的身影消失在山下的小路上。

周班长走了，士兵李当了班长。山头上一下子似乎少了些什么，每天清晨出操时，兵们不再聚在一起望那湖，一双双目光愣怔着不知望向哪里才合适。出操时，兵们听到山下兵们的口号声，当他们喊口号时，就想到了周班长，于是他们仍旧把口号声喊得洪亮悦耳，惹得山下的兵们，羡慕地望着山上。

傍晚无事时，李班长又领着兵们坐在以前曾坐过的石头上，只是把背朝向湖的方向，两眼似望非望地，瞅着眼前晚霞染红的树梢。大家沉默着，都不去望那湖，一时似把湖忘记了。李班长望望大家，学着周班长以前的样子，从怀里掏出烟，散一圈给大家。兵们接过烟，总是想一会儿，然后把烟点燃。青烟丝丝缕缕地在兵们的眼前飘升，一双双目光透过袅袅的烟雾，痴定地望周班长以前坐过的那块石头。半晌有兵就说：我们对不起周班长，是我们害了他。别的兵们就怔一怔，叹口气。一双双目光又飘飘地去望现在的李班长。李班长也望着那块石头，在兵们目光的注视下，背慢慢地驼了下去。

渐渐地，夜便笼罩了这方世界，星儿又热闹地挤在头顶的天空上。李班长扔掉烟头，试探地说：我们回去吧。少顷，兵们站起身，向宿舍里走。李班长随在兵们的后面。

半夜里，没有人呓语，也没有人在梦中大声地喊湖，一夜都很平静。可是，在每天的半夜，兵们都会莫名其妙地醒来一会儿，翻个身，望一望窗外一闪一烁的星，才又渐渐地睡去。

在以后的日子里，山上的兵们仍旧围坐在一起说些对不住周班长的话，然后兵们又一起望现在的李班长，直到把李班长的背望得一点点地驼下去。

又一个年底，李班长也复员了。领导找到山上，逐个找兵们谈，看谁当班长合适。兵们都摇头，然后把目光投向周班长以前坐过的石头。领导不明白兵们的意思，也望那块石头，并没望出什么名堂。领导下山后，便从山下派来一名张班长。

张班长上山后的第一个傍晚，兵们又来到了以前日夜坐过的石头旁，这时兵们莫名其妙地又想到了远方的湖。于是，都痴痴地向那里望，不时地有人会说上一句：真美！兵们便故意地一遍遍咂着舌，然后偷眼望站在他们身后的张班长。张班长不知道兵们在望什么，也向那个方向望一望，但很快就转过头，去望山下。山下的兵们正三三两两地在林间漫步、嬉戏，不时传来隐隐的说笑声。张班长陪着一班的兵们在石头上坐一会儿，便立起身，在附近的林子里走一走，转一转。然后就立在通往山下的石阶上，痴痴迷迷地望山下。

仍坐在石头上的兵们，便从湖的方向收回目光，相互望一望，于是大家就都叹一口悠长的气。有兵就说：要是周班长在该多好啊！这时兵们的目光又飘飘闪闪地去望那湖。湖仍旧美丽。夜晚熟睡时，有兵就睡不着，吱吱嘎嘎地翻身，声音惊醒一宿舍的兵。然后兵们也都在床上翻身，望着窗外一闪一闪的星，莫名地，又都想到了周班长，便久久不能入睡。几个兵就在床上坐起身，点燃烟，一明一灭地吸，久久。

转天，张班长问那些睡不着的兵：看什么湖啊?

兵们吃惊地望着他，所有的兵都在望着他。张班长不解地摇摇头。然后兵们又一起用目光去寻那湖，目光里充满了困惑和迷茫。出操时，兵们都显得有气无力的样子，不停地打哈欠，再喊口号时，远没有了昔日的洪亮悦耳。时间一长，山下的兵们在出操时，不再羡慕地望山上了。山上的兵反而吃惊地望愈喊愈洪亮的山下的兵了。

张班长在闲下来时，不再和兵们坐了，而是顺着石阶走下去，和山下的兵们散步、嬉戏。一班的兵们，仍痴痴地望那湖，少顷就有点感叹地说：真美！然后大家就把目光飘飘闪闪地移回来，望着周班长曾坐过的那块石头。

天渐渐地暗了，夜笼了这一方世界。

雁

人们先是看见那只孤雁在村头的上空盘旋，雁发出的叫声凄冷而又孤单。秋天了，正是大雁迁徙的季节，一排排一列列的雁阵，在高远清澈的天空中，鸣唱着向南方飞去。这样的雁阵已经在人们的头顶过了好一阵子了，人们不解的是，为什么这只孤雁长久地不愿离去。

人们在孤雁盘旋的地方，先是发现了一群鹅，那群鹅迷惘地瞅着天空那只孤雁，接着人们在鹅群中看见了那只受伤的母雁。她的一只翅膀垂着，翅膀的根部在流血。她在受伤后，没有能力飞行了，于是落到了地面。她应和着那只孤雁的凄叫。在鹅群中，她是那么的显眼，她的神态以及那身漂亮的羽毛使周围的鹅群黯然失色。她高昂着头，冲着天空中那只盘旋的孤雁哀鸣着。她的目光充满了绝望和恐惧。

天空中的雁阵一排排一列列缓缓向南方的天际飞，唯有那只孤雁在天空中盘旋着，久久不愿离去。

天色近晚了，那只孤独的雁留下最后一声哀鸣，犹豫着向南飞去。受伤的雁目送着那只孤雁远去，凄凄凉凉地叫了几声，最后垂下了那颗高贵美丽的头。

这群鹅是张家的，雁无处可去，只能夹在这群呆鹅中，她的心中装满了屈辱和哀伤。那只孤雁是她的丈夫，他们随着家族在飞往南方的途中，她中了猎人的枪弹。于是，她无力飞行了，落在了鹅群中。丈夫在一声声呼唤着她，她也在与丈夫呼应，她抖了几次翅膀，想重返到雁阵的行列中，可每次都失败了。她只能目送丈夫孤单地离去。

张家白白捡了一只大雁，他们喜出望外，人们在张家的门里门外聚满了。大雁他们并不陌生，每年的春天和秋天，大雁就会排着队在他们头顶上飞过，然而这么近地打量着一只活着的大雁，他们还是第一次。

有人说：“养起来吧，瞧她多漂亮。”

又有人说：“是只母大雁，她下蛋一定比鹅蛋大。”

人们议论着，新奇而又兴奋。

张家的男人和女人已经商量过了，要把她留下来，当成鹅来养，让她下蛋。有多少人吃过大雁蛋呢？她下的蛋一定能卖个好价钱。

张家的男人和女人齐心协力，小心仔细地为她受伤的翅膀敷了药，又喂了她几次鱼的内脏。后来又换了一次药，她的伤就好了。张家的男人和女人在她的伤好前，为了防止她再一次飞起来，剪掉了她翅膀上漂亮而又坚硬的羽毛。

肩伤不再疼痛的时候，她便开始试着飞行了。这个季节并不寒冷。如果能飞走的话，她完全可以找到自己的家族，以及丈夫。她在鹅群中抖着翅膀，做出起飞的动作，刚刚飞出一段距离，便跌落下来。她悲伤地鸣叫着。

人们看到这一幕，都笑着说：“瞧，她要飞呢。”

她终于无法飞行了，只能裹挟在鹅群中去野地里寻找吃食，或接受主人的喂养。在鹅群中，她仰着头望着落雪的天空，心里空前绝后地悲凉。她遥望着天空，梦想着南方，她不知道此时此刻同伴们在干什么。她思念自己的丈夫，耳畔又依稀想起丈夫的哀鸣，她的眼里噙满了绝望的泪水。她在一天天地等，一日日地盼，盼望着自己重返天空，随着雁阵飞翔。

一天天，一日日，她在企盼和煎熬中度过。终于等来了春天。一列列雁阵又一次掠过天空，向北方飞来。

她仰着头，凝望着天空中掠过的雁阵，发出兴奋的鸣叫。她终于等来了自己的丈夫。丈夫没有忘记她，当听到她的呼唤时，毅然地飞向她的头顶。丈夫又一次盘旋在空中，倾诉着、呼唤着。她试着做飞翔的动作，无论她如何挣扎，最后她都在半空中掉了下来。

她彻底绝望了，也不再做徒劳的努力，她美丽的双眼里蓄满泪水，她悲伤地冲着丈夫哀鸣着。

这样的景象又引来了人们的围观，人们议论着，嬉笑着，后来就散去了。

张家的男人说：“这只大雁说不定会把天上的那只招下来呢。”

女人说：“那样的话，真是太好了，咱们不仅能吃到大雁蛋，还能吃大雁肉了。”

这是天黑时分张家男女主人的对话。空中的那只大雁仍在盘旋着，声音凄厉绝望。

不知过了多久，这凄厉哀伤的鸣叫消失了。

第二天一早，当张家的男人和女人推开门时，他们被眼前的景象惊呆了：两只雁头颈相交，死死地缠在一起，他们用这种方式自杀了。

僵直的头仍冲着天空，那是他们的梦想。

老　兵

老兵是 1998 年入伍的，在那场著名的洪水后。邮递员跋山涉水把一张华北地区的大学录取通知书送抵到他手上时，他没有欣喜，而是登上了县城外子弟兵筑起的堤坝上。滔滔的洪水正奔腾而过，不远处就是子弟兵为看护堤坝扎起的一排排一列列帐篷。此时，奋战了几天几夜的军人们，衣不解带地仰卧在潮湿、泥泞的田地里休息。这拨军人已经在这片河道里奋战了两个多月了，他们的身后是数万亩良田，还有数十万的群众。

大水泛滥时，他刚参加完高考，十几年的苦读，就是为了这次高考。他梦想着考入一所理想的大学，开启他人生最浪漫的一段青葱岁月。他甚至还想利用假期去旅游一次，他在这之前和几个要好的同学约好了，去北京或者上海这些他梦寐以求的大城市里看都市和古迹。这一切还没成行时，先是下了几场罕见的雨，他有记忆以来，仿佛所有的雨都在 1998 年这一年夏季下完了。江水在涨，河水在肆虐，先是县里人组织抗洪，人喊机鸣，他们筑起的堤坝赶不上洪水涨得快，他们身后的家园危在旦夕。在那个风雨交加的夜晚，一列列一队队军人冲上了防护堤，就是在那一刻，他们从来没觉得如此安全。军人肩扛手提把沙袋一层层码在堤坝上，筑起了一道血肉城墙。

他亲眼看见，堤坝底部有一处管涌了，滔天的洪水在堤坝上撕开了一道口子。仍然是这些军人，他们手拉手肩并肩跳到了洪水之中，用血肉之躯抵抗着洪水……

在大学开学前，洪水终于退去了，军人们收起营帐，列着队，迈着整齐的步伐，唱着军歌走了。田地里还留着他们休息时身体仰卧的印痕，以及他们与洪水抗争的一幕幕往事。

他就在那天，做出了一个决定，放弃华北那所大学，去参军。他把自己的想法和父母说了。父亲凝视着他，母亲担忧地望着他。他说：我想好了，不参军我会后悔一辈子。父亲避开他的目光，望着远处的堤坝。良久，留下一句话：你自己不后悔就行。母亲的泪挂在眼角。

他就是在 1998 年底参的军。

2008 年汶川发生那场罕见的地震时，他已经是二级士官了。

我就是在那次采访中认识的老兵。我来到一所废墟一样的中学时，他已经在挖掘机上连续工作超过了十八个小时。对了，他是挖掘机手。当另外一个士兵替换他工作，他站到我面前时，他眼里已布满了血丝，嘴唇上脱了一层皮，人又黑又瘦，头发也是蓬乱的。采访老兵是他们所在政治部宣传处推荐的，就在三天前，他在一间已成废墟的教室里救出了十二名学生。三天前，那是个雨夜，他已经连续工作十五六个小时了，雨很大，抢救现场因断电没有照明，连长建议他撤下来休息。在这之前，他似乎听到了孩子的呼救声。一周前，他们部队挺进震中时，他的耳旁一直萦绕着这种呼唤。他想起了 1998 年那场罕见的洪水。他和乡亲们也在心底里发出一阵阵这样的喊声。

1998 年是解放军用生命和汗水守住了堤坝，保护住了他们几十万人，不，是保卫了整个被洪水包围的土地和人民。从参军那一刻，他一直牢记着这种恩情。

眼前地震过后的废墟，在老兵的眼里时间就是生命。他没有退缩的理由。在那个雨夜，他小心地挖着，一点点寻找着。终于，在黎明时分，也就是在他连续工作超过二十四小时之后，在坍塌的教室一角，他找到了那十几个仍有生命迹象的孩子。他跳下挖掘机，奔跑着、呼喊着，奔向那十几个缩在墙角的孩子。

汶川地震救灾之后，他荣立了个人三等功、连集体的二等功。

那次我采访他之后，他真诚地望着我的眼睛说：要报道就报道我们部队吧，我们是个集体。他牵动着干裂的嘴唇想挤出一丝笑，但还是没有笑出来。他说，在汶川这段时间里，他哭了太多次了，看到被地震毁掉的家园，看到那些失去生命的人们……

那次在四川我断断续续地采访了一周的时间。离开老兵那个部队时，我又看到老兵开着那辆挖掘机驶向了一片废墟，我向他告别，他从驾驶室里探出头，又一次真诚地向我请求道：作家，千万别写我个人，别写我的名字，真要写就写老兵吧。我尊重老兵的建议，写了老兵所在的部队，他也在我的笔下出现过，名字换成了“一名普通老兵”。我们互留了电话，我邀请他有机会来北京，一定找我。他那次说，到北京看古迹的愿望还没实现，我记着老兵的愿望。

大约是两年后吧，我接到了一个陌生的电话，接听后才知道是老兵打来的。他告诉我，他已经转业回了老家，现在开了一家汽车修理店。他说希望努力几年在老家买上一处房子。我约他到北京来，陪他看古迹。他答应了。

两年前，我突然接到了老兵的电话，他说，已经到北京了。他已经来一周了，明天就要走了，没好意思打扰我，希望能见我一面。那次，我请他吃了一顿饭，他来的不是一个人，是一家三口。孩子已经上学了，妻子是老家县城里的一名护士，这是一个普通而又幸福的三口之家。老兵比我在汶川见到时胖了一些，也老成了许多，唯一没有变的是他真诚的眼神。我们互加了微信，说了常联系的话。

在这两年时间里，我们偶有问候，并没有更多的往来。

2020 年这个春节，注定将被载入史册。在大年三十这一天，因为疫情，武汉封城了，全国人民的目光都投向了武汉。整个春节，少了欢笑和祥和，多了焦虑和牵挂。几日之后，各地都传来了不同程度关于疫情的消息。每人佩戴的口罩成为了这个冬天里的流行色。

这个春节，我没接到老兵互致问候的微信，我发出的问候也没有得到老兵的回应。起初我并没有放在心上。

大年初七一大早，我接到了老兵的语音。他告诉我，春节期间去了一趟武汉，自己一个人开着卡车去的。口罩、防护服没有买到，他租了辆卡车，在老家超市采购了一卡车食物，在初一那天他上路了，十几个小时到了武汉，城里他没有进去，把一车的食品卸到了城外，转交给了防疫指挥部的工作人员。他说：进不去武汉，也不能给武汉添乱。老兵没有停留，又驾驶十几个小时的卡车回到了老家。

老兵最后说：作家战友，给你拜个晚年，希望你保重平安。

我听罢老兵的一串语音，一时不知说什么好。我的眼前又浮现出老兵的样子，憨厚质朴，眼睛里流露的永远是真诚。我心绪复杂，不知说什么好。久久之后，我给老兵回复了一条信息：向老兵致敬！

老兵是众多老兵中的一员，平凡而又闪光。

对了，老兵姓徐。老家在江西九江。

莫拉哨所·狼牙

莫拉哨所

莫拉哨所在藏北的边境线上，海拔 4678 米，一排石头垒起的房子，半个篮球场大小的院子，最高处山石缝隙中矗着一根旗杆，旗杆上有一面猎猎飘扬的国旗。一条蜿蜒的小路，通往山外，极目远处，路便若隐若现，消失在视线的尽头。山路连着一条公路，通往几十公里外的团部，团部在山的褶皱里，在一个叫北莫拉的镇子旁。说是山下，其实海拔也将近 4000 米。因烟火气重了些，在战士们心里，那就是人间的天堂。

米小冬一切命运的改变都因那场突然而至的大雪。那是六月初的雪，来得猝不及防，下得昏天黑地。米小冬听排长方江南说：莫拉哨所五六月份下雪并不稀奇，有时七八月份飘雪花也稀松平常。但在那一年，在六月初，下了那么大的雪还是第一次碰到。那场雪一连下了两天一夜，哨所的房舍几乎被大雪覆盖了，那条通往山下的羊肠小道，也早已不见了踪影。到处都是皑皑的白雪，扯地连天，没有尽头的样子。

米小冬已经是第二年的老兵了，高中毕业，他和所有同学一样，也参加了高考，虽然考上的学校并不理想，但好歹也算是省内的二本类大学。他参加高考时有些心不在焉，他想考的并不是这个二本，其实是一所在他心里已经扎下根的著名军校。眼见着自己的考试分数离自己心仪的军校差距较远，他下定了决心，放弃这个二本大学，先参军，后考军校。

参军的过程，得到了父母亲朋的一致拥护，先成为一名军人，再成为一名军官，不仅是米小冬的理想，也是全家人的念想。于是米小冬便顺利参军，他从家乡带来最多的东西就是高考复习资料，足足有半箱子。在参军后这一年多时间里，他几乎把所有业余时间都投入到这次考军校的准备中了。

排长方江南是刚从军校毕业的军校生，对米小冬考军校的行为赞赏有加，方排长对米小冬的支持，不仅停留在口头上，还落实在行动中。每次巡逻回来的业余时间，他都会把米小冬安排到自己的排部兼宿舍中，不仅给他提供复习的环境，还经常上阵充当米小冬的老师。

排长方江南就经常冲排里的士兵说：在不远的将来，我们排就会再出一名军校生。方排长就是莫拉哨所考上军校的，也是在当满一年兵后参加的全军统考。四年军校毕业后，他便又回到了莫拉哨所当上了排长。

那场六月初的大雪不仅改变了米小冬考军校的命运，还改变了方江南排长的婚期。方排长的婚期定在7月1号，这是一个伟大而又有纪念意义的日子。为了落实婚期，早在半个月前，方排长的未婚妻林渝北就来到了莫拉哨所。

林渝北从名字上看，便知晓她是重庆人，她读的是地方大学，和方江南读军校时在一个城市，两所学校相距不远，且又是共建单位。两所学校经常在一起举办活动，方江南代表学员去林渝北的学校搞军训，当时方江南是林渝北他们这班的军事教官，两人就是在那时相识的。后来又相恋，虽然各自毕业，一个来到了莫拉哨所，另一个毕业回到了重庆，但他们的爱情并没因此中断。两人相约了婚期，这次林渝北来到哨所就是接方江南回重庆完婚的。林渝北来到莫拉哨所，也是他们婚期的一部分。

林渝北来哨所那天，排长方江南带着几个战士下山去接，米小冬也去了。从团部开来的补给车只能开到山脚下，林渝北就是搭乘团部给养车来到山脚下的。米小冬记得林渝北那天穿了一件红风衣，她站在补给车上，不仅风衣在飘舞，头发也像扬起的一面旗帜。

那天，她随着战士们和排长一起上山，走几步就要喘上一阵子，方排长下山前特意给她带了一只氧气袋，此时的氧气袋成了她的救命稻草。

米小冬等人肩扛手提着给养，走得并不算太吃力，一年多莫拉哨所的生活，他和战友们早就适应了。他想起一年多前自己刚到哨所时，自己的样子比此时眼前的林渝北还要狼狈，就连背包和手提箱都是战友们帮他扛到山上的。现在想起来还让人脸红。

林渝北虽然一边吸氧一边走，仍显得吃力无比，米小冬走过去，腾出一只手，把林渝北的挎包抓在自己的手里说：姐，让我来吧。他自己也说不清，为什么要这么称呼林渝北。按部队规矩，林渝北是方排长的未婚妻，早在这之前，方排长就对他们宣布，这次未婚妻来队，是来完婚的，甚至还计划好，米小冬去团部参加高考的日子，他们将一同下山，然后搭车去日喀则，再由日喀则乘坐飞机到重庆，在 7 月 1 日那个值得纪念的日子完婚。明明知道按部队的规矩，他应该喊林渝北一声嫂子。未来的嫂子也是嫂子。他却脱口而出喊了一声：姐。

林渝北的目光投向了他，那张虽有些苍白却不失生动的脸上，此时掠过一抹红晕，她露出洁白的牙齿冲他笑了笑。方排长就介绍道：这是米小冬，未来的军校生。说完又补充句：不远的将来，他一定能考上军校。这回轮到米小冬脸红了，不知为什么，他在林渝北赞许的目光里，脸还红了红。

林渝北来到莫拉哨所，这是件历史性的大事件。因为在此之前，还没有一个女性来过莫拉哨所。林渝北的到来，给莫拉哨所带来了一丝阴柔，某种叫“微妙”的东西在莫拉哨所悄悄弥漫着。

方江南排长当天晚上搬到了三班，把自己的宿舍兼排部留给了未婚妻林渝北。方排长住在米小冬的下铺。熄灯哨也是方排长吹的，方排长躺回到铺位上之后，不知为什么，许多人都寂静无声。若放在往常，常班长在此时一定会和战士们开几句玩笑，聊几句家常。战士们你一句我一句的搭讪，虽然都是老旧话题，但每次聊都像第一次聊一样，兴致很高的样子。也许半小时，也许十几分钟，战士们的睡意袭来，不知是谁先打起细细的鼾声，这鼾声传染似的，少顷便响成一片，梦便从这里开始了。

这一晚，方排长似乎没有睡着，过了许久，也没人扯出细碎的鼾声。先是常班长翻了个身，接着就是战士们不停地翻身，常班长终于说话了，他先清下喉咙说：排长，你不应该搬到班里住，应该去陪着嫂子。

方排长也辗转了下身子，轻声细语道：我们7月1号才结婚。

常班长在暗处笑了一下，嘴唇咧开的声音所有人都听到了：排长，你装正经，我就不信，你和嫂子谈了这么久的恋爱，就没那个？常班长和方排长是同年兵，在排里两人兵龄是最老的，只有常班长敢和方排长开些玩笑。早在林渝北没来队前，方排长与林渝北的爱情故事已经在排里传开了。关于林渝北与方排长是不是那个了，也成为他们聊天的内容之一，当然，这话题都是背着方排长说的，不料却在这天晚上被常班长当着方排长的面挑明了。众人的情绪似乎被点燃了，暗夜里涌起一层又一层的躁动。

方排长的床铺轻轻响动了一下，云淡风轻地飘出几个字：别胡说，快睡觉。方排长这句话，让瞬间躁动起的情绪又沉浸下来。

常班长咂了下嘴，也说了句：睡觉。

安静了一会儿之后，有细鼾扯出，少顷便响成一片。

荒凉的莫拉哨所，突然来了林渝北，似乎一下子变得鲜亮起来。

五月中旬后的莫拉哨所，早晚还是冻手冻脚的，可是到了中午，穿一件衬衫还是显得有些热。林渝北便成了莫拉哨所上的温度计，早晚的时候，林渝北就穿风衣，不仅是那件红色的，还有件米色的。中午到下午这段时间，她会换上裙子、T恤衫。不论林渝北穿什么都很好看，大城市来的姑娘就是不一样，什么衣服穿在她身上都显得很洋气、时髦。

一天，林渝北先是在中午时分，在哨所的那块半个篮球场大小的平地晾衣杆上，搭出了洗过的床单被罩，战士们知道这是排长的，洗过的床单被罩散发着清香，还有一股太阳的味道。战士们望着洗过的床单被罩像面旗帜似的在高原的风中飘舞，就想起了林渝北，一头蓬松漂亮的长发，配着好看的身材，躲闪着在哨所的空地上走来走去的样子。

这期间，方江南带着全排的士兵去边境线巡逻，莫拉哨所的边境线有一百多公里，往返一次需要三天时间，吃住当然也是在外面。为了林渝北的安全，方排长这次特意把米小冬留在了哨所，以前每次全排巡逻时，都会让一两名战士留守在哨所，方排长这次留下米小冬的理由是：米小冬即将参加军校考试，留出时间好好复习。对于排长留谁不留谁，这是工作，都不会有什么异议，但战士们的目光中都流露出羡慕，从四面八方投在米小冬脸上。米小冬似乎做错了什么事，脸上也火辣辣地热了起来。

方排长走时，拍拍米小冬的肩膀说：你安心留守复习，有疑难杂题不会，可以问小林，她可是高考状元。

米小冬听了，头就鸡啄米似的点个不停，内心愉悦还掺杂着莫名的紧张和兴奋。

全排人马在米小冬和林渝北目光的送别之下，踏上了巡逻之路。全排人走了，莫拉哨所空了，只剩下米小冬和林渝北了。

林渝北正穿着来时那件红风衣楚楚地立在他的面前，莞尔一笑道：听你们排长说，你马上就要参加军校考试了，有不会的题你只管问我。说完又好看地笑一笑，向哨所宿舍走去。

米小冬在心里已应承了百遍千遍了，嘴上却一个字也没说出来，他现在的任务是回到宿舍，争分夺秒去复习考试。当他在宿舍里再一次抬头时，看到门前空地的晾衣杆上，已经有几条床单被罩被洗过了，透亮地晾晒在空地上。米小冬看到了阳光透过床单被罩暖暖地洒在地面上，林渝北正站在这些床单被罩前，挽着衣袖，像一名阅兵的女将军。

米小冬兼起了炊事员的工作，全排人巡逻，炊事员每次都会随行，留守的士兵只能自己做饭了。米面都是早就从山下的团部送来的，还有些罐头、脱水蔬菜、压缩饼干什么的，堆放在炊事班的库房里。对操作这一切，米小冬早就不陌生了，他来到排里，就开始帮厨，看在眼里，记在心上。

正当米小冬忙着做饭时，林渝北悄悄地走进了厨房，站在灶前，看着他忙碌着。米小冬就暖暖地叫了一声：姐，你累了，歇着去，一会儿饭好了我给你送到排部去。

林渝北却没动，歪着头，欣赏地看着他。他脸又一次红了，抓抓头说：姐，做饭没什么好看的，你洗那么多被褥，就好生歇歇。

林渝北就咂下舌道：你们边防军人真了不起，做什么像什么。她的话是由衷的，脸上露出欣赏的笑。

米小冬就说：你是说我们排长，我们和方排长比，一个天上一个地下。

米小冬这么说时，并没有停下手里的忙碌，把米淘洗干净，放到高压锅里，高原缺氧，没有高压锅饭就不会煮熟。他又挑了两棵脱水蔬菜放到水盆里，他要让这些脱水菜充分浸上水，恢复菜本来应该有的模样。他又打开一听罐头，在他的心里，林渝北是哨所的客人，理应招待好她。

林渝北蹲到了灶前，往灶下加煤，因为缺氧，煤总是燃烧不好，林渝北就鼓起腮去吹火，吹了一气，似乎自己缺氧得厉害，便扶着墙坐到了地上。被米小冬发现了，又叫了声：姐。忙过来把她搀到炊事班门外，责备地说：姐，你在这待着，什么也别干，饭一会儿就好。此时的米小冬像一名家长似的责备着嗔怪着她。到了门外，缺氧的感觉似乎缓解了一些，她苍白地冲他笑一笑，孩子似的依顺下来。她就坐在门口的石头上，张着嘴，等把气喘匀。

吃完午饭不久，米小冬透过宿舍的窗子看见林渝北正冲他招手，他站起身，又听见她说：把你复习的书本拿出来。他走出去，她指着身边的石头说：咱俩去那里，一边晒太阳，我一边给你讲课。

吃饭时，两人商量好了，下午她要给他补课。

莫拉哨所此时的阳光正好，每个角落都洒满了阳光。她穿了条黑色裙子，白T恤，身上不知化妆品还是香水的味道，正淡淡地弥散着。

她开始给他讲题，确切地说，是归拢考试中经常会出现的常识性错误。果然，林渝北不愧是名校毕业的大学生，不仅头头是道，还深入浅出。以前复习都是孤军奋战，有了她的指点迷津，米小冬脑子似乎在一瞬间就通络了，灵醒了起来。

他感叹道：姐，你不愧是高考状元，讲得这么好。

她又一笑道：别听你们方排长胡说，我只是区里的状元而已，别当真。

在他心里，不管是什么级别的状元，都是他遥遥不可触及的。

吃完晚饭后，太阳就沉入西山，天空中有钩弯月挂在了天际，不多时，星星就铺满了天空。

他例行公事地在哨所周边巡视了一圈，枪就背在他的肩上，沉甸甸的。他看见她就在白天坐过的石头上坐着，托着腮，望向天空。此时的天空，有月有星正繁华着。他立在她一旁，又叫了声：姐，天凉，快回去歇着吧。

她没动，目光似乎被天上的某颗星星黏住了，不回头地问：你说你们排长他们巡逻到哪了？

冈巴山。他不假思索地答，这条巡逻线路他走过无数次了。每次的第一天晚上都在冈巴山的山脚下宿营，然后第二天还有个半天的巡逻路程。对全排辖区的一百多公里路程，他闭着眼睛都能说出来：要翻越三座海拔 5000 米以上的山，还有四条河流，三处悬崖绝壁……他一一地给她介绍了。

他一口气说完，她似乎并不吃惊地说：你们方排长早就在信中和我说过了。我一直想找机会和你们走一次巡逻线，可你们排长不同意。

他没说话，望着她的背影，心想，别说排长不同意，他们全排的人不会有一个人同意。虽说三天才走一百多公里的路，往返也就二百多公里，可那是条什么路哇，压根就没有路，只不过他们走得多了，脚下硬生生地踩出了一条路而已。

他记得，第一次参加全排巡逻时，还没翻越完冈巴山，他就晕倒了，是排长和三班长架着他往山上走。后来，几个战士用背包带捆在他身上，轮流拖着他往前走。冈巴山是他们巡逻途经的三座山中海拔最低的一座，还有那两处峭壁悬崖，脚下根本没有路，是他们扒着石壁，一点点蹭过去的。方排长介绍过，他当新兵时，老兵给他讲过，这里曾掉下过两名巡逻的战士。过悬崖时，排长教他的方法是，不要往脚下看，眼睛要盯紧下一个攀爬的石头。第一次巡逻的经历让他终身难忘，那次巡逻回来，他似乎脱了层皮，又似乎换了一个灵魂。一直到经历了几次，路走熟了，他才适应了这条巡逻路线。

他把第一次巡逻的经历和她讲了，她久久没有说话，目光仍盯着遥远的天际，半晌才说：你说，你们在这守着边防点，一次次这么巡逻，值吗?

她说完这话，下意识地回望了一眼身后，突然眼圈有些发热。他刚到哨所时也这么问过自己，后来，陆续有家人、同学也这么在信中问过他，他当时一律回答：边防因为有了我们的守护，我的身后才有了安宁的万家灯火。这是他们边防战士很平常的一句口号。他当时也是这么回答的，听起来，很诗意也很官样，可当他成为了一名老兵之后，他对这句话却有了别样的领悟。这句话一点也不诗意也不官样，就是一句实实在在的话。他也问过自己，假如边境线上没有像他们这样的一群军人，那国家又会是个什么样子呢?

她的声音突然潮湿起来：我没来到哨所前，我也没有感觉。现在我才真正了解，你们边防军人，个个都是好样的。

他听了她的话，心头震了一下。身子悄悄挺起来。

那一夜，每隔两小时他就要起来巡逻一次，这是以往对留守人员的规定，也是纪律。这次因为有了林渝北的到来，他觉得肩上的责任更加重大。每次巡逻，子弹都上膛，枪横在胸前，随时做好战斗状态。

下半夜，莫拉哨所竟刮起了大风，风呜咽着，飞沙走石的样子，整个边防点都在风中摇晃着。

他持枪奔出宿舍，穿着大衣，他的执勤目标就是排部，因为那里有林渝北在。他立在排部门前，有几次，差点被大风吹走。他用背包带把自己和石头系在一起，迎风而立。

不知何时，她竟走出门来，和他站到了一起，她穿的是排长的军大衣。

他大声地朝她喊：姐，你回去，这里有我。

她也冲他喊：我也要站在这，让我体会一次边防军人。

她最后也学着他的样子，拿起背包带把自己系在石头上，和他肩并肩地立在一起。他不再冲她喊叫什么，泪水涌出来，被风吹干，又涌出来，又吹干……

那场罕见的六月初的大雪一落，莫拉哨所就成了孤岛，与外界彻底隔绝了。他们能做的，就是沿着那条通往山下的蜿蜒小路，打开一条雪路，他们知道，山下团部的官兵也将全力以赴，开通雪路和多个边防哨所重新建立起联系。

雪路一点点向前延伸，米小冬从来没有觉得雪竟是如此沉重，悬在头顶，立在身旁，他们几乎被雪包围了。

林渝北也加入了他们清雪的队伍中，她穿着战士们穿着的军大衣，俨然她就是哨所的一分子了。

方江南排长几天几夜下来熬红了眼睛。以前，他们也经历过被大雪围困十几天断粮的困境，但他们也熬过来了。这一次，米小冬的心境和以往不同，如果道路不能及时打通，他将错过考军校的时间，也许他的一生将就此改变。方排长似乎看透了他的心思，动员着战士们说：为了我们哨所多出一个军校生，战友们加油哇。不仅排长急，全哨所的人都急，为了早日打通通往山下的路，战友们冲着雪一次次发起了冲锋，铁锹、铁镐并用。

常班长几次晕倒在雪地里，醒过来又发疯似的冲在最前，他气喘着冲米小冬说：小冬，我现在要是变成一只老鹰就好了，叼着你飞到团部，保证你误不了军校考试。他的话让战士们紧绷的神经轻松下来。米小冬又何尝不想让自己变成一只鸟呢？

就在雪路即将开通到山下时，意外发生了，那是一次雪崩，雪崩前一点征兆都没有，米小冬正沉浸在雪路即将打通的兴奋之时，他似乎已经隐隐地听到了山下团部推雪车隆隆的马达声。就在这时，他的耳旁响起一声大叫：快，躲开。这是排长的喊叫，紧接着他的腰眼就被踢了一脚，他顺着雪路身不由己地滚了出去，滚动过程中，还带倒了几个战友，也一同随他滚落下去。

等米小冬抬起头来时，半个山坡的雪已经滑落下来，一座山似的堆在他们的面前。这时他的耳畔划过一声凄厉的叫喊：方江南，你在哪里呀？林渝北疯了似的向那座雪山奔过去，同时奔过去的还有全体哨所的战友……

通往山下的那条雪路终于打通了，此时全军统考的时间已经过去了三天。

失望的米小冬立在方排长遗体前，已经是另外一种心境了，他错过全军统考，和方排长的牺牲相比，又算得了什么。如果不是方排长大喊一声，一脚把他踹开，躺在雪崩中的就不会是排长，而是他和他的这些战友了。

方江南排长遗体告别仪式很隆重，团首长都参加了。方排长的墓地就选在莫拉哨所山后，墓前立了块碑，碑上写着“烈士方江南”几个大字。

团长在方江南墓前说：方江南同志是为守护莫拉哨所牺牲的，如今他的身下就是我们边防军人寸土不让的中华人民共和国领土……

全场肃穆，一排枪声是给方江南排长送别的鸣响。

林渝北在队伍里摇晃了一下晕倒了。

几天后，林渝北穿着来时那件红色风衣形单影只地离开了哨所，她离开那天，哨所全体官兵都来到山下为她送行。在山脚下，她坐进了团部派来接她的车，她登上车的一瞬间，又停下了，回过头，向莫拉哨所方向望了一眼，战士们看见她眼里蓄满了泪水。她的目光慢慢收回了，冲排成一列的哨所士兵弯下了腰，抬起腰时说了句：谢谢你们。这次，她不再回头，登上了汽车，关上车门。

战士们透过车窗看见，林渝北已经擦干了眼泪，米小冬突然觉得，林渝北和刚上山时不一样了，似乎变了一个人。

再说以后的故事，就是几年后了。

先是米小冬又在莫拉哨所服役了两年，然后复员了。

又过了两年，突然，莫拉哨所来了两位客人，有老兵眼尖，认出了是米小冬和林渝北。他们来到莫拉哨所的第一件事，便是到了山后的方江南墓地前。他们在方排长墓地上摆了鲜花。米小冬还在随身的包里摸出一瓶酒，一半洒在墓地前，另一半放在墓地上。做完这一切，他举起手，向墓地敬了个礼，然后说：排长，我和林渝北来看你了。

从那以后，米小冬和林渝北每年都要到莫拉哨所来看一看，在方江南墓地前说上几句话。他们来了，又走了……

从此，在莫拉哨所流传开一段曲折又美丽的爱情故事。

狼　牙

5319 哨所，当然指的是海拔高度，这组数字便成了这个哨所的代号。哨所不仅海拔高，还前突，一直突到边境线上，边境线上有块界碑，分开了两边的世界。哨所距离界碑也就二三十米的样子。界碑的另一侧，也建了一座哨所，距离界碑也只有二三十米的样子。平时值班巡逻时，两侧的士兵眉眼都看得很清楚，两侧距离近，不仅鸡犬相闻，每天到了开饭时间，饭香味道皆可相闻。

一天二十四小时，界碑旁放哨点上，都有士兵站岗，换岗下岗两侧的时间似乎也差不多相同。两名不同国别的士兵站在界碑两侧，相望过去，眉眼更加清晰，似乎双方的喘息之声彼此也清晰可辨。执勤的士兵身后，猎猎地飘着各自的国旗。

国旗是在太阳欲出之时升上去的，旗杆自然是从山下运来的，运上来时是两截，士兵们把两截旗杆接到一起，又在身后最高处的石缝里挖了一个洞，把旗杆栽到石头里，旗杆便坚如磐石的样子。每次升旗，不论风霜雨雪，都是哨所全体集合在旗下，由周排长升旗，国旗升到旗杆的最顶端，全体向国旗敬礼。国旗鲜艳地在空中飞舞，给 5319 哨所增添了几分艳丽。

哨所周边的确很荒凉，除了石头山就是石头，无论春夏几乎寸草不生，一年四季都是一个颜色。有时也会飘雪，不论雪大雪小，几场大风之后，山石又裸露出来，恢复到了它本来的面目。

士兵们除了在哨所站岗放哨，还要沿着边境线巡逻，在突出的标志物旁，宣誓主权。国旗展开，士兵们便大声宣誓：边境线上有我在，绝不会把国土守小了，绝不把主权守丢了！我在，山河在！每一次宣誓主权，都誓言铮铮，所有宣誓的哨所官兵都血脉偾张。

每次巡逻，对面的官兵也在巡逻，走的是同一个方向，同一条路线，相互之间的叹息声也连成一片。有几次，周排长下令，全速前进，要把对方的巡逻队伍拉开。周排长一声令下，全排官兵就像启动了一个马达，一起向前全力冲去。对面的官兵似乎也在和我方较劲，也加快了脚下的步伐。两个山岗过去，对面的士兵已被远远地甩在了身后。当士兵们吃过压缩干粮，对方那一队士兵才气喘吁吁地赶上来，疲惫地坐在对面。他们东倒西歪成一片，一张张脸扭曲地笑着，竖起大拇指，嘴里一遍遍地说：good。周排长带着士兵又一次起立，奔向下一个目标点了。

边境线上两个边防点，每次开饭时，对方士兵总会在哨所里探出头，向我方张望。士兵们有时吆喝一声，把一块面包，或一两只苹果扔给对方。对方士兵接过去，脸上露出满足的笑，又一次竖起大拇指，不停地“good，good”地叫着好。

士兵们有底气，不论装备还是后勤保障，我们的哨所都要比对方哨所条件好许多。山下的战备公路正在修建，远远的似乎能够听到修路机器的马达声，用不了多久，只要把公路修好，不用说补给汽车，就是坦克都能开到山上来。到了那时，我方将居高临下，呈碾压一切的优势。

著名的洞朗对峙事件爆发了。

哨所的士兵是在周排长去团部开会回来后，传达了这一消息。一时间哨所内外的气氛变得紧张起来，以前单兵的执勤点增加了两名哨兵，不仅荷枪实弹，而且子弹上膛。对方哨所显然也得到了上级指示，不仅子弹上膛，平日随处可见的笑脸换成了一张张麻木仇视的面容。

周排长去团部开会，不是一个人回来的，他还带回了两只军犬。这两只军犬都是德国品种，通俗地叫德国黑贝，经过优胜劣汰的选拔，两只军犬不仅训练有素，且聪明伶俐。两只军犬的名字都叫“狼牙”，一只叫“狼牙 one”，另一只叫“狼牙 two”。就是老大老二的意思。

两只军犬的到来，不仅给哨所增加了警戒巡逻的实力，还增添了许多意想不到的乐趣。虽然士兵们和两只狼牙初次相见，但两只军犬似乎对己方士兵已经很熟悉了，它们东嗅嗅西嗅嗅，便扑在士兵的怀里，和战士们熟悉到了一处。

为了两只军犬的到来，周排长还组织全排召开了一次欢迎会。周排长说：团部为了增加我们哨所的警戒任务，给我们增派了狼牙 one 和狼牙 two，以后两只狼牙就是我们的战友。我们以后吃住在一起，战斗在一起，生死与共，不离不弃。

周排长讲完这话时，冲两只狼牙下达了命令：狼牙，入列。

蹲在一侧的两只狼牙听懂了，起身加入到士兵的行列中，还昂起头大叫了两声。两只狼牙的表现，无疑增加了士兵对守卫哨位哨所的信心。

周排长为两只狼牙选择好了哨位点，就是旗杆旁那块凸起的石头。每天早晨士兵升旗时，都会站到那块石头上向国旗敬礼。

狼牙哨位的另一侧，就是全副武装的我方哨兵。两人一犬，六只眼睛虎视眈眈地盯向对面，不论对方发出什么样的响动，狼牙都会发出吠叫，以示警告。狼牙 one 和狼牙 two，每次执勤也是轮流着上岗，休息的另外一只在哨所里待命。那些日子，士兵们几乎都和衣而卧，枪不离手，狼牙自然也不怠慢，身子伏在地上，眼睛虽然眯着，耳朵却不时地机敏地竖起来，像雷达一样，扫听着外面的动静。

一班岗哨下岗，带着狼牙 one，另一班岗哨上岗，带着狼牙 two。下了岗的狼牙 one 似乎对自己的哨位并不放心，挤开哨所的门缝向哨位上张望。望到那里的士兵和狼牙 two 一切就位，安好如初，这才转过身，把身子伏在地上，一只耳朵贴在地上，另一只耳朵竖着，半睡半醒地戒备着。只要外面有一丝风吹草动，它都要抬起头，先是望向床铺上的士兵，见士兵并没有行动，便安心下来，复又刚才那个姿势。

每天早晨升旗时，两只狼牙会站在队尾处，当国旗升到旗杆的顶端，士兵们向国旗敬礼时，两只狼牙也立直身子，头仰向猎猎飘扬的国旗，目光里闪动着异样的光芒。

士兵们看在眼里，疼在心里，从两只狼牙入列到哨所，士兵们就没把它们当成犬，而是身边的战友。每天开饭时，炊事员都会为它们特别制作出食物，狗粮用牛奶泡过了，有时还要为它们加两只煮好的鸡蛋。狼牙从来不争食也不护食，士兵们打好饭，炊事员也在它们面前摆好吃食，周排长便下令：开饭了。士兵们动筷，两只狼牙这才埋下头，吃自己眼前盆里的食物。士兵们吃完了，收拾碗筷时，狼牙们也把食盘舔得光可照人。

两只狼牙到了哨所后不久，对面哨所在某一天也出现了一只狼狗，那是只通体泛黄的狗，个头不大不小，应该属于中型犬类。在狼牙 one 或狼牙 two 出现在哨位上时，那只黄狗也出现了。战士们远远近近地研究过那只狗，周排长还举着望远镜仔细查看过了，终是叫不出这只狗的品种，也许就是他们的土狗，类似中华田园犬之类很普通的狗吧。

战士们曾听见对面士兵管那只狗叫“笨”，这只是个发音而已，究竟是什么意思，也没人能说清。不论“笨”的名字是什么意思，但它却是只尽职尽责的狗。

我们的哨所每到夜晚，有两只狼牙轮流值守，不论刮风下雨，两只狼牙都像岩石一样坚挺在哨位上，身子半蹲着，两只前腿立着。自从对面哨所里出现了“笨”，狼牙们似乎一下子兴奋起来，每次执勤时，浑身上下每根毛都竖了起来。先是冲对面的“笨”低吼着，对面的“笨”也不甘示弱的样子，喉咙里也发出低低的嘶吼。嘶吼过去，它们的身体就绷紧了，随时做出扑出去的样子。两只狗，两个哨位，就那么紧张地对峙着，一副剑拔弩张的样子。

不论狼牙 one 或狼牙 two，都和士兵一样是两小时一班岗，下哨的狼牙回到哨所，可以吃一餐饭或喝半盘水，然后卧在哨所里休息。许是在哨位上狼牙的神经过于紧张，此时放松下来，伏在地上还打起了鼾，和战士们的鼾声掺杂在一起，起伏着。

几日之后，对面哨所那只“笨”似乎被两只狼牙拖垮了体力，每次再出现在哨位上，不再弓起警惕的身子，而是卧在阵地上，先是还能发出低低的嘶吼，最后喉咙里只剩下有气无力的哼哼了。

“笨”被狼牙拖垮了，对面的士兵显然没了面子，先是用脚去踢“笨”，希望“笨”站起来，重振雄威。“笨”摇晃着立起来，抬起头，面对不远处的狼牙虎视眈眈的雄威，颤抖着又软下来，最后瘫倒在哨位上，不论士兵如何踢打训斥，竟再也不站起来了。

每到凌晨时分，下哨的士兵看到对面的士兵一脸汗颜地把那只“笨”拖下去，灰溜溜一副狼狈模样。

自从有了狼牙之后，哨所上的士兵似乎受到了某种鼓舞，不论是在哨位，还是在巡逻中，狼牙们都不离战士们左右。它们高昂起身子，和战士们的目光一起，警惕地望着边境线上发生的一切。

有几次，和对面士兵的队伍擦肩而过，狼牙们的毛发再一次竖了起来，就像对待闯入家门的盗贼，警惕着威胁着。那只黄色的“笨”也走在对方的队伍中，面对来自狼牙们的威胁，伏下身，颤抖着身子，把目光投向他处，做出一副认怂状。战士们看到此情此景，便发出一阵欢愉的笑声，脸上也尽是胜利者的喜悦。

周排长就爱惜地望着两只狼牙感叹道：狼牙真是我们的好战友，它们敌我分明。

战士们应和着，把赞许爱怜的目光投向狼牙。狼牙们也学着士兵的样子，雄壮起身子走在巡逻的队伍里。

又是忽一日，对面的阵地上又多了两只狼狗，品种似乎和之前的“笨”并无二致，只是毛色一个灰一个黑。一下子对面有了三只军犬，声势一下子就壮大起来。

每到夜晚上岗执勤时，对面的哨位上都会出现两只军犬，它们或蹲或坐立在哨位上，冲着我方哨位上的狼牙，七嘴八舌地吠叫一番。狼牙自然也不甘示弱，响亮地回敬着，军犬的吠叫声便此起彼伏地在双方的哨位上响起来。每每这时，另一只在哨所里的狼牙也参加它们的骂战，五只狗，分成两个阵营，它们骂了一气，又骂了一气。不知哪一方的犬得到了主人的指令，它们噤了口，做偃旗息鼓状，但怒气似乎仍然没有熄灭。它们弓起身子，把愤怒压在喉咙口，朝着对方低吼着。

战士们为了让两只狼犬轮流休息，还是像以前一样，每次执勤上岗，只派出一只。不论轮到哪只上岗，它们都威风凛凛地盘坐在哨位上，挺胸抬头地目视着对方。

对面的“笨”，自从有了另外两只犬的助阵，似乎一下子活了过来，经常不停地挑事叫嚣，每次双方的吵架骂战，都是由它而引起的。有几次，它还做出越过界碑向前冲锋的架势，狼牙只一个卧扑，便又把它吓退。“笨”似乎心有不甘的样子，一面做出挑衅的样子，一面发出低吼。每到这时，狼牙不再吼了，全身的毛发竖起来，侧着头，斜眼观察着对方，随时做好反击的准备。“笨”试了几次，终于还是没敢把爪子越过界碑。

那天晚上，狗的冲突还是不可避免地发生了。许多年过去了，哨所上的老兵，仍然清晰地记得那天晚上发生的对峙和冲突。

那是一个有风的夜晚，满世界的风似乎都汇集到了 5319 哨所的沟口，天地之间呜咽成一片，飞沙走石。

熟睡的士兵先是听见犬们几声吠叫，室内的电话响了，是哨位上打来的。哨位的战士报告，边境发生了对峙事件。洞朗对峙还没结束，士兵们每天都能从新闻里看到洞朗对峙的进展。对峙就是一场较量，更像是一场和平时期的角力。战士们得到报告后，以投入到战场的速度，穿衣，操枪，奔赴到了边境线。他们先是看到了对方士兵列在己方的一侧，将黑洞洞的枪口对向了这侧，他们也迅速进入自己的战斗位置，子弹上膛，枪口朝向对方。做完这一切时，他们才发现，引发这场对峙事件的是那几只军犬。几只军犬在边境线上早已互相撕咬成一团，五只黑影战在一起，分不清彼此。它们一律发出低吼，不知是哪只犬还哀号一声，接着就是皮肉绽裂撕扯的声音。

不知何时，风停了，只有一团狗撕扯在一起的声音。战士们的心提到了喉咙口，他们担心狼牙 one 和狼牙 two，它们是两只，而对方是三只。敌强我弱，敌众我寡，战士们不敢松懈，对方士兵黑洞洞的枪口正朝向他们。此时，他们每根神经都绷紧了，随时准备出击，捍卫脚下的领土。

不知何时，犬们的激战结束了，只有一只犬蹲坐在那里，另外四只都躺倒成了一片。

东方先是出现了一抹青色，天陡然就亮了。战士们看见狼牙 two 蹲坐在边境线上，面朝着对方，它满脸是血，少了一只耳朵。狼牙 one 的身子压在“笨”的身上，它临死前，牙齿还咬着那个“笨”的喉咙。那是三只越境的犬，两只狼牙以一死一伤的代价，把越境的“敌人”全歼了。

周排长命令一个班的战士把受伤的狼牙背下山送到团部卫生队，哨所的士兵在卫生队轮流守护，狼牙 two 一条腿骨折，失去了一只耳朵。

一个月后，狼牙 two 伤势痊愈，又回到了哨所，狼牙 one 已经变成了一座坟立在哨所一旁。狼牙 two 回到哨所那天，它蹲在狼牙 one 的坟前坐了一夜。不吃不喝，就那么坐着，像一名多了心事的战友。

从那以后，狼牙 two 似乎成熟了，它不再轻易地嘶吼，更不会随便吠叫，竖起剩下的一只耳朵，谛听着，目光穿越界碑，仇视地望向对方。

对面损失了三只军犬后，便再也没有增派军犬，似乎日子又回到了从前，执勤、站岗、巡逻。但每次望向我方的狼牙时，目光中多了几分赞佩，欣赏。

受伤后的狼牙 two 后腿有点跛，它每日在哨所周围巡视着，最后总是会来到狼牙 one 的坟前坐一坐或卧一卧，似乎狼牙 one 仍然活着，两只犬就那么卧在一起，叙说着人们听不懂的话。

哨所里只剩下狼牙 two 一只犬之后，每天晚上上岗，士兵们便再也不带它了，把它留在哨所里。起初狼牙 two 心有不甘的样子，每次还是和战士们一起去，哨兵就把它赶回来。几次之后，它不再强求，但每次有士兵站岗，它都用目光把士兵送到哨位，看着哨兵交接完，它才放心地卧下。一只耳朵贴紧地面，眼睛半合着，只要外面稍有异响，它总是第一个冲出哨所。

闲下来的战士们，总会把狼牙围在中间，周排长招下手，狼牙走过去，温顺地趴在周排长脚旁。周排长一边抚着狼牙的头，一边说：狼牙太孤单了，它是一只立过战功的军犬。狼牙发生那次战斗事件之后，被军分区荣记了一次一等功。奖章就躺在周排长办公室的抽屉里。

周排长后来又向上级打了几次报告，申请给哨所再配一只军犬，陪伴孤独的狼牙。不知为什么，上级一直没答应。

时间过得很快，哨所里复员了一批又一批老兵，又来了一茬又一茬新兵，唯独狼牙一直陪伴着士兵们坚守着哨所。

几年之后，作为一只军犬的狼牙已经老了，有时一次完整的巡逻任务它也完成不了。士兵们就背着它走，它伏在战士们的背上，会流泪，泪水浸湿了战士们的背。

再后来，巡逻时，士兵们便不再带它了，每次巡逻回来，都见狼牙从哨所里奔出来，蹒跚着身子迎接他们。战士们每次看到狼牙都很欣慰，也很感动，像一名守家护院的老人。

狼牙真的老了，有时它到后山坡去找狼牙 one 都显得力不从心，总要歇上几次，来到狼牙 one 的坟前，卧上一会儿，气喘得厉害。

新来的于排长又向军分区打了一个报告，申请狼牙退役。以前军犬退役都有规定，送到军犬训练基地，那里专门有一个给退役军犬养老的地方。

哨所里的马班长是名军士，狼牙和对面军犬发生战斗那一年，他刚新兵入伍，后来周排长调走了，许多战友都相继复员离开，唯有他和狼牙留了下来。这么多年，他亲眼见证了狼牙的老去，他对狼牙的感情自然比别人要强烈得多。他几乎成了唯一一名狼牙的饲养员。狼牙爱吃什么，牙口怎么样，他一清二楚。

狼牙的退役报告和马班长复员的报告几乎同时送到了哨所。马班长找到于排长，提出了一个大胆的想法，他要把狼牙带走，还像以前一样照顾狼牙。于排长很犯难，狼牙虽然只是只犬，但也是军犬，是在编的，虽然宣布退役了，那也是只退役军犬，是有归处的。

于排长就打电话向营里请示，当年的周排长现在已经是营长了。于排长把电话接通，马班长抢过电话，叫了一声：周营长，我和狼牙是战友，相处时间最长的战友……话还没说完，泪就流了下来。

周营长自然知道士兵们对狼牙的感情，狼牙当年拼杀守卫界碑时，周排长就是亲历者。两天后，周营长来了通知，军犬基地已经同意马班长把狼牙带走。

马班长领到了狼牙的档案，还有那枚金光闪闪的一等军功章，向哨所告别了。全排人都来相送，他们列队向马班长和狼牙敬礼。

在马班长带领下，狼牙似乎也知道了即将告别哨所，它用力挺起身子，挥起前爪向士兵们告别。它和马班长一样，下山时一步三回头，马班长流泪，它也在流泪。战士们的话语仍依稀地传来：马班长、狼牙，我们会想你们的……

马班长带着狼牙回到了家乡，这里没有了高原，也不再缺氧，狼牙的身体似乎一点点地好了起来。虽然老了，但眉宇间似乎在某一瞬仍能流露出英武之气，身子也比在哨所时灵便了许多。

哨所的官兵不时地给马班长写信，述说想念狼牙的心曲。马班长便不时地为狼牙拍照，然后把照片打印出来，寄到哨所里去。

狼牙作为军犬的身世在当地也引起了人们的好奇，不停地有人不惜一路奔寻过来，就是为了一睹狼牙的风采。

马班长在人们的提醒下，专门为狼牙开了一个抖音号，名字就叫：功臣狼牙。在抖音号里，马班长把狼牙的故事讲述给大家听，也让哨所的官兵及时了解狼牙的状态。

每逢“八一”的时候，马班长都会把军功章佩戴在狼牙的脖子上，为狼牙拍一段抖音。狼牙老了，但它作为军犬的威风还在，只要马班长一个指令，它一如当年地去执行，虽然它的身体笨拙，但执行命令的意志仍存。它在奔跑中回望，苍老的眼神里依稀又回到了哨所，那个大风的夜晚，三只侵犯到我边境的敌犬，它和它的战友狼牙 one，英勇跃出，用生命捍卫脚下的土地。

你的目光

一

长途大巴下高速路时，天就黑透了。起初兴致勃勃的乘客都有了倦意，大多倚在靠背上闭上了眼睛。

田龙先是闻到了一股飘荡过来的酒味，才睁开了眼睛。他左顾右盼在车厢内寻找，终于看见坐在驾驶员身后最前排的两名乘客，正在喝酒。塑料袋里装着吃食，两人喝几口酒，手便伸向塑料袋，窸窣地拿出吃食。

天光大亮时，田龙注意过这两个男人，年纪在三十出头的样子。坐在外侧的那个人，手臂上刺着一条龙。其他人望着窗外看风景、聊天时，这两人一直在睡觉。帽子扣在脸上，一声不吭，人畜无害的样子。

田龙脑子清醒了一些，摇摇头，偏过头，望眼坐在里侧那个女孩。起初那女孩是闭上了眼睛的，此时，她突然睁开了眼睛，借着路对面驶过车辆的车灯，两人的目光对视在一起。她还抿着嘴冲他浅笑了一下。

这辆大巴是从省城出发的，田龙先上的车，找到属于自己的座位，身旁的位置还是空的。不一会儿，一个姑娘提着一只箱子从过道里向他移过来，最后就停在他的外侧，他预感到身边的座位就是这位姑娘的。果然，姑娘吃力地试图把自己的手提箱放到头顶的行李货架上。他忙起身，帮姑娘把手提箱放好，侧过身子让姑娘坐到自己的位置上。姑娘连声道谢，坐定后他看见姑娘鼻翼上浸出的一层细密汗珠。

车驶出长途汽车站，便来到了省城的马路上。姑娘把头抵在车窗上，目光望着窗外。他也不时地用目光扫视着窗外，故乡的省城对他来说也是陌生的。他在省外当满了五年兵，两年义务兵，三年一级军士，便复员了。他先是从省外坐火车到达了故乡的省城，又换乘这辆长途大巴回镇上。省城，算上这次，他一共来过三次，都是路过。第一次是参军，在省城坐火车，第二次是当满两年兵休假，这次复员回来算是第三次了。

车驶出省城，上了高速，姑娘终于扭回头，他用余光看到姑娘似乎哭过了。他心动了一下，身体一侧的神经紧张着姑娘。过了一会儿，姑娘似乎情绪平稳了一些。他觉得该和姑娘说点什么，偏过头道：回家还是出差？

姑娘认真地看了他一眼，很快又躲开他的目光，小声地说：回家。

是金宇镇吗？他这么问，是因为这趟车的终点站就是金宇镇。他的家就在镇上。

她摇了下头，又轻声地说：是县城。

这趟大巴他坐过几回，知道先到县城才到金宇镇。县城到金宇镇还有四十分钟车程。

在省城工作吗？他又问。

她点了下头，又摇了下头。半晌才说：以前是，从今天开始不是了。

他想起了她刚哭过的样子，心想，省城也许是她的伤心地。便不说话了，在心里轻轻喟叹了一声，为了身边这位姑娘。上车时，他就留意过，她的年纪和自己相仿，依此推算，若是姑娘大学毕业，也是刚工作不久的样子。

你也是回家？姑娘突然问，他们的目光再次相遇，他发现正常起来的姑娘一双眼睛很好看，眉毛也是弯弯的，像一张笑脸。

他答：我是从部队复员回家。

她听了，眉毛挑了挑，惊讶地说：原来你是兵哥哥呀。我说你怎么和其他人有点不一样。

他是穿着便装回来的，在部队时很少穿便装，只有偶尔外出离开营区才会换上便装。便装穿在他身上，怎么都别扭，回到营区穿上军装，他身子才会舒展。当他脱下军装那一刻，他哭了，许多和他一样复员的老兵都哭了。一身并不值钱的军装，陪伴了他五年，汗水和青春都融入到了这一身军装中。他望着那身被他放入箱包中的军装，这是在向军营和自己曾经的青春告别。

他冲姑娘笑笑，提起军旅他仍有一种淡淡的伤感，像刚才那姑娘一样，在和战友分别时，列车开出站台，他也把头抵在车窗上哭了。他不知姑娘为何难过，心想，也许是和恋人分手了吧。

他小心地说：刚才我看见你好像哭了。

她凄然一笑，目光中又有了一丝淡淡的哀伤，但嘴上却说：都过去了，你在哪里当兵？

他说出了一个地名。姑娘似有所悟地点点头道：我知道那个地方，但没去过。

姑娘告诉他，自己就在省城读的大学。毕业后就留在省城一家公司工作了一年半时间。

以后不回去了吗？他又问。

姑娘的哀伤又一次浮现在脸上，半晌才说：不知道。姑娘又去望窗外，此时已是下午时分，西行的大巴车让西斜的太阳照耀得暖融融的，阳光也洒在姑娘的脸上，可以清晰地看到姑娘脸上的绒毛。车窗外的树木快速地向身后掠去。

此时，他的手机响了，是母亲打来的，他接了母亲的电话，他告诉母亲，车已行驶在高速路上了，不出意外，不会晚点。他知道车正点到达金宇镇是晚上十一点半。母亲在电话里问他下车后想吃什么，他想起了母亲的手擀面。这是他最爱吃的，从小就爱。他和母亲说了，母亲幸福地应着，告诉他，父亲会准点去长途车站接他。他应了，收起电话。

姑娘也拿出电话，在回信息，发完之后，又侧过脸来说：你参加过阅兵吗？他笑笑，遗憾地摇了下头。

她说：我在上大学时看过阅兵直播，那些兵哥哥真帅。当时我们好多女生都发誓要嫁给兵哥哥。她说完还沉浸在当年的校园氛围中。

能参加阅兵的士兵是少数。他这么说，心里也惋惜自己这五年军旅生活太过平淡。除正常执勤训练外，并没有什么大的事情发生。他当兵之初，曾幻想过参加战争，哪怕是抗震救灾也好，他向往那些激动人心的场面，觉得那才是军人该干的事。可惜一件也没有发生。

你们军人会让人踏实。她说这话时深深地望了他一眼。

他的腰不自主地从座位上挺直起来，虽然他现在只是名退役军人，但仍觉得她在说他。他想起老班长曾经说过的话：当一天军人，一辈子都是军人。他为自己从军的履历而感到自豪。

天暗了，乘客们似乎都有了倦意，起初热烈的说话声被汽车发动机的轰鸣声淹没了。

他又看了眼坐在最前排的那两个男人，坐在外侧的他只能看到半边身子，手臂上的刺青还是那么刺眼，另一个只能看到半边头。他们依然在喝着酒。

车下了高速之后，便驶上了国道，车速明显慢了下来。远处的村庄已有了灯火。

他想起了母亲，此时她一定在张罗着和面，父亲会检查停在院子里的那辆摩托车。上次探亲时，父亲就用摩托车接的他，父亲已经能把摩托车开得很熟练了。一溜烟地驶过镇子上的街道，又一溜烟地驶到他家小院里。想起这些，他就感到很温暖。

二

突然酒瓶的碎裂声在车厢内炸响，那两个刚才还在喝酒的男人腾身而起。司机去踩刹车，车内的人前仰后合。其中一个男人拔出一把刀来，抵住司机的后脖子道：开你的车，没你的事。司机又犹豫着把刹车松开，但车速明显慢了下来。那个男人用刀柄敲了下司机的头：开你的车，就当什么也没发生。没听到吗？发动机又轰鸣起来，昂扬着向前驶去。

那两个男人站在中间过道上，一个举刀，另一个手举碎裂的酒瓶，此时，帽子已戴在了他们头上。远处，偶尔的灯光在窗外掠过，映照在两张男人凶恶的脸孔上。

酒瓶碎裂那一刻，田龙就意识到遇到抢劫的了，他以前在新闻里看到过，却是第一次遇到。当那两个人站起来时，坐在窗边的姑娘下意识地拉紧了他的衣角，身子也倾斜过来。他发现姑娘的身体在发抖，通过座椅传递给他。他的手心开始出汗。

一整车的人一直坐在原地，只有那两个男人站在过道中间。他们从前往后依次翻弄着乘客的衣兜和行李。先交出手机，再翻箱翻包，另一个男人从自己座位下抱出一个编织袋，把有用值钱的东西一件件地装到编织袋里。后排的望着前面，没人吭声，只留下一片粗重的呼吸声。前排一个中年妇女，显然被拿走了值钱的东西，“哇”的一声大哭起来，哀求着：求求你们了，我这是救命钱，孩子爸还在医院躺着呢，那可是我半年的打工钱。女人哀求着。男人抡起一只手掌，清脆地打在女人脸上，恶狠着道：闭上嘴。女人噤了声，嘴里仍压抑地呜咽着。

后排有一个人拿出手机，屏幕闪了一下。其中一个男人冲过来，劈手夺下那人的手机，扔到前面的过道上，满嘴酒气地大喊道：找死！又冲众人大喊：谁也别碰手机，要是有人拨电话，见一个杀一个。说完挥了下手中的刀。企图摸手机的人，手便停在了兜里，汗湿一片。

田龙发现，捏着自己衣角的那只手，抖得越发厉害了，他有些口干，拼命地咽了口唾液。手心里的汗已经干了，自己能够听到怦怦乱跳的心跳声。

那两个男人终于走到了他的身边，他想站起来，身子刚动，便被一只手死命按住，一个男人叫嚣道：别动，找死。把值钱的东西拿出来。

他没动，听着自己急促的呼吸声。

他看见前几排被抢劫过的乘客依旧坐在原地，头都不敢回一下。只有那个中年女人偶尔的抽泣声传来。后面几排座位上的人也不见动静。

他没动，持刀的男人开始翻他的兜，另一个男人一手抱编织袋，另一只手举着半个破碎的酒瓶子。

持刀男人从他裤袋里翻出手机，扔到编织袋里，又翻他上衣口袋，他知道，士兵退役证就装在上衣口袋里。一路上他都不时地摸一摸，虽然只是一个红色硬皮小本，但那却是军人的荣誉。持刀男人手握住了他的退役证，他身子挣扎了下，还是被那男人掏了出来，持刀男人借着车窗外掠过的灯光看了一眼，显然认出了。低下头又看了他一眼，那一刻，他的目光和劫匪的目光对视在一起。劫匪的目光是复杂的，有惊奇，也有轻蔑。那持刀人握着他的士兵退役证，犹豫了一下，最后还是把那个小本扔到他腿上，不再翻他的身体，手伸向了他身旁的姑娘。男人简短地说：手机，现金。

姑娘手慢慢地伸向随身的包里，那男人迫不及待地一把夺过包，转身向身后那个张着的编织袋里扔去。姑娘下意识地发出一声惊呼。此时，他的目光和姑娘的目光相遇了，姑娘的目光有惊恐、无助，甚至还有失望。最初姑娘知道他是名军人时，眼里曾冒出一簇火苗。姑娘的目光就像一把匕首突然插在他的心脏上。他心疼了一下，又觉得一团火在脸上燃烧。

此时，那持刀男人手已经又一次伸向了姑娘，隔着他的身体。姑娘努力把身体向窗边挤过去，缩成一团，抗拒着，嘴里发出呀呀的声音。车里只有姑娘因恐惧而发出的呀呀的声音，所有人都沉默着，甚至目光都远离这里。

他侧了下头，又望见姑娘求救的目光，那目光是望向他的，那一簇火苗又燃了起来。就在这一瞬，他不知哪来的勇气和力气，突然从座位上蹿了起来，一只手搂住了持刀男人的腰，另一只手握住了男人持刀的手。

他是名士兵，每周两次五公里越野长跑，军事训练让他浑身上下聚集了力量，一旦爆发，便势不可当。此时，他像一颗出膛的子弹，猛地把持刀男人撞了出去。他很快把持刀劫匪按倒在车厢的过道里，他夺下了刀，正准备起身扑倒第二个劫匪时，突然感到头部被一件东西重重一击。他起初听见了玻璃破碎的声音，然后感到眼前一热，一股又热又黏的液体从头上流了下来。他抬起头，看见第二个劫匪正欲把手里半截酒瓶又一次砸向他，他伸手挡了一下，他听见身后那姑娘大叫了一声，他右拳击了出去，那个劫匪踉跄一下，倒在车座扶手上。血已迷住了他的眼睛，第一个倒在地上的劫匪爬了起来，那姑娘又叫了一声扑出座位，死死抱住劫匪的腿，此时第二个劫匪也醒过神来，又一次扑向他。女孩大叫：大家伙儿，快帮帮兵哥哥……他和女孩与两个劫匪在座位间厮打在了一起。

车慢了，最后终于停在路边。车内的人距离打斗现场近一些的，都四散着向车厢两端跑去，并挤作一团，仿佛商量好一样，没有惊叫，只有瑟缩着身体努力让自己变小。

车门开了，跑到车头前的乘客开始向外奔跑，司机终于挤上来，抱住了持酒瓶子劫匪的后腰。田龙此时被血水模糊了视线，他开始击打被抱住的劫匪，两拳三拳之后，他回过身，把第一个劫匪按倒在了身下。他听见女孩在哭泣……

警车和120急救车赶到时，他和司机已经把劫匪用胶带捆绑在了车头前。他倚在车轮上，姑娘正拼命用手按住他头上的伤口，其余乘客散落地站在路旁，有的在打电话讲述着刚刚发生的一幕，有的在吸烟。所有人都从刚才的紧张、无所适从中舒缓过来，他们呼吸着新鲜空气，不时地看着时间，他们被另外一种焦虑所困惑了。

他被医护人员抬上救护车时，还是有意识的，他似乎听见姑娘在和医护人员说话，好像说县医院什么的，最后的片段，他想起了母亲的手擀面，还有父亲的摩托车……便什么也不知道了。

三

他醒来的时候，太阳已经出来了。手术后的他，麻药渐渐退去，两个护士推着一张带轮子的床，向病房里走来。在病房门前，他先是看到了父亲和母亲，他们都关切地望着他。在父母的身后，他还看到了在车上同乘的那个姑娘，她正挥着手里的手机冲他微笑，他这才发现，姑娘拿的手机是他的。

他的伤并不重，只是皮外伤，被酒瓶击打后有些脑震荡。他已经三年多没和父母见面了，父母握住他的手，俯在床前仔仔细细从头到脚把他打量了一番。母亲这时才想起身旁的姑娘，转过身，拉过姑娘的手道：多亏了这姑娘给我们打电话，不然我和你爸非急死不可。

他感激地望着姑娘，他想起了昨晚在车里和劫匪打斗的场景，是这位姑娘死死抱住了第一个劫匪。如果没有她帮忙，他一个人对付两个劫匪还真有些困难，也许，他就不是仅仅受些皮外伤了。他想冲姑娘笑一笑，刚牵动脸上的肌肉，却发现抻拉着头皮上的伤口，便抬起手，伸出了个大拇指。

田龙住进医院之后，才知道姑娘叫苏醒，家就住在县城里。此时，田龙就躺在县医院的病床上。

在他住院的这些天里，苏醒每天都会来医院看他，每次都不会空手而来，有时提了一罐粥，有时也会是鸡汤。田龙父亲在得知儿子并无大碍后，便离开了医院，开上他的摩托车拉客去了。田龙在母亲嘴里才得知，父亲现在是个摩的司机。在这之前，父母每次和他通电话时，并没有说这些。田龙想起父亲开摩托车的样子，心就疼了一下。

苏醒每次来医院看他时，母亲总是用一双温暖的目光望着他们。苏醒把他从床上扶起来，把罐子里的粥或鸡汤倒到碗里，想要用勺喂他，他挣扎着接过碗，自己去喝。苏醒便倚在一旁认真地望着他。

苏醒一走，母亲便不停地说：苏醒这姑娘懂事，谁娶了她是上辈子修来的福。

他明白母亲的用意，却不想多说什么，他和苏醒是萍水相逢，如果不发生长途大巴车上这件事，他都不知道人家的姓名。他又想起了大巴车上劫匪来到他们面前时，苏醒望着他的眼神，眼神是那么复杂，是希望是鼓励还是失落绝望。还有劫匪的眼神，凶狠中的轻蔑、嘲讽，那张硬硬的士兵退役证被劫匪轻蔑地扔到他的腿上，也许就是劫匪的眼神和苏醒的眼神，让他奋起反抗，才有了今天的结果。若不是苏醒拼死和他一道，也不会有现在如此的结局。他在心里钦佩这个姑娘。还想到了一车乘客，当时哪怕有一个乘客站出来和他一道去制服劫匪……他只看到了黑暗中那一双双因恐惧而麻木的眼睛。

这段时间，不知为什么，他睁眼闭眼浮现在眼前的都是一双又一双目光。待他回过神来，看到的是母亲那一双殷殷关切的目光。参军五年来，他第一次这么近地审视着自己的母亲，突然发现母亲老了，鬓边又多了几许白发。母亲的目光流淌着的永远是慈祥、关爱、欣赏……他突然意识到，他现在能读懂不同的目光了，那一双双目光系着一颗颗心，他通过不同的目光读懂了一颗颗别样的心。

四

在病床上的日子里，他先是接受了警察的询问，警察很认真，把他的每一句话都记录在案，最后又让他审定、签字。警察们握着他的手，说着安慰鼓励的话，便走了。

后来就是武装部的领导来看他，带着鲜花，同样说着鼓励的话。领导温暖的手让他浑身放松。

再后来又是镇政府的领导还有县委的领导络绎不绝地来看他，每次都带着鲜花和鼓励的话，他的床头都被鲜花堆满了。

自从他入伍以来，五年时间，他在部队里时刻要求自己进步。义务兵时，他受过两次嘉奖，后来做了士官，因训练成绩突出，还受过嘉奖。在部队所有的成就也比不上他入院以来这么隆重，他享受着这荣誉温暖的好时光。

后来省里市里的记者又来采访他，他不厌其烦地叙述着整个事件的经过，最后记者每次都要追问一句：田龙同志，是什么动力让你挺身而出的？每当记者这么问他，他都会想起苏醒的目光，劫匪的目光……他不知怎么去说自己内心的感受。他只能冲众多记者笑。

报纸发出来了，他的行为和动机被记者总结为是部队的历练成就了他的见义勇为。他想起了部队的五年时光，训练中流的汗和泪水，让他从一名普通的高中毕业生，成长为一名合格的军人。他有强健的体魄和坚韧的精神，这一切都是部队经历赋予他的。从离开部队到现在才短短几天，他真的从内心深处开始怀念部队的一切了。那些亲如兄弟的战友、训练场、阵阵的军歌声，一切都交织在了他的回忆中。他知道，自己这一生和从军的经历是无法割舍了。

不知为什么，随着这些人陆续地到来，却不见了苏醒的身影。苏醒的消失让他心里空落落的，他不时地透过病房的窗户向外面望去，在匆忙的人流中他并没有发现苏醒的身影。

武装部的领导又一次看望了他，转交给他一封部队来信。这是旅党委写来的，赞扬他见义勇为的光荣行为，并号召全旅指战员向他学习，并希望他保持军人的优良传统，在地方上发扬光大……后面盖着旅党委鲜红的大印。虽然他离开部队了，这是旅党委给予他的最高奖赏。这封信他看了无数遍，每一遍都读出了不同内容。

在他出院前夕，县政府的领导送给他一张见义勇为的证书。鲜红的证书上书写着他的事迹。他捧着这张大红的证书，莫名其妙地又想到了苏醒，还有她望向他的目光。

五

此时的田龙已经是名协警了。在成为协警前，县公安局领导找他谈了一次话，询问他是否愿意成为一名协警。他从部队复员面临的首要任务就是找工作，离家五年，他学会了分担，他想尽快工作，减轻年迈父母的生活压力。能成为一名警察队伍中的协警，他当然愿意。公安局领导还说，如果工作成绩突出，三年后有机会成为一名真正的警察。成为一名真正的警察，是他的希望和目标，他满怀热情地上岗了。

他站在县城最繁华的十字路口，协助交警疏导交通。他站在岗亭上，望着从四面八方涌来的车流人流，看到了一双双望向他的目光。有的专注，有的只是一瞥，更多的是眼角的余光，不论什么样的目光，他都在各种目光包围之中。可他却忘不掉另外一双目光，那是苏醒的目光。然而，苏醒却在他的生活中消失了。最初，他是失落的，也是失意的，渐渐地，他想开了，他和苏醒就是两条平行线，不会有交叉。不知为什么，在茫茫人海，各色各样的目光中，他还会时时地想起苏醒在那一刻望向他的目光。如果当时没有苏醒的目光，他还会不会在那一瞬间爆发，他不知道。但他确信，苏醒的目光在那一瞬就像一粒火星引燃了他的导火索。

时间过得很快，冬天过去，春天就来了。田龙已经是名合格的协警了，每天他都会站在县城最繁华的十字路口，指挥着交通，他看着车流人流在他的指挥下，畅通无阻地通行，心里会涌起一种莫名的成就感。

那天下了第一场春雨，和以往不同，这场春雨下得很急，也很久。田龙站在岗位上衣服早已被雨淋湿，雨水顺着裤角、衣袖滴滴答答地流下来，让他的视线变得模糊。就在这时，一把撑开的雨伞撑到了自己的头上，雨水瞬间便隔成了两个世界。他望过去，意外地竟发现了苏醒。

她把雨伞举到了他头顶，自己却站在雨中。雨水打湿了她的头发，她却笑着望向他。他不知该说些什么。

她却在雨中说：我观察你半年了，我每天上下班都要从这里路过。

他语塞，他一直在茫茫人海里期待她的身影，却一次也没有发现。

她又笑了一次道：你现在是名合格的协警。说完她调皮地举起另一只手给他敬了个礼。他把身子侧过来，标准地向她还礼。他又看到了她的目光，温暖，顽皮，笑靥如花……

六

那年的金秋十月，田龙和苏醒结婚了。一年前的这个季节，他们在那辆大巴车上相识了。本来就是一次擦肩而过，却因为那一瞬间她望向他的目光，让他们彼此有了交集，最后又走到了一起。

结婚以后，他和她描述了她在那一刹那看向他的目光，就是她的目光让他爆发了。

她笑望着他道：当时我就相信，你不会让我失望，不会让全车人失望，因为你是兵哥哥。

他听了她的话并没有笑，他又想起了放在箱底的士兵退役证。老班长的话又一次在他耳边响起：当兵一天，一辈子都是军人。每每想起老班长的话，他的脊梁都再一次挺直，以一个标准的军人姿态面对世人，同时觉得肩上多了某种看不见摸不到的重任。

故事到这里似乎讲完了。惊险开场，圆满结尾。可这个故事对田龙来说才刚刚开始，他现在已经是名真正的警察了，每天站在交通岗亭前，他不仅在指挥着交通，还和所有路过他面前的人对视，他在寻找着他们的目光。他更忘不掉苏醒的目光、劫匪的目光，他在所有能望见他的目光中站立。

突然他脑海里冒出一句话：你的目光成就了我的希望。

想到这，他笑了，面对所有望向他的目光。

人·墓·狗

老人与狗

又是个十年后，人老了，狗似乎仍是壮年，十岁的狗，体力还充沛，动作敏捷，目光有神。人已经七十有八了，腿脚明显不给力了，走几步就喘，似乎胸口压着磨盘，掀也掀不掉，总是一阵阵乏力，浑身的汗毛孔一层层地往外冒虚汗，眼睛也一阵阵发花，冒着金星和银星。真的老了，意识却执拗着自己的身体，还想做出年轻时的举动，守护房前屋后这山这草，还有这树这花。清晨，早醒的鸟在他周边喧闹，鸟的鸣叫是他的闹钟，一年四季他每天都是在鸟的叫声中醒来。他走出低矮的房门，就看到了半山坡上那几座墓地，不论看与不看，那几座墓就在自己的眼前。他望了，心里就坦然了，她们还在，似乎她们是为了陪着他而长眠于此地的。他望到她们，心里就多了内容，沉甸甸的，很厚重，也幸福得很，似乎自己是个富翁，拥有了整个世界。五十年了，他就在这个叫二龙山的地方守着她们，她们也不曾远离他，默默地相互守望着，成为一道风景。

如今他老了，下一次山也不是件容易的事了。在鸟叫声中醒来，静躺一会儿后他开始挣扎着起床，蜷在屋门外的狗听到动静，挤开门进来，蹲在地上望他。他看到狗，心里就热闹了些。他喘一口气就说：手，你去把我的鞋子拿来。他把狗叫作“手”，手是这只黄狗的名字，它母亲也叫手，它母亲不在了，他把它也叫手。

手就颠着身子走到房门口，叼着他昨晚晾在门外的鞋进门，把鞋放在他脚下，他穿好鞋，开始忙碌着做早饭。早饭是馒头、稀饭和半块腐乳，馒头是从山下的小超市买回来的，稀饭是昨晚吃剩下的，用水泡过了，早晨在炉子上热一热。准备好这一切，他冲狗道：手，咱们开饭了。

狗又跑到门外叼了自己的食盆进门，规规矩矩地放到他的脚下，他把稀饭从煮锅里倒出一些放在狗的食盆里，稀饭还是热的，冒着热气。他把热过的馒头，拿出一个递给狗，狗含住馒头，做完这一切，他才走到桌前，开始吃早饭。以前他每顿能吃两个馒头，最近这一年他的食量大不如以前了，只能吃半块馒头，一小碗稀饭。

稀饭还热，他先吃馒头，嘴里的牙只剩下一半了，他就囫囵着一口口把馒头吞下去。狗见他开吃了，把含在嘴里的馒头放到脚前，趴下身子，用两只前掌按着馒头，小心地吃着，吃一口看一眼他，他也在望这只狗。十岁的狗无论如何也是只老狗了，它和它妈几乎长得一样，通身是黄色的毛，脑门上一撮黑毛，黑毛中还夹杂着几根白毛。这是那只老狗留给他的最后一窝崽，生了三只小狗，只有它长得最像它的母亲，他只留下了它。另外两只小狗，他送给了山下开超市的小胡。那会儿的小胡刚新婚不久，家里盖了一溜大瓦房，把着路口，是做生意的绝佳地点。小胡小两口把一溜房屋腾出几间做了超市，开了超市的小胡家一下子就人多眼杂起来，需要狗看家。

手在生下一窝儿女后不到半年，终于离他而去了，十年前那只老手，动作和他现在一样缓慢得很，叫它一声，它要费好大劲才转过身子，目光浑浊不清地望着主人，努力听从主人的召唤，可身子不争气，走起路来一歪一扭的，趴下和起来都要费好大力气。那只老狗陪了他十五年，他是从山下一户人家要来的，刚出生不久，才二十几天，他就把它抱到了山上。他开始喂它喝牛奶，喝豆浆，又吃稀饭，他吃啥，就让狗吃啥，狗渐渐就长大了，寸步不离地陪着他在山上待了整整十五年。只有每年发情那几天，狗才会跑到山下去，梦游似的待上几天，然后就回来了，再也不会离开他半步。渐渐地狗的肚子就显形了，没过多久，就会生一窝小崽。小崽生下后，他一个也不留，都被养狗的人陆续抱走了。小崽被抱走的那几天，手显得焦灼不安，夜里蹲在门口冲着山下长叫，一声又一声的，妻离子散的样子。那些日子，他心里也不好受，想办法安慰手，做些好吃的喂手吃，手没心思吃，总是象征性地吃上几口，一门心思地引颈长号，他知道，手是在思念它的崽了。他心里就想，人有人性，狗有狗性。随着他对手的了解，他开始珍爱这只狗，把它当人一样地看待。他冲它说话，每次他说，手都认真地听，说到动情处，狗就过来，偎在他的怀里，伸出舌头去舔他的手和脸，然后泪眼汪汪地望着他。狗明白了他的情感，这让他释然，他抚着狗在心里喟然叹息。

手很懂事，很通人性，拼了老命给他留下最后一窝崽之后的半年，在一天傍晚，吃完他喂的最后一餐，他还记得，最后一餐是稀饭和半根早晨剩下的油条，老手喝了几口稀饭，把剩下的吃食都让给了小手。小手正是长身体的年纪，吃得没心没肺、狼吞虎咽，把母亲留给它的吃食都吃光了。

那一晚，老手移动着身子，动作僵硬地在房前屋后转悠着，他要关门睡觉了，老手仍在门前东嗅西嗅，他没有意识到，这是老手在和他做最后的告别。他习惯地冲狗们说：睡吧，明早鸟叫了又要起了。说完他看一眼老手和小手，老手在黑暗中认真地看了他一眼，便被屋门隔开了。

第二天鸟叫时，他听到了狗的叫声。是小手在叫，还不停地抓门。他披衣起来，推开门，不见了老手，只见小手蹲在他面前哀鸣着。他就问：你妈呢？

小手用嘴扯了下他的裤脚就往山林里跑，他意识到出事了，跟着小手快步向林地里走去。在小手的引领下，他看到林地深处一堆草丛，小手走到草丛旁立住脚，回头冲他哀叫两声。他又向前走近两步，看到了老手伏在草丛中，身体已经僵硬了。

老手死了，它没死在家门口，而是死在离家几百米开外的草丛中。他想起老辈人说的话：狗死之前是有预感的，死时总会找一个没人的地方，偷偷走掉，它是怕主人难过呢。此时他想起了老辈人的话，心里顿时潮湿了一片。他蹲在老手身旁，伸手去抚摸这只老狗，身上的皮毛不再光泽，湿度也不在了。小手嗅着母亲的气味，恐惧地躲在一旁哀叫着。

后来，他就在老手死去的地方挖了一个坑把老手葬了，山坡上就多了一座狗坟，和她们的墓地遥遥相望着。从此，他心里就多了一份执念，隔三岔五地会带着小手来到老手的坟旁走一走，看一看。小手每次看到母亲的墓地都要哀叫几声，算是纪念了。他听着小手的叫，心里就喟叹几声。看着狗，他就想这个世界，有草有木，有悲有喜，轮轮转转的就有了这个世界，这人间的一切便在他心底杂芜成一片了。

老手离开他十年后，他终于老了，身子僵硬，动作迟缓，就像当年那只老手。他知道，属于自己的日子不多了，但念想还在，就得活下去。他颤抖着手，用笔在一张纸条上写着：馒头五个，挂面一斤。鸡蛋六个，青菜一斤。

写完纸条时，手已经把一个篮子叼到他的面前，他把纸条连同一些钱放到篮子里，手把头伸到篮子里，再起身时脖子就挎起了篮子，他拍拍手的头：去吧。

手转过身就向山下跑去，颠颠的，他的目光一直追随着手远去，然后挪过一把小凳，坐在门边等手回来。

手下山去小胡超市了。以前，他每次去小胡超市都会带着手。他在超市里买东西，手在院子里和哥哥姐姐玩耍，手每次见到哥哥姐姐都很兴奋，也很亲切。有几次，他看见手的姐姐从院墙下的泥土里扒出块骨头给手，手就叼在嘴里，满眼都是感激，那是手的姐姐之前藏起的骨头。小胡也看到了，就冲他感慨：狗跟人一样，姐弟情深呢。

他感慨，这狗性比人性还让人暖心，他买完东西走到院里冲手说一句：咱们走了。手就叼着姐姐留给它的骨头一步三回头地走了。手有时也不知从什么地方抓到老鼠或别的小动物，下山时偷偷地含在嘴里，见到哥哥姐姐时从嘴里把这些小动物吐出来分给哥哥姐姐。他和小胡一家人见到这一幕，总是感动得不行，都说手这狗通人性。

手不仅是他的伴，还救过他一命。那次他带着手在山林里走，自从这片山林被人承包后，他从护林员的岗位上退下来，便成了闲人，但多年养成的习惯，他仍忍不住每天在林地里走一走，看一看。这里的一草一木早就装在他心里了，几日工夫一棵小树就又长高长粗了，哪棵树发芽，哪棵树泛绿都在他心里装着，看这些山林树木已经成为了他生命中的一部分。

那天他走在林地里，手一如往常一样陪在他的左右。起初他觉得脖子有些硬，就用手不停地揉搓脖子，后来头开始疼，他以为受了林地的风凉，他开始往回走，可没走几步，四肢便不听使唤了，他歪倒在林地里，头痛欲裂，失去了知觉。再次醒来时，发现自己已经躺在镇医院的病床上了，周围是医生护士的面孔，还有小胡的一张脸。见到他终于醒了，所有的人都长吁口气。那次生病，小胡告诉他，是手救了他。他昏倒后，手下山了，找到小胡，扯着小胡的裤脚往山上扯，小胡意识到他出事了，便在超市里喊了几个人随着手上山，终于在林地里发现昏迷了的他。那次医生诊断他是脑出血，住了几天院之后，让他回家休养。镇长和书记都来看他，要把他接到山下去静养，但被他拒绝了。他舍不得离开这里，这里不仅是他家，也是她们的家。那几座坟墓就静静地卧在他的眼皮底下，他不能离开，他已经发过誓，自己在一天就要陪着她们一天。

他在养病的日子里，仍是手在照料他。从那次开始，手的脖子上经常吊着篮子去小胡超市，为他买菜，买馒头。他抖着不太听使唤的手，在纸条上写下要买的吃食，小胡就依据他要买的东西，把这些东西装到篮子里，再由手吊在脖子上运回来。狗从那一次之后似乎更懂事了，每次完成他的任务从来不偷懒，小胡在超市里找食物和菜，手就蹲在收银台旁看着小胡。小胡把东西结完账放到篮子里，又把零钱用一个塑料袋包好，手才把篮子吊在脖子上，快速地离开。

以前，每次他带手来超市时，手都要和哥哥姐姐玩上一会儿，那会儿它是快乐的，无忧无虑。他病在床上，手没心思玩了，匆匆地来，又匆匆地去。在回去的路上，许多人见手还会买食物，都稀罕地站在路边看它，并指指点点议论着，它不理这些人，低下头匆匆在人群中穿过去。也有好事人，假装吓唬它，要把篮子里的食物夺走，它躲开身子凶狠地冲着不怀好意的人，吠叫几声，快速地向前奔跑，并不时回头戒备地望着那几个不怀好意的人。路上遇到一些汽车驶过，它每次都会躲在路边，背过身子，让汽车过去。车速度很快，带起一路风尘，它待风尘过去之后，又不停歇地向山上跑去。一直回到家，进门见到躺在床上的他，把篮子一直拖到他面前，然后才像完成一件大事似的摇着尾巴看着他。他看着篮子里的东西一件不差地放在那里，冲它招招手，它偎过去，让他在自己头上拍两下，这是他给它最好的奖励了。

从那以后，手就著名起来。人们都知道他养了一条通人性的狗。有时上山路过他这里，都想看一看它。有些大胆的人还伸手摸摸它，或者带来一些食物给它。它从来不吃生人给它的食物，那些食物就在眼前丢弃着，它连看都不看一眼，直到他捡起那些食物再次递给它，它才肯吃。

七老八十的他终于老了，老得下山一趟都不容易了。镇里的民政助理小李便往山上跑得更勤了。以前民政助理小李都是一个季度上一次山，每次来都带着组织的温暖，给他捎来一个季度的政府补贴。他的身份是解放战争参加工作的伤残老兵，政府每个季度都有补贴，小李每次来都很尊重的样子，坐在他屋内唯一的一把椅子上，把装有补贴的信封恭恭敬敬地放到桌子上，探下身子叫一声：老前辈。他每次都会从信封里拿出一些钱，数好零整放到小李手里道：这是我这个季度的党费，代我交给党组织。小李笑一笑，默默地把这些有零有整的钱装在口袋里，然后他起身，小李随在他身后，走出院门，一条小路通往山腰上那片墓地，小路光洁瓷实在脚下延伸，曲了几曲折了几折，便来到了那片墓地。墓已经修过了，水泥基座，坟头也墁了水泥，很坚固也很整齐的样子。墓前有碑，上面刻着烈士的名字：张小草、马花花、苏婉婉，还有一个叫蔡蓉蓉，落款是省政府立。因为这四位烈士的存在，这座叫二龙山的地方，也被人们称为烈士山。每到清明节，附近的学校会组织学生来悼念烈士，学生们手捧鲜花，排着队，唱着《少先队员之歌》。孩子们的声音在墓园里响起，稚气的童声在山林里飘荡，他们一张张红红的小脸写满了庄严。

每次学生们来，他都要陪着，有时老师会要求他讲讲这些烈士们的牺牲经过。他几乎每年都要讲一遍，四个女兵牺牲时都很年轻，每次讲起时，她们的音容笑貌又会浮现在他的眼前，仿佛她们从没远离过他，这也是他住在这里不肯下山的理由，守护陪伴她们，成为了他的责任。

孩子们扫墓时，也是他最庄严幸福的时刻，他把那身老军装翻找出来，胸前佩戴上军功章，他站在孩子们面前，手不远不近地随着他，像他的一名警卫员。他讲话时，手从来不乱动，蹲在那里，张着嘴看着眼前的孩子们，它似乎也听懂了他的话，神情庄重严肃。后来孩子们唱完歌列队走了，他目送着孩子们远去，手也和他一直目送。孩子们的身影消失了，稚气的歌声也听不见了，他才举起左手冲烈士墓地敬个礼。右手的空袖管在风中飘舞着，他放下左手，冲手说一句：咱们回家。一人一狗曲了几曲折了几折，沿着小路朝家的方向走去。

最近一阵子，民政助理小李往山上跑的次数更多了。每次小李来都真心实意地说：老前辈，镇党委研究过几次了，领导让我来劝你下山，去养老院。那里的条件好，看病有医生，还不用自己做饭，一切都有人打理。

这种话他已经听过无数遍了，以前那个民政助理叫大秦，大秦来看他时也无数次说过。后来大秦退休了，换成了小李。小李也这么说，他每次都不多说什么，只是摇头，在心里一遍遍地说：我是不会走的，我走了，她们会冷清的。

小李的话他不听，后来镇长和书记也轮流到山上来劝他，每次书记和镇长见到他都很谦恭和尊重，都要称他为“老前辈”，每次说的也都是相同的话题，劝他下山去享福。每次他都摇头，镇长和书记又说：老前辈，你有什么条件只管说。他又摇头，一边摇头一边说：我在这里挺好，麻烦组织费心了。

他一次又一次地回绝，态度坚定、不容置疑。来劝他的人只能无奈，走时，他会把他们送到半山腰的路口，然后立住脚，冲他们说：感谢领导的关心，慢走。

他目送领导们远去，他和手站在半山坡上，望着远去的领导们。

一人一狗终于清静了。他回过身时，又看到了那片墓地，他仿佛又看见了那四个女兵笑靥如花地望着他。他心里就潮湿了一片。

伏击战

五十多年前，就是在这座叫二龙山的地方打响了一场伏击战。

四平保卫战失利了，国民党新一军把东北民主联军从四平赶了出来，联军开始后撤，国民党的部队不肯就此罢休，集结了兵力赶着联军向北面跑。

联军在撤退，国民党部队在追赶，在离四平向东几十公里外的二龙山，一场伏击战就不可避免了。

那会儿，他刚满二十岁，家住在二龙山的山腰间，三间茅草房，门前依着山坡有一个院子，院子周围扎着篱笆，民主联军撤到这里，他的家便被征用了，做了战地医院。他家门前一下子拥进来一批男医生和女护士，他就是在那会儿认识马花花、张小草这群护士的。后来，他才知道，她们这群年轻护士是联军第一次攻占四平之后才参的军，之前她们是护校的学生，到这场伏击战开始，她们满打满算参军还不到一个月。但她们已经是称职的战地医院护士了，伏击战一打响，便有一批又一批伤员被运送下来，她们忙而不乱，轻伤的由她们包扎处理，重伤的送到医生那里手术缝合。他家那三间房便成了手术室，地下、炕上、院子里躺满了伤员。

父母帮助烧水，这些水用来清洗伤员的伤口。他加入了担架队，和同村的二狗子抬一副担架。他们冒着敌人的炮弹和嗖嗖飞过的流弹，每次抬下的伤员都要和护士们做交接。轻伤员留在院子里，重伤员被抬到屋里。马花花奔跑在这些伤员中间，大声地指挥着，因为忙碌一张小脸通红，一双眼睛睫毛很长，不停地忽闪着，军装外面披了件白色的护士服，护士服已经被血染红了，她训练有素地指挥着这一切。

村里许多青壮年都加入到这场伏击战之中，有的往阵地上运子弹，有的参加了担架队，他们奔波在后方和战场之间。远远近近的阵地已经焦灼了，枪炮声已听不出个数了，像一锅沸腾的粥。他第一次经历这种场面，最初他是慌乱的，甚至惧怕。往返阵地和医院几次之后，他看到了马花花、苏婉婉这些女兵，他慌乱的心开始镇定了。她们的年龄和自己相仿，甚至比自己都要小，她们在枪炮声中是那么镇定自若，仿佛战争已置身事外，他看着她们冷静的样子，自己也随之沉稳下来。

那次伏击，一连打了三天三夜，这是一支掩护大部队转移的队伍，他们的任务就是死死钉在二龙山上，阻止敌人追击。据说那次伏击战联军投入了一个团的兵力。他不知一个团有多少士兵，总之，三天后，阻击部队撤走时才剩下稀稀拉拉几百人。

马花花、苏婉婉这些年轻的护士却没有撤走，她们永远留在了二龙山，确切地说，是留在他们家院子里。

伏击战打到第三天上午，他和二狗子抬着一位伤员从山上撤下来，正往医院赶，离他家院子几十米时，他看到一发炮弹在他家院中央炸开来，有两个停放在院内等待救护的伤员被炸上了天。马花花、张小草她们奔出来，去拖那些躺在院子里的伤员，就在这当口，又有几发炮弹落了下来，接二连三在院子里炸响了。他亲眼看见，她们被炮弹炸飞，有的直接倒在了地上。关于她们的记忆在那一瞬间定格了。

一群年轻的女护士永远留在了二龙山。

追赶联军的国民党队伍越聚越多，伏击的联军顶不住了。在第三天的黄昏时分，他们放弃了阵地向北撤退。追赶的国民党队伍也一直向北追去，二龙山留下许多联军战士的尸体。

联军撤走那天夜里，全村男女老少集体出动，就近掩埋了这些阵亡的士兵。几个女兵是被他掩埋的，就埋在他们家院外几百米开外的地方，他整理她们的尸体时，仍然记得她们的名字，张小草、马花花、苏婉婉、蔡蓉蓉，一群鲜活漂亮的女孩子，在几发炮弹落下之后，她们长眠在此了。

就是这场伏击战，让二十岁的他经历了生死。她们牺牲第七天时，父母递给他一叠烧纸，说：今天是几个孩子的头七，你给她们烧些纸吧。

他夹着父母递给他的烧纸，蹲在她们的坟前点燃，升腾起的火焰红红的。在火光中，他似乎又看见了她们的音容笑貌，七天前她们还活蹦乱跳的样子，七天后她们变成了一座座土丘。

这几个女兵中，马花花留给他的印象最为深刻。他的手臂上仍然留着她的体温。抢救伤员时，他的手臂被一颗流弹擦破了一层皮，当时因为紧张，自己都没有察觉，他把伤员从担架上抬下来的时候，马花花发现了他的伤，血水已经浸透了衣袖，她惊呼一声：你受伤了。他这才发现自己的伤情，撸开袖子看到了子弹留下的伤痕，他一时手足无措。马花花攥着他的手臂说了声：别动，我帮你处理。她说完从急救包里拿出纱布缠在他的伤口上，系纱布时，身边没有剪刀，她俯下头用嘴去咬扯纱布，那一瞬间，她的脸贴在他的胳膊上，一股异样的感觉像过电似的在他身体流过，从小到大，还没有一个女孩子这样对待过他。他闭上了眼睛，他从俯在身前她的头发上嗅到了一个陌生女孩子的气息，许久之后，这种陌生的气息在他的记忆里经久不散。

不久之后，跑到北面去的民主联军经过休整，又浩浩荡荡地回来了，再一次把四平团团围了。攻打四平的第三次战役打响了。

就是在那次战役中，他参军了，成为了一名战士。又是不久，东北解放了，部队出关南下。

部队开拔前，他回了一次家。家还是那个家，三间重新翻盖的草房，整洁如新的院子。他向父母告别，也向那几个女护士告别，他又一次来到她们的坟前，挨个看了，她们的样子又一次在他眼里鲜活起来。他向她们举起了右手，以一个战士的名义向她们告别。

队伍一出关家就越来越远了，但他一直不能忘记那几个女护士，她们就留在他的家门前。每当想起家，都会想起她们，仿佛她们已经成为了他家庭中的一员，不论走到哪里，似乎都有一双双目光不离不弃地跟着他。

队伍越走越向南，他们已经来到了海南岛，他是在解放海南岛战役中负的伤，一发敌人的机枪子弹击中了他的右臂，就此，他失去了右臂。他在海南休整时，大部队又调到大西北去剿匪了。

解放海南岛战役之前，他已经是名连长了，他伤养好后，组织劝他留在海南，海南刚刚解放需要工作人员。他在海南养伤期间，异常地想家，想家中的父母，还有留在他家门前的那几个女护士。他自己都说不清，这种思念和记挂从何而来，总之，他就是从心底里思念，仿佛她们不是被掩埋了，而是仍然活着，就站在他家院子里奔跑着、忙碌着。

在他的坚持下，他复员回到了二龙山。因为他的身份，组织最初要安排他在四平工作，这座他曾经参加过解放的城市，此时已经太平了，新中国已经成立，一切都是那么美好和安宁。他又一次婉拒了组织的好意，他要回家，只有回到家里，他才踏实。

他终于回到了二龙山这个家，父亲已经不在了，几年没见的母亲似乎也老了许多。父亲是在他离家三年后病逝的，就葬在二龙山的山脚下。他看完父亲，鬼使神差地又来到了她们中间，告别时，他用右手向她们敬过礼，这次回来他只能用左手向她们敬礼了。几年过去了，记忆却如初。她们的样子仍像当年一样，他的心跳了跳，一种莫名的亲切迎面而来，他抬眼望着二龙山，他在心里一遍遍地说：我回来了，哪儿也不去了。

人与墓

海南岛战役结束之后，他转业回到了二龙山。那会儿，他还是个小伙子，虽然少了一只胳膊，他的身份却是复转伤残军人。

先是乡里领导找到他，希望他到乡里去工作，伤残前他是部队的连长，按照部队干部转业政策，是要安排工作的。在乡里工作，要离开二龙山，他摇头拒绝了。后来县里的人也找到他，让他去县政府工作，也被他拒绝了。他拒绝的理由如出一辙：自己伤残了，不适合出去工作了。县里乡里见他铁了心，便安排他在二龙山做了名护林员。护林员算是林场的职工，每月领工资，也算是对伤残军人的安排照顾了。

他终于踏实下来了，每天在山林里转悠，这看看那摸摸，他会长时间在当年的伏击地驻足，每次站在昔日的战场上，他就会想起那几个女护士。她们站在院子里忙碌地布置着战地医院，有说有笑，她们讲话声音很好听，像林地的鸟叫，她们的身影是那么生动，仿佛她们是一群来到他家的天使，院子里、整个二龙山都亮了。他望着她们的身影，就是那会儿下决心参加担架队的。他和二狗子抬一副担架，一趟趟地从阵地上抢救伤员，每次把伤员抬到院子里，都能看到她们的身影。只要一看到她们，他的浑身都是力气。二狗子受不了了，瘫坐在地上，他怕耽误抢救伤员，揪起二狗子的衣领往阵地上拖，二狗子的脖子被勒住了，一边咳一边说：你不累呀，这都跑了十八趟了。他和二狗子快速地向战地医院跑。多跑几次就能多见几次他心中的天使。

眼下一切都物是人非了，甚至看不到当年伏击战时的痕迹了，炮弹在山上炸出的坑，已被雨水冲平了，上面又长满了蒿草，此刻在他眼前旺盛着。唯有那些留在山上的墓地在静静地立着。

他每天都要走出自家院门，来到她们的坟前，立一会儿，看到她们坟头的蒿草便蹲下身拔下来，后来又找来锹镐把长在坟地的草丛铲除，没有了蒿草的墓地干净整洁了。从院门到墓地一趟趟走，便踩出一条小路，曲了几曲折了几折，像他犹豫不决的心情。

他每天起床站在院子里都会看到她们，他遥望片刻，然后就去山林里转悠。护林防火是他的工作，听着树林里的鸟鸣，仿佛是她们在唱歌，一想起有她们的陪伴，他的心情就愉快起来，他挺起胸，加大步伐，在林地里转了一圈，最后就回到她们身旁，他会冲她们说：这天真热。他又抬头望眼天：估计明天要下雨了。仿佛这几名女兵不是长眠在地下，而是就立在他的眼前。他站过了，说过了，母亲在院子里已经喊他回家吃饭了，他又冲她们低低说一句：我该回家了。然后曲了几曲折了几折，顺着自己踩出的小路一步三回头地向家走去。

他已经二十大几了，母亲操心着他的婚事，二狗子已经是两个孩子的爹了，二狗子领着自己的儿子上山来看过他。二狗子的目光一直瞄着他右臂空荡的袖管。在四平第三次战役中，他动员过二狗子和他一起参军，他知道二狗子父母不同意，但他还是劝二狗子，二狗子本人也不同意，二狗子拉着他说：我不去，你听我话也别去，打仗会死人的，咱们二龙山埋了多少人呢。他听了二狗子的话，甩开二狗子拉着自己的手臂，他又想到了那几个女兵，那几个女孩子，花样的年纪，她们都不怕死，一个男人说自己怕死，他从心底里瞧不起二狗子，自己报名参加了部队。从那以后，他不论走到哪里，都觉得她们正在用目光望着他，他的一举一动似乎她们也能看得到，他就在她们目光的交织中一路向南。

几年不见，二狗子已经娶妻生子了，因为当年二狗子参加过担架队，二狗子已经是村里的民兵连长了，二狗子平日里说话办事就很连长的样子。那次二狗子一手牵着儿子，眼睛望着他的空袖管道：回来就好，抓紧成个家吧。

同村里的人，不仅二狗子成家立业了，和他同龄的伙伴都已经成家过日子了。唯有他还孤单着。在这件事情上，母亲比他还急，他整天在山林里转悠，连山都不肯下一次，哪会有机会谈情说爱。那会儿母亲还算腿脚灵便，母亲为他一次次下山，从前村走到后屯，她去拜访那些媒婆。

媒婆们都很热心，纷纷领着姑娘们上山，虽然他少了只手臂，但他的身份还是让姑娘们心仪，他是转业军人，立过功，虽然不是领导，但也是有公职的人，姑娘们愿意嫁给他。可他却一个也没看上。媒婆领着姑娘来了一拨，又走了一批，渐渐地他家的门庭就稀落下来。媒婆们都说他心气高，看不上乡下姑娘。

他听了媒婆的议论，只能在心里苦笑一番，他不是看不上这些姑娘，是他忘不了那几个天使一样的护士，她们此刻就长眠在他的眼皮底下，每次见到被领到家里的女孩，他都会暗中和那几个护士去做对比，比来较去的，都不让他称心。他只能摇头。

一晃他就三十出头了，错过了成家的最好年华。母亲为他叹气，一声又一声，无论是白天还是晚上，母亲的叹气声一直缠绕着他。

母亲在叹息声中老去，又牵肠挂肚地离他而去。他把母亲和父亲合葬在一起。这个家就剩下他一个人了，一晃人就到了中年。

乡改成了公社，后来又改成了镇。后来政府出资把二龙山上的烈士墓地修过了，每个坟前都立了石碑，上面刻着烈士的名字，山也改名为烈士山。最初政府有组织地到山上祭奠这些烈士，他成了义务讲解员，每次讲解都从那场伏击战说起，当讲到那几个天使般的护士时，他的喉咙就哽咽了，眼睛也是湿润的。他人已经到了中年，可她们仍然是年轻的，二十岁左右的年纪，如花的年龄，如梦的青春，在他的心里，她们成了他的孩子。每次讲到这几个护士牺牲的经过，他都会难过，听的人也戚戚着。

人到中年的他仍然一个人在山上过着，有几次镇政府的领导上山找他谈过，希望他下山工作，他参加过战争，立过功，负过伤，按政策理应被政府照顾，可每次都被他婉拒了。现在的理由是：已经习惯山上的生活了。镇领导尊重他的选择，每次走时，领导都会说：有什么困难跟组织说。可他一次也没说过自己的困难，他待在山上守护着她们，他心里踏实。

又是一晃，他到了退休的年纪。政府又派来了一名守林员，守林员住在山下，每天按部就班地到山上转一转，然后就下山了。他虽然不再是守林员了，但多年养成的习惯，仍每天在林地里转悠，转悠一圈之后，他就会来到她们的身旁，坐在她们的中间，目光依次地从她们的墓碑上扫过，张小草、马花花、苏婉婉、蔡蓉蓉，这么多年过去了，她们的样貌依旧清晰地浮现在他的眼前。张小草生性腼腆，说话细声细气。马花花活泼调皮，睫毛很长，总是忽闪着眼睛看人。她为他包扎过伤口，用牙齿咬断绷带那一幕仿佛就发生在昨天，她的气息，以及她的脸颊触碰在他手臂上毛茸茸的那种感觉，一直陪伴了他几十年，这种感觉新奇而又美好。他一遍遍地把她们的音容笑貌温习过了，他觉得她们就在他的身边。他就说：天凉了，该多穿点衣服，小苏哇，你身子骨弱，吃东西别贪凉。

此时，正是冬天，山上山下被雪盖了，皑皑的一片。她们的墓地被他清扫过了，露出墓和碑静静地立在他的眼前。

坐过了说过了，他慢慢地起身，沿着那条小路，曲了几曲折了几折，向家走去。

情未了

自从他有了狗的陪护，便给它起名叫手。狗不仅成为了他的另一只手，也是他生活的伴。

一位老人，一条狗，仍然住在山上，日子似乎仍然如前，但和以前却不同了。他已经没有力气去山林里转悠了，更多的时候是立在家门前的空地上，抻长浑浊的目光去望身后的山林，山林依旧，在风的吹拂下，树木抖着树叶，很繁盛的样子。痴痴呆呆地望上一会儿，他收了目光去望家门前不远处的那几冢墓地，墓地依然静卧在那里，他慢慢地移动着脚步，向墓地挪去，他要出现在她们身边。几十年了，每天如此，去看她们，在她们中间坐一坐，成了他生活的一部分。

手起初走在他身后，他走几步就要歇一歇，扶着小路旁的树木，手就走到他的前面，和他拉开一段距离后便停下了，回过身，蹲在原地等他。手望着他，一副爱莫能助的样子。他缓慢着向前挪几步，狗就转身向前走几步，然后又转身等他。

他望着曲了几曲折了几折的小路，扶着树，弯下身去拍打不听使唤的腿。他就想起当年参加担架队时的情景，那会儿他才二十岁，浑身有使不完的劲。后来他加入了队伍，这支队伍从关外走到关内，他走到了天涯海角，走了这么长的路，他没有累过，歇歇脚，睡上一觉，他又浑身是力了。此时，他的力气似乎被一丝丝地抽走了，走几步，腿脚就软得不行，还要大口地喘气。年轻时发生的事，仿佛就发生在不久前的某一天。他活到现在，突然发现，生命是那么的短，短得都没给他留下足够的回忆。

他终于挪到了她们中间，他坐在地上，吁吁地喘着，他望着她们坟前的墓碑，张小草、马花花、苏婉婉、蔡蓉蓉，他似乎就看见了她们，她们仍然是那么年轻，活蹦乱跳地站在他的眼前。他陪了她们几十年，她们也和他相伴了几十年，他们彼此已经很熟悉了，他们像朋友更像亲人。他移过去，扶着她们的墓碑，依次地停一停站一站，阳光正好，暖暖地晒在他的身上，他在她们面前坐下，她们笑着，忙碌着，他眯着眼睛望她们。

手起初蹲在地上望他，等久了，就卧下了，两只前爪交替在身前，头伏下来，沉沉地似乎要睡过去。

他又看见了当年的战地医院，他自家篱笆墙上晒满了被洗过的绷带和纱布，树杈上也挂满了，像一面面立起的幡旗，她们奔跑着，接过一个又一个运下来的伤员，她们一面低声安慰着伤员，一面快速处理着他们的伤口。不知何时，他也成了伤员，躺在担架上，马花花伏在他面前，一双水汪汪的眼睛正望着他，她长长的睫毛就在他眼前忽闪着。她问他：疼吗？他不说话，定定地望着她，他正一点点地被她的目光吸走，身子悬空，他的身体碰到了她，她的睫毛是柔软的，他闭上了眼睛，感受着柔软的抚慰。一阵风吹过来，他打了个激灵，他醒了，风吹得树林一片沙沙作响。他看到了手，手伏起身子在望他，它时刻准备听候他的召唤。

太阳一点点地在天上爬过，他开始向家的方向走去，一步步挪着身体，手在他身前不停地等他。手成了他的引路者。

每天早晨，手都要去一次超市，给他带回一天的吃食。吃食就在篮子里放着，连同小胡找回的零钱。手抬头望他，他伸手在手的头上拍两下，手受到了鼓励，伸出舌头柔软地在他手上舔几下。

镇政府民政助理小李又来了，伏在他面前叫一声：老前辈。他点点头，招呼小李坐下，狗从门里叼出一只小凳放在小李身旁。小李就笑着说：老前辈，你的狗真通人性。

听小李这么说，他补充道：它叫手。

小李一笑：对对，它叫手，你看我这记性，每次都忘。

小李坐下，探过头又说：老前辈，前几天镇领导又开会研究了，觉得还是让你下山住合适。养老院有人伺候你，吃的穿的用的都不用你操心。

小李说完期待地望着他。

他不看小李，摇摇头，在心里说：我哪也不会去。

小李又说了些什么，他一句也听不下去了，他盼小李走，小李一走，他还要去看她们。小李终于走了，他站起身冲小李招招手，算是告别了。转过身冲手说：咱们该走了。

一人一狗，慢慢地向墓地方向挪去，像两个影子，一长一短，游移在曲折的小路上。

有时，他从屋里移到门前，手叼出小凳放在他身后，他坐下，手蹲在他面前。他望着手，手也望着他。人和狗相互凝视着。他知道属于自己的日子不多了，他不怕离开这个世界。对他来说，他拥有这个世界虽然短暂，但他来过了，他一直认为，自己去了，就会在另外一个世界上见到她们。她们仍然那么年轻鲜活，可他已经老了，想到这儿他有些悲凉，但毕竟会和她们重逢，他守望了她们这么久，想必她们不会忘记他。这么想过了，心里就多了层东西，毛茸茸的，在他心坎里爬过。他唯一不放心的就是眼前的手，手的母亲陪了他十五年，手又陪了他十年。二十五年光阴，说长不长，说短不短，手早就成为了他的伙伴。他凝视着手就说：我要走了，以后就剩下你自个儿了。

手似乎听懂了他的话，把头伸过来，偎在他的腿上，温暖地靠着他。他伸出手摸着手，让它的温度传递给他。他想到了自己离开后的日子，第二天他打发手下山时，在纸条上给小胡捎了句话，请小胡上山来一趟。小胡看到纸条如约而至了。这么多年，他很少和人打交道，打交道最多的就是镇政府的领导，过年过节的都会到山上来看他。其他的人就只有开超市的小胡了。他脚力尚好时，几乎每天都要去小胡超市，有时不买什么，就是站在超市门口和小胡说上几句话，也让手和哥哥姐姐相聚一刻。当年他把手的哥哥姐姐送给了小胡，他和小胡也算是有交情的人了。小胡也是爱狗之人，养了两条狗一直到现在。

小胡来了，站在他面前，小胡称他“老革命”，自从认识那天开始，小胡就一直这么称呼他。他从怀里掏出一摞报纸包裹的钱，大约有几万的样子。这是他这么多年的退休金，还有政府给他的伤残军人补贴。他把钱递给小胡，小胡没接，诧异地望着他。他不容置疑地说：你拿着，我有话说。

小胡犹豫着把报纸包裹的钱接了，他才说：我要不在了，求你两件事。一、帮我照看手，它是只听话懂事的狗，这么多年了，多亏它陪我。

小胡点头，望了眼静立在一旁的手道：老革命，这你放心。狗我一定会收留，你平时怎么待它的，我一定能做到。

他把目光越到她们的坟前，说：我这三间房子十几年前修过了，不值几个钱，有房子在就是个家，你帮我照看着，抽空打扫一下，让她们累了也有个歇脚的去处。

小胡顺着他的目光望过去，看见了那几座坟。小胡转过头来时，望着他就语塞了，小胡突然明白，老革命这么多年不下山守在这里的原因。小胡四十不到的样子，虽然他没亲眼见证过那次伏击战，但伏击战的故事他听说过。生在二龙山脚下的人，没人不知道那场战斗以及牺牲在山上的烈士。

小胡把钱放在他怀里，直起身道：老革命，这两条我都依你，也保证做好，可这钱我不能收。

他望着小胡，又举起了那包钱，眼神是不容置疑，一直固执地举着。小胡仍想推拒，但在他固执的神情下，还是一点点地把手伸出去，接过他手里的钱，低下眼皮道：既然这样，等你真的百年了，我给你烧纸、送终。

他摇摇头：政府会给我送终。

小胡眼里有了泪水，别过头去抹了一把。

后来小胡就下山了，一步三回头。

不久的一天早晨，他仍像往常一样，从床上下来挪到门口，手已经把小凳叼在门前，他坐下，身子倚在门框上，太阳出来了，照在他的身上，洒满了整个小院。

手把篮子挎在脖子上，等他往篮子里放纸条和钱，他却没动，目光越过狗去望那片墓地。墓地在不远处，笼在他的目光里，他一直睁着眼向前凝望着。

太阳一点点地升起，温度升了起来，手后来等累了，伏在他眼前，头一点一点地打着瞌睡。

太阳又偏西一些的时候，小胡上山了，手里提着菜。他没等来手，自己便上山了。小胡弯下身子冲他叫：老革命，老革命……

他走了。

他的后事果然是政府一手操办的，生前他和镇领导以及李助理反复交代过，自己要葬在二龙山上，就在他家后院一片林子里，他为自己选好了墓地，并领着领导和小李看过。

政府就依他的遗嘱火化后葬在了山坡上。人们发现，他的墓地在他屋后的上方，目光越过他的房顶，正好可以清晰地看到那几个女兵的墓地。

他去了，安葬了，一切似乎都结束了。

手却不肯离开，守着他的墓，守着昔日这个家。小胡想了各种办法想把手领到山下去，他把它领下去，它又回来，径直来到他的墓前，趴在那里和墓地对视。

无奈的小胡，只能每天上山一趟，给手带来食物和水，顺便打扫一下院子。那三间小房还在，院子打扫过依旧整洁，篱笆墙还是几十年前的样子。

清明节的时候，有学生，也有政府机关的人到山上来祭奠烈士。他不在了，民政助理小李便成了解说员，他站在墓前冲人们说：这是牺牲在这里的几名女护士，当年的伏击战战地医院就设立在我身后的院子里……

后来，他留下的小院也成为了当年战争的遗址。政府在小院门前立了块牌子，上书：政府保护文物，战争遗址。

手每天走进小院，叼着他的小凳，然后来到他的墓前，把小凳放在他的身旁，然后手趴下身去守着他。静静的，太阳升起又落下，落下又升起……

某一天，小胡来扫院子给手喂食，发现手卧在他墓前再也起不来了。小胡在他墓前的一棵树下，把手葬了。

一人一狗相依相伴，静静地望着这个世界。草青草黄又是一年了。

他　　们

上部：他

老兵李秋实转业的当天晚上，拉卡哨所发现秋雨和秋雪失踪了。秋雨和秋雪是两条狗，平时一直是李秋实照料。李秋实是连队后勤的兵，编制在炊事班，做过两年炊事员，自从连队建了蔬菜大棚，他便从炊事班抽调出来，专门照顾蔬菜大棚里的蔬菜。有一次探亲，他从山下带回来两只狗崽，两只狗一黑一黄，刚出生不久的样子，眼睛还眯缝着。两只狗崽不是什么名贵品种，就是普通山里人养的土狗。李秋实从山上下来，就把两只狗带到了蔬菜大棚里，还找来了一些棉絮给狗搭了个窝。

一黑一黄的狗崽，似乎还没断奶的样子，正经食物还不会吃，李秋实就从炊事班弄来米汤一口口地喂，后来，两只小狗又大了一些，他又为小狗喂米粥。起初，哨所的战士们都觉得新鲜，不时地到蔬菜大棚里看两只小狗。山下的狗突然来到海拔 4000 多米的哨所，和初来乍到的人一样，反应很大，吃啥吐啥，一副气息奄奄的样子。战士们都摇头，觉得这两只狗喂不活，白糟蹋了两条生命。唯有李秋实坚信，两只狗一定会活下来。两只狗先是喝米汤，又开始喝粥了，再后来，李秋实就把米饭或者馒头嚼了喂它们，终于两只狗可以吃一些食物了。几个月过去，两只小狗已经活蹦乱跳了。不论李秋实走到哪里，两只小狗都跟着，哨所里多了两只狗，给官兵们增添了许多营生和快乐。闲下来的官兵们，就开始逗狗玩。有人就说：秋实，该给两只狗起个名字了。李秋实就蹲在石头上望着两只狗，琢磨了一气，又一气，最后才说：就叫秋雨、秋雪吧。战士们听了这名字一怔，突然意识到了什么，有人就说：你们这不成了哥们了吗？李秋实就梗起脖子道：哥们就哥们。众人见李秋实认真了，就噤了声。

从那以后，两只狗有了自己的名字，黑狗叫秋雨，黄狗叫秋雪。当李秋实的兵龄又增加一年，成了名副其实的老兵了，人们这才意识到，秋雨和秋雪有点不对劲。按常理，一岁多的狗已经是成年狗了，怎么说也该长到人的膝盖那么高了，可秋雨和秋雪似乎被什么施了魔法，长得只有板凳那么高。不知道的人还以为两只狗是什么新品种。

李秋实也有些发愁，起初认为是两只狗营养跟不上，便经常去炊事班要来一些骨头，还有一些剩下的饭菜什么的，一股脑儿端给秋雨和秋雪吃。又过去了一阵，似乎两只狗的身体也没什么明显起色。一次团卫生队的唐军医带人到哨所为官兵检查身体，李秋实也请唐军医为两只狗看了看。唐军医扶了扶眼镜，看眼狗又看眼李秋实说：这狗健康没问题，长不大的原因是，这里是高原，在这待久了，五脏六腑都变了。唐军医怕李秋实不明白，又领着李秋实来到蔬菜大棚里，指着那些蔬菜说：山下的蔬菜长得有多大，你心里有数吧，再看看你们山上这些蔬菜。李秋实望眼蔬菜，一下子就明白了。他已经种了两年蔬菜，水没少浇，肥没少施，可眼前的白菜、辣椒、西红柿什么的，明显比山下的蔬菜小上一号，似乎进入了卡通世界。到了山上，什么都变了。老兵们每年探亲休假，都会到山下团部的卫生队检查身体，医生会指着各种彩超报告和他们说：心、脾、肺都比常人大了许多。在高原山上待久了的人都明白这个道理，这里缺氧，为了维持正常生命，心、肝、脾、肺就要拼命工作，久了，就会比常人大上一号，待得越久，这种情况就越明显。

不仅李秋实明白了两只狗长不大的道理，哨所上所有的人都懂了。虽然秋雨、秋雪长得不尽如人意，但每次外出巡逻，官兵们都喜欢把秋雨和秋雪带在身边，翻山越岭不论春夏秋冬，两只狗和官兵们一起走在巡逻的路上。

有一次，巡逻官兵宿营在一个休息点，夜半，遇到了一群高原狼，是秋雨和秋雪拼命地呼叫，让官兵们在沉沉又疲惫的梦中醒来。这时，他们才发现已经被狼群包围了，后来他们点起了篝火，狼群才散去。从那以后，官兵们再次巡逻时，更加离不开秋雨和秋雪了。每次哨所开饭时，秋雨和秋雪就蹲在食堂门口，它们知道，马上就会有好吃的了。果然，不时地有人扔出一块骨头，半块肉什么的，扔在它们面前。还有的人，把自己的馒头省下半块，偷偷地丢给它们。连长、指挥员看见了，也睁只眼闭只眼，在所有人的心里，他们早就把秋雨和秋雪当成了哨所中的一员。

他是国防毕业生，毕业后就来到了拉卡哨所当排长。他到哨所时，秋雨和秋雪就已经在了，在拉卡哨所，两只狗的兵龄比他还要大。后来，他当副连长，又当连长。他当连长时，老兵李秋实已经是二期士官了。秋雨和秋雪也有五六岁的年纪了。如果和人的年龄比，已到中年了。

五六年的时间里，秋雨和秋雪已经融入了哨所的每一个角落。每隔一段时间，哨所的官兵就会巡逻一次，秋雨和秋雪就像两名士兵一样，参加到巡逻队伍中，出发时，还活蹦乱跳的。拉卡哨所官兵负责的巡逻线路，每次都要走上三四天，才能把巡逻线路走上一遍。当巡逻官兵的队伍拖着疲惫的身影走回哨所时，秋雨和秋雪也尽显疲态。刚出发时的欢实劲早就无影无踪了，拐着腿，喘着气，一回到哨所，便钻进蔬菜大棚，卧在它们的窝里，喘着粗气，望着走近的李秋实。

每次官兵巡逻回来，炊事班都想方设法为官兵们改善伙食，比平时多加一个肉菜，再加一个蔬菜。李秋实也想方设法为秋雨和秋雪加餐，比如，肉汤拌饭，外加两个馒头。睡上一夜，秋雨、秋雪和哨所的官兵们一样，又一次生龙活虎了。

李秋实接到复员命令后，是一天上午出发的。山下已经是秋天了，拉卡哨所已经飘过了两次小雪，远山近岭都披上了一层白色。官兵们已经换成了冬装。李秋实这批老兵一接到复员的命令，他就开始催促他们尽快下山，不是哨所容纳不下几个复员的老兵，而是哨所的天说变就变，一场大雪下来，便会封了下山的路。这种事以前也遇到过，复员的老兵还没来得及下山，雪便封了路。大雪一下，便再也停不下来了，三天两头来一场雪，下山的路越积越厚，再次下山只能等到明年春天，冰雪消融了。

李秋实临下山那天早晨和往常并没有什么区别，吃完早饭，把秋雨和秋雪喂了，然后和两只狗告别，他分别把它们抱在怀里，拍拍它们的头，又拍拍它们的身子。以前每次，两只狗去巡逻时，他也是这么和它们告别，并说些鼓励的话。这次李秋实想说些别离的话，话到嘴边却没说出来，泪水就涌了出来。他只能用些力气抱了抱它们。

哨所的官兵已经集合完毕，在为他们几个复员老兵送行了。这次复员的老兵一共有五个，他们摘去领章、帽徽，背着背包，向哨所和送行的官兵敬礼。官兵们向他们还礼。

连长下达了口令：向右转，目标山下，起步走。他们知道，他们这一走，便不会再回来了。命令已经下达，他们只能迈开步子向山下走去。连长也陪同他们向山下走去。这是每年老兵复员的礼节，连长总会陪老兵往山下走上一程，说些离别的话，回顾曾经的情谊。团部接老兵的车会在山下通路的地方等待老兵，然后接上他们去团部，再坐上兵站的车，翻山越岭，去有城市的地方，飞机或者火车载着他们回到他们各自的故乡。

李秋实下山时，听到了秋雨和秋雪的叫声，他回了一次头，离开蔬菜大棚时，他把门关上了。他怕它们跑出来，自己走不成。当年探亲时，他就是从山下把它们抱到山上的。他想起了几年前它们的样子，它们的温热似乎还没从他怀里散去。

临和连长分手，李秋实只说了一句话：连长，照顾好秋雨和秋雪。连长说：放心，秋雨和秋雪是咱们哨所的一员，不会亏待它们的。想它们了，我会给你它们的照片和视频。

送了一程，连长就立住脚了。这次是连长给他们老兵敬礼了。暖暖地说一句：再见了，战友。老兵们齐齐地给连长还礼。他们该分手了。老兵们列成一队，向山下走去，拐了一个弯就不见了。

傍晚的时候，哨所的人们就发现，秋雨和秋雪不见了。

哨所的官兵们打着手电在哨所周围一直呼唤两只狗的名字。以前，这两只狗从没跑远过，只要它们听到自己的名字，一定快速地跑回来，结果这一次，他们失望了。一直到很晚，秋雨和秋雪都没有回到哨所。

起初，官兵们都认为，两只叫秋雨和秋雪的狗又被老兵李秋实带走了，正如，他把它们带来。那几日，官兵们就在私下议论狗和李秋实，他是如何把它们带出高原，以后又是如何与两只狗相处。两只狗都是土狗，是李秋实私自带到哨所的，本来就不属于哨所编制，李秋实把它们养大，又带走，也在情理之中。官兵们议论上一气也就罢了，只是觉得少了些什么，再次巡逻时，没有秋雨和秋雪的相伴，队伍里就少了生气。宿营休息时，没有两只狗的警戒，便又派出哨兵警惕着。

连长每隔几天，在晚饭后，就会走出哨所，登爬到哨所后面的一个山尖上，那里有不时飘来的移动信号。手机官兵们都有，在哨所和其他地方却很难接收到信号，平时只是个摆设。不知何时，有人在山后的山头上，举着手机发现了飘来的微弱信号，这一发现无疑鼓励了哨所中的所有人。人们纷纷来到后山坡上，举着手机寻找着，有人还试着拨打过电话，居然通了。信号终是不好，通话也是断断续续，有时扯着嗓子喊上半晌，对方也听不见自己讲上几句话。每到傍晚晚饭后，总会有几个官兵，排着队来到后山坡上，先是举着手机，吃力地寻找一番，电话终于接通，爹娘地叫上几声，零星片断地得到一些亲人的消息，心也就妥帖了许多。

连长也会到后山坡上，隔三岔五地打电话，他拨打最多的还是她的电话，他们是恋人，正计划着来年春暖花开回老家去完婚。此时正是热恋着。连长这次没有给她打电话，而是拨通了李秋实的电话，连长估摸着，李秋实该到家了，也应该安顿得差不多了。在寻找中，李秋实的电话通了，拨通的声音显得遥远而又虚弱。李秋实叫了一声：连长。他问到了秋雨和秋雪，转着身子，站起又蹲下在收听李秋实断断续续传来的声音，他终于听明白了，秋雨和秋雪没有和他在一起……李秋实听说两只狗丢了，在电话里几乎哭出声音来。

哨所的官兵们得知秋雨和秋雪并没有被带走，放下的心又悬了起来。有事没事时，官兵们就站在哨所的高处，呼唤两只狗的名字，以前不论何时何地，只要他们一呼唤，两只狗总会撒着欢地跑到他们面前。他们呼叫了一遍又一遍，茫茫的雪野中，却不见两只狗的身影，官兵们的心里都空落落的。

李秋实给连长发过几条信息，中心意思都是恳求连长，一定把两只狗找到，它们能长这么大不容易，在哨所长大和官兵一样吃了不少苦……连长是在又一次登到后山上时，李秋实的信息接二连三地闯入他的手机。连长一条条地读了，鼻子就有些发酸，他知道，李秋实发这些信息时，鼻子一定也是酸的。他接到李秋实信息时，当然还有她的信息，她告诉他，他们的新房已经开始粉刷了，她开始采购结婚用品，比如床单、被罩什么的，还有一些她拍来的照片，样子都火热和新鲜。此时，他站在冰天雪地中，突然就感到了温暖，似乎自己置身在家乡的街道上，和她手牵着手，在畅想他们未来的婚礼以及婚后的生活。思念便被点燃了，他拨通她的手机，似乎她在电话的另一端已经等他许久了，拨通的声音刚响两声，她便接通了，他先是听到了嘈杂的声音，她告诉他，自己和母亲在逛商场，看能不能为他们的婚礼再买点什么。她的语气里透露着无尽的幸福和满满的期待。他还想和她说点什么，此时电话信号随着一股风便飘走了，他再次拨打时，只剩下了盲音。他还想再换一个位置重新试一次，可他看到山坡不远处，有几个排队的士兵，也等着打电话，便把电话收起来，向山下走去。路过兵们身边时，兵们就一脸歉意地问：连长，电话打好了？他笑一笑，离开了，兵们便依次走到山坡上，踩在那块岩石上，扭着身子，期待电话信号再飘回来。

他们试过多次，只有后山坡那块岩石旁才有信号，仿佛那块岩石成了信号接收器。巴掌大的地方，便成为了哨所官兵向往的福地。哨所的纪律，只有休息时间，他们才会走出哨所，排着队，和故乡的亲人们讲上只言片语，此时，是官兵们最幸福的时光。

有时，他站在哨所门前的空地上，望着四周皑皑的白雪。星光下，雪泛着微光，连绵起伏的群山，影子似的铺排在他的眼前，思绪却穿过万千群山，回到了故乡，回到了她的身旁。此时内地的城市，一定是灿烂喧闹的，她和母亲正在逛商场，街头各种店铺林立，人们拥挤着、嘈杂着。也许，她和母亲逛累了，会吃碗米粉，然后坐公交或叫一辆网约车回家。他以前休假时，她就是这么陪他的。那些日子，每天自己都像过年，看什么都新鲜，干什么都觉得自己是天底下最幸福的人。自从来到哨所，从当排长开始，这样的日子对他来说太奢侈了，一年只有那么一次，一回到哨所，过往的一切，便成了念想和梦境，似乎一切未曾发生，只是自己的一个梦而已。

偶尔的，李秋实还有信息发过来，仍在打听秋雨和秋雪的下落。一想到两只狗，他的情绪就低落下来，望着哨所山前山后的雪地，思绪也会随着两只狗的命运飘走飘远。他和官兵们也议论过那两只狗的下落，有人说，一定是它们迷路了，被山下好心人家收养了，也有人说，它们一定又回到了出生地，找到前主人了。官兵们在哨所待久了，心都变得善良起来，没有人往更坏的结果去想。

两只狗在哨所待久了，它们已经成了他们中的一员，两只狗突然消失，就像退伍走的老兵，几天前他们就还在自己的身边，连长长连长短地叫着，说走就走了，只剩下了回忆中的音容笑貌。这么想了，心里就怅怅的，不是个滋味。

他知道，等哨所周围的雪消融，春天就真正到来了，通往山下的路就通了。那会儿就是他休婚假的日子了。

冬天虽然漫长，但春天还是来了。先是能听到雪裂的声音，开始是细微的，后来就连成一片，以前他从没听见过雪裂的声音，他一直认为，那么柔软的雪花，怎么还会发出声音？自从来到哨所后，他才领略到雪落下还有融化时，是有声音的。有时在梦中，这声音会吵醒他们。官兵们听着这声音，心情是激动的，雪一化，路一通，仿佛就把哨所和外面的世界勾连起来了。雪一天天地融化着，哨所的山头渐渐地扩大了，一日，他们出操，一个战士突然叫了一声：狗。他们顺着战士的目光望过去，吃惊地发现，在雪地里，果然看到了半只狗的身子，另半截身子仍被雪埋着。他们奔过去，扒开雪，是秋雨，再去挖又发现了秋雪，一黑一黄两只狗早就被冻死了。它们的头朝着哨所方向，最后死的那一刻，它们仍奋力地向前挣扎着，至死，它们仍保持着那个挣扎的姿势。

两只狗从雪里被刨出来时，许多官兵都流泪了，他们以前对狗的结局想象，这是最坏的一种结果。一定是两只狗发现李秋实不在了，它们去寻找，在回来的路上遇到了突然而至的暴雪，它们已经接近哨所了，在最后一程，它们耗尽了最后一丝力气，被雪掩埋了。

官兵们在离蔬菜大棚不远的地方，挖了一个坑，把它们掩埋了。这地方，就是它们平时撒欢、玩耍的地方。秋雨和秋雪永远地留在了拉卡哨所。

雪终于彻底融化了。他要暂短地离开哨所，回到她的身边，完成他们期待已久的婚礼了。

下部：她

她是他的校友，是师妹。她在医学院，他是国防生。他们的相识，是在一次大学运动会上，国防生方队出场，引来一片尖叫。惊叹、尖叫者大都是各学院的女生，她也是其中一位。他是国防生方队的护旗手，个子高挑，面孔白皙，眉宇间英气勃发，她在那一瞬间便记住了他。以前的国防生，不论什么场合，都是以集体阵容亮相，他们所到之处，都会成为大学里一道亮丽的风景，引来众人的侧目。她也会经常被这道风景所吸引，每每此时，她的心都有如小鹿乱撞。国防生是个集体，在外人眼里，他们就像铜墙铁壁，每个人几乎是一个模子刻出来的，他们穿着一样的学员军服，表情似乎也空前的一致，整齐划一的存在。

在运动会上，她记住了这名护旗手，记忆像一台照相机，印在脑子里便出不来了。

他们真正相识时，是在黄昏后大学校园的小路上，她要去资料室查资料，他似乎从便利店刚买完东西回来，左手握着一管牙膏，右手提了一袋洗衣粉。狭路相逢的一刹那，她突然呼吸急促，脚步慌乱，下意识中，她要躲开他，让他们相安无事地过去，结果她慌乱地躲让，和他撞了个满怀。她还狼狈地跌了一个屁蹲儿，狼狈地坐在地上，书本散落一地。她看他的眼神有些惊慌，但很快又镇定了，他把手里的东西扔到地上，弯下身子把她扶了起来，一边动作一边说：同学，真对不住，用不用去医务室看一下。他们近距离地挨在了一起，莫名的，她心不再乱跳了，一种前所未有的叫幸福的东西荡漾在她身体每个细胞里。她仰起头看着他，她看到他眼神里别样的风景，她笑道：本姑娘没有那么娇气。他腼腆地一笑，脸瞬间红了，慌慌地避开她的目光，弯下身去拾他地上的牙膏和洗衣粉。如果他们就此分开，也许就没有结果了。他又低声说了句：对不起，同学。说完就要迈着大步走开，她突然灵机一动，喊了一声：站住。他的眼神里又透出一缕惊慌和害羞，不安地望着她。

她说：现在没事，不等于以后没事。万一，万一我又有事了呢。她说完这话时，掏出手机，很快把微信的二维码呈现在他眼前，他也慌乱地掏出手机。他们就这么认识了。

从傍晚到宿舍，她一直期待他的信息，可微信中他的那一栏里一直是空白的。只有他的名字“林大可”三个字。她想和他打个招呼，就像黄昏时那么勇敢一样，可现在“勇敢”两个字，不知又跑到哪里去了，不见一丝踪影。她为他有些坐立不安。

就在她洗漱完，即将上床时，她的手机响了，果然是林大可的。他在信息中说：大小姐同学，你没事吧，我们要休息了。她的微信名就是“大小姐”。她下意识地给他回了条信息，告诉他：我叫白雪梅，不是什么大小姐。他又给她回了个笑脸，她怔怔地看着手机，一时不知如何是好。从那天晚上开始，她把自己的微信名改成了“白雪梅”，名字后面又配了一枝正含苞欲放的梅花。那一晚，她一直没有睡好，眼前不断出现他发来的笑脸，那是一张普通的笑脸，但此时在她的眼里如东升的太阳。一直到早晨醒来，她横下一条心，给他发了一个早安的表情。他却没马上回，她打开宿舍的窗子，听见校园另一侧操场上，国防生出操跑步的口号声。今天不知怎么了，国防生的口号声在她听来是那么明媚和响亮。

一直到快上课时，他才简单地回了一个：早。

他们就这样开始交往了，后来她知道，他是学信息化管理专业的。不知为什么，在整个交往过程中，他一直被动，甚至还有些躲闪。也许是巧了，他们在暑假时，竟乘坐同一列高铁，目的地也是同一座城市。在那个暑假，他们之间的关系又掀开了一个新篇章。起初，他仍在躲闪，止步不前。直到再一次相约看了一场电影，其间，她主动把头靠在他的肩膀上，他一惊，似乎想躲闪，后来还是僵硬地迎合着她。她在暗中盯着他的眼睛，一下子捉住了他一只手，娇嗔道：干吗躲着我？他一直没有说话，甚至没有偏过一次头，一直僵着身子把那场电影看完。散场后，走在光天化日的街上，他才说：我们这批国防生，毕业了要去西部。她不假思索地说：哪怕天涯海角。他又说：那里艰苦，听说连手机信号也没有。她说：那我们就写信，哪怕回到远古。她在他面前咄咄逼人，又铿锵有力。也许正因如此，她把他拿下了。

他们恋爱了。通俗而又美好。

他比她早一年毕业，果然去了西部高原。她收到他的第一封信，告诉她，他在一个叫拉卡的哨所，海拔有4500多米，方圆不见一棵草木。他还告诉她，哨所里有个叫李秋实的老兵，养了两只狗，一黑一黄，黑的叫秋雨，黄的叫秋雪。他们的恋爱，仿佛真的回归到了远古，靠通信传递着相思。甚至有一个假期，她没收到他任何一封信，她拼命地给他写信，有时一周两三封，每次寄信，她都要亲自跑到邮局，贴足邮票，听着信件沉甸甸地落到邮筒里。她还是收不到他的回信，她一度认为，现在的邮局是不是不再有寄信这个业务了。她又跑到柜台前，亲自问了，答复是否定的，她才放下心来。几乎一个学期，她没收到他一封信，她认为他变心了，自己也仿佛失恋了。

直到毕业前夕，她突然收到了他的来信，有厚厚的一沓，捆在一起，足有几十封。她读着他的来信，才知道，大雪封山，他们所有的信件都阻隔在了邮路中。她一边读着他的信，一边流泪，她想象不出，他读她信时的样子。

后来她回到了老家，在医院里当了一名内科医生。突然有一天，她竟接到了他的电话，听着他遥远又缥缈的声音，她一时不知说什么好。他断断续续地告诉她，在哨所后山有块岩石上，偶尔能飘来手机信号，她果然在电话里听到了风声还有他气喘的声音。

从那以后，她几乎会在同一时间接听到他的电话，有时只喂了一声，信号便中断了。从那以后，手机微信便成了他们的留言板，有时一股脑儿，她会收到他几条信息。字句结实有力，情意绵长。她时时刻刻在思念着他，每当思念涌来，她也在手机微信中留言，然后认真地把微信发出去。她知道，在每天的那一时刻，他一股脑儿地会收到她所有的信息。那是她不尽的思念和祝福。

每年，他都会回来休一次假，第一次等来他休假时，她几乎认不出他的样貌了，他黑了，瘦了，又多了几分果敢和刚毅。高原的山风让他变了样子，似乎他从地下的另一端跨山跨海而来。一个多月的假期之后，他的样子似乎又回到了以前，面孔白净起来，连声音都滋润了，可他又告别了她。再一次盼来他的归期，在她眼里，他老了几岁，头发变得稀少了，脸和手的皮肤也皲裂了。她心疼地抚摸着他的脸，握着他粗糙的手，一句话也说不出来，只一味地流泪。

那一年的秋天，她想给他惊喜，她登上了西去的列车。列车到达了终点，她又坐上了兵站的运输车，直抵高原。一路上，驾车的老兵告诉她，她来的时间不对，也许她上不去拉卡哨所，以往这个季节，拉卡哨所已经被大雪封山了。这期间，她仍能在固定时间点，接到他三言两语的电话，还有一如既往的信息，她为了给他惊喜，一直没有告诉他自己的行踪。她还和以前一样，不停地给他发信息。

运输车队颠簸着，盘绕着在山岭间穿行，终于来到了他所在部队的团部，领导告诉她，通往拉卡哨所的路在半月前已经被大雪封住了。她在山下的团部里，已经看到了雪。团部说是山下，那是和哨所比较，其实海拔也接近4000米了。高原反应让她头痛欲裂、肝肠寸断，一路上的高原反应，被她见他的幸福感冲淡了。此时，所有的高原反应一股脑儿地袭向她，让她几乎不能支撑。在团部招待所，她吸了氧气，似乎仍没缓解她高原反应的症状，她听说，拉卡哨所通路要等到半年以后了。她想起之前在半年后才收到他一大扎信件的往事，心便彻底凉了。失望、念想在一瞬间崩塌了，让她一病不起，她竟发起了高烧。团部的领导安排她和拉卡哨所通电话，他接到她电话时，足足惊怔了有十几秒钟，几乎不相信她竟来到了眼前，他们却不能相见。莫名的，他们竟不知该说点什么，彼此听着对方的呼吸，觉得对方是如此之近，又如此遥远着。

最后，还是部队领导把她安排下山了，在高原上发烧本身就是危险的一件事。车又一次在山岭间穿行，想着他每次回家探亲，也是这么翻山越岭的，她的泪水又流了出来。一直回到内地，她大病了一场，不知是因为一路的劳顿，还是为了心疼他。从那以后，她就开始张罗他们的婚事。她要尽早嫁给他，在遥远的故乡，给他建起一个能遮风洗尘的避风港。结婚的想法从来没有这么迫切过。她要加倍疼他、爱他，似乎只有这样，才能减轻他所吃的苦、受的罪。

他们的婚礼，是在他回到故乡五天后举行的。在这之前，她一应俱全地把该做的都做了。她要在故乡给他建立起一个遮风挡雨的乐园，从她那次高原之行后便下了决心。她尽她所能，在回来后，便开始筹备这场婚礼。

婚礼终于如约举行了，那是一个普通又充满光泽的日子，有他们的同学，有双方父母，还有她的同事、邻居及亲朋。他穿着军装，她穿着婚纱，他们今天是整个现场的主角，所有的目光都齐聚在他们的身上。当主持人又一次把他们邀请到台上，要求他们介绍爱情经历时，他手拿话筒，想起了绿草如茵的校园。那个午后，一个扎马尾辫的女孩撞向了他的怀抱……就在这时，他兜内的手机振动了起来，一次又一次。他把话筒递给她，掏出手机，偷瞄了一眼，顿时，他整个身子绷紧了，他对她小声地说了句“对不起”，转身便奔到后台。电话是团部打来的，只有一句话：部队有战情，速归。没有更多解释，像一张简明扼要的电报文稿。他立在后台，目光似乎穿过了千山万水，回到了高原雪山……她的声音遥远而又模糊。

当她重新来到他身边时，她在他的脸上读出了某种气息，一瞬间也呆怔地立住。他望着她，声音不大，却坚定无比地说：我要立即归队。她一头扑在他的怀里，连同她身上穿的婚纱。她的泪洒在他的军衣上，央求道：不能把婚礼举行完再走吗？他说：不能，一分钟也不能耽误。她搂抱他的身子又用了一些力气，在他耳边说：从今天开始，我是你的老婆了。他也用力拥抱了她一次，一缕笑从他脸上绽开：谢谢你给我的一切。她看见他说完这句话，眼里闪过的泪光。

她推了他一把：你走，我一个人把婚礼进行到底。她还冲他笑了一次。

他举起手向她敬了一个军礼。然后不再回头，走向后台深处，穿过侧门。她望着他的背影在门口亮处一闪，便不见了。她擦去眼角的泪，又向舞台中央走去。

两个月后，两名高原边防军人找到了她，先是敬礼，然后是沉默。

半晌，掏出一张烈士证递到她的手上。两个月来，她一直没有他的音讯，她收到他最后一条信息，是他抵达团部后：亲爱的，我已归队，保重，我去了。这条信息直到现在还保存在她的手机里，每天都要拿出来，看上几遍。

她从两个军人断断续续的介绍中，知道他回到部队便上了拉卡哨所，那里发生了双方部队的对峙。一天，对方的士兵越过了双方争议地区，他带着哨所的士兵为了阻止对方无理的前行，发生了冲突。

部队领导哽咽着声音说：林大可连长，为捍卫祖国的领土，倒在了最前沿。

她身体摇晃了一下，也倒在了两位部队首长面前……部队领导临离开时，问她有什么要求，当时，她心里只有一个念头，就是去拉卡哨所，陪伴她的爱人。他不在了，她的魂也随他而去了。

又是两个月后，她接到了入伍通知，接收她的就是爱人生前所在的边防团。她又一次起程了。第一次她是出于好奇，想给他一份惊喜，这次不一样了，她要去陪伴，地老天荒。

这一次，她终于来到了拉卡哨所。站在哨所中央，她看到了四周的雪山，她呼吸着他曾经呼吸过的稀薄的空气，望着他曾经望过无数次的雪山和飘扬在哨所上空的国旗。她还来到哨所的后山，那块石头旁，想象着他每天傍晚给她打电话的情景，泪水涌出了她的眼眶。战士们还陪着她来到蔬菜大棚旁，告诉她那两只叫秋雨和秋雪的狗就埋葬在她的脚下。他之前无数次向她描述过的哨所中的一切，此时，在她的眼前复原了。在那一瞬间的感觉，她似乎在这里陪伴他许久许久了。

最后，她在哨所的最前沿，看到了他的墓，墓旁有碑，碑上刻写着一行红色的字：哨长林大可之墓。战友们是尊重了他的遗愿，把他葬在此处的。此时，他像一名哨所的哨兵，恒久地挺立在自己的哨位上，任凭风吹雪打，不再后退半步。

她终于如愿以偿，做了一名团部卫生队的军医，可以名正言顺地陪伴在他的身旁了。在她心里，他从未离开，就在她的身旁，为她遮风挡雪，站岗放哨。

又是一个大雪封山的季节，团部卫生队突然接到拉卡哨所新任哨长的求救电话，一个战士犯了心脏病，向军医求援。那天晚上，正是她值班，电话也是她接的，她是医生，知道高原突发心脏病意味着什么，也知道大雪封山代表的是什么，但她还是整装出发了。在值班室她只留下一张纸条，简短而又明确：拉卡哨所。她连夜出发，没有惊动任何人。

第二天早晨，在拉卡哨所附近的雪地上，哨兵发现了她。她卧在雪地上，手里举着救急的药。手就那么扬着，在她的身后，留下一条深深的雪痕。

在他的墓旁又多了一个墓，墓旁有碑，碑上有字：军医白雪梅之墓。

从此，在拉卡哨所，又多了名女军医陪伴他们站岗放哨。她和他在哨所最突前的位置，就像两名尽职的哨兵，屹立在官兵们面前。不折不扣，雷打不动。

荣军鞋铺

老兵姓吴，一只脚是跛的。吴老兵参加过抗美援朝，一只脚就是在朝鲜战场上留下的纪念。

那一年，军营正门口，马路对面，多了一个修鞋铺，起名荣军鞋铺，吴老兵便成了这家鞋铺的主人。店内店外就他一个人，戴着一副花镜，低着头，有一缕花杂的头发从额头滑下来，认真又执着地在修理堆在眼前的鞋。

鞋大都是对面军营里的军官送来的，那些年部队上只有军官才发皮鞋，四年一双，军官们对鞋都很仔细。有时鞋刚发下来，为了防止鞋底磨损，都要来他这里钉掌。钉了掌的皮鞋，穿在军官们的脚上，走起路来都有声有色，似乎鞋掌也让军官们变得自信起来，不仅走路有声色，胸膛也挺得格外直。

荣军鞋铺的窗子上立了块纸壳，纸壳上标明了钉鞋掌的价格，后掌两角，前掌七角。春夏秋冬吴老兵把鞋摊摆在门外，身上系了条黑色围裙，低着头，弓着身子，一丝不苟地钉鞋掌，有时也补鞋，依据工作量大小，价格面议。

午休或傍晚时间里，是荣军鞋铺门前最热闹的时候，三三两两的军人从军营大门里走出来，手里提着鞋，当然是皮鞋，轻车熟路地来到吴老兵鞋铺前，把鞋放下，亲切地叫一声：吴师傅，鞋放这了。这时，吴老兵会半仰起头，交代句：名字写好了。凡是来过荣军鞋铺的军官们都知道，吴师傅有个习惯，总会让来人用纸条把钉鞋人的名字写上，放在鞋壳里，这样不会拿乱。许多鞋不能立马拿走，第二天取鞋时，报上姓名，吴老兵就在鞋壳里找那张写了名字的纸条，再准确无误地把鞋递给人家。取鞋的人，一手交钱，一手拿鞋。吴老兵从不亲手接钱，地上放了一只看不出本来颜色的糖果盒，钱都在那里放着。每次结账时修鞋人自己把钱放里就是，遇到大票，也让他们自己去找零钱，这个过程，吴老兵头都不抬一下，乒乒乓乓仔仔细细地钉他的鞋。那副端坐在他鼻翼上的老花镜滑下来，随时要掉下来的样子，终是没落下来。

从大院里出来的军官们，有时放下鞋并不急着走，会立在鞋摊前和吴老兵聊上会儿天，久了，便知道修鞋的吴师傅也是名老兵，而且还参过战，有受伤的脚为证。聊到兴致处，吴老兵会说上三言两语当年去朝鲜参战的事，他的话不多，三言两语后，总是适时打住。军官们把吴老兵的故事连缀起来，隐约地把吴老兵的经历铺展开来。吴老兵叫吴先发，是第二批入朝作战的，参加过第三次和第四次朝鲜战役，脚就是在第四次无名战役受的伤，然后回国。在锅炉厂当门房，五十出头退休，就搞起了这个鞋摊。

青年军官们连缀起吴老兵的经历后，便都咂着嘴，目光也多了崇敬。再称呼吴师傅时，有的叫班长，有的叫老兵，仍有人称吴师傅，不论叫什么，都充满了感情色彩。

吴老兵总是在每晚军营响起休息号声时，准时收摊，不用问，此时是九点四十，他知道，再过二十分钟，军营的熄灯号就该吹响了。他把摆在门口的工具、还没来得及修的鞋拿到鞋铺里，用一把铁锁把门锁了，推起立在一旁的自行车，跛着脚上车，影子便遁到了暗夜里。

有一天吴老兵又来到鞋铺门前时，像往常一样，开门，搬出工具，猛然发现了异样，抬眼向对面的军营望去，军营却安静得出奇。一夜之间，军营里的军人开拔了，后来他才知道部队开拔到了南疆。那阵子电视、收音机里天天播放的都是南部战事。吴老兵有个收音机，就放在摊位前，音量放到最大，还是把耳朵竖起来倾听。他手里的活已经干完了，军营空了，没有军官把鞋送过来了。他并不收摊，仍然坐在摊位前，只有收音机陪伴着他。目光盯在小小的收音机上，似乎自己穿越到了南疆。

日子倏忽三个月过去了，他在又一天早晨来到鞋摊前，军营突然又热闹起来，又听到了熟悉的军号，还有士兵列队走过的声音。吴老兵的脸色又活泛起来。

大约三两天后，军营里开始有人进出，有两个军官直奔他的鞋摊而来，报上姓名，他很快在那一排修好的鞋里找到属于他们的鞋，庄重地递过去，仰起脸冲军官们道：你们的事我在收音机听到了。两个年轻军官似乎想冲他笑一笑，终是没笑出来，在糖果盒里放下钱，转身走了。他望着军官的背影，突然发现他们比三个月前成熟了。

接下来的日子，又有一些军官陆续来取自己的鞋，平时有说有笑的军人们，少了欢笑，却多了沉默，这种沉默让他踏实。日子似乎又回到了从前，他却发现还有十双鞋没人认领，他从鞋壳里把纸条掏出来，姓名清晰，他又找了一块比较大的纸壳，依次把这些人名字写上，立在摊位显眼的地方，希望这些鞋的主人早点来把它们取走。

又一晃几个月过去了，那十双鞋仍没人来认领。一日，一位张姓团长来到他的摊位前，站在纸壳前依次把那些名字看了，叹了口气说：吴师傅，他们都成了烈士。说完弯下身子把纸壳反转过来。张团长他认识，当营长时就到他这来钉鞋，他死死盯着张团长的脸，其实他早有预感，虽然被证实了，还是觉得突然。张团长又看了眼玻璃后那十双摆放整齐的鞋，悠长地叹口气道：这鞋就放这吧，权当留个念想。

张团长走了，他的目光定在天际，久久收不回来。

从此，每天打开鞋铺门的第一件事，就是仔细擦拭那十双鞋，然后把它们又端庄地摆到原处，像展览橱窗。更多的时候，他的目光先是盯着那十双鞋，然后，目光飘到天际定在某一处。

偶然一次，有两个军官在鞋摊前说起要去南方某省新建的烈士陵园参加安放烈士仪式，军官走了，他的心也不在了，目光飘飘地定在了南方天际。

儿子下岗了，成了他的徒弟，鞋摊前一老一少，叮叮当当的钉鞋声多了声色，像二重奏。儿子三十大几的样子，胡茬硬硬地扎在脸上，很硬朗的样子，修鞋的动作却很温柔，这是父亲要求的。

又过了些时日，突然有一天，鞋摊前少了父亲，还有摆放整齐的那十双鞋。

南方某省的烈士陵园里，来了一个老人，背着包袱，不时停下来，从鞋壳里拿出纸条在碑上查对着名字，终于对上一个名字，他把鞋摆放在烈士墓前，冲那墓：李大生排长，鞋给你送来了。穿上鞋，脚不冷。然后把那双鞋摆放在墓前，冲墓地敬个军礼。

十双鞋，他找了三个墓地，终于都找到了它们的主人，一双双摆好，敬礼。

两个月以后，他又回到了鞋摊前，儿子修鞋的手艺已经很熟练了。他能腾出空来发呆了，他经常抬起目光，望着远处南方的天际，一望就是半晌，嘴里一遍遍唠叨着：把鞋穿好……

机 关 兵

一

师机关坐落在城市的南郊，离市区坐公交车有二十几分钟的样子。师机关比不上军机关，更比不上军区机关。级别低，机关也小。

师机关大院里驻着两个连队，一个警通连，负责警卫和通信；还有一个就是侦察连。这两个连队是师机关直属连，并不算机关兵，是基层连队。

师机关兵分几种，比如打字员，各个部门的公务员，还有卫生队的卫生员，这些战士加起来十几号人。师机关小，机关兵也不多。

马天旭是年满两年的老兵了，老兵最大的不同，是一身洗得发白的军装，军装的颜色便是当兵的资历。马天旭这个老兵，不仅体现在军装上，马天旭是师机关司令部的打字员，为了打字方便，他会经常挽起袖口，白衬衣雪白地露在外面，头发也长一些，一甩一甩的，人就显得与众不同。司令部的军务参谋姓黄，专门管理机关兵和直属连队的军容军纪，他腋下经常夹着一本硬皮的日记本，游走在机关院内。哪个士兵头发长了，不按规定着装，他都要认真记下来，然后通报给连队。军容军纪是机关日常的一件大事，挨通报的连队，在评比时就要被扣分，评选优秀连队时就处于劣势。被纠察到的士兵，也就影响了自己的进步。比如评比三好士兵、入党提干就打了折扣。有黄参谋在，师机关的士兵着装就一丝不苟、军纪严明的样子。

唯有马天旭是个例外，他不仅挽着袖子，还经常把手插在裤兜里。

头发梢耷在眉毛上，经常潇洒地甩一下，马天旭的样子让许多士兵羡慕。

马天旭每次见到夹着硬皮本的黄参谋，只是把手从裤兜里拿出来，随便地问一句：黄参谋，诗又写好了吗？

黄参谋一笑，脸红了一下，笑眯眯地望着马天旭说：还没有，过两天吧。

马天旭甩下头发：写好你就拿过来，我加班给你打。

黄参谋拍了一下马天旭的肩膀：谢谢了小马。

马天旭一笑，一副无所谓的样子。

黄参谋在老家谈了一个恋爱，未婚妻是名教师，黄参谋经常给老家的未婚妻写情诗。以前都是写好，抄在信纸上寄给未婚妻，后来有一次打文件，他顺便把写好的几首情诗也一同让小马打好了，又油印出来。自己读诗时，立马感觉不一样了，似乎那诗已经不是他写的了，不仅散发着油墨的香气，看到的效果跟发表了差不多。诗寄走后，也得到了未婚妻的好评。未婚妻是人民教师，知识分子，经常写信和他探讨诗。一来二去，他们的爱情就不一般了，热烈得山呼海啸，幸福空前。黄参谋对待打字员马天旭也就另眼相看。没了黄参谋的监督，马天旭的装束就越来越潇洒了。

马天旭暗中也在恋爱着，恋爱的对象就是警通连的话务员夏荷。夏荷是马天旭的同学，上中学时两人就眉来眼去，又一起当兵。新兵连结束之后，两人又一同被分到了师机关，一个做起了打字员，另一个当上了话务员。

部队有规定，战士不允许谈恋爱，两人的恋情就只能潜入地下。偷偷的，想见又不能见，只能你瞄我一眼，我回你一个笑脸，这种地下恋情新鲜而又刺激，在各自的心里异常的美好。

马天旭和夏荷做过最大胆的事情就是在电话里聊天。打字室就马天旭一个人，平时门一直是关着的，在机关，打字室也是重地，一般人不允许随便进入，因为马天旭打印的都是机关文件，有保密的等级。文件保密，打字室就不一般起来。打字室还配了一部电话，颜色是红的，在机关，打字室的电话也是很重要的。

文件打得差不多了，马天旭会伸个懒腰，关节嘎嘎有声地响着，像正在拔节的庄稼，他就想起了正在值班的夏荷，他拿起电话，总机那头果然是夏荷接。夏荷就用标准的普通话甜美地说：你好！夏荷当兵前是有口音的，讲话也没有此时电话里好听，来到部队后，话务员都要经过统一的培训。当了话务员的夏荷说话果然标准起来，声音还略带沙哑，很有磁性的样子。每次总机值班，都要三四个话务员同时上班，有负责接转机关内部电话的，有负责接转上级电话的，也有专门负责师首长的。分工不同，有的轻松，有的忙碌，无论夏荷忙碌与否总要和马天旭聊上几句：干吗呢？夏荷这么问，马天旭就在电话那端小声地说：想你呢。夏荷不回应，在那端哧哧地笑。马天旭就说：周末能出去吗？夏荷就说：排班表还没下来呢，到时说。

士兵只有周日才有机会请假外出，每个连队外出是有比例的，不是想出就能出。有时为外出一次，要等好几周。出了军营，坐上二十几分钟的公共汽车，来到城里，便是他们的节日了。去公园、商店，偶尔还会吃一次馆子，掐着时间归队，外出一次也是争分夺秒的。但无论如何，能外出一次，就是件幸福的事。

夏荷她们总机之间，接电话聊天也都心照不宣，她们谁都有点小情况，就是没啥情况的，偶尔也会接到男兵的电话，有事没事地和她们贫几句。年轻男女，正处于激情四溢的年龄，春心荡漾，神秘美好。

马天旭和夏荷不能久聊，怕误事，说几句电话就挂了。

二

不知何时，卫生队的莫西喜欢上了马天旭。

莫西是师卫生队的卫生员，师部院内西南角有一栋二层小红楼，楼下经常晾晒一些白色的被单床罩，也有一些医生护士穿的白大褂，楼前立了一块白底黑字的板子，上书：××部队卫生队。

莫西就是卫生队里的卫生员，和马天旭是同年兵，当兵也已经两年了，经常穿一件白大褂，里面穿着军装，红领章映得莫西一张圆脸总是红扑扑的。莫西有一双会说话的大眼睛，总是水汪汪地望着人。莫西的刘海显然被烫过了，弯曲地飘在额前，显得妩媚而又生动。按道理说，女战士是不允许烫发的，莫西这些女兵钻了部队条例的空子，只烫刘海，不烫发，管军纪的黄参谋对机关女兵也是睁只眼闭只眼，勉强算过关了。

师机关业余生活算不上丰富，但也多彩，经常有篮球比赛。每天晚饭后球场上都热闹异常，警通连和侦察连的篮球队，每天傍晚都要比赛一场，球场边围满了男女战士，为双方进球而欢呼，为一球失误而遗憾。

马天旭不喜欢篮球，喜欢弹吉他，坐在师部门前的台阶上，身边放了一本琴谱，他弹《红莓花儿开》也弹《莫斯科郊外的晚上》，曲调清新悠扬。

马天旭每天在夕阳西下时分弹吉他，莫西都会远远地站在一棵树下，似乎在欣赏夕阳，其实她的注意力都在马天旭的举手投足上。有一天，马天旭收了琴谱，准备回宿舍了，莫西站在台阶下，仰着头眼睛水汪汪地冲他说：马天旭，你的吉他弹得真好听。

马天旭看见莫西，她已经脱去白大褂，穿着军装正楚楚地站立在那里。马天旭先是笑了笑，露出两颗虎牙。马天旭长了两颗虎牙，一边一颗，很对称，笑起来就有一股迷人的味道，他说：莫西呀，你也喜欢吉他？

莫西突然变得羞涩起来，她呢喃着说：可我不会。她多么希望马天旭说：不会我教你。可马天旭却说：买本吉他书，容易。

马天旭说完拎着吉他头也不回地走了。莫西心脏怦怦地跳着，她有些失望，又有些兴奋，马天旭终于和自己说话了。在女兵眼里，马天旭高傲得很，他潇洒清高与众不同，偶尔去卫生队，因头疼脑热去开药，见了她们这些女兵，似乎眼里空无一物，理都不理，视她们如空气，匆匆地来又匆匆地走了，在她们眼里留下一个潇洒的后背。不像其他一些男兵，有事没事总爱往卫生队跑，为的就是和她们这些女兵套近乎，有的没的说上一气。马天旭从不，在莫西的记忆里，马天旭去卫生队的次数屈指可数。

莫西和马天旭都在机关战士食堂吃饭，有些男兵打完饭专往女兵桌上凑，马天旭从不，端着饭躲在一角匆匆地吃，然后洗净碗，甩一下头发，离开食堂。莫西留意马天旭许久了，今天终于鼓足勇气和他说话，马天旭认真地看了她，就凭这一点，足以让莫西欢欣鼓舞好久了。

一个星期天，马天旭在卫生队楼下的一片草坪上踢球，他一个人踢，球踢过来，又踢过去，乐此不疲的样子。因为是星期天，马天旭穿着军裤，上身只穿了件背心，胸前印着鲜红的几个字：保卫祖国。那几个红字在莫西眼里鲜艳无比。

莫西洗完衣服，正在往晾衣绳上晾晒，皮球突然滚到莫西脚下，莫西看眼皮球，又看眼马天旭。马天旭见莫西没有把球踢过来的意思，便向莫西和皮球走去，马天旭正要弯腰捡起皮球时，莫西突然一脚把球踢了出去。马天旭直起身冲莫西：你……莫西突然笑了，很开心的样子。马天旭不满地又望了眼莫西，转身向皮球走去。莫西突然在他身后叫：马天旭！

马天旭立住脚，并没有回头。

莫西跑过去，一下子跑到马天旭的前面，把一页折叠起来的纸片递给马天旭。马天旭不解地问：什么？

她见他没有接的意思，拉过他的手把纸片拍在他的手心里，转身便跑进卫生队的楼里。马天旭展开那页纸，是《红莓花儿开》的歌词：

田野小河边，红莓花儿开，
有一位少年真使我心爱，
可是我不能对他表白，
满怀的心腹话儿没法讲出来！
……

马天旭抬起头时，莫西早就没影了。他拿着那页纸又看了一眼，一时不知如何是好的样子，最后还是把那页纸装在裤兜里，抱起球向宿舍走去。

他回到宿舍，把那张歌词掏出来，又看了一遍，笑一笑随手夹在曲谱本里。他站在宿舍窗前，看见警通连门前，话务班的女兵在换班，夏荷站在队列里去总机室值班了。

他从宿舍走出去，又上一层楼向打字室走去。今天是星期天，楼道里空空荡荡的，一个人也没有。路过值班室门口时，门开着，他看见黄参谋坐在桌前写着什么，不用问，肯定又在给未婚妻写情书。

黄参谋未婚，家又不在本地，每逢节假日他就主动在机关里值班。反正也没事干，情书在哪里都能写。

马天旭打开打字室的门，看见了那部红色电话，他拿起电话就听见夏荷温暖的声音：你好！

三

机关收发室的收发员王小聪，是个很有意思的人，个子不高，长了一张娃娃脸，浑身上下就像上满了发条，没有闲下来的时候。一张脸总是笑着，似乎从来没有愁苦的事，蹦蹦跳跳的，从这儿到那儿，看到王小聪的人都会被他所感染。

机关收发室，负责收送报纸信件和一些机要文件，邮局投递师傅把报纸信件送到收发室，再把王小聪整理好的信件带走，剩下的工作，就由王小聪来负责了。他把报纸按照各科室连队分好，信件自然也分好了，然后背着一个信件袋子，先从机关的一楼送起，一层层地走上去，信件袋里的报纸和信件一点点少下去。他嘴里轻声哼着歌，在办公楼里，这是办公重地，师首长和一些领导都在此办公，他尽量让自己显得稳重起来，但仍管不住自己，从这个台阶跳到另外一个台阶。直到信袋空了，他才一蹦一跳地下来，再回到收发室，装上其他信件，去连队、去卫生队送信去了。

每天去卫生队送报纸信件，是他一天中最快乐的时光。信件袋挂在脖子上，像一个报童。他走在从收发室到卫生队的路上，心跳就一点点加快，远远地，他看见卫生队楼前挂满的白床单和白大褂，似乎已经嗅到了卫生队特有的味道。

卫生队一楼墙角，有一张桌子，桌子上放了一部公用电话，一直以来，王小聪总会把报纸和信件放到这张桌子上。报纸信件自然有人来拿。

卫生员们都是战士，有的刚离家不久，有的虽然离家参军已有两三年时间，但对家信的盼望程度都是一样的。有许多新兵，一到送信时间，目光透过窗子往外瞄着，只要王小聪一蹦一跳的身影一出现，马上就有人喊：年画小子来了。年画小子是她们给王小聪起的外号。有人这么一喊，手头没事的女兵，都会拥过来，凑到桌前找自己的家信。有的人性子急，还没等王小聪把信件掏出来，已经迫不及待地到他手里来抢了。

莫西也在这群女兵中，她不急，拿眼睛去看王小聪。他自从认识莫西后，每次分卫生队信件时，要是有莫西的信，他会把信单拿出来揣在裤兜里，见到莫西便把信拿出来，带着他的体温，把热乎乎的信递给她。她会说声谢谢，冲王小聪抛个媚眼，转身跑去，找个角落读信去了。

这一天，王小聪又来到卫生队，照例是一群围过来的女兵，莫西依旧站在人群外，拿眼瞄着王小聪的手。王小聪把手放到衣袋里，并不把信掏出来，找到自己信件和没有信的女兵已经一哄而散了，就剩下他俩了。王小聪仍不把手掏出来，莫西失望地说：没有我信是吧？说完转身就要走。

王小聪喊了一声：莫西……

莫西回过头，王小聪左右看了一眼，确信没人注意他们，从兜里掏出一张电影票，票是粉红色的，很温暖很醒目的样子。他把票递给莫西：周日，青年文化宫的电影票，《甜蜜的事业》。

莫西没接，把手背在身后，手足无措的样子。

王小聪拉过莫西的胳膊，匆忙地把电影票塞到莫西手里，转身就跑，越跑越快。

跑出去好远了，他听见身后莫西的声音：年画小子，你站住。

他没有站住，只回了一下头，他看见莫西手里举着电影票冲他招着手，像告别。

王小聪喜欢莫西好久了，一直没有找到机会表白，之前他想过给莫西写信，可开了几次头都不满意，索性把信纸都撕了。上周日他去了趟城里，在青年文化宫看了一场电影，就是《甜蜜的事业》。那里有男女青年谈恋爱的戏，电影插曲他也会唱开头两句：甜蜜的工作，甜蜜的工作无限好啰喂……

看完这场电影，他突发奇想要请莫西来看，当即就把下周日的电影票买了。在这周的时间里，他去卫生队送信，一直没有见到莫西，他想，一定是莫西不好意思呢。他怀揣着甜蜜的期待，哼着歌蹦跳着忙碌去了。

周日一大早，他就开始准备，把一直没舍得穿的新军装找出来，用牙缸装满了开水，在衣服的折痕处烫了烫，让衣服看起来更妥帖。又洗了头，用香皂洗了两回脸，还抹上了雪花膏，一切准备就绪。外出的假是昨天下午就请好的，批假的人是黄参谋，他的理由是上街给家里寄钱，上周请假的理由是买日用品。周末请假外出，总要找些理由，黄参谋也是从战士过来的，理解这些小战士的心情，他对这些机关兵总是无比宽容，差不多时候都会准假。

王小聪蹦跳着走出营院，来到公共汽车站，这里已经有三三两两外出的战士在等公交车了。公交车每二十分钟发一班，不多一会儿车就来了，王小聪并没有上车。他在等莫西，希望和莫西坐同一班车进城。只要进到城里，离开机关的眼皮子底下，就会自由许多，他甚至想拉莫西的手。结果第二班车仍没等来莫西，他只好上车了。

他独自一人来到青年文化宫门前，电影是十点整的，文化宫门前的台阶上已经站了一些青年男女，有的喝着饮料，有的吃着冰棍在等待入场。他在人群里也没有发现莫西的影子，直到电影院已经放人入场了，他站在台阶上向远处眺望，仍不见莫西。他焦急地在台阶上跳上蹦下。

电影开演最后的铃声响了起来，仍不见莫西，王小聪开始擦汗，他急的。一直到电影都快演了一半，仍没等来莫西。他失望了，掏出那张粉红色电影票，一下又一下地撕了，在手里变成了若干碎片之后扔到垃圾桶里，他才怏怏地离开青年文化宫门前，接下来干什么都没有兴趣了，他又坐上了回营地的公交车。

下午的时候，他出现在卫生队楼下，楼下多了许多女兵的白床单、衣服之类的东西，满满地挂了一院子。

王小聪看见莫西正在和一个女兵打羽毛球，看样子她们已经打了有一会儿了，汗水已经浸湿了莫西的脸颊，有几缕刘海粘在额前。她看见了王小聪，突然惊呼一声：年画小子！说完扔了球拍转身就往楼里跑。另一个女兵不知发生了什么，盯着走近的王小聪。

王小聪冲女兵：李萍，莫西怎么了？

李萍：我还想问你呢，你把莫西怎么了，她一见你就跑。

王小聪望眼卫生队楼上，把双手插在裤兜里，转身默默地离开了。在女兵眼里，他第一次没有蹦跳着走路，背影忧伤而又失落。

王小聪失恋了。

四

马天旭与夏荷的地下恋情一直伪装得很好，他们隔一周的周末，都双双请假去市里。到了市里他们也不为所欲为，找到最僻静的地方，比如新华书店，或者很少有人光顾的儿童乐园，总之，他们尽可能避开师机关人员的耳目。马天旭已经连续两年被评为机关优秀士兵了，他已经写了入党申请书，司令部党委已经研究过，把他列为重点考察对象，这是黄参谋偷偷告诉他的。入了党，就有可能提干。机关打字员，天天和领导打交道，为首长服务，有得天独厚的条件。马天旭是个要求进步的士兵，当兵离开家那一天，父母就这么嘱咐过。

他不想因为恋爱影响自己的进步，两人聊聊天，甚至牵着对方的手走一走，交流一下这些天各自的情况。时间渐渐流逝，快到归队时间，两人一前一后坐上公交车回师机关，为了不引起人们的怀疑，他们甚至不坐同一趟车。剩下交往的机会，便是他给正在值班的夏荷打打电话，有时电话接通了，夏荷忙着转接电话，他就在电话里默默地听着夏荷好听的声音。电话里的夏荷又变成了另外一个样子，说着标准的普通话，亲切而又美好，她在电话里说：“首长，您好，请问您要哪里？”“好的！”“首长，电话接通了，请讲。”……

说普通话的夏荷在马天旭心里非常迷人，她处理完转接电话的任务，便接通他的电话。因为还有其他话务员在场，他们也不会说更多的话，彼此倾听着对方的呼吸和声音，对他们来说就是一件非常让人幸福的事情了。

夏荷理解支持马天旭的进步，警通连女兵很少，就她们话务排几个人。她们的排长是男的，连长、指导员更是男的。她们话务班没有提干的机会，能入个党就是莫大的幸福了。夏荷也已经成为连队的入党积极分子，从入伍那一年开始，她就开始写入党申请书。父亲和她说，入了党回老家好找工作。父亲是老家城市里一名不大不小的处长，一直在党政机关工作，思想很正派，也很传统。母亲是名老师，也是学校的优秀教师，一家人都要求进步，夏荷自然也不例外。

下周就是夏荷年满二十岁的生日，马天旭为夏荷的生日筹备许久了，两人商量着要庆祝一下。请假去城里的饭店吃一次不是不可以，但夏荷生日那天是周三，不当不正的日子。马天旭说：吃饭就算了，要出去只能周末，又不是正日子，没纪念意义。

夏荷就说：那该怎么办呢？要不就不过了吧？

马天旭当然不肯，他说：给你买份礼物吧，你喜欢什么？夏荷想了半天也没想好要什么。这些对话，是在他们一起去城里，在某条偏僻街道上轧马路时说的。马天旭后来说：你别想了，到时给你一份惊喜。

夏荷歪着头望着马天旭调皮地说：不许破费哟。

马天旭、夏荷两人都是城市兵，家里条件还算不错，他们参军也没有后顾之忧，每个月的津贴虽然只有几块钱，但也够他们各自花销了。过年过节的，他们各自家里还会给两人寄来一些钱，二十三十不等，但对他们来说，已经是富翁了。

转眼周三就到了，上午夏荷在总机上值班，中午吃饭时，马天旭没有碰到夏荷，接班的话务员吃过饭才会去接班。马天旭只能在晚饭时在食堂里见夏荷了。

吃晚饭时，两人心照不宣地互望了一眼，马天旭到食堂早些，排在了打饭队列的前面一点，他打完饭找了一个角落的桌子坐下。他希望夏荷看到他会坐过来，不料莫西端着饭盒过来，坐到了马天旭的对面。

莫西望着马天旭：马天旭，教我弹吉他吧，吉他真好听。

马天旭的心思都在夏荷的身上，眼里根本没有莫西。

莫西娇嗔地说：马天旭，你干吗不理人？你太骄傲了。

马天旭快速地往嘴里扒拉着饭，见夏荷坐到了另一张桌前，趁那张桌还没坐满，他忙端着饭盒过去，坐到了夏荷的对面。趁人不注意，从裤兜里掏出礼物，其实他一只手一直没离开过装礼物的裤兜，那是一个包装好的小盒子。他在桌下把礼物递给夏荷，夏荷伸出手准确无误地接过了礼物。众人都在吃饭，根本没有留意两人的小动作，但却被一旁一直留意马天旭的莫西发现了。她忍不住突然大声哭了起来。

她的哭声一下子让食堂安静了下来，包括马天旭，所有的人都向莫西望过去。

莫西一脸泪痕，身体耸动着，她正用双手去擦泪。人们还没反应过来，莫西捂着脸跑出食堂。

事后许多人问莫西为什么哭，她死活不说，一脸忧伤。

马天旭送给夏荷的礼物是一个八音盒，打开盖子，就会跳出一位俏皮打着雨伞的小姑娘。音乐是《祝你生日快乐》。

五

倘若没有变化，这些机关兵在和平的天空下，将会阳光灿烂。他们的青春一定会幸福而又美好。

转折，是在一天早晨发生的。

马天旭接到一份急需打印的命令，师部司令部命令：接到军部通知，全师进入一级作战准备。

命令打印好，下发到部队机关，顿时一切就紧张了起来。

师部门前的岗哨平时只有一名士兵站岗，有枪不配子弹，一下子，门口的卫兵增加到了四名，全部荷枪实弹，头戴钢盔，表情严峻。距离师部大门三十米处，设置了障碍，来往进出的车辆和人员，要全部检查。

所有话务员全部上岗，来往电话不断，有军部电话，有师部打给各团的。

师部后勤人员，购置了一车又一车军用物品，装在军用卡车上，用绿色的蒙布盖好，几十辆卡车整齐地排列在停车场，严阵以待，随时准备一声号令出发。

师部命令：全体官兵一律不得外出。在家休假的官兵也收到了速归的电报。

每晚的操场上，都在放映战争片，爆炸声和冲锋号声交杂在一起，让人心生紧张，又热血沸腾。

白天，一纸又一纸任命传到团营连各个级别。副师长、副政委被派到各个团去督查工作。机关里的许多参谋干事，又被派到连队去任职，增强基层连队的战斗力量。

黄参谋被派到警通连担任连长，以前警通连是有连长的，这是战时配置，一个连长牺牲或负伤，会有另外一个连长顶上。又突击提拔了一些副连长和副排长，为的就是战场上不能失去指挥。

队伍出发的前一天，马天旭和王小聪也接到了命令，两人同时来到警通连的通信排，战时通信是战争胜败的命脉，不仅两人下到了连队，其他机关兵也被纷纷补充到了连队。

凌晨时分，部队接到了开拔的命令，一辆又一辆卡车拉着士兵和后勤保障物资出发了，他们的目标是火车站。车队路过市区时，不见万家灯火，正是百姓熟睡的时候，路灯照耀着马路，也照耀着部队开拔的车队。每个路口都站满了执勤的警察，他们示意车辆全速通行，同时向军车敬以凝重的军礼。肃杀之气，让每个士兵毛孔倒立，这就是战争的前奏。

军列很快开出了站台，闷罐列车上的士兵，扒着每节闷罐车上仅有的车窗向这座熟悉的城市告别，有的还默默地流下了眼泪。

马天旭和夏荷虽然坐在一节车厢内，但他们的位置并不在一起，夏荷一直和话务班的女兵在一起，马天旭和男兵在一起，但他们的视线从没离开过对方。虽然闷罐车里并没有光亮，但偶有外面的过站灯光会一掠而过，瞬间的光亮让他们模糊地看到对方，夏荷看着马天旭的位置，马天旭也盯着夏荷的方向。车厢内的空气凝重而又沉闷。

不知何时，有一个声音道：谁放屁了？说话的是王小聪，他这时候仍没忘开玩笑，顿时车厢内有了片刻的轻松。

军列一站没停，直达目的地，他们饿了就啃一块压缩饼干，渴了喝一口军用水壶里的水。

不知过了多久，列车终于停了。闷罐车车厢打开了，他们列队站在月台上，几天不见光亮了，突然而至的光亮让他们有些不适应。他们眯了眼睛，看见月台旁早就准备好的一辆又一辆绿色军车。他们以车为单位，又一次进发了，车队浩荡，行驶在崎岖的山路上，直到这时，他们才意识到，自己已经身处南方了。陌生的植物，裸露的红土地，大片大片的甘蔗林，空气温暖而又干燥。再往前走，路越发难走，车速不禁慢了下来，不停的颠簸让他们头晕。有几个战士晕车，车旁的战士让开位置，他们把着车厢呕吐起来。

车辆再往前走，他们已经能够看到路旁沟壑里翻滚下去的车，车上的物资散落一地，他们看到了弹坑和焦土，甚至已经闻到了战场上的硝烟。

他们不是第一批参战队伍，第一批参战人员的战斗早就打响了。前方没路时，车队停了下来，他们下车，重新集结，很快部队接到了指示，他们全副武装向丛林深处奔去。远处枪炮声阵阵传来，温热的血腥气刺激着他们的鼻孔，战争的味道就在眼前。

六

先头部队已经打开了进攻的缺口，师部设在一个山窝里，临时搭了两顶帐篷就是指挥所了。警通连一部分负责师部的警卫任务，通信排则负责架设临时电话线，保持和三个团部的沟通。

架设通信线路并不难，危险在于，虽然这里不是战争的最前沿，但四周仍有残敌在战斗，冷不丁会打来一发炮弹，或者一阵冷枪。俗话说：明枪易躲，暗箭难防。通信排把一大部分精力放在了保护架设通信线路人员的安全上。

马天旭、王小聪因不懂通信，便负责通信警戒的任务，当然还有从侦察连抽调的一个排兵力，确保指挥所的通信畅通。

马天旭、王小聪这些机关兵，平时基本上不参加训练，新兵连时打过几次靶，到了机关后也参加了两次打靶，但对手里的枪仍有些陌生，甚至觉得好玩。王小聪戴着自己用树枝做的伪装帽，不时地把枪倒背在身上，长时间抱着枪随时准备射击的状态，平时嘻嘻哈哈惯了，此时也不闲着。

卫生队临时搭建的医院就在不远处，帐篷顶贴着的红十字清晰可见。王小聪不时地向卫生队方向张望，莫西就在帐篷里救护着前线运送下来的伤兵。

王小聪从树上揪下一片树叶，含在嘴里，先是学鸟叫，他模仿的鸟叫声足以乱真，引来远处树上几只鸟的应和。后来他干脆吹起了《甜蜜的事业》插曲的曲调，刚开始并不顺畅，磕磕绊绊的，很快曲调就悠扬起来，目光却忧伤地望着卫生队的方向，他仍对那次莫西的失约耿耿于怀。

有几次他在院里碰到过莫西，莫西见到他，红了脸，低下头匆匆地走远，他装作没事人似的喊：莫西，你跑什么，钱掉了。莫西不回头，越跑越快，很快没了影。王小聪无聊地去踢路边的石子，不料石子嵌在水泥里，把脚踢疼了，他咧着嘴，弯下身子，抱着受伤的脚，懊悔不已。

莫西不理他，他仍不死心，每天去卫生队送信，离很远就喊：莫西，莫西有你的信。喊得整个卫生队的人都听到了，他把信件报纸放到桌上，早就有一群女兵围了过来，就是不见莫西的影子。人群散去，早就有人把莫西的信拿走了，他才怅怅地离开卫生队，走出好远仍回头向卫生队张望着。

虽然王小聪对莫西的表白遇挫，但仍没有影响他对莫西的暗恋。这种美好的初恋，毛茸茸地爬在他的心上，美好而又忧伤。

此时身在前线的王小聪，仍时时关注着莫西，看一眼卫生队的帐篷，似乎看到了莫西那张笑脸，前所未有的甜蜜在心里滋润着，像一幅水墨画，朦胧而清晰。

他嘴里抿一片树叶，吹着歌，蹦跳地警戒在架设通信线路的阵地上。他，包括所有人都没有意识到，危险正悄然向他们逼近。

几十人的一支敌人小分队，正在向他们靠近，他们原本的任务是偷袭师指挥所，他们几乎包围了师部，但看到戒备森严的指挥所，认定不会占到便宜，甚至有可能被消灭。

他们迂回撤退过程中，发现了架设通信线路的队伍。指挥员临时改变主意，把偷袭师指挥所改成了偷袭通信阵地。

王小聪在移动，和这个战友轻声打了句招呼，又到另外一个战友前说几句。他冲马天旭努了努嘴道：天旭，怎么不说话，想什么呢？

马天旭呲了王小聪句：回你的哨位，一边待着去。

王小聪嬉笑着离开马天旭向前走去，敌人错把他当成了指挥官，一只火箭筒瞄准了他，火箭筒打响的一瞬间就是他们偷袭进攻的号角。火箭筒带着一股烈焰直扑王小聪，他在蹦跳走着，火箭弹呼啸着从他身边滑过，在他身前几米远的距离爆炸，王小聪被一股烈焰吞噬了。

一场遭遇战就此打响，马天旭的第一反应就是夏荷，在这之前，夏荷正在他眼前不到五十米的距离，蹲在地上和前线指挥所测试通信线路。枪声一响，他第一个反应就是直奔夏荷，夏荷已经中枪倒地，她一只手向马天旭伸过来。马天旭刚奔跑几步，便一个踉跄栽倒在地上，他的腿被击中了。他的耳边是子弹呼啸飞过的声音，身前身后响起了激烈的枪声。偷袭的敌人在暗处，他们在明处，警戒的队伍只能朝枪响的方向开枪。双方的枪声便响成一团。

五十米的距离，对马天旭来说变得遥不可及，在草丛的缝隙中他看见夏荷那张扭曲变形的脸，一只手向前伸着，另一只手捂着胸口，胸口流出的鲜血染红了捂在胸前的手。

马天旭喊着：夏荷，别动，我来了。一步，两步，马天旭奋力向前爬着，双腿受伤，吃不上劲，他只能靠双手向前爬着。

所有的人员就地还击，已经顾不上伤员。黄参谋，此时的黄连长伏在一片树丛后，用步话机向师部求救：洞幺洞幺，我是拐三，请求支援。

一排子弹射向黄参谋，他扑倒在树丛后，步话机里只剩下电流声。

马天旭一步步在接近夏荷，他已经握住了夏荷的手，那只手颤抖着有些冰冷，他参军到现在第一次这么大胆地握着她的手，把她抱在怀里。她身体里涌出的血浸透了她的军装，她只能用气声说话了：天……

旭……我……不行了。马天旭撕扯着喉咙喊叫着：不，夏荷，你睁开眼睛，我带你去卫生队。

他抱着她，在草丛里滚到身边一个凹地，他抬眼看了一下卫生队帐篷的方向，他拖着她一步步向前爬去。夏荷的身体软了下来，昏迷过去，他拖着他的腿向前爬着。子弹击在草丛中，像水里冒出的泡一样响着。

枪声激烈地响了一阵之后，就安静下来，师部赶过来的增援队伍击溃了偷袭的敌人。

卫生队的帐篷内外一片忙乱，在伤兵中莫西一眼认出了王小聪，王小聪一张娃娃脸被火烧得面目全非，只露出一口调皮的白牙，他伤的是全身。

莫西惊讶地叫了一声：王小聪，王小聪。她把他抱在怀里。

王小聪艰难地睁开眼睛，模糊地看见了莫西的脸。他仍不忘笑着道：那次……电影你……没去……我等了你……好久……

莫西的眼泪下来了，她摇晃着王小聪：对不起，等回去，我们就去看电影，我答应你王小聪。

王小聪用最后一丝力气睁大眼睛，嘴角弯了一下，闭上了眼睛，他的手仍紧紧抓着莫西的衣角。莫西抱着王小聪大哭起来。后来，还是一个护士过来，把莫西的衣角剪断，王小聪仍死死地抓住那块衣角。

马天旭和夏荷同时被抬到了卫生队，夏荷已经牺牲了，躺在担架上。马天旭从另外一个担架上滚落下来，拉着夏荷的手，欲哭无泪，感受着夏荷的手在他的手里一点点变凉变硬。

七

许多年以后，南方一面山坡上，安息着一队队一列列在那场战争中阵亡的烈士。

战友祭奠团的几辆大巴车停在山脚下，他们在各方阵中寻找着自己的战友。

在王小聪烈士墓前，一位中年妇女把一个花圈放到了墓前，花圈的挽联上写着：纪念你，我的战友。永远想念你的莫西。

中年女人摘下墨镜，冲墓地深深鞠了一躬，两滴泪已挂在眼角。

一个拄双拐的中年男人，来到夏荷墓前，他放下双拐，坐在墓前，手抚着墓碑，突然叫了一声：夏荷是我女朋友……

喊完这句话，泪水纵横。他抚着墓碑望向天空。一片浓密的松树遮掩了天空，松针的空隙中，白云从蓝天下飘过。

墓地上，啜泣声一片，伴着松涛之声响在一处。

乡村电影

一

自从山里有了这条山洞，便有了一个排的驻军，任务就是守护着军事重地。山洞门前有一条水泥路，明晃晃地通向远方，和外面的世界通连起来。一排宿舍坐落在洞口边的空地上，门前有半个篮球场，再稍远一点，建了一个猪舍，猪舍里有两头猪，一黑一白。这便是山里驻军全部的家当了。

每天早晨，战士们都要出操，脚步铿锵地沿着水泥路向东面跑去。太阳刚刚升起，照耀在士兵们汗湿的脸上。队伍每天出操，跑上二十几分钟，便会看到一个叫新天地的小村庄，勤劳一些的人家起得早，有炊烟在村庄上空升起，也有未醒的鸡狗被战士们的脚步声惊醒，村庄里便有了生气。

队伍接近村庄时，齐排长便下令，后列变前列，队伍又铿锵地向驻地跑去。太阳就在身后，拉长了战士们的身影，兵们盯着自己的影子向营区跑去。

因为在山沟里，战士们平时并没有太多活动，除了每日站岗放哨的士兵，剩下的人，每天训练学习，晚饭后，是自由活动时间。天气好的时候，战士们会在半个篮球场上玩会儿球，十几个人追逐一个篮球，很没章法的样子，但也其乐融融，欢声笑语。没上场的人，便站在一旁，为打球的战友加油打气。后来，天就黑了下来，洗漱的时间就到了，不久，齐排长会吹响哨子，哨子一响，便是士兵们就寝的时间了。灯熄了，营区和大山融在一起，有虫鸣声从四面八方传来，间或有士兵在洞库前换岗的口令声和脚步声传来，少顷，世界复归寂静。

新天地村，偶尔会有乡里的电影队来放电影，片子都不新鲜了，有许多片子士兵们回乡探亲时，在城里的电影院已经看过了。但每次村里放电影，大家还是积极响应，除了留下站岗的士兵，其余人全员出动，提着马扎，排着整齐的队伍，在齐排长带领下，喊着一二三四的口号，气势如虹地向村庄走去。每到这时，战士们都会打起十二分精神，这是他们为数不多的涉外活动，每个人都显得很兴奋，步子迈得又大又急。不一会儿工夫便来到了新天地村。

新天地村算不上大村，有百十户人家的样子，每次放电影，都在村头的场院里，就是平时堆放庄稼和打谷的地方，也称为打谷场。电影银幕立在打谷场中央，队伍赶到时，已有一些老人和孩子搬了自家的板凳，占据了有利地势。村民们不论怎么占地方，总会在正对银幕的中央留出一块地方来，那是给战士们留的。这种习惯已经好多年了，似乎从有了驻军开始，村民们便约定俗成了这样的规矩，把最好的观赏电影的地点留给战士们。齐排长来到后，曾找韩村长交涉过，希望把最好的观赏位置留给村民，但被韩村长拒绝了，韩村长理由很充分：拥军敬军是村民应该做的。

齐排长带着队伍在空地上坐下不久，村民们就陆续从四面八方拥来，还有邻近村庄的青年男女，骑着自行车，或者小跑着赶来，这时电影就开始公映了。大小孩娃也安静下来，间或有更小的婴儿哭闹几声，其余人都会被电影里的情景所吸引了。

村民们或站或坐散落在官兵们的四周，观影期间，还有人不时地走动。吸引不住孩子们的电影，让孩子们又疯跑起来，还有村民不时地进进出出，也有些怀抱孩娃的妇女聚在一起，交流育儿经验。只有坐在中间的战士们，似铁如钢地坐在原地，雷打不动的样子。每到这时，士兵们的坐姿和形态总能吸引许多村民的目光，有村民就啧啧赞叹道：看看人家这纪律。又瞥一眼不听话疯闹的孩娃，大声呵斥着：你看人家解放军，你学着点。

士兵们如此这般，总能引起一些年轻姑娘们的注意，她们有意无意地站在离他们最近的距离，和同伴不时地说着悄悄话，发出响亮的笑声，眼角眉梢却不时地冲战士们瞥来。士兵们的注意力自然也会被这些年轻姑娘所吸引，但他们不敢有大幅度的动作，只能也用眼角关注着这一切。部队条例有规定：战士不允许和驻地青年谈恋爱。除此之外，齐排长还制定了看电影的纪律：不能交头接耳，要整齐划一，就是在观影期间上厕所，也要最少两人同行。每次到村庄看电影时，齐排长都要站到队列前重复一遍这样的纪律。战士们雷打不动地恪守着这样的规定。

有一次看电影，电影正放到一半，突然电闪雷鸣下起了大雨，村民们四散着向家里奔去，只有战士们仍坐在原地，还是之前的姿态。直到村民们跑出空场，齐排长才下达了起立的命令，仍然整齐划一地迈着脚步，向驻地方向跑去。整齐的脚步声伴着风声雨声，传到村民的耳鼓里。许多来不及跑回家的村民站在房檐下，冲着队伍羡慕地说：你看人家军人这纪律，这才是部队。

除了乡里来放电影外，团电影队偶尔也会来到山里为洞库站岗的士兵放一场军供电影，地点仍选择在村民的打谷场上。团里的电影队自然都是军人，利落地支起银幕，检查放映仪器。电影开映前，韩村长都会走到放映仪器前，让放电影的战士把音箱打开，韩村长就大着声音说上几句感谢的话。齐排长也会就此说上几句感谢村民的话，一时间，军民的关系就其乐融融了。电影结束后，还有村民留下，帮助收起银幕、把仪器装车等工作。齐排长会带着战士们看着放映队上了车，驶进暗夜里，才会带着士兵们往驻地走。齐排长还起头唱起了一首歌，兵们便一起整齐地唱起来。歌声嘹亮，在村庄上空盘绕着，久久不肯散去。

二

老兵张小春这一天找到了齐排长，提出了一个要求：希望自己在复员之前，承担起炊事员的任务。张小春已经是第三个年头的老兵了，再有半年就该复员了。洞库排一直没有固定的炊事员，都是轮流值班，除了一天三餐外，还要管理那两头一黑一白的猪，不仅用泔水喂猪，有时还要出门到野地里给猪割猪草。这两头猪，在齐排长心里是有计划的，老兵复员是个大日子，要杀一头猪，全排会餐，欢送老兵离开，另一头要留到春节，过年时改善伙食。因此齐排长很重视这两头猪，时不时地会到猪圈旁查看这两头猪的长势。

张小春提出要做固定的炊事员兼饲养员，齐排长在排部里踱步，张小春就说：排长，你放心，我一定尽心把咱们排伙食搞好，另外那两头猪我也会上心。我是农民的孩子，对猪从小就有感情。我不怕脏，不怕累。张小春是湖南人，刚参军时，家乡口音很浓郁，当了两年半兵之后，他的普通话说得已经有板有眼了，但湖南腔还是很浓。齐排长站定，盯着张小春的眼睛说：要不就让你试试，我相信你，你是老兵了。

自此，排里不用轮流当炊事员了，做饭和养猪的事都让张小春一个人承包了。张小春果然尽心尽力，变着法儿地做饭，每个菜里都会放些辣椒，战士们都说：张小春炒的菜下饭开胃。张小春不仅对一日三餐上心，对那两头猪也不怠慢，每天上午、下午都要抽出时间给猪割猪草去，每次回来都有收获，新鲜的猪草背在肩上，沉甸甸的样子。张小春一脸汗水，笑容却很阳光灿烂，把猪草倒进猪圈，两头猪就疯抢着吃草，一副幸福满足的神态。

齐排长也很满意，走到张小春身边，拍拍他的肩膀说：小春，真是辛苦你了。张小春就挺起腰板道：谢谢排长的信任。然后憨厚地笑一笑，又忙着做饭去了。少顷，厨房里便传来阵阵饭香。

张小春每天晚上做完饭，这时天还没黑，西天的晚霞正绚烂着，他便挎起割草的篮子向野地走去，他再回来时，天已经黑了，不仅篮子里装满了猪草，肩上背上也多了两捆猪草。张小春每次回来，战士们和齐排长就会迎上去，说许多慰问的话语。张小春仰起一张汗湿的脸，把幸福挂在脸上，然后把新鲜的猪草扔到猪圈里。看到一黑一白两头猪，抢着吃猪草，张小春才吁了口气，抹一把脸上的汗水，吹着口哨向宿舍走去。

乡村电影仍在放，洞库排的官兵们依旧坐在场院中央。村里有个叫马兰的姑娘，最近这些日子每次放电影时，总是提着个小木凳坐在离洞库排队列很近的地方，兵们有人见过马兰，并知道她的名字，因为马兰在新天地村算得上是数一数二的漂亮姑娘，长腿细腰，还有两条大辫子总是在身后甩来荡去。之前，每天出操，经常会看到马兰骑了辆自行车在他们眼前驶过，兵们都知道，马兰姑娘骑着车是到镇里面的服装厂上班去了。傍晚或早些时候，有自由活动的战士也会到公路旁走一走，偶尔也会看到马兰骑着自行车回来。战士们便热情地和马兰打招呼，马兰也回以微笑。于是，空气中留下淡淡的香气，那是雪花膏的气味，若隐若现地弥漫在空气之中。兵们都暗自深深吸口气，让隐约的幸福弥漫在心底。看电影时，马兰身边聚了几个同年龄姑娘，不时嬉笑打闹着，弄出许多欢乐。她们的欢声笑语，不时吸引兵们的注意力。因为每次看电影前，都要重复纪律，纪律不仅是条例规定的，还有齐排长依据自己排里的特点，一二三地强调了几点。齐排长的几点都是与军民关系有关，当然是重中之重，还是要强调不允许战士们和当地女青年有更多的接触。士兵条例中明确规定：战士不允许与地方青年恋爱。但往往这一点又很难把握，战士们从参军时的十八九岁，到复员走时的二十出头，正值青春期，有些冲动或做出一些出格的举动也时有发生。部队每年都会有战士违背士兵条例的通报到各驻军单位。因洞库排环境特殊，离连队又远，连长和指导员三天两头打电话提醒齐排长，让他注意并掌握战士们的动向。齐排长重任在肩，总是提起十二分的警觉，每次看电影时，他都要坐在队伍的最后一排，这样更有利于他观察把控自己的士兵。马兰几个青年姑娘的到来，让他的神经从电影开始一直到电影结束都会紧绷着。就是有战士报告去上厕所，他的目光也紧随而去。

战士们知道有排长的目光在后面紧盯着自己，虽有心有意对马兰等一群姑娘侧目，也只能强忍着，把目光斜过去，在眼角里注视着她们的一举一动。电影里的情节已经不重要了，马兰她们的欢声笑语已经充斥了他们的每根神经。

齐排长注意到，马兰这种不同寻常的举动是最近才有的，以前马兰和同在服装厂上班的女伴儿也会来看电影，总是站在不远不近的地方，安安静静地看电影。马兰一步步走近士兵，让齐排长的心悬了起来，他不动声色地观察着，尽收眼底的士兵一如往常，并没有特殊的行为和举止。几次观察下来，齐排长便放下心来。

这些日子，张小春除了做饭就是外出割猪草，然后蹲在猪圈前，目光望着猪，脸上呈现着一种丰富的表情，表情新鲜着，又被笑容一层层绽开。他还经常把目光投向远方，远方就是新天地村，那里有隐约的炊烟升起，融在天空中，形成一种抽象的美。不仅张小春这样，许多没事的战士，也不时地会被村庄方向所吸引，似乎有种叫乡愁的东西，在他们心底弥漫开来。

三

转眼就是秋天了，前阵子还葱绿的田野和山林，颜色就深沉起来，远山近树被一层初秋的样子所笼罩了。

兵们都知道，再过一个多月，进入到深秋就到了老兵复员的日子。排里除张小春外，还有另两个老兵也该复员了。三个老兵经常不自觉地聚到一起，谈论起复员后的生活，有一个王老兵说：复员回去要外出打工。另一个李老兵说自己回去就结婚。兵们都知道，李老兵在老家谈了一个女朋友，两人正处于恋爱的甜蜜期，每周都要通上几封信。张小春不说自己的打算，不由自主地把目光移到远处，去看村庄上空飘起的那几缕炊烟，满腹心事的样子。

洞库排的工作按部就班地进行着，站岗、放哨、训练，张小春依旧每日做着全排的三餐，然后挎上割草的篮子出去割猪草。虽然是秋天了，草已经有些泛黄，但猪还能吃，张小春就勤奋地外出，抓住秋天的尾巴，一趟趟地割着猪草，他的样子不像是一个即将离队的老兵，而像是刚入伍的新兵一样，工作的热情一点也没有消减。

如果没有那一场突如其来的大火，张小春这几个老兵也会像往年的老兵一样，到了离队的日子，摘去领章帽徽，和朝夕相处的战友依依惜别，各自踏上归程。结果就在老兵即将复员的前两天，驻军不远处的小王山突然着起了大火，秋天了，草木枯黄，火借风势越烧越旺，在洞库排的驻地都能看到火势。洞库排接到连队紧急通知，除留下正常执勤的哨兵外，其余的人都前往小王山救火。参加救火的主力军都是附近的驻军，也有当地的民兵和青壮劳力。军民一起奔小王山而去，与大火展开了一场殊死较量。村里的男人们救火，女人们也没闲着，她们把水和做好的饭菜肩扛手提地送到救火前线，这些年轻女人中，自然少不了马兰，因洞库排的全体战士都出来救火了，没人做饭了，村民们便把饭菜送到战士们手上。马兰望着烟熏火燎的救火的战士，眼泪就含在了眼圈，一副动情又动容的样子。其他村民对子弟兵把生死置之度外的壮举，也是一副感动得无以言表的样子。匆匆吃了几口饭的士兵，转头又冲进了火海。马兰突然冲这些官兵喊了一声：你们要小心呢，晚上我还给你们送饭。她的声音凄美嘹亮。

经过几天的奋战，小王山的野火终于被扑灭了，洞库排有三人受伤，被送到了当地医院救治。其中就有即将复员的老兵张小春。

先是有各级地方政府前来医院慰问，有慰问品及各种锦旗，几乎堆满了病房，还有部队的首长也赶到医院，说些关心慰问的话。马兰出现在病房里，她带来了熬好的鸡汤，还有各种营养品。张小春等三个受伤的战士望着马兰的身影，目光中就多了神采。马兰把东西送到医院，并不急着走，把鸡汤分别倒在碗里，张小春手也受伤了，缠着绷带，她就坐在张小春的病床前，一口一口喂他，他就一副幸福的样子，目光蒙眬着落在马兰的脸上。马兰也是一脸柔和、圣洁而又高贵的样子。

因为排里有三个战士住在医院，齐排长隔三岔五地来到医院探望，有时带两个人，有时就自己。有两次他看到马兰在病房里忙里忙外地照顾着三名受伤的战士，齐排长的目光就怔一怔，马兰就大方地上前道：齐排长，我是代表我们镇服装厂的姐妹来看望受伤的战士的。马兰还把服装厂的慰问信递给齐排长看，慰问信的话语火热又动情，对子弟兵舍身忘死救火、保护人民的财产给予了高度的评价。齐排长把目光从信上移开，目光又依次落在张小春三个受伤战士的脸上，他们都一脸坦然和真诚，毕竟病房里是三个战士，马兰只是一个人，再把目光投到马兰脸上，马兰一脸坦荡。齐排长就代表驻军对马兰说了许多感谢的话。马兰不语，只是抿嘴而笑，最后她才说：我知道你们部队有纪律，我只是代表服装厂来照顾这些哥哥的。齐排长就不知说什么好了。

马兰每天都要出现在病房里，每次都会带来一些好吃的，总是变着花样，给三个受伤的战士带来合口的东西。张小春是湖南兵爱吃辣，她就会在菜里多放些辣椒，另外两个战士爱吃面食，她就花样百出地做着面食。每次来，三个人都要说些感谢的话，马兰就说：你们把生死置之度外，还不是为了我们，和你们相比，我们做这点事又算什么？

很快，三个受伤的战士陆续出院了，团里派出了电影组专门到洞库排放了一场电影。地点依旧是新天地村的场院里。此时的场院四周堆满了收获的庄稼，中间的空地仍然空着，是专门为放电影留下的，洞库排的战士和村民们很近地挨在一起观看电影。放电影前，村长和齐排长各自讲了些话，村长讲话的主题就是感谢子弟兵舍己为民的精神，再次代表全村感谢驻军为扑灭小王山的大火所做出的努力。而齐排长的话是专门对张小春讲的，张小春是老兵了，因为受伤错过了复员的日子，这场电影算是为张小春送行了。齐排长讲到这里时，张小春站起来，向齐排长和全体村民以及洞库排的战友敬礼。齐排长还招着手让张小春讲两句话。张小春走到放映机前第一句话竟然说的是：我明天就要离开这里了，我会记住部队对我的培养，也会记住新天地村所有人的友好善良……张小春已经说不下去了，放电影的音箱里传来张小春的抽泣声。洞库排全体起立，向老兵张小春敬礼，这时村民的掌声也响了起来。

电影播放的过程中，齐排长看见马兰站在离张小春很近的地方，两人偶尔会交流几句什么，也有附近的战士插话，一副正大光明的样子。如果放在平时，齐排长一定会上前阻止，可他一想到张小春明天就要离队复员了，况且又在那么多人面前，齐排长便把注意力放到了电影上。放映的电影是个爱情片，爱情总是美好的，吸引着村民和洞库排的士兵。

张小春是第二天中午出发的，摘去领章帽徽的张小春，背着背包和列队的洞库排的官兵依次握手告别，三年在一起同吃同住的战友，这种感情三言两语无法叙说，不仅在他们告别的话语里，更多的是在他们的动作上，他们摇着手，又用力地拥抱，把自己的手拍在对方的背上肩上，一切都在不言中了。张小春依次告别着，样子很平静。正在这时，村长走来，身后还跟着马兰，马兰似乎精心打扮过了，一条红丝巾系在脖子上，两条乌黑的辫子欢快地甩在身后。团部接张小春的车也到了，上车前，张小春特意过来和村长握了手，抬起头时看见了马兰，似乎也想过去握手，犹豫一下还是停住了，只用意味深长的目光望了眼马兰，马兰不动声色地也在望着他。终于，张小春还是上了车。车在鸣响之后，便向前驶去，战士们又集体向老兵张小春敬礼，村长和马兰挥着手，马兰的红丝巾在秋风中飘荡着。

老兵走了，新兵来了。驻军洞库排的日子依旧，隔三岔五，仍然会列着队，唱着歌去村里的场院里看乡村电影。

四

日子不紧不慢地过着，又是一年开春时，远山近树抹了层绿色。这一天，洞库排来了一个老熟人，人们都认识，就是去年复员的老兵张小春。此时的张小春仍穿着一身洗得发白的军装，兵们把张小春团团围住了，问东问西的，惊奇中有许多话要说的样子。张小春一边微笑着一边说：这次来就不走了。后来兵们才知道，张小春要在村里办一个养猪场。他说这里的草肥，猪爱吃。兵们就想起张小春离队前半年养猪时的情景。

有一天，先是村里放起了鞭炮，还有鼓乐班子，奏响了欢快的乐曲，洞库排战士们的目光被这异响牵引着，一个老兵说：村里有人结婚了，这是办喜事呢。第二天，张小春和马兰来到了洞库排，两人给官兵们带来了喜糖，人们这才知道，昨天热闹的婚礼是张小春和马兰的喜事。这一结果大出所有人的意料，包括齐排长在内，有太多疑问要得到证实，人们就七嘴八舌地问：俩人是何时恋爱的，张小春怎么下决心从湖南老家又回来了？张小春平时也没时间单独外出哇，怎么就和马兰好上了呢……张小春和马兰两人对所有的问题都用微笑回答着，他们脸上挂着神秘的幸福。张小春已经复员了，他不再是士兵，部队的条例自然约束不到他，兵们便把所有美好的祝福留给了面前的两个人。

后来新天地村办起了养猪场，马兰也从服装厂辞职，她要协助张小春一起养猪。养猪场开业那天，齐排长带着洞库排的士兵前来祝贺，张小春还在猪场门前的空地上放了一挂鞭，鞭炮噼啪地炸响，热闹异常。

洞库排的战士们依旧在闲下来时，会把目光投向村庄方向，目光中有了具体的内容，他们知道，那里有士兵张小春和他办的养猪场。炊烟袅袅地升起，鸡鸣狗吠之声如梦境一样地传来，兵们的目光就虚虚实实地飘着。后来洞库排又有老兵走，新兵来，关于张小春的故事一直在洞库排流传着。

乡村电影仍然不定期地在村里播放，每到看电影时，总会看到张小春和马兰忙前忙后，不时地把炒好的瓜子塞到战士们的衣兜里，张小春和马兰总是坐在离洞库排士兵最近的地方，不时热络地和士兵们交流着。

再后来，军事重地交给了地方管理，洞库排也随之调走了。没有了驻军，新天地村似乎少了些什么，每次再放电影时，村民们仍然自觉地把中间空地留出来，仿佛驻军还在，兵们整齐划一地坐在空场上。

张小春和马兰早出晚归地外出割猪草，有时累了，他们会直起腰，马兰抬起一张汗津津的脸，指着小路道：当年我就是从这下班回来，你在这里割猪草。张小春抬起头，望着那条通往外面的小路，一脸向往地说：后来，我就天天盼着你从这里过来，那会儿你是真美呀！马兰“呸”一声道：我现在就不美了？两人打着嘴仗，说笑着，又开始割猪草了。

一路同行

一

一场落雪之后，动车到达了终点。

杨雪走出车站，车站广场上的落雪已被人踩踏得污浊一片了。杨雪虽然名字里有个雪字，但她并不喜欢雪，尤其是这种边下边融化的雪。中午时分，她走出H城火车站，她要去H城监狱探视刘伟强。刘伟强是她丈夫，半年前被判刑八年，目前在H城监狱服刑。

刘伟强在老家那个地区当过局长，反腐风暴来临时，他被卷入了两起工程的案子中，查来查去，刘伟强因为受贿被检查机关公诉了。

刘伟强东窗事发前，在当地被称为最有前途的年轻干部。他是某名牌大学研究生毕业，做过工程师，也做过总工。后来机关单位面向社会招聘公务员，他参加了，并一举中的。他先是担任了某局的副局长，两年后因成绩突出，被任命为局长。那一年他才三十八岁，风华正茂，干劲冲天。是全市局级干部中最年轻的一位，也被认为是副市长一职最有力的竞争人选。

杨雪是学医的，毕业后在一家医院当医生，刘伟强那会儿还是工程师，经人介绍两人相识了，最后结婚、生子。此时，他们的儿子刘晓杨已经十五岁了，刚上高中。如果刘伟强不被判刑，他们会和许多人家一样正过着普通而幸福的生活。

刘伟强被判刑后，杨雪每个月都会来到H城看望一次服刑中的丈夫。每次都会带来一些生活日用品，还有一些书。刘伟强喜欢读书，什么书都涉猎，天文、历史、文学、哲学的书他都要读。这是他从上学那会儿养成的习惯。读书已经成为刘伟强生活中的一部分，和吃饭一样重要。

刘伟强落马之后，许多人都唏嘘感叹，都说刘伟强太可惜了，体面有文化又锐意进取的年轻局长会栽在受贿上。唏嘘了感叹了，贪腐的事实却不能否定。

杨雪轻车熟路地来到了 H 城火车站旁的一个黑车点。H 城监狱离火车站的车程大约还有两个小时，一般出租车不愿意去，去监狱的路不好走，又偏远，只有黑车肯去。每次去 H 城监狱，杨雪打的都是黑车。这次她讨价还价地打上了一辆车，价格比以往少了二十元。她把行李放到后备箱里，坐到了后排的位置上。

司机是个光头，眉眼还算清秀，看样子有四十出头。他和杨雪砍车价时，手里一直夹着根烟，不时地把烟放到嘴边狠狠地吸上一口，仿佛和烟有仇似的。听说杨雪要去监狱，他又上下地把杨雪打量了一番。他狠劲地又嘬了一口烟，把烟头扔在泥泞的雪地上，拉开车门坐到驾驶员的位子上，打火后，车子启动了。

车还没走出广场，一个年轻女子在招手，这是个长相年轻、衣着时髦的女人。身穿一件呢子料短大衣，半高跟鞋，脖子上系了一条纱巾，一个名牌包挂在肩上，手里提了个不大不小的旅行箱。她在招手，光头司机把车停在年轻女子面前，摇下车窗道：要去哪呀？

她冲司机说话时，目光却透过车窗望着坐在车里的杨雪。

女人说：我要去 H 城监狱，顺路吗？

女人说话时，声音不大，监狱这两个字发音尤其轻，似乎怕被人听见。

司机立刻兴奋起来，他一下蹿出去，抓住了女人手里的旅行箱道：巧了，我这正要去 H 城监狱，快上车。

司机热情地把旅行箱放到后备箱里，放包时还说了句：你这包可不便宜呀。

女人站在车外，望着车内的杨雪，她犹豫一下，最后还是选择了后排座位，她把门关上后，冲杨雪微笑着点了下头，又说了句：你好。杨雪也回敬着点头，一股熟悉的香水气味飘进车里。丈夫刘伟强也爱用香水。刘伟强当上局长后，各种活动日渐多了起来。每天回来，她都闻到丈夫身上香水的气味。杨雪刚开始不适应，但参加了丈夫的几次活动之后，她也就理解了。虽然就是个饭局，但丈夫谈的都是大事，比如项目招标、市政发展规划等。每次吃这样的饭都很累，会熬到很晚，有时还会从饭局上下来，又换到茶室，一聊又是一两个小时。因为熬得累，杨雪从那以后便不再参加丈夫的这种活动了。

因为女人的礼貌和这种熟悉的香水气味，莫名地让杨雪对这个陌生女人有了亲切感。

司机上了车，把沾了泥水的脚在车沿处磕了磕，弄得车也跟着一抖一抖的。司机关上车门，扭过头冲杨雪说：都是去 H 城监狱的，你们算拼车，价格每人再便宜五十元。不等杨雪说什么，车辆再次启动了。

车拐了几条街便驶向了城外。城外的马路上也到处是泥泞，车的速度并不快，有时堵车还要停一会儿。司机打开了收音机，电台正播放一个小品。

杨雪望眼身边的年轻女人，女人见杨雪望着自己也转过头来，四目相对都流露出友善的目光。

杨雪轻问：你去看人？

年轻女人点了点头。

杨雪在心里轻叹了一声，和女人有了种同病相怜的意味。

她又问：看什么人？

女人犹豫下，还是答：男朋友。

女人望定她问：你呢？

她说：丈夫。

两人说话时，光头司机在后视镜里看了两人一眼，她们的对话也许他听到了，也许没听到。他似乎很专心地在听小品，不时地乐着，乐得椅背跟着身体一颤一颤的。

杨雪就猜想年轻女人的身份，除了漂亮时髦，她真的猜不出女人的职业。

杨雪只能问：你是 H 城的？

女人轻摇了下头：我是F城的，坐今晚最后一班动车，还要回去。

杨雪这才知道，女人和她坐同一趟车来的，也要坐同一趟车回去。前几次她都是来往F城和H城之间，也是坐这样时间的车，每次时间都刚好。

想到这杨雪冲女人一笑道：我也是F城的，和你同路。

两人有了这么多相同之处，陌生感顿时就又减少了几分。两人的身体放松下来，各自因为有同路人相伴，她们心里多了些安全感。

光头司机把一张光盘塞到播放器里，是一张凤凰传奇的专辑，欢乐通俗的歌声响了起来。车在泥泞的路上行驶着。

杨雪小心地问：你第一次来？

女人点了下头。

杨雪又问：你男朋友到这几个月了？

她有意把监狱省略掉了，改成了“这”。监狱这个词对她们来说，非常敏感。

女人沉吟一下，似乎在回忆：有几个月了。

杨雪不再说话，她怕触到女人的敏感，也怕伤及自己的软处。

半晌，女人说：你经常来？

她竖起四个指头说：算这次四次。

女人点点头，冲她一笑。

她看到女人的笑，心里多了份温暖，女人真的很漂亮，笑起来更是迷人。有时，女人也欣赏女人的漂亮，并能被另一个女人的漂亮所打动。

她欣赏着身边这个年轻女人，也心疼这个女人，这么年轻，生活才刚刚开始，男朋友便进了监狱。

她侧过头对女人：你这么年轻，唉……

女人没说什么，抿了下唇，似乎在下一种决心。

几年呢？她小心地问。

女人的目光透过车窗望着远处：好几年呢。也许表现好会减刑吧。

她在心里又为这个年轻女人叹气了。犹豫了一下，她还是问：你等他？

女人把目光从车窗外拽回来，轻软地放在她的脸上：他很优秀，对我很好。

杨雪不再说话了，她想起了自己的丈夫刘伟强，丈夫也很优秀，对自己也很好。

许多事是没有回头路的，最初刘伟强以一个国企总工程师的身份竞聘考公务员时，她反对过。因为当时他们的日子过得很好，不缺吃不少穿，身份地位也受人尊敬。刘伟强说：我还年轻，应该接受挑战。最终他考了全市第一名。

人们都说，人的地位一变，心也会变。

在刘伟强当副局长之初，她也担心过丈夫会变心，可丈夫做刘副局长这几年时间里，对自己越来越好，并对她承诺过，不会做对不起她的事。这么多年，她一直相信丈夫的承诺，她要等丈夫出狱。八年之后，丈夫才五十岁，他们完全可以重新开始。如果在这期间丈夫表现好会减刑，会更早地出来。

丈夫被判刑之后，她每月都要来看一次丈夫，带一些丈夫需要的东西，说一些话。仿佛现在又成了他们的另外一种日子。

她开始同情身边这个年轻女人了。她在这时想起了一句名言：幸福的生活总是相似的，不幸的生活各有各的不幸。

她不再说话了，身子靠在椅背上，眯上眼睛，凤凰传奇的歌声仍在整个车里欢快地流淌着。

二

会见丈夫依旧在那间探视室里，探视的家属都在这里会见服刑人员，长条桌把家属和服刑人员隔开，有管教在不远处站着，他们冷眼打量着这司空见惯的场景。

杨雪看见了丈夫。他穿着监狱服，头发还跟上次见时一样，不长不短，气色还好。丈夫一边望她一边走过来，她冲丈夫温暖地笑笑，伸出手让丈夫的手握住，丈夫用力地握着她的手，四目交织在一起。刘伟强说：你的手真冷。

她又笑一下：外面下雪了。

他又说：辛苦你了。

她从他手里抽回手，开始一件件地往外拿随身带来的东西。两瓶辣酱，两条内裤，还有两条烟，几本书……这些东西依次摆在丈夫的面前。

他不看这些东西，盯紧她问：儿子还好吧？

她点下头：高中了，课程有点紧，这次他也想来，是我没让他来。

他点点头：对，等他放假再说吧。

她“嗯”了一声。

他又说：爸妈那儿去了吧？

她说：每周都去，这你放心。他们都好，前一阵子妈感冒了，已经好了。

他吁口气，眼睛有些发潮，望紧她。

杨雪躲开丈夫的目光，不想在他面前动情，她怕丈夫看出她软弱的那一面，会担心她。她移开目光，去找那个年轻女人，她对年轻女人的男朋友充满了好奇。探视的家属中却没看见那个年轻女人，她的目光向门口望去，她看见那个女人正立在门口，包带挎在肩上，两手抓着包，年轻女人似乎发现了她望来的目光，偏过头去，身子依然立在那里。

杨雪不解女人为何立在那而不进来见她的男友，杨雪回过头，去望丈夫。丈夫没有望她，而是去看那个女人。此前平静坦然的丈夫，已变了脸色。

她快速地又回了一次头，她看见了那女人投在丈夫脸上的目光，她再次转过头，丈夫已收回目光。目光躲闪了下，想笑，脸上的表情却极不自然。

突然她的呼吸急促起来，血瞬间涌到头上。她扶了一下桌子站了起来，她的动作让丈夫吓了一跳，下意识地把身子向椅背靠过去。她盯紧丈夫，又看了眼门外，那个年轻女人已经不在了。

她，她是来看你的？杨雪的声音已经变调了，完全没有了刚才的温存。

丈夫低下头，马上又抬起来：你别，其实……

丈夫想分辩，却说不出。

她脑子里突然有声巨响炸裂开来，被欺骗、羞辱，瞬间大脑一片空白。丈夫仍然坐在那儿，一脸惊恐，一副不知如何是好的样子。她盯着丈夫，这个和自己生活了十几年的男人。他对她承诺过，她坚定不移地相信丈夫。此刻，她心里那棵信念的大树，顷刻间倒下了。在此之前，她觉得自己是富有的，转瞬，她变成了穷光蛋，而且一文不值。

她不知道丈夫是何时被管教带走的，她眼前空了，什么都没有了。她也不知是如何从探视室走出来的。她脑子空了，身体也空了，两条腿仿佛已经不是自己的了，她踉跄着走出门外。

天空依旧阴沉着，灰蒙蒙的。她倚在门口站了一会儿，又站了一会儿，她想到了火车，最后一班火车会载着她驶向一个叫“家”的地方。她开始挪动双腿向大门外走去。

杨雪走出大门口，看见了那个年轻女人，那个女人侧身立在那里，似乎刚哭过，眼睛是红的，双手仍死死抓着腹前那个包。这个包她认识，很大一个牌子，值几万元。她又想到了刘伟强犯的受贿罪，再看这年轻女人的穿着，从衣服到鞋，每一件都价值不菲。

她从来没穿过用过这么奢侈的衣服和东西，丈夫以前也送过她包和衣服，包是几千元的，衣服几百，顶多上千，虽然不贵，她仍舍不得，丈夫从早到晚很辛苦，一个月只交给她几千元。他们之前在郊区贷款买了第二套房子，原来设想，等儿子上大学，他们退休了就住在郊区，年轻时奔波劳碌一些，为了能有个优雅的老年生活。后来，她狠心卖了，为丈夫还款，以减轻丈夫的刑期。

眼前的事实，打碎了过往所有的信念。她走到那个女人眼前，熟悉的香水气味让她作呕，她一下想起来了，丈夫每晚回来，就是这种气味，曾经亲切的香水气味，让她作呕。

杨雪立在她的面前，浑身发抖。

年轻女人一脸惊恐地望着她，想说什么，嘴唇颤抖着却没有说出来。

她望着这个年轻女人，一路上她一直认为这个女人很漂亮，举止谈吐也很有教养，可眼下，她在她眼前只能用妖冶来形容了。

她在网上新闻里，看到过无数原配在大街上暴打小三。那会儿，她只当是个新闻，每次看到这样的新闻，她为自己骄傲，也为丈夫刘伟强自豪，她一直认为丈夫对自己是坚贞的，只对她一个人好。即便他犯了罪，也没有和别的女人有半点瓜葛。

她想喊、想叫、想骂人，想和在新闻里看到的那些原配一样，抓住小三的头发暴打小三。

她望着这个女人，什么也没做。不是她不想做，是她做不出来。她只能把这些愤怒装在心里。

她转过身，向外走去，泥泞的路上，又多了两行泥泞的脚印。

她看到了来时坐的那辆黑车，是司机的光头让她认出了那辆车。光头立在车旁，正在狠狠地吸烟，看见了她，狠狠地把半截烟头甩在地上。

她拉开后排车门，坐了进去。还是来时那个位置。

光头司机坐到驾驶位置上，发动了车。

司机：那个女孩呢，她没出来？

杨雪没说话，眼睛虚虚地望着前方。

司机在后视镜里望了她一眼，嘴里嘀咕句：来这里的人，心情都不好。

她终于开口了，冲司机：去火车站。

司机仍没有开车的意思：还有一个人呢，一起来的，得一起回去。

她说：走，她那份儿钱我给你。

司机：大姐，不在乎这一会儿，干我们这行的得讲诚信，咱们走了，让那小女孩儿怎么回去？

司机说这话时，看到了走出来的那个年轻女人，司机道：这不来了吗？

司机顺着路边把车开过去，停在女人的脚前。女人拖着旅行箱，另一只手死死抓着腹前的包。

司机下车，接过女人手里的旅行箱放到后备箱里。冲女人说：上车吧，送你们回去。

女人望眼车内的杨雪，犹豫一下。

司机：抓紧时间，大姐都等急了。

女人犹豫一下，拉开副驾驶的门，坐了进去。

杨雪坐在后排，闭上了眼睛。头晕着，天旋地转的样子。

车启动了，顺着来时的路，一路泥泞着向火车站驶去。

年轻女人小心地倚靠在椅背上，她只能死死抓住放在腿上的包。

光头司机从后视镜里看了眼杨雪，她仍紧闭着双眼。司机又打量了一下年轻女人，女人脸色有些白，全没了来时的滋润。司机的嘴角咧了咧。

车行驶着，窗外的泥水声很单调。司机打开了音响，凤凰传奇的歌声再次响起。他见没人反对他，索性把声音放得更大。车载着歌声，在泥泞的路面上飞奔起来。

三

光头司机有了那个想法是在年轻女人上车后，他为女人装旅行箱时，发现那个箱子有些分量。包是什么牌子他并不认识，但他识货，不看里面装的东西，单看那个旅行箱就不一般。还有女人紧紧抓在腿上的挎包，挎包鼓鼓的，很有内容的样子。再看女人的穿着打扮，久闯江湖的他知道这个女人一定是个有故事的人，不然不会这身打扮来到这里。

他突然冒出这个想法，浑身的细胞立马就活跃起来，每个汗毛都醒了，他踩油门的腿在颤抖。他把音量开到最大，让凤凰传奇给自己壮胆。

光头的车是从二手车市买来的。他买不起新车，这辆二手车他还借了朋友的钱。年轻那会儿他在一个工程队上班，施工时从脚手架上摔下来，至今脊椎骨上还打了两只钢钉。从那以后，力气活干不成了，后来他又帮别人跑运输，开的是大货车，跑一趟活需要几天时间，每天只能睡上三五个小时，他的身体还是吃不消，又一次辞了工作，闲在家里，没有了进项，只靠妻子一个人上班。孩子上初中了，学习一下子紧了起来，紧张的不仅是孩子的学习，还有他们一家老小的经济收入。

儿子所在班级的同学，都报了课外补习班，补习班价格昂贵，他带着儿子去补习班打听过，少则几千元，多则几万元。从补习班出来他汗颜了。儿子是个懂事的孩子，他知道家里的难处，就冲父母说：爸，妈，我不上补习班，放学后就在家学。

穷人的孩子懂事早，儿子果然一放学就把自己关在屋里，一副头悬梁的拼命架势。他看到儿子这样很欣慰，也哀叹自己的命运。

儿子在学习上不能说不刻苦，期中考试后，儿子把学习成绩单拿了回来，看分数也算说得过去，平均都在八十分以上，但听儿子说，他这样的成绩在全班只能属于下等生。望着儿子欲哭无泪的神情，他下决心，一定让儿子上最好的补习班。

他年轻那会儿学习成绩就一般，连个大学都没考上，只能去工地干那些最重的活。他不想让儿子再走他的老路了，他一定要让儿子有出息，考上好大学，然后当社会的白领，做一个体面人。

他借钱买了这辆二手车，开始拉黑活。他又过上了早出晚归的生活。黑车并不好开，城管、交警只要抓住他们，轻则罚款，重则没收他的车。他每天像一个游击队员一样在这个城市里打着游击。

自从开上黑车，每天多少都会有进项，家里的日子活泛了许多。先是儿子上了补习班，过年过节的，他还能给母亲买些礼物送过去。父亲去世得早，母亲没有改嫁，拉扯着他长大成人。母子相依为命，他想尽一份孝心，但苦于他没有尽孝的本事。

如果日子如此这般，他还能维系这个家。不料一年前，母亲中风又躺在了床上。他三天两头跑医院，为母亲检查身体、开药，这又是一笔不菲的开销，不仅花钱还牵扯他很多精力。他每天都会去看母亲两次，帮母亲喂药，端屎端尿，又得为母亲做饭，他活计一下子少了许多。

半年前，他发现老婆有些不对劲，每天回来都很晚，经常弄一些面膜贴在脸上，每天出门，在衣柜前挑挑拣拣。刚开始这一切并没引起他的注意。直到有一次，他收车回来，在家门不远处的一片树林旁，看见一辆停在林边的车，一棵树旁，还立着妻子的自行车。是妻子的自行车引起了他的警惕。他走过去，先是看了看妻子的自行车，又看了看不远处那辆车，车一动一动的，显然车里面有人。他走过去，看到后排座位上有两个人搂在一起，他打开手电，看到了本不该看到的一切，先是妻子和那个男人惊恐的脸，然后是妻子手忙脚乱地去穿衣服。

他没发火，他也吃惊自己为什么没有发火。他关上手电默默地走了。走回到车里，他捂着脸，泪水一下子从眼里流了出来。不知过了多久，他看见那辆车消失了，妻子的自行车也不在了，他狠命地抽自己耳光。

从那天开始，他搬到了母亲的住处。他现在和母亲生活在一起。

今天是周六，儿子来到奶奶家，替他照看母亲。他才放心地跑了这一次包车的活。

他从小到大，没干过一件伤天害理的事。最初他拉着两个女人，只想多要几个她们包车的钱，一路上他也在揣测两个女人的身份，从她们的穿着和举止上看，她们的日子是体面的。自己没法和她们比。去监狱的一路上，他还有些同情她们。但让他改变主意的，就是那个年轻女人再次上车的一瞬间。他帮她放箱子，又近距离地看到了年轻女人怀里的包，包链没有拉严，里面一些首饰露了出来。就在那一刻，他改变了想法。

他想到了儿子，瘫在床上的母亲。他先是心脏乱跳，接着就是两条腿抖个不停，嘴里发干，他拧开瓶子喝了几次水，口还是干。

这时，天近傍晚。因天是阴沉的，比平时这会儿的天气阴暗了许多。路还是那么泥泞。车比来时少了许多，一路还算顺利，如果车这么开下去，天黑之前他们就会回到火车站。他在等待机会，不想错过这次机会。这么想了，他瞅准个机会把车停在路边。他下车前，侧过脸说了句：车有毛病了，我下车去看看。

车上的两个女人，一前一后正在想自己的心事，似乎对他的话并没有过多留意。他开门下车，掀开机器盖子，有机器盖子遮挡着，她们看不见他，他也看不见她们。但他还是故意地这捅捅，那看看，最后他把水箱盖拧开放在一旁。他倚在车前，他要理一理自己的思路——中年女人坐在他的后方，年轻女人坐在副驾位置上，自己如何下手？从心底里他不想伤害她们，只想抢走她们身上的东西。两个女人的行李箱都在车的后备箱里，但年轻女人的挎包在自己的身上。他点了一支烟，走到车旁冲车上的两个女人又说了句：车开锅了，凉一凉咱们就走，放心，误不了事。

模糊的光线里他看见坐在后排的杨雪一直闭着眼睛，似乎有泪痕在脸上。那个年轻女人似乎有些紧张，脸一直白着，手里紧抱着鼓鼓的挎包。他又踱回到车头前，倚在车头上拼命地吸烟。

年轻女人似乎终于鼓足了勇气，转过身把自己的挎包放到后排座上，离杨雪的身体很近。

杨雪睁开眼睛，仇恨又冷冷地望着年轻女人。

年轻女人转过身，不看杨雪：这包里都是他这几年给我买的首饰，后备箱的旅行箱里有一套房产证，还有几幅字画。

杨雪没说话，又闭上了眼睛。

年轻女人又低低地说：今天我来，本想把这些东西还给他，让他退赃。

杨雪睁开眼睛看了眼放在身旁的那个精致挎包。

年轻女人又说：退了赃，也许他会减刑。

年轻女人说完这句话，紧绷的身子似乎松懈了些，她靠在椅背上。

杨雪的眼皮下意识动了一下，她又一次闭上眼睛，眼角有两滴泪缓缓流下。

这时，天已黑了。

光头司机把水箱盖拧上，扔了半截烟，地上已经有好几个烟头了。他“咣当”一声放下机器盖子，重又上车。他说了句：好了，可以走了。他发动了车，车快速地向前开去。

车上很静，可以清晰地听到窗外车轮碾过泥泞地面的沙沙声。车上没人说话，凤凰传奇也哑了声音。

在一个岔路口，她们没有意识到，他拐上了一条小路。车一驶进小路，不仅路变窄了，一辆车也没有了。只有路两旁的树木和荒地。

车又行驶了一会儿，突然停下了。他大口喘着气，突然下车，走到后座旁一下拉开车门，一把把杨雪拉下车。他手里多了一个铁棍，冲摔在泥地上的杨雪气喘着说：别逼我动手，我只要东西，不想伤人。

他挥了一下手里的铁棍快速地向副驾驶车门跑去，因为路滑，他差一点摔倒，他拉开副驾的门，一把揪住年轻女人的肩膀，没费多大劲儿便把她拉了出来。她跌在泥地上，他伸出手向女人怀里摸去，那里是空的。他低吼一声：包呢？因为紧张，他甚至都没有发现年轻女人的包已放到后排座上去了。

他探身向车后望去，他看见了后座上的包。他关上副驾驶的门，向车头跑去，他想绕过车头坐到驾驶位置上去。只要他开上车，他的行动就成功了。让他没有料到的是，那个年轻女人从后面一下子抱住了他的腿，他一下子摔倒了。他挣扎着要爬起来，年轻女人死死抱住他的腿让他动弹不得。他挣扎了一下，半坐起身，举起铁棍，低吼了句：放手，别逼我下手。

年轻女人趴在地上死命地抱住他的腿，冲他：我身上还有两千块钱，想要都给你，别动我的包。

他又挣扎，嘴里道：撒手！

女人不撒手，更紧地抱住了他的腿。

他挥起铁棍向女人砸去，先是砸向她的手臂，她号叫一声，并没撒手，嘴里叫着：动什么都可以，包你不能动。

他狠下心，挥起铁棍向女人砸过去。车灯的暗影里，他看见女人头上流着的血。女人仍没撒手，低下头更用力地抱紧了他的腿。他又挥起铁棍分不清是头还是女人的后背胡乱地砸下去。

突然，他松开了手，铁棍跌落在一旁，他一头栽倒在地上。

杨雪站在男人身后，她手里握着一块石头。她只一下就砸中了他的头。

年轻女人的手渐渐松开了，她扬起头，血水已糊住了她的双眼。她去身上掏手机，她拿着手机冲她说：包在车里，你拿走，不用管我，我会报警的。

杨雪扔掉手里的石头，她踉跄一下，走到车旁，从后座上拿过自己的挎包，又打开后备箱拿出自己那只已经瘪下去的旅行箱。她拖着空箱向前走去。

贩梦者

林又在讲自己的梦，说的是，一位盲人演唱师傅带着他的盲人徒弟走街串巷地靠说书演唱为生。一日，徒弟问师傅：眼睛如何才能看到光明？师傅应：等拉断第一百根琴弦时，眼睛就会看到光明。小徒弟有了希望，随师傅奔走在一处又一处的演出场所，风里雨里，弦声伴随着他。后来师傅离开了他，他又有了自己的徒弟，为了一百根琴弦目标，他带着徒弟一如师傅带着他地在执念中拉琴。每拉断一根琴弦，便藏在一个树洞里，一根又一根被拉断的琴弦都刻在了他的心里，终于迎来了第一百根琴弦，想象着这根琴弦一断，自己就可以见到光明了，他期待着这一天的到来。终于在一次演出中，第一百根琴弦断了，然而期盼中的光明并没有如约而至，他病倒了，因为心里那浩大的希望落空。在小徒弟无微不至的照料下，他躲过了这一劫。他一下子明白了师傅的用意，他又一次带着徒弟走街串巷时，徒弟又问他：师傅，我的眼睛什么时候才能看到光明呢？他学着师傅的口气说：当你拉断一百二十根琴弦时，自然会看到光明。徒弟咧开嘴，笑着，心里已经亮了。他看不见徒弟，但他知道徒弟一定是这样的，因为一如当年师傅说让他拉断第一百根琴弦时，自己的样子。

林讲完这个故事时，宿舍里所有人都沉默着，仿佛自己做了一场梦，醒来盯着上方模糊的天棚，久久地思考着什么，却想不到尽头。越想不透就越想，不久，宿舍的人便陷入了梦乡，各自寻找自己的梦境去了。

他把自己的故事讲完了，却并没有睡着，他还要想下一个故事，供明晚睡前给大家说。此刻，他们已经是大四学生了，他讲了四年故事，每天晚上都是如此，就像他刚讲完的故事中的那个徒弟一样，一根又一根琴弦拉断了，又期待下一根。他不是盲人，只是贫困学生，记得自己很小的时候，父母跑运输，车出了事故，父母再也没有回来，是爷爷靠拾垃圾把他养大，又供他上大学。为了减轻年迈爷爷的压力，他申请了助学贷款，为了还贷款，只要一有时间就出去打工还贷款。

四年前刚入学时，住在下铺的赵姓同学一日晚上睡不着，动员大家讲故事，许诺说：谁的故事讲得好，就把他明天一日三餐全包下来。赵同学家境殷实，父亲是开公司的，吃的用的，自然是全宿舍最好的。于是大家为了明天的一日三餐，都在搜肠刮肚地拼凑着故事。似乎这些故事都不能让赵同学满意，他仍然失眠。直到他开始讲，不仅赵同学在他讲完后，很快进入梦乡，其他同学有的在他一个故事还没讲完，便酣然入梦了。赵同学从不食言，第二日的一日三餐果然全包了下来，自己吃什么就让他吃什么。有肉有菜，有时还有水果或者酸奶什么的。

他节省了一日三餐的钱，生活自然轻松了不少。只是每日的故事，要常新求变才好，不然觉得对不起赵同学的一日三餐。每天在同学入睡时，他自己却不能入睡，想着明晚的故事。

一日赵同学认真地凝视着他问：你怎么会有这么多故事？他沉吟一下，还是答：我讲的不是故事，是自己的梦。赵同学哑然，同学们亦哑然。在同学们眼里，他便神秘起来，他每日的梦有头有尾，还丝丝入扣、引人入胜，这是什么人才能做的梦呀！他们的梦往往有头无尾，早晨睁开眼睛，梦境早就忘光了。他在众同学好奇又羡慕的目光中度过了四年，在这四年时间里，一个宿舍其他五个人，都享受了他的“梦”，也有许多同学轮流请他吃一日三餐，赵同学并不争抢，在没有别的同学主动请他时，自己才会出现。

一晃四年大学生活结束了，他和赵同学双双保研，又去读研究生。他和赵同学依然是一间宿舍，没了上下铺，两人并排躺在各自床上，熄灯后，赵同学依然听他的故事，直到他听见赵同学的呼吸均匀起来，进入梦乡，他的故事才会戛然而止。

在这期间，他也曾阻止赵同学的一日三餐，但总是会被赵同学否定，反而感激地冲他说：你的故事治好了我的失眠，没有你的故事，我会睡不着觉的。于是他的故事照讲，赵同学有滋有味地听。

终于他们研究生也毕业了，赵同学留校做起了学术研究，他在家乡的省城联系到了一家单位。分手时，赵同学拥抱了他，拍着他的后背说：谢谢你每天给我讲的故事。他想到这些年，赵同学每日请他的三餐也不禁眼睛湿润，感动地说：我吃了你这些年的饭，说感谢的应该是我。两个同窗好友在用力拥抱中分别。

他和赵同学分别却没断了联系，偶有电话往来，聊工作，说生活，赵同学每次在电话里都说：我怀念你的那些故事。有机会见面，还想听你的故事。他就在电话里笑一笑，并不说什么。

又是几年后，他突然接到赵同学的电话，要到他所居住的省城出差，两人约好相见，一叙同窗之谊。

地点是他定的，还没到约定时间，他就站在饭店门口开始张望了。饭店是五星级的，赵同学见到他吃了一惊，望着他身后的饭店责备道：怎么定在这了？咱们是老同学，就是叙叙旧，何必这么破费。他不说什么，引领着老同学往里走。

偌大的包间就他们两个人，菜品在任何人眼里都称得上奢侈，酒自然也是顶级的。赵同学扫了一眼酒桌上的菜品，正色道：今晚我请。他不说什么，只是笑一笑，两人坐下，他端起酒杯道：老同学，这些年我一直想找机会答谢你，是你让我大学生活有饭吃。说完一口喝光杯中的酒。赵同学凝视着他，半晌才道：我不失眠，不听你的故事也能睡着，但你的故事不是三顿饭能换来的。

那天两个老同学都喝多了，又一次拥抱在一起，一晚上他说得最多的一句话就是：谢谢老同学，我永远记着你的一日三餐，也感谢你让我讲故事。赵同学突然想起什么似的说：你为什么把研究所的工作辞了，现在靠什么生活？他听了又淡然一笑：我现在是个贩梦者。赵同学似乎不解，怔怔地望他。他忙解释道：自己现在是个网络作家，每天在网上写故事，他的签名就叫“贩梦者”。吃惊的赵同学如梦初醒，惊叫一声，又一次狠狠地把他抱在怀里，小声地说：其实当年你不讲故事，我也会请你一日三餐。怕你不接受，才让你每日讲故事。他推开老同学，认真地冲老同学鞠了一躬道：感谢你让我成为现在的贩梦者。

那晚两人走在街上，他又想起多年前讲的故事道：老同学还记得当年那个拉断一百根琴弦的小徒弟吗？老同学望着天空悠长地说：当然记得，人得有梦才美好。

老赵和小李

老赵是他们处室的头，样子和蔼得很，总是笑眯眯的。老赵这几年多了一个爱好，就是讲段子。他的段子很丰富，也很接地气，从隔壁老王讲到跳广场舞的大嫂，从公交车上的小偷又到世纪大盗，总之，逮到什么讲什么。老赵讲段子时，不时地加进自己的注解，像B站某段视频中不时跳出的字幕，效果总是出其不意。

老赵以前爱看报纸，处室订了几种报纸，只要他有时间，报缝中的一则广告，他也舍不得落下。这几年报业萎缩了，他就打开手机，把字调到最大的那一种，端着手机如同当年端正地捧着报纸。老赵每天都会有几个时间段讲段子。老赵是领导，一个人一间办公室，他就显得很孤独。起初，他会叫路过他门口的同事进门，还要给同事用一次性杯子倒上一杯水，然后就开始讲段子。同事便前仰后合，笑得淋漓尽致，久了，处室的人总是在不忙时，聚到老赵办公室里，有的坐在闲下来的椅子上，有的倚在墙壁上，还有的一脚门里一脚门外地站在门口，听老赵讲段子。节点上，大家都要笑。男人的笑，放肆直接；女人总会用手掩了嘴，意味深长地笑。不论同事们怎么笑，总是很开心的样子。老赵见同事们笑，自己就很满足，用带着笑意的目光依次在同事们脸上掠过。同事们就用开心的目光依次回敬着他。老赵就一副很有成就感的样子。

这一年，处室分来一个研究生，姓李。小李似乎总是离群索居。每天上班，走进办公室和大家伙儿点头打过招呼，便坐到自己位置上，打开电脑忙自己手头的工作。闲暇时，会走到窗子旁，透过窗子向外面看，其实外面也没什么好看的，除了车流人流，还有马路对面的高楼大厦，并没有什么新鲜景致。人们理解，小李这是发呆呢。人总有发呆的时候，可现在的人，发呆的时候越来越少，能发会儿呆也显得弥足珍贵。

小李是处室唯一不听老赵讲段子的人。每当人们聚在老赵办公室时，小李就望着窗外发呆，对门不时传来的欢声笑语，似乎和他无关。他沉浸在自己的世界里。

老赵每次讲完段子，都会用幸福的目光依次在每位同事脸上扫过，当扫到最后一个人时，目光变成了逗号，总是意犹未尽的样子，然后把自己的目光从众人身上挪开，越过人们的头顶望向对面办公室窗前小李发呆的背影，目光就跳了跳。人们就转过头，齐齐地把目光冲向小李。小李背对着大家，浑然不觉的样子。

又一日，又到了老赵讲段子时间。办公室的马大姐就招呼小李道：小李，听赵头讲段子吧，可好玩儿了。他们都亲切地把老赵称为赵头。小李摇摇头，头也不抬地说：我对那些段子不感兴趣，你们听你们的。然后又走到窗前，固执地把后背留给大家，任由身后的笑声一浪高过一浪地传来。

久了，小李在众人心里就异样起来，人们望着他的目光就虚虚的，成分复杂，只可意会不可言传的样子。马大姐是个热心肠的人，小李刚报到时，就知道小李没有女朋友，曾热心地为小李张罗介绍女朋友。介绍过三两个女孩，不知什么原因，都无疾而终。这一日，马大姐来到小李面前，拉过一把椅子坐在小李对面道：小李，你这性格得改改，太不合群了。小李就满脸问号地望着马大姐。马大姐就单刀直入地又道：比如你不爱听赵头讲段子，总是一个人发呆。小李似乎有所悟，然后道：咱们赵头很孤独，离开办公室一定连个说话的人都没有。马大姐把手拍在大腿上，发出响亮的声音，众人都把吃惊的目光望在小李的脸上。马大姐就说：小李，你是不是会算命呀，怎么说得这么准？老赵老伴前些年患癌去世了，儿子在加拿大读书，后来就留在了国外，自己孤单着生活有些年头了。小李就淡淡地笑一笑道：有你们当听众就够了，也不差我一个听众。众人的目光从小李脸上移开，一时不知如何安放的样子。

马大姐劝不动小李，小李依然我行我素，众人去听老赵的段子，小李独自发呆。井水不犯河水，也一副相安无事的样子。某天，处室来了上级通知，抽调一人去乡下扶贫。老赵把大家叫到一起，把通知说了，然后目光又依次从众人脸上扫过，这一次众人没有迎合，而是避开老赵的目光。大家伙儿都知道，下乡扶贫并不是好差事，年纪大的还有一家老小，年轻一点的，还要谈恋爱，张罗结婚什么的。老赵最后把目光定在小李脸上，小李的目光没有逃避，而是迎着老赵的目光望过去。老赵先避开目光，望着某个物件说：我琢磨了，咱们处室，只有小李合适。老赵说完，目光终于坚定起来，望向小李。小李似乎没加思考地说：我服从安排。老赵离开后，马大姐走到小李身旁小声地：小李，你傻呀，怎么这么快就答应了，你还没找对象，去乡下就得两年，好多事都耽误了。小李就淡然一笑道：谢谢马姐，我没事，在这城市里我就一个人，我去正合适。人们都知道，小李是大学毕业留在机关的，他家是外省的。小李这么说完，众人就醒悟过来，纷纷冲小李投来友好又亲切的目光。

小李走后没多久，处室又新来一个领导，老赵快退休了，便从领导职务上退下来，连同他单独的办公室都交给了新来的领导，搬到了大办公室里来。新来的领导不苟言笑，自己工作认真不说，还不时地到大办公室里抽查大家手里工作的进度，所有的人都会真真假假地作忙碌状。

因新领导的到来，老赵都没机会讲段子了，每当到了以前讲段子时间，他都会拿着保温杯走到饮水机前去接水，然后把目光望向大家，众人避实就虚地把目光移开，投向对面办公室。新来的头儿伏在案前，背影是一丝不苟忙工作的状态。老赵只能又落寞着走回到自己桌前，把椅子弄出些声响。

两年很快就到了，小李完成了扶贫工作，他似乎变了样，比以前成熟了许多。小李回来不久，就向大家宣布了一条好消息，自己要在这个五一节完婚，人们这才知道，小李这次扶贫下乡，找到了一位女大学生“村官”做自己的女朋友。众人都真心祝贺小李。马大姐就拍手打掌地说：小李呀，你这是塞翁失马焉知非福呀！小李不说什么，很幸福地笑。

小李结婚不久，老赵被宣布退休了。老赵离开处室时，依依不舍地冲众人道别，不尽的留恋和不舍。

老赵退休后无事可干，转了一圈儿总是会出现在机关门口。退休了，交回了出入证，只能停留在门口向工作了大半辈子的机关张望，不舍和失落溢于言表。

有一日，马大姐意外透过窗子看见老赵和小李正坐在机关门口的空地上，两人似乎在下棋，不时地还有说有笑的样子。小李是以取快递的借口出门的，半晌之后，才见小李抱着快递回来。从那以后，每当老赵出现在大门前，小李总会站起身冲大家说：谁有快递，我帮着去拿。众人就拿起手机把快递通知转发到小李的手机上。小李就乐颠颠地外出取快递，到了门前，总是会和老赵下上一盘棋，说上一会儿话，才大包小裹地回来。

马大姐不解地来到小李桌前：小李，以前老赵讲段子，你听都不听，现在怎么又和老赵打得火热，他都退休了。小李眨着眼睛，真诚地说：老赵退休了，一个人太寂寞了，他每天来，就是想找人说说话，讲讲段子。众人把目光齐聚在小李脸上，一副不解的神情。

小李的目光清澈见底地望着大家，众人避开小李，收回自己的目光，无处安放的样子。

告别者

一

法警在他面前宣读最高人民法院裁定的那一刻，他仅存的一点生的希望，随着从胸腔挤出的一缕气息，散到了空气中，了无痕迹了。

法警把法院裁定书最重要的部分重复了两遍，宣判王守道死刑，立即执行。法警宣布完望着他，他望着法警的脸，他满眼只有两个字：死刑。

法警说：你听明白了吗？

他没有说话，也没有做出任何动作，仍那么望着法警。

法警更大声地又问了一遍：王守道，你听明白了吗?!

他点下头，脸上的肌肉动了一下，算是他的反应了。

法警把法院判决书最后一页摊在他面前，指着一个空白处道：在这儿签名。

一旁放着笔，笔是签字笔，早就做好了让他签字的准备。还有一盒印泥，印盒打开着，散发着印泥的气息。

他拿过笔，笔几乎落到了纸上，却一时想不起自己的名字。

法警提醒道：王守道。

笔尖落到纸上，他写上了自己的名字。

又用食指蘸了下印泥，捺在刚写过的自己名字上。

法警把这些都收好，冲他说：我们会把判决书送达你的家人。

法警说完，转身走了。

一直站在他身后的两个法警押解着他向关押室走去。

他不知如何走回关押室的，短短二三米的距离，他仿佛走完了一生。随着法警在外面落锁声传来，一切都安静了下来。

这结局早在他预料之中，但心底里仍存留一点最后的希望，此时，最后仅存的一点希望也烟消云散了。

他想起了“上路”这个词。在老家，人死了都称为“上路”。那会儿，每逢邻居死人，他都很好奇，从出殡开始，他跟在人群后，送死人上路。那会儿，他就想：人死了要去哪里呢？有人说：上西天了。也有人说：下地狱。

他往西天上望，西方的天空和其他的天空并没有两样，或蓝天白云，或阴云密布。天对他来说又高又远，人死了都上西天，活着的人为啥又看不见呢？死了那么多人，从古至今，西天能装得下吗？……他想不明白的问题一直困扰着他。从小到大，一想起死，他就会想这个问题。地狱，自然在地下。有人说，下地狱要走黄泉路，过奈何桥，喝孟婆汤。地狱分十八层。他想到地狱深不见底的黑暗，就有莫名的恐惧。

再大一点，认识了一些信教的人，不论哪种教，都教人积德、行善、博爱。要修德，德修到了，人就会上天堂。天堂是个什么样子，他想象不出来。他便依据看过的电视剧《西游记》里的玉皇大帝的天宫想象着，无论怎么想，都觉得天堂没有人间好。那些信教的人描绘的天堂简直就是极乐世界，可他们有病也急三火四地看医生，生怕死了。想来想去，他认定，天堂也好不过人间。

再后来，他长大成人，也娶妻生子了，没事的时候，他仍会想到死亡。有生就有死，看到刚出生的儿子，想着儿子会慢慢长大，也会变老，他的心就跟刀剜一样难受。生死是不可抗拒的，人迟早有一天都会死，只要人没死，就不会去想死后的事。活着就会往前奔。

他连续参加了两年高考，考的分数离高考录取分数相去甚远，最终他放弃了。先是去外地打工，老婆小梅就是那时候认识的，小梅不是他们镇上的，是离他家二十几里外另一个镇上的。他们在一个工厂里打工，小梅那会儿梳两把刷子头，穿一身工作服，人显得很干净的样子。

认识小梅两年后，小梅怀孕了。他得到这个消息，是在工厂里中午去食堂吃饭的路上，小梅脸色不好，拿着饭盒对他说：守道，这阵子我总是恶心，吃啥吐啥。他心里咯噔一下。他意识到小梅怀孕了，忙说：过两天，咱们去下医院。

工厂大门不远处，有几家钟点房，生意很好，专门为附近几家工厂的工人开设的。出门打工的有许多夫妻，也有许多刚谈恋爱的，这些人没地方去，好在钟点房价格实在，一小时才十块钱。他和小梅隔三岔五地去钟点房。他事前都是在工厂冲了凉，为的是节省时间，从拿到钥匙就开始算时间了，他们舍不得多花一个钟点的钱，掐着时间，一个小时准出来。那会儿他就担心小梅怀孕。两人计划好了，要多打几年工，攒点钱，在老家盖个房子。这是他们的目标，也是他们最大的心愿。

不料，小梅检查出怀孕了。小梅想把孩子打掉，那年春节回家，他带小梅来到了镇医院，医生说：孩子太大，打不成了。小梅为打不成孩子，还站在医院门外，伏在他肩头上哭了一鼻子。打不掉孩子只能生了，又不能让小梅没个名分生孩子，他们在过完春节上班的第一天，去民政局领了一张结婚证。没有自己的房子，小梅只能住到自己家里。

他家的条件不如小梅家，他的家住在镇东头，满打满算就两间房。父亲前两年得了脑血栓，人不能动弹，只能躺在床上，母亲天天为父亲熬药喝，一进院子，刺鼻的中药味弥漫了整个院子。

过了十五，他要回工厂打工去了，小梅不能再随他一起出门远行了，挺着肚子为他送行。鼻涕一把泪一把的小梅把他送到汽车站。他心里也不落忍，伸出手在小梅脸上拍了拍道：在家等我，我一定挣够盖房子的钱。

公共汽车来了，他要先进城，再坐火车，才能到达他打工工厂的城市。他上了车，透过车窗看见小梅一张泪流满面的脸。那会儿他就发誓，以后一定要让小梅过上好日子。

二

那辆运钞车是深灰色的，每天傍晚时分都会路过这个交叉路口。它去附近几家镇子里的农村信用社收取一天的存款。早晨上班前，这辆运钞车又早早地把这一天流动的款项送过来，每日都雷打不动地经过眼前的三岔路口。

他和徐大林、徐小林早就观察好了，这是郊外，离城里还有十几公里。一条直路，通往城里，另外两条岔路通往乡下，岔路口没有红绿灯，每次车辆路过，都会放慢车速，有的车会停下来，一看二慢三通过。他们选择在这里下手，主要是这里没有监控。

炸药和雷管是他们在一个采石场工地偷来的，足有十几斤，徐小林在百度上查过了，这炸药的重量足可以炸毁一栋楼房，区区一辆运钞车当然不在话下了。

他们把炸药放到路旁一个坑里，又用一些砂石埋上，接雷管的电线被他们扯出好远，在半山坡的一棵树后。

天暗了一些，又暗了一些，依以前的观察，那辆运钞车早该出现了，今天不知为什么晚了。徐小林就问他：哥，这车不会不来吧？他和徐大林是同班同学，徐小林比他们低两个年级。徐小林毕业后，就管徐大林的同学叫哥，一脸亲切。

他手握接通雷管的两根电线道：今天不是节假日，运钞车不可能不来。他像一名狙击手似的，静下心来，观察着路上的动静。这期间，路上过了一辆卡车，两辆轿车。

没多久，那辆深灰色的运钞车出现在他们的视线里，此时天已经暗了，车的颜色已分辨不清，运钞车的轮廓让他们兴奋起来，他们都能听到彼此的心跳声，他握电线的手一直在抖。运钞车近了一些，又近了一些，接近三岔路口时，运钞车踩了下刹车，就在这时，他把手里的两根电线接通了。惊天动地的一声巨响，不等浓烟消散，他们从山坡上奔下来，冲上公路。运钞车不仅被炸翻了，炸药的威力还让运钞车中间撕开了一道口子。

司机和两位押车员，满身是血地翻躺在地上，一动不动。

徐小林上前去找运钞车的钥匙，在这之前，几个人已经分工好了。徐小林终于发抖地从押运员的口袋里掏出一串钥匙，递给了他，他去开运钞车，又去开车里的保险柜。徐大林把缠在腰间的一个布口袋解下来，保险柜里满眼的钱，柜门一开，哗啦一声倒出来。

眼前的钱，让他们热血沸腾，他们眼里只剩下了钱，大半口袋被装满了。他们头也不回地向山上跑去。

也许过了一个小时，也许只过了十几分钟，几辆警车闪着灯，呜叫着呼啸而来。不久，又有几辆军用卡车，拉着大批武警也赶了过来。不多长时间，警车便四散着分开了，顺着眼前的三条路快速驶去，只留下两辆车和车上的人员在勘查现场。

在这个过程中，他们一直趴在山坡上一块大石头后面。这也是他们事前计划好的一部分，不能急着跑，也许你前脚刚跑，让人家后脚就追上了。他们看清了警察追赶的方向，他们爬过山坡，走小路，夜半时分他们就来到了采石场。他们在这里集合的，也要在这里分手了。钱很好数，都是捆好的，每人分了三十五万。各自装到准备好的包里，沉甸甸地背在背上，他们突然发现钱放在一起会这样的沉重，在这之前，他们从来没感受过钱的重量。

在采石场的山坡下，没有月光，只是漆黑和暗淡的星光。他们分手了，分手时甚至没有多说一句话，更没有回头。他们喘息着钻进夜色之中。

王守道一口气跑回家中，应该说他没有家，仍住在岳父母家中。他当初结婚，最大的愿望就是盖两间房子，有一个属于自己的家，儿子如今都五岁了，一家三口仍然栖居在岳父岳母家中。

一年前，他从工厂辞了工作，工厂的工作让他看不到曙光，他又回到了家乡，寻找挣钱的出路，他遇到了徐大林和徐小林哥俩。哥俩也游荡着，他和徐家哥俩学会了赌博，身上仅有的几千块钱也输得精光。他不敢回家了，一直在外面闲荡着，他想过回以前的工厂，最后想了想还是作罢了。他没脸回去，回去也是没大出路，一个月就那点工资，一年到头回到家也剩不下几个钱。没有出路的日子，让他看不到明天。一家三口挤在岳父岳母家，不用别人说，他自己都感到脸红。

他现在有钱了，沉甸甸的三十多万，他不知如何安排。他坐在装钱的口袋上，就在岳父家的后院里，一直到东方发白，他只能把钱藏到院子各个角落。一切就绪之后，天差不多亮了。他听见岳父起床的咳嗽声，接着就听见岳父推开房门，向茅房走去的脚步声。他看了一眼小梅和儿子住的房间，拍一拍屁股上的尘土，向镇上走去。

三

有了钱就有家了，安一个属于自己的家，一直是他的梦想。从认识小梅那天开始，他就有了这个夙愿。可不论他怎么拼命地打工挣钱，想法依旧是想法，夙愿还是那个夙愿。

每年春节回家，是他们在外打工游子最盼望的一件事，他却不愿回家，不是不想见小梅和孩子，是怕面对岳父岳母。

每次他回家，岳父岳母并不说什么，本来拥挤的岳父家一下子多了他们三口人，不仅拥挤还多了混乱。岳父岳母看到这一家三口，不停地唉声叹气。一年又一年，他在这唉叹声中过完了春节，又过完了十五。转天，他就又要出门打工了。小梅偎在他胸前轻声地：守道，我们快点有个家吧，哪怕一间小屋也好。

在他们当地，有句俗话：嫁出门的女儿，泼出去的水。女儿是别人家的人了，就该另立门户过日子。小梅住在父母家的日子其实也不好受，自己带着孩子和父母过日子，深了不是，浅了也不是。她的难处，他理解。他只用力揽了小梅后背，心里万马奔腾地发誓：一定要有个家。

那年，他再次外出，就辞了工厂的工作。他在寻找机会挣钱，然后就水到渠成地遇到了徐大林徐小林两个兄弟。

此时，他有钱了，离有个家的日子不远了。他在镇子里吃了早点，时间还早，他进了一间网吧，在打工时，网吧是他最好的消遣之处。过重大节日，工厂里也会放一两天假，逛街他没钱，也不想乱逛，劳神费力，网吧就是他们最好的去处。用不了多少钱，可以在里面待上一整天，游戏世界让他们这群打工者忘掉了苦闷和忧愁，在虚拟的世界里追逐梦想。

这次和以前却不一样。以前，他一走进网吧，便会一头扎进另外一个世界，这次他却心不在焉，心思总是跳出来，眼前不停地跳出三岔路口爆炸的场面，还有岳父家后院藏着的三十五万元沉甸甸的钱。

在网吧里坐了不久，他就从里面走了出来，街上开始有闲人聚在一起惊恐地谈论着昨晚发生在镇外的那场爆炸。这些人说得有鼻子有眼，仿佛他们就是亲历者。他听了一会儿，走到一个烟摊上买了盒烟，昨天那盒烟在山坡上他一口气抽完了。他点了支烟，打开手机，本地新闻报道了昨晚发生的运钞车被炸案。手机上说：运钞车被炸毁，司机和两个运钞员当场丧命。他离开现场时，认真地看了眼躺在地上的三个人，那会儿他甚至希望，他们就是炸晕了，拉到医院就能抢救过来，他的心会安然许多。手机的新闻里还说：这是一场特大的暴力案件，警方正在全力侦破。他以前也看过这样的报道，无论哪里发生的案件，最后一句都会说：警方正在全力侦破。他不是小瞧警察的能力，选择三岔路口下手，他和徐家兄弟是花费了一番心思的。路口没有红绿灯，更没有监控，也许他们会留下脚印、手印，他们当时戴着手套和口罩，他已经把现场穿过的鞋扔到了下山时的一条河里。想找到那双鞋无疑大海捞针，剩下的还有什么呢？他实在想不出破绽。

有许多案子雷声大雨点小，过去了也就过去了，全国各地每天发生那么多案件，真正破获的又有多少，他没统计过，反正肯定有破获不了的案子。这么想过之后，他心里安稳了许多，转身又走进了网吧。这一次，他很快沉浸在游戏世界里。

一连几天，他都是在网吧里度过的。他想过回家看看小梅和孩子。有两次，他都走向了回家的路，几乎看到了岳父岳母的家，他还是忍住了，万一案子出点差错，他不想影响小梅和孩子。

他坐上公交车去了城里，路过三岔路口时，不时地有乘客指点着，议论着那起案子。他也走到窗边向外看，这里已经恢复如初，看不到一丝爆炸的痕迹。他在心里轻笑一声，也许再过几个月，这个案子就没人提了，成了一宗无头案。

到了城里，吃了顿饭，他想起徐家两兄弟，他掏出手机给徐大林发了一个“?”，这也是他们事前规定的。不一会儿，徐大林给他发了一张笑脸，又发来一个“?”。他也回了一张笑脸。平安无事，他揣好手机，又走进了城里的网吧。在这个世界上，除了网吧，他真不知道还有什么更好的地方可去。

很快他又沉浸在虚拟的世界中。不知过了两天还是三天，一走进网吧，日子便浑浊了，不分日夜。

也许过了两天，或者三天，有两个人出现在他的身后，拍了一下他的肩膀，他以为是网吧管理员，他没回头，从兜里掏出一张钱，随手递过去。一张证件递到了他的面前，他怔了一下，是警察证。他回过头的一瞬间，两只手便被牢牢地摁住了。

四

是采石厂的监控，还有他遗留在山坡上的半包烟头出卖了他，他一归案，徐家兄弟很快就到案了。

接下来就是起获赃款了，警察带着他来到了岳父家后院。在这期间，小梅已经接到了公安局的通知。一家人听说，他和那起炸运钞车案有关，所有的人，包括镇上认识他的人都惊呆了。

他带着警察来到岳父家后院，岳父岳母，还有小梅和手里牵着的孩子，远远地站在一旁看着他和警察。赃款一共三十五万，都是十万一捆的，另外五万是他和徐家兄弟拆开分掉的。他站在一块石头上指点着，警察很快把藏在岳父家后院的钱找到了，一共三十万。还有五万，警察用眼神问询着他，他说：那五万花掉了。警察没说什么，把他带走了。

走出岳父家的后院，儿子叫了他一声：爸爸……

他回过头，隔着警察的肩膀看到了儿子，儿子的手被小梅拽着。

他叫了一声：大宝，跟你妈好好的。

大宝是儿子的名字。他转过头去，泪已经挂满了脸颊。一直被拖上警车，他没再回头，他不敢看小梅和儿子。

那几年在工厂打工，每年回家一次，每次回来，大宝都会长高一些。儿子是在他一年年打工的时间里长大的。在他眼里，儿子就像一个充气娃娃，一转眼就大了。儿子一天大过一天，有个家的愿望在他心里愈发地蓬勃起来。

接下来的案子就很简单了，移交给检察院起诉，法院宣判，从市中院到省高院，审判的结果都是判他和徐大林死刑，徐小林是从犯，判了死缓。

最后省高院报请全国最高法院申请死刑复核。在这期间，他见到了小梅和儿子。他们隔着玻璃窗，他拿起电话，小梅也犹豫着拿起电话，没说话，小梅已泪流满面了。小梅的目光起初不和他对视，望着玻璃后的一角。他哽咽地道：小梅，我就想给你和儿子一个家。

小梅的目光转向了他，已经泣不成声了。他也开始哭泣，他带着泣声道：小梅，对不起。

小梅不说话只是哭，哭泣声通过电话听筒传到他的耳朵里。

从被抓宣判死刑那一刻，他就后悔了。他怀念和小梅和儿子在一起的日子，虽然栖居在岳父家，只有一间小房，但那也是个家呀。他每年打工回来，都是春节。他抱着儿子去放鞭炮，鞭炮炸响，儿子吓得捂上耳朵，伏在他的肩上。后来，儿子大了一些，他牵着儿子的手去放鞭炮，鞭炮炸响那一瞬间，儿子就会大呼小叫……

日子艰辛，却幸福踏实。直到这时，他才意识到活着是多么好，穷却快乐着、充实着。以前，他听人们说"人为财死，鸟为食亡"的道理，如果人能有来生，活着的意义肯定是另外一个样子了。可惜，人生不能重来，悔又有什么意义呢?

后来儿子拿起了听筒，儿子被母亲抱在怀里，孩子没哭，脸上只带着惊恐，他瞄一眼他身后的警察，小声地说：爸，我不要房子，你回家就行。

他终于忍不住放声大哭起来，头伏在窗台上，痛哭失声，止也止不住，孩子吓得扔了听筒错愕地看着他。

会见时间到了，他像喝醉酒一样，踉跄着被两个警察带走了。门被关上那一刻，他回过头来，看见小梅背过身子，怀里抱着孩子，儿子在母亲怀里挣扎着，哭闹着向他伸着手……

他转过头，望眼窗外的天空。灰蓝的天空飘着柳絮，春天到了。他刚被抓进来时，还穿着很厚重的服装，现在他只穿一件夹衣。

他被推进小号里，"咣当"一声，身后的门被关上了。他的世界瞬间暗了下来。

五

转眼，高院死刑复核通知下达了，仍然是维持省里法院的判决结果。死刑，立即执行。

被执行的前一天，他又一次见到了小梅。小梅脸色苍白，双眼红肿。隔着玻璃窗望着他，许久，他用手指了一下放在小梅眼前的听筒，他拿起了听筒，小梅垂眼不说话，只有喘息声。

这是他和亲人诀别的时候。从他被捕到现在，父母没有出现过。他知道，在亲人眼里他是罪大恶极的杀人犯，亲人没脸来见他。

似乎已经没有更多悲伤了，心空着，脑子也是空的，之前想过要向亲人交代的千言万语，他现在一句也不想说了。他平静着道：以后带大宝就靠你了。

说完，陷入深深的绝望。

小梅说：我没带孩子来，怕对他以后有影响。

他点点头又说：你改嫁吧，你一个人这日子没法过，找个好人。

她没马上接话，只又红了眼圈，在话筒那边长长叹了口气。

他又想起了石头下的五万元钱，当时，他带警察去岳父家后院取钱，他站在石头上，五万块钱就压在石头下。他小声地：回家你把后院的石头挪开。

她抬了眼睛看他：你是说那五万块钱吗？警察第二次来就拿走了。

他身子一下软了，最后那五万元也落空了。他从炸运钞车，再到被抓，他没舍得花抢来的一分钱，结果一分不少地又被警察找了回去。像玩了一个游戏，什么也没得到，却把自己的命换走了。五万元是他仅存的最后一点希望，用自己的命换那五万元钱，也算是个安慰。可惜现在他什么也没有了，听筒在他手里掉落下来，在半空中晃悠着。

看守他的警察过来，把听筒递给他道：会见时间还没到。

他轻摇了一下头，麻木地往回走去，走到门口似乎想起小梅，他再回头时，玻璃窗那面早已不见小梅的身影了。

执行的日期就在明天。

王守道明白自己的时间就剩一个晚上了。他躺在铺位上，脑子里很乱，没个头绪，眼泪不停地流，眼睛一直睁着，品味着活着的感受，活动下四肢，还在，这就是活着。

他突然想到了阳光，阳光属于每个明天，有阳光的世界，才叫日子。老辈人说，做人要做善人，死了才能进天堂，做恶事的人要下十八层地狱。想到这他激灵一下，坐了起来，身体似跌入无底深渊。他坐在那抱着头，他恐惧死亡，更害怕十八层地狱。慢慢地他又躺下了，不再想死亡。他回忆曾经有过的时光，在工厂里打工，人很多，无论在车间还是回到宿舍，嘈杂之声总是不绝于耳。他现在多么怀念曾经拥有的一切呀，在工厂里他认识了小梅，小梅的身子单薄，脸有些苍白，还有几颗雀斑，就是这样的小梅，他喜欢上了她。他们一起上工，又一起去食堂吃饭，下班后，两人从各自的宿舍里走出来，走出工厂的大门。工厂的位置在城市的郊区，门前有两条乡间土路，他们每天都要在那条路上走一走。在那条路上，他第一次拉了她的手，也是第一次把她拉到一棵树后，吻了她……这样的日子，多么令人怀念呢。

他又想到了儿子大宝，大宝出生时，他回了一次家，看见大宝出生，光溜溜的身体，大宝攥着小拳头拼命地哭泣，这就是一个生命的诞生。然后他就走了，又去工厂打工了。他再回家时，大宝已经一岁了，一岁的孩子会叫爸爸了，却不认识爸爸是谁。他第一次把孩子抱在怀里，孩子吓得大哭起来，拼命抗拒着他。慢慢熟悉了他，接纳了他。一转眼，他又离开了，又是一年后，再次回家时，大宝已经会走路了，会说很多话了，仍然不认识他，把他当成坏人。一直到大宝三岁，他认识他并接纳了他，如今孩子五岁了，以后他还要上学、工作、娶妻生子……所有的以后，和他都没有任何关系了。

悲哀又难过，却流不出一滴泪，生和死没什么两样了。

胡思乱想之中，天渐渐地亮了，他盼望天亮又惧怕天亮，这是他有生以来，第一次这么关心天亮。天亮是有层次的，天像蒙了一块布，一层层揭去，揭完最后一块布，天就彻底亮了。

狱警给他送来了早餐，前所未有的丰盛，有稀饭、馒头、四个小菜，还有鸡蛋。他饿，却没有吃的欲望，他只端起粥碗喝了一口，眼泪滴落在碗里，这是人间最后一次滋味了。他品咂着那口粥，从舌尖到喉咙，又到胃里，他闭上了眼睛……

“哗啦”一声，门被打开了，一块布蒙在眼睛上，接着他就被架了出去，然后又被架着上车。转眼车就开了。汽车发动机的轰鸣声和耳边掠过的风声，这就是他最后的世界。

车停了，他又从车上被架了下来，向前走去。后来，他又跪下了。眼睛上的布去掉了，他又看到了阳光、绿树，他偏了一下头，看见不远处跪着的徐大林，徐大林苍白着脸，眼神空洞无物。

他没有听见枪声，便一头栽倒了。世界安静了，然后飘起来，他不知道自己要去往何处，他似乎又看到了岳父的家，后院、前院、院里的小梅牵着大宝似乎要出门，他不知小梅带孩子要去哪儿，他拼命呼喊着他们，他们却听不见。

渐渐地，他飘远了，便什么也看不见了。

本命年

这是她第一次来望北哨所。

望北这个名字，她已经很熟悉了，从他参军接到他的第一封信，地址就写着望北两个字。名字在她的心里，如诗如画，再加上哨所，她莫名地会想到辛弃疾的某些诗句，大气、苍凉、凄美。他在信中也是如此描绘望北哨所的，高原、陡峭的山石、呼啸的山风、洋洋洒洒的落雪，虽然凄凉了一些，但却那么有韵致。就像她喜欢的男人，粗粝、冷峻。

他们是同学，从初中一直到高中，高中毕业，他考上了军校，她则考上了本省一所大学。他们就是从那会儿开始通信的，她欣赏他把自己的青春献给了部队。她从小就对军人充满了敬仰，青春、热血和英雄这些字眼，一直和军人密切相关。也许正是因为他是全班唯一考上军校的同学，呼啦一下，他走进了她的心里。他在信中说：军人就是牺牲、奉献、戍边保家……他描绘了未来的艰苦，也明里暗里地告诉她未来生活的辛苦和艰难，她的诗意却在心里澎湃着，对未来充满了憧憬和期待。他们恋爱了，先是在信里，后来暑假寒假，他们又得以见面，对憧憬的未来，青春激荡。恋爱是婚姻生活的序曲，是沙盘点兵的想象。

后来，他军校毕业，她知道了在藏北有一个叫望北的哨所。他在读军校时，她每周都能收到他两三封信，偶尔，他们还可以打电话。她知道他有一部手机，在课余时间可以使用，那会儿他们虽然离得很远，彼此又觉得相距很近，在电话里能听到对方的呼吸声。呼吸是情绪，也是氛围。那会儿他们海阔天空，谈理想、聊生活，甚至说天气、身边的一草一木，仿佛他们走在校园里的一条小径上而已。

自从他军校毕业，去了叫望北的哨所，一切都变得不一样了。有手机，没有信号，仿佛又回到了远古时代，他们的联系只能通过信件，有时到了冬天，哨所和山下邮路不通，到了春天，她一口气会收到他写给她的几十封信。她知道，她也是如此。读信的顺序只能依据邮戳的时间，有时邮戳上的时间也是同一时间，她只能随机拆开一封信来读。这样读信时常让她有种时光倒流之感，前一封信他还在描述哨所上看到的夕阳、界碑、边境线，下一封信又是满山大雪，浑浊一片了。几十封信，让她在不同的情境里穿梭着，恍若两个世界。

他也会出现在她的梦里，便更加魔幻了，他走在崎岖的巡逻线上，刚才还阳光明媚，转过一个山头就暴雪漫天了。一个战士因缺氧晕倒在巡逻路上，哨所的后山上，他们新开垦的大棚正长出油绿绿的蔬菜……她在梦中醒来，心就像荡秋千，高低的视线看到了不同风景，她知道，自己做的不是梦，只是还原他信里描述的不同场景而已。因为断断续续的联系，他们的爱情便如梦如幻，有时她觉得离他很近，有时又很远，远得如同两个世界。

最近见到他，是去年的年底，他休假探亲，他在她眼里变了，黑了瘦了，说话也变得惜字如金。他说他已经习惯了这样，哨所人不多，消息又闭塞，信息少了，大脑就沉睡了，话语自然就少了。在他休假这段日子里，他们见面时话很少，分手时，他们就用短信交流，就像他们又回到了身处两地，信息成了他们的留言板。似乎在这时，他才又恢复到了以前的样子，风趣、幽默、刚毅……

假期快要结束时，他似乎才适应了这个嘈杂的世界，粗黑的皮肤也开始变细变白，与人交流的话语也流畅自然了起来。两人计划了他们的人生大事，春节一过，就是两个人的本命年了。他们要在本命年的夏天完成他们的终身大事。她对望北充满了神秘的渴望，甚至整个西藏对她都充满了诱惑。她还学会了当年流行的一首歌：坐着火车去拉萨，去看那神奇的布达拉，去看那最美的格桑花呀，盛开在雪山下……他们计划好了，就在秋天，藏北最美丽的季节，格桑花开遍雪山脚下，她去望北哨所找他，然后他休假，带她去看神秘的布达拉，开启他们的新婚之旅。多么惬意和丰富的旅行呀！

她终于来了，先是飞到了日喀则，又坐上了兵站的长途运输车，她的目的地是望北哨所。公路在悬崖峭壁间盘绕，她果然看到了山间草地上盛开的格桑花，一片又一片，像怒放的生命之火。她的心便也随之燃烧起来。车队在盘山公路上越驶越高，头疼恶心，视线也模糊起来。司机是个老兵，拿出氧气袋让她吸，告诉她，望北哨所的海拔比此处还要高出一千多米。她吸着氧，思绪似乎清晰了一些，在内地城市里，她无论如何想象不出在五千多米的海拔高度，生活会是个什么样子，车行驶到四千多米，她整个人似乎死去了一次。

雪山一直在她眼前不远不近的地方，老兵告诉她，到了雪山之巅就到了望北哨所，可雪山似乎成了恒定的目标，车开了好久，似乎雪山还是那个距离。两天之后，车队终于行驶到雪山脚下，似乎山上刚下过雪，车队又行驶了一气，终于被大雪隔断了。眼前没了路，到处都是皑皑的雪。老兵在车里失望地告诉她：望北哨所去不成了。大雪封锁了他们的去路。雪消融之时，才是他们的上山时刻。山下还是格桑花盛开的季节，望北哨所已经提前进入了冬天。

她绝望地站在车下，顺着老兵的指引，看到了山顶一排石头房子，在她视线里遥远而又模糊。那就是望北哨所。老兵的话也变得遥远模糊起来。她看见石头房子外聚集了一排士兵，他们一起向山下招手，她知道，他一定会在人群中。他们之前已经说好了，她在秋天会上山来看他，然后开启他们的新婚之旅，可是她在众人中分不清他。她拼命地挥手，不知他看见她了吗？她想起了她的腰带，这是本命年她买的腰带，红绸布制作的，是上次他探亲回家时，她买的，两条红腰带，他们每人一条。春节一过，她给他写信，提醒过他，一定把红腰带系上。红色代表着喜庆、成功、忠勇和正义，他们要带着祝福迈过本命年这道坎。她从腰间解下那条红色的绸带，冲着山上挥舞着，在大雪皑皑的一片白色中，那条红绸带是那么醒目鲜艳。突然，她看到山上人群中也飘起了一条红绸带，挥舞红绸带的一定就是他了。两人隔着雪地，一个山上，一个山下，就那么挥舞着。

那一次，她无功而返，望北哨所近在咫尺，因大雪封山，他们却没能相见。她给他写了很多信，却没收到一封，她知道，大雪仍然封山，他们的信都在邮路上。

她再次得到他的消息时，雪已经融化了，一封电报却先期而至。他在巡逻路上跌下了悬崖……

她再一次来到哨所时，她只看到了他的墓地，哨所山后，生长了一棵唯一的松树，他就葬在那棵树下。她来了，他却失约了，不，他在履行自己的约定，永远在望北哨所等她……她离开了望北哨所，把那条红绸带系在了那棵唯一的松树上。她下山走了好久，回望望北哨所时，一切都模糊了，唯有那条红绸带仍在风中飘舞，似乎是他在为她送行。泪水模糊了她的视线，唯有那一点红，越来越醒目。

片警杨杰的一天

片警杨杰每天起床的时间都很早。他早起床的原因是，他要把早餐做得丰富一些，不仅做饭，还得炒菜。在杨杰的左邻右舍里，杨杰这种做法是绝无仅有的。现在国人的早餐已经很西化了，不是牛奶就是点心，即便中式的也不外乎馒头稀饭。

杨杰这么做，不是他在自找麻烦，他这么做是有原因的。杨杰的儿子小兵两岁那年，杨杰的妻子，那个脸色苍白的女人心脏出现了问题，去医院检查，医生说心脏病很严重，需要做搭桥手术。人命关天，杨杰便把家里所有的积蓄都拿了出来去医院为妻子做手术。妻子是街道小厂的工人，厂子效益很不好，别说出医疗费，就是工资也是发了这月没下月的，一切费用都要靠杨杰自己承担。不幸的是，妻子心脏手术没能成功，结果脸色苍白的妻子都没能走下手术台，便撒手扔下了杨杰还有两岁的儿子小兵。

后来是小兵的姥姥在照料这一家。姥姥已经六十多岁了，身体一直不太好。在小兵五岁那一年，姥姥又突然中风，从此姥姥也躺在了床上。

杨杰每天要到所里去上班，早出晚归的，没有更多的时间照顾岳母和儿子。杨杰的工资不高，请不起保姆，于是照顾岳母的重任便落在了儿子小兵的头上。五岁的儿子已经很懂事了，年幼的脸上时时流露出刚强和坚毅的表情。

杨杰每天都把早餐做得很丰富，早晨一家三口吃一些，剩下的杨杰放在锅里，中午的时候，杨杰无法回家，便由小兵热了，和姥姥一起吃。

姥姥在床上已经躺了有大半年了，她无法离开床，中风之后，六十多岁的身体再也不听使唤了，但头脑一直清醒着。外孙小兵对姥姥的吃喝拉撒全面地负起了责任。姥姥以前有一双鞋，现在姥姥不能穿鞋了，小兵便趿拉着姥姥的一双大鞋，忙这忙那，踢踢踏踏的声音也是从这屋响到那屋。姥姥说：小兵，把便盆拿来。小兵便踢踏地跑过来，钻到床下把便盆塞到姥姥的被子里，完事之后，小兵又踢踏地去卫生间倒便盆。过一会儿，姥姥又喊：小兵，把姥姥的小杯端来。又是一阵踢踏。

中午的时候，姥姥又悠长地喊：小兵，咱们开饭了。小兵便走向灶台，他够不到煤气灶，便搬了个小凳站在上面，打开燃气。接下来他一直站在那里等着，过一会儿他喊：姥姥，锅冒气了。姥姥就说：再等等，让饭菜热透再关火。小兵就等。火终于关了，锅里仍是热气蒸腾的样子，他吸着气，哈着手，左闪右躲地把饭菜端到姥姥的床前。他先用勺喂姥姥，姥姥说：小兵吃。接下来，姥姥吃一口，小兵也吃一口。姥姥的泪水就一滴一滴地流下来，小兵就奶声奶气地说：姥姥乖，不哭。姥姥的泪水就更加地不可控制了。

小兵趁姥姥睡着的时候，他也会开一会儿小差，他跑出家门，走到小区的幼儿园门前。以前小兵就在这家幼儿园，自从姥姥瘫在床上后，小兵便离开了心爱的幼儿园。小兵异常怀念幼儿园的生活，于是他抽空就去幼儿园看一看。他扒着铁栏杆向里面望，那些小朋友在老师的引领下，正在玩各种游戏，唱歌、做操、滑滑梯……这些游戏都是小兵以前最爱做的。小兵就那么痴痴地看了一会儿，又看了一会儿，终于清醒过来，又急三火四地踢踏着脚步往家里跑。姥姥见到外孙，知道外孙干什么去了，泪水又一次流了下来。

杨杰吃完早饭，把一切准备好之后，就要上班去了。他还没出门，岳母就叫住了他。岳母说：杨杰，日子这样下去不是个法子，你也该找一个人了。自从杨杰的妻子去世后，很多人都为杨杰张罗过婚事，都是这样那样的原因没有成功。杨杰听岳母这么说，只是笑一笑。

岳母又说：都是我拖累了你和小兵。她说到这儿，又要哭出来。

杨杰就说：妈，你不要老说这样的话，这事不是让咱家赶上了吗？

岳母就悲泣地说：我咋不早点死呀，帮不上你们的忙，还拖累你们，我是个老不中用的呀。

杨杰就叫了声：妈。

岳母就这么一个女儿，早些年老伴就去世了，孤儿寡母的这么多年也挺不易的。杨杰谈恋爱的时候，岳母对他就很好。

杨杰没有多少时间和岳母说什么了，便开门走了出去。他打开门，岳母又叫了一声：杨杰——杨杰回了一次头，他看见岳母正望着他，他说：妈，你还有事吗？

岳母没有说话，杨杰又冲儿子小兵说：儿子，有事给爸打电话。

儿子清脆地答应了。

杨杰便急三火四地往所里奔去。

所里上午的工作是这样安排的，第一要研究小菊的问题，第二要欢送老所长退休。小菊的事已经困扰所里好长时间了，一个月前，杨杰在一家商店门前发现了小菊。那会儿小菊已经昏死在商店前的台阶上，很多路人都在围观。小菊是饿昏过去的，杨杰把小菊带到所里后，喂了小菊一些吃食，小菊便清醒过来。刚开始问她什么话也不说，后来熟了，她才说了一些情况。人们在小菊那里了解到，小菊今年十二岁了，家在河南，已经上小学五年级了。但她一直不说家里的具体地方，这事就有些麻烦，想把小菊送回去的想法一直搁浅着。一个月来，小菊只能吃住在所里，所里的人便轮流陪着小菊。

后来熟了，小菊就说出了离家出走的一些真实原因。小菊说自己的老家很穷，后来就有许多女人走出家门，走到大城市里去，刚开始都是一些年轻的女孩子，小的十六七岁，出去了一阵，就有钱寄回来，刚开始不多，后来就多了。家里的情况就发生了变化，先是翻盖了房子，接着就换了家具，日子就变得富丽堂皇起来。没有出去的年轻女人，便再也守不住清贫了，纷纷走出村庄，走进大城市。女人们走了，剩下了一些年老的女人和一些男人。渐渐地，村里的男人和年龄大的女人对那些年轻的女人开始说一些闲话了，他们说这些女人时，表情是不屑的，甚至有些咬牙切齿。小菊对那些年轻女人究竟出去干什么，也不太清楚，但她从大人们的眼神和话语里明白了这些年轻女人在外面干的肯定不是光彩的事。十二岁的小菊已明白一些男男女女的事情了。

后来，事情就发生了变化。先是邻居家的三婶也出去了，三婶和母亲的年龄差不多大，后来母亲在三婶的蛊惑下，也出去了。家里就剩下父亲和她。父亲是个老实人，管不住母亲，只能唉声叹气，小菊也没有能力阻止母亲，后来她就离家出走，她一离家出走，母亲便回来了。刚开始她出走，只限于家乡的小城镇，她没什么经验，很快又被送回来了。这样稳定了一段时间，母亲便又一次离开家出去了。父亲就又叹气。母亲曾对她和父亲说，自己在外面没有干那些见不得人的事，只给人家当保姆，或者卖花。但满村的风言风语让父亲无言以对，父亲只能唉声叹气。小菊也无法面对同学和老师的那种目光，她幼小的心灵遭到了空前的伤害。于是她就一次又一次出走，只有这样，母亲才能回来。几次三番之后，小菊的出走越来越远了，她学会了扒火车，后来又学会了不说出自己家里的地址，这样，人们就没办法把她送回去了。这样一来，她的母亲就无法远离家乡，小菊用自己的流浪，换回母亲在乡人们面前的清白。

小菊是杨杰捡回所里的，关于小菊的事，他肩上的担子似乎比别人更重了几分。他和同事们已经给河南方面发了无数份传真，也打了无数次电话，但一直没有结果。派出所是办公的地方，小菊长时间这么待下去，肯定不是个办法，所里的人都很着急，杨杰更急。但小菊死活不说出家里的地址，这事情就有些麻烦。

杨杰上班后，所里又一次专门开了一个研究小菊问题的会议，讨论了半天，也没有想出一个更好的办法，最后一致决定让杨杰出面再找小菊谈一次。小菊是杨杰捡回的，平时小菊也最信任杨杰，杨杰也最操心小菊的事。杨杰在这之前无数次找小菊谈过，但都没有什么结果，事已至此，杨杰已经没有更好的办法了，他只能用真诚来打动小菊，希望在小菊嘴里打听到小菊家的地址。

小菊的脸上已经看不到花骨朵般的表情了。小菊来所里一个多月了，很少见她笑过。白天，小菊就坐在一角，静静地望着进进出出的人们，不问她话，她便什么也不说，有时屋里没人，有电话来，她便去接，冲电话里的人说，谁谁办事去了，让他（她）过一会儿再打过来。晚上，她就住在办公室的沙发上，很早便起床了，起床后，她就里里外外地打扫卫生，然后用热得快把火烧开。小菊是个懂事的孩子，办公室静下来的时候，小菊就看课本。小菊离家出走，也没有忘记把自己的课本带在身上，在所里一个多月，她仍坚持学习。杨杰和其他同事一有时间就帮助小菊学习功课。每天，杨杰一看见小菊，他就会想起儿子小兵，心里就多了一种说不清的滋味。

杨杰找小菊说话的时候，办公室只有他们两个人，大家都躲出去了。这样就提供了小菊对杨杰更加信任的氛围。一个月来，杨杰已经说不清多少次这么面对小菊了，他把该说的话都说了，可小菊就是不说家里的住址。杨杰一时不知说什么好。

杨杰抓着头发，样子很愁苦，小菊端坐在他的面前，神情很大人似的望着他。

小菊说：杨叔叔，你让我去你家照顾弟弟和姥姥吧，我能照顾他们。

杨杰曾把小菊带回家里过，小兵很喜欢小菊姐姐。杨杰听小菊这么说，心里就多了份温暖，还有些发酸。但他还是岔开话头说：小菊，你爱妈妈吗？

小菊点点头。

杨杰又说：妈妈也一定爱你，你离开家这么长时间，妈妈该有多着急呀！

小菊就低下头，一副隐忍的样子。

杨杰说：听叔叔的话，回家吧，叔叔去送你。

小菊抬起头说：不，我一回家，过不了多久，妈妈还要出去。

杨杰说：妈妈出去做工，是为了供你上学，也许不是你想的那样。

小菊眼里含了泪，哽咽道：杨叔叔，你不知道同学们的话有多难听，我没法去学校，老师也看不起我。

杨杰叹口气，无可奈何地望着小菊，此时他眼前的小菊似乎不是个孩子，而是个大人。

许多次了，杨杰把该说的话都说了，他想不出还有什么话能说服小菊了，他们无论如何也不能不管小菊，那样的话，小菊就会冻死饿死在街上。

杨杰默默地走出办公室，在过道里他吸了支烟，最后才走进会议室。全体人员正围坐在会议室里欢送老所长退休。杨杰进门的时候，他看见老所长正摘除肩章，然后老所长把自己的手枪和肩章郑重地放在桌面上，老所长眼里已经含了泪。

老所长哽着声音说：从今天开始，我就退休了。

老所长是个好人，他从部队转业，直到退休一直在派出所工作。这么多年，没立过大功，也没出过大的差错。派出所不同于刑警队，整日里和所属的管区居民打交道，没有遇到过什么惊天动地的大事，也没有什么大案要案需要他们去处理，他们只负责一方治安，工作就很平淡。但老所长一直热爱自己的工作，差不多把所里当成自己的家了。老所长在众人的掌声中，郑重地向大家敬了个礼，此时，有两滴泪顺着老所长的脸颊滚落下来。欢送老所长的仪式就算结束了。大家陆续地走出会议室。

杨杰望着老所长，似乎看到了若干年后，自己也将摘去肩章和众人道别，这么想过之后，他心里竟有一股说不清的滋味。老所长看见了杨杰，想起了什么似的走过来，拉住杨杰的手说：今天中午的事你别忘了，好好谈一谈，你家里这种情况，这样下去怎么行。

老所长又一次为杨杰介绍了一个女朋友。以前老所长和所里的同事没少为杨杰的事操心。杨杰的爱人去世后，上有老下有小的，大家都知道杨杰的生活挺难，以老所长为首的一干人等便都为杨杰张罗再婚的事。介绍了不少，都因为杨杰家庭原因，没有成功。老所长在几天前就和杨杰打了招呼，又为杨杰介绍了一个女朋友。女方是医院的护士，曾有过一次短暂的婚史，是老所长老伴以前医院工作的同事。据老所长老伴讲，这姑娘不错，通情达理的。把杨杰的情况介绍后，女方也同意见见杨杰。时间就定在今天中午，做护士工作，时间很不规律。

杨杰匆匆地吃完午饭，便去了约会地点。女人姓史，杨杰赶到的时候，小史已经等在公园那棵树下了。小史站在树下，文文静静的样子，戴着眼镜，脸孔很白。第一印象，让杨杰想起了以前的爱人，心里就多了几分好感。双方做过自我介绍后，杨杰就不知说什么好了。杨杰是个不善言辞的人，当过兵，转业后，就被老所长挑到派出所来工作了。平时接触女人的机会少，以前也见过几个女人，没谈几句，女人就走了，所以，杨杰很不自信。

杨杰就和女人很沉默地绕着几棵树走了几圈，小史似乎也没有什么话可说，陪着杨杰很没有内容地走。

半晌，又是半晌，杨杰就说：我的事你都知道了吧？

小史低着头答：嗯。

杨杰又说：我上有老下有小，日子挺难的。

小史说：这我都知道。

杨杰还想说点什么，一时又不知从何说起，然后就抬头看头顶那轮苍白的冬日太阳。

小史说：我愿意和你们这些人交往。

杨杰就不解地望着小史。

小史的脸就红了红说：和你们打交道心里踏实。

杨杰就笑一笑，心里陡然就亮了一下。

小史又说：以前我最大的愿望就是想当一名女兵，可惜我的眼睛近视，体检没过关。

杨杰就很认真地望了一眼小史。小史简单的几句话，一下子就把两人之间的距离拉近了，他觉得有许多话要对小史说，说以前在部队时的岁月，还有所里的工作。可就在这时，杨杰腰间的呼机响了。上面只有一行字：急事速来，王大妈。

王大妈是杨杰管片的居委会主任，街道上出了什么事，王大妈就呼他。此时，他不能不去，他就遗憾地冲小史说：真对不起！

小史也遗憾地笑一笑说：没关系，下次再见。

杨杰听了小史的话，就看到了一些光明，一激动握住了小史的手说：那就下次再见。小史又红了脸。

杨杰就急三火四地往公园门口赶，出了公园门，才想起还没有向小史要电话，想了想，反正从老所长那能查到小史的电话，这么一想，他便骑上自行车，向王大妈的居委会赶去。

杨杰赶到王大妈居委会的时候，那里果然出事了，很多人围在一幢居民楼前，惊惊乍乍地议论着什么。

王大妈站在楼下，仰着头正在向楼上喊着什么，杨杰抬眼看去，见一个三十多岁的男人站在六楼的阳台上，手里舞着一把菜刀，目光呆痴地望着远方，嘴里不知喊叫着什么。众人见杨杰赶来，自动地为他让出一条道。王大妈见到了杨杰便像见到救星似的一把抓住了杨杰的胳膊，大呼小叫地说：小杨你可来了，小吴要跳楼哇，快想个办法吧。

小吴就在楼上自家阳台上喊：不就是个死嘛，活着还有啥意思！我要飞一个给你们看看。

杨杰发现小吴的精神有些不正常了。

小吴以前在一家工厂里上班，后来工厂改革，小吴便下岗了，下了岗的小吴一时没有找到工作，便学着炒股。刚开始，家里也都支持，七姑八姨的凑了些钱让小吴炒股，没想到几个月下来，血本无归。从此小吴便把自己关在屋里躺在床上冲着天棚发呆。杨杰曾在居委会王大妈的陪同下到家里看过小吴，做过小吴的工作。不知小吴听没听进去，总之，小吴一句话也不说，就那么痴痴怔怔地望着天棚。

后来，那些七姑八姨便三天两头找小吴要账，小吴无论如何也还不上那些账，便要起了无赖说：要钱没有，要命有一条。七姑八姨就很气愤，扬言要告小吴。最后还是没告。

杨杰和王大妈曾为小吴工作的事没少花心思，介绍了几家，但小吴也没心思去。没多久，小吴的爱人就提出要和小吴离婚，小吴自然是不同意，后来爱人就带着孩子住到娘家去了。小吴从此更是大门不出二门不迈了，整日里把自己关在房间里，没有人知道他在家里干什么。

今天中午，人们吃过午饭不久，就发现小吴手提菜刀站在自家的阳台上，扬言要飞出去，不把生死当回事了。

杨杰知道小吴的精神出了问题，这时做工作已不会起到任何作用，一个精神有问题的人，无论如何是听不进正常人的话的，只能采取别的办法。说不定什么时候，小吴真的就会在自家的阳台上“飞”出去。

杨杰看到了小吴邻家的阳台，便让王大妈找到那家邻居。杨杰从邻居家走进了阳台，他让王大妈在楼下吸引小吴的注意力，自己则悄悄地站到了邻居家的阳台上，趁小吴不注意，便扑了过去，把小吴扑进了屋内，在两人挣扎的时候，小吴手里那把菜刀把杨杰的手划破了。

最后杨杰和王大妈一干人等把小吴送进了医院，医生一检查，小吴的精神果然分裂了。

办完小吴的住院手续，天已经黑了。杨杰这才感到有些累，手上被划破的伤口也隐隐地有些疼。

他走出医院的时候，就想起了家里的小兵和躺在床上的岳母。他想赶紧回家。

自行车放在了居委会，送小吴来医院时，是坐医院的急救车来的。他想坐公共汽车先到居委会，然后骑车回家。每天到下班的时候，他都急着往家赶，他回家时，小兵都坐在门前的台阶上等他，他每次见到儿子小兵，心里都不是个滋味，这么小的年龄就肩负起这么多的责任，他觉得对不住小兵。他曾发誓，找个好女人，和自己一起好好地照顾小兵和岳母。他上了公共汽车时，又想到了中午刚见面的小史，可惜这次没有和小史好好聊一聊。但一想起小史的样子，他的心里就感到了温暖。

正想着，他的呼机响了。是小兵呼的他，儿子说：姥姥病了。以前儿子也这么呼过他，岳母自从瘫在床上后，身体每况愈下，三天两头生病。他没太往心里去，心想，过一会儿就该到家了，先找一些药给岳母吃，要是不行，再去医院。就在这时，他的呼机又响了，还是儿子小兵呼的他，儿子说：爸爸你快回来，姥姥要死了。他预感到事情非同一般，车到了一站，他下了车，叫了辆出租，向家里赶去。

岳母真的不行了，躺在床上，呼吸急促。儿子小兵一边哭一边说：爸，姥姥把药都吃了。

杨杰每次去医院都要为岳母开上一些药，以备急用，为了方便，就放在岳母床旁的抽屉里。听儿子这么说，他拉开抽屉，果然看见那里只剩下一堆空药盒了。他马上想到岳母早晨说的那些反常话，岳母是不想再拖累他了。

他叫了一声：妈——便背起岳母向外跑去。

岳母抢救过来时，已经是后半夜了。他抱着小兵一直坐在急救室外面的椅子上。小兵趴在他的怀里一遍遍地哭诉：爸爸，是我没有照顾好姥姥，你打我吧。

他把小兵抱在胸前，眼泪止不住流了下来。他怕儿子看到自己的眼泪，于是，他就那么紧紧地抱着儿子。他望着急救室上方那盏亮着的灯，他想起了仍没有说出家庭地址的小菊、得了精神病的小吴、还有小史，以及逝去的妻子、急救室里的岳母。

后来急救室的门开了，一个护士告诉他，病人已经脱离危险了。那个护士说话的口气和神态又一次让他想到了中午见到的小史。

他来到岳母面前时，岳母有气无力地说：你们救我干啥，就让我死了吧。

杨杰叫了一声：妈，你这是干什么呀！说到这儿，眼泪又一次不可遏止地流了下来。

这时，小兵醒了，看见了睁开眼睛的姥姥，便大叫着扑向姥姥，小兵一边哭一边说：姥姥，你不能死，以后我再也不去幼儿园了，我要天天看着你，姥姥哇——

杨杰背过身去，他用衣袖擦去了眼睛里的泪水，抬起头的时候，他看见了小史。小史正站在急诊室的门口，那么静静地望着他。

八一学校

八　一

我们的学校叫“八一”，刚入学的第一天，班主任就给我们一年级新生讲了学校的来历。学校的前史可以一直追溯到延安时期，延安有一所“八一学校”，后来四野大军入关，入关的不仅是军队，还有军队战士们的家眷老小。大军入关是解放全中国的重要一步，为了让大军创立一个长期稳定的大后方，延安的八一学校抽调了一部分师资力量随四野大军一同入关。部队走到哪里，学校就建在哪里，读书写字，咿咿呀呀一片朗读之声。在战斗的炮火声中，能有一片孩童读书之声也算难能可贵。

后来东北解放了，这所叫“八一”的学校终于稳定了下来，名字自然也没有改变，仍然叫“八一”，流着延安“八一学校”的血液。

随着东北军区的建立，八一学校不断完善壮大，从小学到中学各班级年级一应俱全，约定俗成地便成了军区的子弟学校，也兼顾军区周边的一些居民学生入学，但军区子弟占了大多数。

这就是八一学校和其他学校的区别。

中学部，尤其是高中的学生，不论男女，他们大多穿着父母或者哥哥姐姐淘汰的旧军装，裁剪缝补之后又穿在了他们的身上。每逢列队，他们像军人似的站立在操场上，恍似走进了军营。

其他学校上课、下课都用打铃或敲钟的形式预报，八一学校则用军号声代替。当然军号不是人吹的，而是通过一张唱片播放的。在一间教工办公室里，就装着一部老式留声机，再通过扩音器传到学校安装在各个角落的喇叭里，军号声音洪亮悦耳。上课吹的是行军号，下课吹响的是休息号声，放学的号声为熄灯号。

军人子弟大都住在军区大院里，睁眼闭眼的都是军号声，都习以为常了。但这对其他学校的学生来说，却很特别。经常有其他学校的学生站在学校大门外，就是为了听八一学校与众不同的军号声，然后就是一脸的羡慕，甚至敬仰。

我们八一学校离军区的八一礼堂不远，一街之隔。八一礼堂经常有军区文工团的演出，唱歌跳舞什么的，一周也会放一两次电影。有演出或者放电影都要凭票入场，军区的干部、战士或者家属票都是发的，其他人要看，就得买票入场。八一礼堂一楼有个小窗口，玻璃上写着“售票处”三个字，字是红漆写的，很显眼。

从八一学校再过一条街，就是军区大院了。大院门口有两个士兵站岗，他们持着枪站在门口两侧，每天负责向进出军区大院的轿车敬礼，也盘查外单位车辆人员的进入。站岗的士兵在我们眼里权力很大，也很威武。

每天放学回来，走进军区大院前，我们都想逗弄一下站岗的士兵，想问问他们的名字。士兵从来不理我们，甚至目光都不往我们身上看一眼，目视前方，像个木头人。我们就称站岗的士兵为“木头人”。“木头人”不好玩，和我们一点交流也没有，我们在大院门口停留片刻，便打打闹闹地走进了营院。

校　长

我们的校长姓刘，叫刘有田。听听这名字就知道我们校长的出身了。

校长的老家在四川，也算是老革命了。红军长征时路过四川，我们的校长就是那会儿参加的队伍，然后到了延安，搞过大生产，也参加过百团大战。后来又随四野大军入关，血战四平、塔山狙击战这些著名战役他都参加过。后来又随部队参加了抗美援朝保家卫国的战役。当时的刘有田已经是一名身经百战的营长了。

在朝鲜的第四次战役中，刘校长负了伤，一条腿被炸断，被救护队从战场上抬了下来，回国后在丹东一家医院接受治疗，命是保住了，但从此少了一条腿。缺腿的士兵已经不适合在部队战斗下去了，只能转业到地方工作。

刘校长从小参军，他已经适应并热爱上了队伍，队伍就是他的家，让他转业离开这个家，他说什么也想不通，鼻涕眼泪地找领导求情，说什么也要留在部队。部队有部队的政策，不是说留就能留下的，后来几经辗转，被留在了八一学校当校长。虽说不是军人了，但毕竟沾着“八一”两个字，我们的刘校长勉强接受了。从此以后，刘有田从一名英雄营长变成了我们的校长。

我们上学时，他已经是校长了。他那条断腿装着假肢，站立的时候一点也看不出来，只要一走动，就暴露了伤残的假腿，走起路来一摇一晃，受伤的右腿不能打弯，像拖了一根原木。假腿落在地面上的声音也非同凡响，铿铿锵锵的，增加了刘校长的威严。刘校长一年四季都穿着军服，军服已经洗得泛白，肘部和屁股的地方已经磨烂了，那些地方打了补丁。肘部的补丁不太显眼，屁股上的两块补丁就非同小可了，像刘校长的两张“脸”，每次走动时，两张“脸”就扭动着，好笑得很。

军人出身的刘校长一直保持着军人的本色，讲话时声音洪亮，掷地有声。不走路时，他就像一个标准军人似的站立在我们面前，眼神中流露出的威严也像一名指挥官。

刘校长讲话是有口音的，他从四川到延安，又来到东北，然后又去了朝鲜。在队伍上时，他的战友也来自五湖四海，刘校长讲话的口音就很杂乱，一副五湖四海的腔调。

我们上课时，经常可以看到刘校长的身影在操场上溜达。他拐着一条假腿，样子艰难，但又一往无前。他有时会站在操场上发呆。冬天时，他身上会落满雪花；夏天时，有蜻蜓或者蝴蝶落在他头上肩上，他都浑然不觉，眼神里透着不甘和无奈。看到刘校长这个样子，仿佛是被老师罚站的学生。刘校长的世界我们无从知晓，只知道他是我们的校长，拐着腿的身影陪伴了我们一年又一年。

刘校长有个外号叫"刘拐子"。这个外号是高年级同学传给我们的，我们又把这个外号传给低年级的同学。后来，有许多同学都不知道刘校长的真实名字，只知道他叫"刘拐子"，似乎这才是他的名字。

如果刘有田就是这样一名校长，肯定不配八一学校校长这一称谓。校长刘有田的惊人之举诠释了军人的血性。

那次壮举发生在我们上小学三年级的时候。我们学校的几个初二学生，被育红中学的一群学生给打了。我们八一中学离育红中学不远，只隔两条街，步行快走也就十几分钟的路程。上学放学时，两校学生时有交叉。就是一天早晨上学时，我们初中几个男生被育红中学的几个高中生打了。当时情况是这样的，被打的几个学生满脸是血，进学校之前他们显然自己擦拭了，但并不彻底，脸上仍然有血迹，还有衣服上滴染的斑斑痕迹，有两个人的衣服也被撕破了，他们灰头土脸地出现在学校门前。我们刘有田校长有个良好的习惯，每天早晨都要出现在学校大门口，像军区大院门口的士兵一样，立在校门前迎接到校的学生。鱼贯而入的学生，不时冲校长刘有田打招呼，刘有田一脸严肃，像士兵一样立在那里，仔细地把入校的学生看了。自我们入校那一天，刘校长就是这个样子，无论冬夏，无论风雨，就凭这一点，我们对刘校长也是刮目相看的。

那天早晨，被育红中学打惨的几个初中生，灰头土脸地被刘校长发现了。他先是用疑惑不解的眼神盯紧那几个学生，那几个人知道做错了事，想靠边溜过去，刘校长鼻子里"嗯"了一声，那几个学生假装没听见刘校长发出的疑问，低着头，准备快步走过去，刘校长就大喝一声：站住！

那几个被打的学生身子一抖立住了，校长拐着腿，"咣当咣当"几步走到那几个学生面前，脸黑了下来，厉声道：这是谁干的？

几个人低下头，看自己脚尖，不敢看刘校长。

刘校长几乎咆哮道：我问你们，这是谁干的？

其中一个学生见躲不过，小声地嗫嚅道：育红中学的人。

他们为什么打你们？刘有田用同样的语调接着问。

他们想抢我们的军帽，我们不给。学生小声地又答。

刘校长在原地转了几圈，那只右腿“咣当”着，他没再说话，挺着身子，拐着腿，一直向办公室走去。

那会儿，马上到上课时间了，学校门口只有零星几个学生小跑着向各自教室跑去。那几个被打的学生，低着头在原地默立一会儿，见校长走了，也溜着墙边，向教室走去。

突然，校园内响起了号声，最初我们以为是上课的号声，等军号声响过，我们却发现是紧急集合的号声。我们八一中学的学生，对号声极其敏感，刚入学时，就演练过各种号声，每种号声都有严格规定。

紧急集合就是集合号，当号声响起时，我们班主任老师正把教室门关上准备上课。先是高年级的班里有了动静，他们训练有素地分男左女右向操场跑去。我们班主任反应过来，转身把教室的门开大一些，变了声音道：紧急集合。这种集合我们演练过多次，我们并不慌张，也不混乱，有条不紊地冲出教室，在操场上完成集合。

我们的刘校长，也从办公室里走出来，他身上多了两样东西：一是腰间的武装带，这是军队叫法，其实就是一条巴掌宽的腰带。别小瞧这条腰带，扎在刘校长腰间，似乎让刘校长年轻了几岁，他的样子更像一个军人了。二是右手提着一个喇叭，喇叭装了电池，这样的喇叭起到很好的扩音效果。他拖着右腿，高高低低站在操场主席台上。学校开运动会，或宣布重大事情时，学校各级领导都会在主席台上就座，俯视着我们，这个主席台就显得很庄严神圣。

刘有田那天早晨很神圣地站在主席台上，把喇叭放到嘴边，先是冲喇叭呼呼吹几口气，接着就大声地说：奶奶个熊。这是刘校长的口头禅，他生气了或者发火前，开场白永远都是这句话。那天我们的校长刘有田说：奶奶个熊，育红中学几个小流氓把我们的学生削了，嗯，这是什么行为？抢我们学生的帽子，这就是流氓行为。我们八一学校，都是军人子弟，你们的老子出生入死，别说流血，死都不怕，你们不能白白让人给削了，这丢八一学校的脸。听我的命令，高中部的同学，向右转，目标，育红中学，把育红中学给我围了。

刘校长下达了命令，把扩音器丢在主席台上，拐着身子就往台下走。

校长讲话时，几个副校长，还有教导主任，正一脸茫然地站在台下，他们做梦也不会想到，我们的校长会下达这样一个命令。待他们反应过来，先是教导主任冲上来，拉住校长的袖口。教导主任是个中年妇女，姓金，短发，眼睛挺大，她冲校长说：刘校长，这样不好哇，弄不好会出大乱子。

刘校长此时已怒发冲冠了，他甩开金主任拉扯他的手，回身冲几个副校长和金主任道：我是这个学校的校长，出了问题，所有的责任我来负责。刘校长把话说到这个份儿上了，其他人就不好说什么了。论资历谁也不如校长老，平时他们都很敬畏校长。他们眼睁睁地看着刘校长拐着腿来到高中部的队列前，高中部的学生十六七岁，男生们的唇边已生出绒毛，此时鼓着小胸脯，正准备听刘校长调遣。刘校长看着这些青春蓬勃的学生道：你们的老子枪林弹雨拼杀过来，啥都不怕，老子英雄儿好汉，你们要当缩头龟，我瞧不起你们。你们知道你们现在是什么吗？你们是战士！听我的命令，所有的男生，跑步包围育红中学。

在刘校长的鼓噪下，高中部的男生已经热血沸腾了，他们握紧小拳头，挺着胸脯，训练有素地跑出八一学校的大门。我们的刘校长提着右腿的假肢跑在队伍的最前面。

学校的领导和老师都流露出绝望的眼神。我们留在原地的学生，看着高中部的男生像军人一样跨过学校大门，绝尘而去的身影让我们羡慕不已。

许久之后，教导主任才反应过来，让各年级的班主任把操场上的我们带回教室。坐在教室的我们，魂早已随着高中部的男生一起飘走了，我们不知道此时育红中学会是怎样的一个场景。

第一节课结束，第二节课又上课时，我们的刘校长带着几列纵队的高中学生回来了，他们迈着整齐的步伐，唱着洪亮的军歌，像得胜的士兵一样凯旋。所有年级学生的目光都被高中男生所吸引了，他们把一首《解放军进行曲》唱完，刘校长才宣布队伍解散。这些高中男生个个像小公鸡似的回到各自班里，学校才回归到日常的平静。

事后我们才知道，刘校长带着高中男生果然包围了育红中学，育红中学的学生正在上课，面对突然的变故傻眼了。他们的校长、教导主任出来询问情况，刘校长只有一个目的，那就是让育红中学的老师把打人的几个学生揪出来，承认错误，并赔礼道歉。育红中学的校长是个女人，从来没见过这个阵势，便想和刘校长商量，等上完课再查打人的学生，刘校长不依，要命令学生冲进育红中学。育红中学校长怕把事情闹大，只能暂停上课，把所有年级的学生集合在了操场上。那几个打人的学生看见眼前这样的阵势，早就吓尿了裤子，不仅当着全校师生承认了错误，还给我们学校被打的几个男生赔礼道歉。做完这一切之后，刘校长才整理好队伍，迈着整齐的步伐，唱着：我们的队伍向太阳，脚踏着祖国的大地……班师回朝。

这件事情还是让育红中学的校领导把状告到了军区。我们八一学校的人事归军区直工部管理，教学上归教育局领导。直工部部长是位师级干部，长了一脸络腮胡子，是刘校长的战友，他负责处理这件事。

直工部部长来了，带着两个干事，刘校长把直工部领导引到学校会议室里，不知说了什么，过了好一会儿，直工部部长带着两个干事上了一辆吉普车，刘校长拐着腿相送，直工部部长在车里冲刘校长招着手，刘校长在车下给部长敬了个礼，车就开走了。从那以后，再也没有人提这件事了。刘校长仍然是校长，每天早晨站在学校门口迎接我们每个走进学校的学生。我们每天一看到刘校长笔挺的身影，就感到特别踏实和温暖。

从那以后，我们八一学校的名声就传播出去了，无论我们走到哪里，只要听说我们是八一学校的，便有人竖起大拇指，冲我们说：你们八一学校太牛了。然后就是一脸的艳羡。我们的胸脯就挺起来，因是八一学校的学生而骄傲。

我们那会儿上学时，学校经常停课闹革命，学校里到处张贴着大字报。这股风刚流行时，我们学校也流行了几张大字报，贴在教室外的墙上，花花绿绿很扎眼的样子。一次课间，见刘校长生气地走出办公室，几下把那几张大字报从墙上扯下来，团在手中，并集合起了全校的师生，他又一次站在了主席台上，手拿电喇叭，冲我们师生：奶奶个熊，以后谁要再贴大字报就给我滚出八一学校。你们革的是什么命，革谁的命，嗯？你们学生到学校来就要安心读书，你们的老子把脑袋别在腰带上打下的江山容易吗？你们不好好读书就是天大的错误，老子们当年打江山就是为了让你们过上太平日子，吃上饱饭，放着好日子不过，革什么命？只要我刘有田还在这个学校，你们就都给我规规矩矩地读书上课，我看谁还敢造反？

自从那次刘校长讲完话之后，学校里再也没有出现过一张大字报。各年级按部就班地上课。其他学校热火朝天地革命，唯有我们八一学校是一方净土。这一切都是刘校长的功劳。

刘校长做这一切，还是有人报告给了军区，无论如何，刘校长这做法和整个社会的趋势是相悖的。直工部的领导一个电话把刘校长召到了军区，不知军区首长和刘校长谈了什么，总之我们的学校还是以前的老样子，该上课时上课，该放学时放学。

那一阵子，我们看见刘校长经常一个人在学校操场上背着手转圈，他拐着身子，裤子上的补丁像一张人脸，上下扭动着，没人知道他在思考着什么。

拉　　练

我们八一学校不贴大字报，不批斗老师，不罢课，这一切都源于我们的刘校长。刘有田校长在我们学校一言九鼎，他的威信是在一次次险境中树立起来的。每次学校发生大事，不是军区来人谈话，就是他被一个电话叫到军区，我们都以为刘校长这回要摊上事了。然而让人料想不到的是，刘校长又平常地从军区大院回来，该干什么还干什么，拐着一条腿，“咣当咣当”地出现在校园里，上身笔挺，一脸严峻地思考着什么。

渐渐地，老师和同学之间开始传递一种消息，那就是刘校长上面有人。有人的意思大家都明白，就是说军区有支持刘校长的首长。刘校长虽然身份和地位不高，区区军区子弟学校的一名校长，但他的资历深厚，从延安到东北，又入朝，许多当年刘校长的下级现在都已经是师团级领导了，更不用说他的那些老领导了，在军区有许多人支持刘校长。渐渐地，刘校长就成了八一学校的一面旗帜。

我们学校不贴大字报，也不开批斗会，和其他学校比起来就显得有些冷清。听着军号上课下课、放学的，似乎少了些内容。

有一天，突然响起紧急集合的号声，所有班级训练有素，在最短时间内列队来到了操场上，果然，我们看到有事情要发生了。刘校长笔挺地站在主席台上，手里拿着扩音器，他先是冲着扩音器呼呼地吹了两口气，待声音正常后，他才说：同学们，咱们八一学校的子弟姓军不姓民，姓军就要干一番和军人有关的事情，我和校领导研究，经军区批准，我们要进行一次长途拉练。今天通知大家一声，明天就开始拉练，我们要活得像一个真正的军人。

刘校长动员之后，我们又回到了班里，班主任和两名学生趔趄着抬进班里一个大筐，筐里面装着行军水壶。从那天开始，我们每个学生都拥有了一只真正的军用水壶，水壶为草绿色，和战士军服的颜色一模一样。班主任老师说：这些水壶是军区军需部特意批给我们学校的，所有师生一人一只。许多学生迫不及待地把水壶背在身上，感觉立马就不一样了，仿佛身上背了一支沉甸甸的枪，小脸涨得通红，小身板不由自主地挺拔起来。

班主任发完水壶，还做了另一项动员，选拔旗手。野营拉练，每个班级都有一面旗帜，此时那面旗帜就在老师的手里，旗是红色的，插在一根结实饱满的竹竿上。教室里虽然没有风，但我们似乎听到了猎猎红旗飘舞的声音，我们有许多男生已经血脉偾张了，呼吸急促，浑身发抖地举起了手，请求老师要当班级的旗手。

班主任就依次地把举手同学叫起来，询问学生为什么要当旗手。有的学生答：红旗是用烈士的鲜血染红的，我们要保护她。还有的学生说：红旗是革命的象征，红旗不倒，革命一定能够成功。总之，被老师点名叫起来的学生，说的理由都很豪言壮语，一副与红旗同在，视死如归的样子。

同学朱革子一次次举手，他几乎是最后一个被老师叫起来的，朱革子说话有些结巴，他站起来后，就结结巴巴地说：报、报告老、老师，我、我、我要当、当旗手。

因为紧张，朱革子比平时更加结巴了，他结结巴巴地说完，引起班级同学一阵哄笑。朱革子不笑，红头涨脸地望着班主任。我们的班主任是一个三十多岁的女性，她姓于，长得挺好看，圆脸，留着短发，每次说话都是一副笑脸模样。她轻声细语地冲朱革子说：不着急，你说一说想当旗手的理由。

朱革子站在自己座位上，半天没有说话，我们以为他又卡壳了，回头望他时，他脸上却流下了两行泪，此时泪珠子正顺着他的脸颊和鼻翼缓慢地向下流动着。我们不明白朱革子为什么要哭。

于老师似乎也没有料到朱革子这时会哭，她很有耐心地等待着朱革子阐明自己的理由。朱革子用衣袖擦了一下眼泪，吸溜了一下鼻子，感冒似的说：老、老师，别、别的同、同学的爸，都是、是军官，我、我爹只、只是管、管电的，所、所以我、我要当旗手。

说到这里，不能不交代一下朱革子的父亲了。朱革子的父亲是我们军区大院的电工师傅，确切地说，他是保障军区电台的电工。我们上学那会儿，电力不足经常停电，什么时候停电不知道，什么时候来电也不知道。我们家家都备了许多蜡烛，有的人家为了节省，还备了油灯，放在触手可及的地方。

这时候，朱革子的爹就派上了用场，在军区作战指挥部的外面，配备了一组发电机，发电机一响，指挥部的灯就亮了，电台又可以照常工作了。那会儿战备形势很紧张，电台不能停顿一秒，要及时地收取党中央和军委的指示，也要把命令准确地传达给部队。确切地说，朱革子的爹是管战备用的发电机的。

说起朱革子的爹，也算是一名老军工了，八一南昌起义时，指挥部的发电工作就是他保障的，那会儿他就是一名发电厂的工人。后来为起义的将士发电，队伍去了井冈山打游击，他也随着队伍去了井冈山。不知为什么，朱革子的父亲一直没有参军，只是一名工人。再后来红军长征，朱革子的爹再次北上，和人抬着发电机随大部队前行，一直到延安，他仍然是名发电工人。又后来，他随四野入关，成为纵队指挥部一名发电工人，又去过朝鲜，给军部指挥所发电。一直到现在军区备战用电，走来转去，他仍然是名发电工人。

朱革子的父亲我们见过，一个瘦高的男人，穿着军装却不佩戴领章帽徽，走在军营大院，额头光秃秃的，似乎总觉得少了些什么。朱革子的爹是个沉默寡言的人，也不苟言笑，在军区大院他总是溜着边走，遇到首长也只是点头打招呼。朱革子的父亲虽然只是名军工，资历却很老，许多军区一级的首长见了他都称呼“老朱”，客气得很。朱革子家住在团职楼里，这在军区军工中是很少有的待遇。

朱革子一边流泪，一边结结巴巴地陈述着当旗手的理由，他说出自己的理由后，我们都哑然了。不明白朱革子的理由算不算是一种理由。

于老师也是我们军区大院的一名家属，她爱人在军区机关当处长，也是名团职干部，和朱革子家住在一栋楼里，她对朱革子的家庭情况不能说不熟悉。于老师听完朱革子的理由，走到朱革子身旁，从兜里掏出手绢细心地把朱革子脸上的眼泪擦去。于老师一脸严肃地走到讲台上说：我觉得咱们班的旗手应该让朱革子同学担任。

同学们陷入了更大的静默，有两个女生捂着嘴低着头，不知小声议论着什么。

于老师用黑板擦敲了敲讲台道：不同意朱革子同学担任旗手的同学请举手。

还没等我们反应过来，于老师很快地说：朱革子同学就是明天我们拉练的旗手了。

事后我们仔细品味于老师的做法，是她有些迫不及待地让朱革子做了旗手，究竟什么原因一直是个谜。

朱革子顺理成章地成了那次拉练的旗手。

那次拉练是在一个冬季，元旦刚过，这个学期已经接近尾声，离放寒假的时间已经不远了。东北早些年的冬天还是很寒冷的，几场雪都堆在地面上，远山近路都是白茫茫一片。但我们拉练行军的热情却很高，提前一天发的水壶在早晨出发时，被我们的母亲用开水灌满了；平时用的书包已经清空，里面装好了足够一天吃的馒头或者烙饼。总之，每位同学的家长都把家里最好的吃食给我们带上了，毕竟行军拉练对我们学生来说是件大事。

那天我们在学校操场列队，像个战士似的挺着胸脯，在彩旗的指引下出发了。走过街巷马路，一直向城市之外的山地进发。

那天出发时，太阳正好，照耀得四周白茫茫一片，雪地的反光甚至让我们有些睁不开眼睛。在队列里，最醒目的是那些漫天飘舞的彩旗。各班的旗手走在队列前，双手把彩旗擎起，彩旗迎着北风在猎猎飘舞。我们挺胸抬头唱着《解放军进行曲》。一时间，我们成了一道景观，所有看到我们的路人都停下脚步驻足观望，几个卡车司机把车停下来，摇下车窗扭着脖子一直目送我们，长长的队列，在彩旗的指引下壮观地前行，我们都被自己感染了，浑身起了一层鸡皮疙瘩。

朱革子走在队列最前面，他双手擎着红旗，似乎都不会走路了，身板僵硬得很，没多一会儿他就出汗了，他干脆把棉帽子扒拉到脑后，帽耳有两根带子系在脖子下，风吹起他一绺头发，旁逸斜出地在风中顽强地飞舞着，因为出汗，他的头上升腾起一缕缕热气。

起初各年级的队伍步伐整齐、歌声嘹亮，待走出城市，走上郊区的土路，远处已经隐约可见山峦树木了，队伍就开始松垮下来，各班级的距离就开始拉大了。高年级的同学走在最前面，渐渐拉开了和我们之间的距离，班主任鼓动我们唱歌，于老师起了个头，我们唱得有些力不从心，最后一首歌半途而废，我们只剩下大口喘息了。太阳也不像我们刚出发时那么明亮了，有些有气无力的样子，到处都是灰蒙蒙的。

这时我们看见了我们的校长刘有田，他拐着腿走在雪地里，因为积雪，他的动作就很夸张，远处看，似乎是横着在走，鸭子似的在雪地上拐来拐去。一辆美式吉普车不远不近地跟在校长身后。

我们刘校长是有专车的，当时在我们那座城市学校的校长当中，可以说是独一无二了。吉普车是朝鲜战场缴获来的美式装备，刘有田到学校当校长时，军区后勤部门专门把这辆车批给了刘校长专用。

车是从战场上缴获来的，有些破旧，机器盖子上还有几处弹痕，车门关不紧，车窗也关不严了，跑起来哗啦哗啦地响，但无论如何这也是一辆车。那会儿的部队装备不比现在，军区的司令员和政委坐的也才是上海牌轿车，或者一跑突突响的老式伏尔加轿车。剩下的其他首长大部分装备的就是这种老式吉普车。

这辆吉普车虽然是刘校长的座驾，却很少见他坐过。这次拉练行军他也不肯坐，司机只能不远不近地开车尾随着刘校长。有时吉普车在雪路上打滑，扭着屁股，但昂昂儿声还是一直向前的样子，没有因为路滑影响了前进的步伐。

刘校长把衣服扣子解开，敞开胸怀，走得热气蒸腾，红光满面。他望着长长队列中的学生军们，似乎又回到了当年当营长时，带着队伍冲锋陷阵的情景。他望着有些脱节的队伍，嘴里一遍遍地说：奶奶个熊，加油哇，这要是打仗，还不得让敌人包了饺子。各个班级在刘校长的激励下，踉跄地迈动双脚，磕磕绊绊地向前走去。

再说我们班的旗手朱革子，旗虽然没有多重，但因为有风，他要把旗举正、举直。一路上他一直跟风较劲，又走在队伍的最前面，此时的他，体力已经明显不支了。此次，我们行军路线的终点是王家堡子，这个堡子在一个半山腰上，据前方传过来的消息，王家堡子还要翻过一座山，再爬到半山腰才能到达。而此时的我们似乎已经使出了吃奶的力气，装在军用水壶里的水早被我们喝光了，再渴我们只能抓路边的雪吃了。有的同学一屁股坐在雪地上大口地喘息着，于老师就气喘吁吁地鼓励我们：苦不苦，想想红军长征二万五；累不累，想想流血流汗的革命老前辈，大家别掉队呀，快跟上！

队伍刚出发时，我们激情四溢、热血沸腾。此时，我们只剩下大口喘息了。走在队前的朱革子，已经没有力气举旗了，而是把旗杆抱在怀里，袖着手，那绺倔强的头发仍支棱着，在头上顽强地与风为舞。班里有几个男同学，走到朱革子身边提议要换一换朱革子旗手的角色，心情却不是当初争当旗手的心境了，完全是同情朱革子。朱革子却不领情，扒拉开要接替他的同学说道：不、不、不用，我、我能行。他更紧地把旗杆抱在胸前，脸贴在旗杆上，让半个头作为旗杆的支点。

风呜呜地吹着，太阳此时已经西斜了，散发出来的热度和亮度已大不如上午，队伍稀稀拉拉地走着，有几个女生，一边走一边抹眼泪，似乎这一去不再复返的样子。

各班级已经轮换了好几名护旗手，不论换谁都因体力不支使得班旗东倒西歪的，刚出发时彩旗猎猎的样子再也看不到了。唯有我们班，护旗手一直是朱革子，他努力把旗举得又高又直，此时，他已经不是举旗了，是抱着甚至牙都用上了。在所有班级里，我们的班旗算是最威武的，一直那么高高地举着。班主任于老师几次动员朱革子去休息，换另外一个男生去举旗，但他的性子和他头上那撮支棱起来的头发一样，无论于老师怎么动员，他就是死死抱着班旗，一副视死如归的样子。于老师见朱革子心如磐石便不再劝了，任由朱革子抱着班旗，挺着小胸脯，摇摇晃晃，东倒西歪地走在队伍的最前沿。

各班级的阵线拉得很长，不时有掉队的学生走进另外一个班级的队伍，各班级的队伍也是稀稀落落的。学生们东一堆西一块，趔趄着身子，双手拄在腿上，只剩下大口地喘了。最初，于老师还在队前队尾地做着动员，让大家保持队形，后来她也走不动了，手拄着膝盖，气喘吁吁地说：同学们，大家跟上，一定要走到终点。

刘有田校长不愧是名老战士，他歪歪倒倒地走在雪地上，每次迈步似乎就要倒下去，但终究还是没有倒下。他不断视察各个班级，仿佛在视察战情，他眉头紧锁，似乎对眼前的情景并不满意。那辆漏风的吉普车一直跟在他身后，却没见他坐一下。

我们走到终点王家堡子时，太阳已经偏西了，冬天偏西的太阳越发的有点无力了。因为时间仓促，我们在王家堡没做更多停留，啃了几口自带的干粮，就着雪把干粮艰难地咽进肚子里，队伍就往回走了。此时已经不能称其为队伍了，只是象征性地排成行，散落地向山下走去。像一群溃败的士兵。

唯有朱革子，似乎红旗精神附体了，他的脑袋仰着，和怀里的红旗一样，一直走在我们班队列的最前面。休息的时候，有几次我走到朱革子身边坐下，拍了拍他的肩膀，看着他怀里死死抱着的旗杆说：你不累吗？朱革子瞟我一眼，戒备地侧过身子，摇了摇头。我笑一下说：放心，没人抢你的旗，况且让我举，我也举不动了。朱革子这才转正身子坐好，两眼坚毅地望着前方。我又拍拍他的肩膀问：你为啥非得要当这个旗手？他脸涨红了，盯了我半晌：我、我在班、班里啥、啥也不是，我、我爸又、又是个军工。他当旗手的理由让我有些吃惊，我望着他，他已经不再看我了，仰起头望着头顶上的红旗。有风吹来，旗面在他头顶上呼啦呼啦地飘动着。

我们这次拉练算不上是凯旋，队伍进城时，早已经是华灯初上了，昏黄的路灯迎接着我们溃败的队伍。其他班的班旗早就收起来了，天早就黑了，举不举旗的已经没人看了。全校各个班级，唯有朱革子举着旗，在路灯下黑乎乎的一团，不论他举成什么样，我们已经没有心思看旗了，满脑子里想的全都是家。热乎乎的饭菜，还有温暖的床。我们梦游似的走着。

刘有田的吉普车突然在我们队伍前停了下来。校长从车里走下来，我们以为校长要训话，他却径直走到举旗的朱革子面前，上上下下地把朱革子看了，并伸出手捏了捏朱革子的肩膀道：你是一个好旗手，在战场上，你一定会是一个好战士。

朱革子和旗立在一起，直戳戳地挺在校长面前，他双腿并拢答道：校长，人在旗在。不知为什么，朱革子这次没结巴，很流畅地回答了校长的问题。

校长突然向朱革子敬了个礼，这把朱革子弄慌了，他手忙脚乱地还礼，不知举哪只手还礼好，最后两只手都试过了。校长没再说话，深深地看了眼朱革子，扭头上了那辆四处漏风的吉普车，突突着开走了。

那次拉练是个周六，周日我们休息一天，周一上学时，我们全校师生又集合在了操场上。这一天，刘校长换了一套干净的旧军装，他手提扩音器站在了主席台上，他的第一句话就说：请四年三班的朱革子同学上台。刘校长的话音一落，我们所有人的目光都去看队列中的朱革子。显然，校长的突然命令，也出乎朱革子的意料。他傻在那里，这看看，那看看，一时不知如何是好的样子。班主任于老师率先反应过来，拉起朱革子的手臂就向主席台走去，从队列到主席台还有一段距离，所有人的目光都被朱革子吸引了，不时地有人议论。终于朱革子被于老师推上主席台，我们看到朱革子上台的脚步重如千斤，他像电影中的鬼子偷地雷一样小心地走到刘有田身前，半仰起头无措地望着校长。

刘有田把扩音器举到嘴巴前，大声地说：就是这位朱革子同学，是全校学习的榜样，他是名称职的旗手，也是名合格的战士。我宣布，以后全校都要向朱革子同学学习。

全场静默了十几秒钟，平时不起眼、说话结结巴巴的朱革子，一时间成了学校的标兵，这是我们没有料到的。先是几个老师反应过来，带头鼓掌，接着就掌声一片了，所有人的目光都集中在朱革子的身上。他无所适从、似乎尿急的样子，扭着身子，不知如何是好。

刘校长又把扩音器举起来，大声地冲朱革子说：我要代表全校师生向朱革子同学敬礼。刘校长像那天晚上一样，又一次认认真真地向朱革子敬了个礼。

朱革子慌了，这回他没还礼，而是一下子跪在了校长面前，并且号啕大哭起来。还是班主任于老师反应过来，跑上台把朱革子扶了起来，走下台，一直走回到队列里。我们看到朱革子站在队列里仍然在抽泣，肩膀一耸一耸的，还不停地用袖口抹眼泪。

后来校长又在台上做了这次拉练的总结，校长讲的什么，我们似乎都没有听进去，完全被朱革子一耸一耸的身影所吸引了。

从那以后，朱革子在我们八一学校算是出名了，经常有外班的同学来到我们班，远远近近地把朱革子打量了。朱革子不论走到哪里，都有人能认得出他来，并用手指点着说：瞧，他就是朱革子。

从那以后，朱革子整个人都变了，他总是挺着胸脯走路，目不斜视的样子，头上那绺翘起的头发和他的人一样，宣誓着骄傲和自信。

也就是从那以后，朱革子很少和我们在一起玩了。以前他就是我们的跟屁虫，因为他说话结巴，从来就没有他说话的份儿。不和我们混在一起的朱革子，在学校挺着胸脯，回到家胸脯也没有放下。偶尔在院里我们会见到朱革子，朱革子挺胸抬头地在思考着什么，一副少年老成的模样。

上初中后，我们早就把他当标兵的事忘在了脑后，这几年他一直离群索居，我们已经习惯了。我们给朱革子起了个外号叫“思想者”，没人知道朱革子到底想的是什么。

我们上高中时，高考已经恢复了，当兵也没有以前那个热度了。朱革子没能考上大学，也没有去当兵，在家待业半年后，他突然去南方做起了买卖。听人说他刚开始倒卖电子表，后来又做起了服装生意。

那会儿我们已天各一方，偶尔过年过节的，昔日同学还能聚一聚，所有关于朱革子的信息都是在聚会中听同学讲上只言片语。我们聚会时，朱革子一次也没参加，他正在热火朝天地倒弄着自己的生意。

又是个后来，听说朱革子的生意做大了，在繁华地段的一个著名的商场里，他包了一层楼专门做服装生意。有一次，我们几个好事的同学专门去了朱革子的服装城参观，果然是一层，服装品牌很齐全，从西装到背心裤衩应有尽有。在一个领班的小姐面前，我们打听朱革子的下落，领班小姐红嘴白牙地告诉我们：朱老板去南方进货了。那次我们遗憾地没有见到朱革子。

又是一晃几年之后，我们突然收到八一学校的一封通知信，信上说：八一学校要举行校庆，邀请我们这些校友回去参加。

当时我身在外地，没能参加校庆。不久，我们收到了八一学校寄来的一张碟片，在碟片里我们看到了那次校庆的场面。让人意外的是，朱革子又一次站到主席台上，宣布他要出资两千万重建八一学校的校舍。他宣布完这个决定时，我们看到了刘有田老校长哆哆嗦嗦地被人搀扶着走上主席台，瓮声瓮气地冲着麦克风说：朱革子同学，你是八一学校的骄傲。刘有田老了，头发稀疏了许多，风吹起他头顶上的几根白发，一飘一扬的。朱革子显然见过了大世面，这次他没跪也没哭，而是抱住了老校长，也站到麦克风前，平静地说：我朱革子是八一学校培养的学生，无论做出多大成绩，都不会忘记八一学校，不会忘记老校长。

我们突然发现，朱革子已经不结巴了，他讲完话，拥抱了老校长，并搀扶着老校长走下主席台。

又过了一阵子，我们去参观母校，昔日破旧的八一学校已经焕然一新了，门窗都换成了塑钢的，教学楼也被粉刷一新，操场的砂石跑道也被塑胶代替了。

教室里传出孩子们朗朗的读书声，一切都是那么的祥和美好，我们看着修缮一新的八一学校，就又一次想起了朱革子。在若干年前的风雪天，他举着班旗，挺着胸脯走在队列前的身影。

耿立志

我们知道耿立志的名字时，是在某一年暑假过后，刚开学不久。耿立志那年开学已经上高一了，和二哥一个年级。

耿立志在那年暑假做出了一次非同凡响的举动，他游过了鸭绿江，到达了朝鲜。事后我们了解到，他先是坐火车到达了丹东。丹东有连接朝鲜的火车，火车来来回回地奔忙着，大部分是货车，拉的都是支援朝鲜人民的物资，也有一列国际列车，从北京到朝鲜的平壤，丹东算是经停站。耿立志是个学生，又没有护照，他坐不上国际列车。后来他想了个法子，坐江边打鱼人家的小渔船，没人知道他是通过什么办法坐上打鱼人的小船的。暑假期间是东北的汛期，江面开阔了不少。当年志愿军雄赳赳开赴朝鲜，那个季节是冬季，江面没有汛期时宽，人和物资在冰面上就走过去了，方便得很。

小渔船驶进鸭绿江中心线时，谁也没注意，耿立志一个猛子扎了下去，逆着湍急的江水向对岸游去，这下急坏了捕鱼人，千呼万唤也不见耿立志回来，眼见着几个江浪把耿立志吞噬了，他又顽强地从浪里钻出来。打鱼人亲眼见到耿立志爬到对岸，还冲打鱼人招了招手，便消失在对岸的草丛之中。

一个学生未经允许进入到别人国家的土地上，无论在什么时候都是件大事，这叫偷渡。打鱼人忙把小船划回到自己岸边，匆匆忙忙地向边防部队做了汇报。边防部队当然不敢耽误，又马不停蹄地向上级汇报，最后上级把这一情况向对岸的朝鲜人民军做了通报。朝鲜人民军开始寻找这名十五岁的中国男孩。

三天后，朝鲜人民军把耿立志送了回来。

这个事件就大了，牵扯到了国际问题。

军区一名保卫部的处长和刘有田校长一起专门来到了丹东。不知通过什么办法和手段，把耿立志又接了回来。

一开学，耿立志独闯鸭绿江的事就传开了，从那天起，耿立志这个高一男生的名字就著名起来。

因为耿立志著名起来，我们也了解了耿立志的一些家事。

耿立志从小就没见过自己的父亲，父亲在母亲快要生产时，赴朝作战了，只来得及给儿子起了这个名字。那会儿，耿立志的父亲是名副营长，在第三次战役中，营长牺牲了，耿立志的父亲火线代理营长，队伍已经插入敌后的纵深处，想给敌人来一场包饺子式的歼灭战。因队伍迷路，又和大部队失去了联系，反被敌人包围了。那是一场艰苦的突围战，后来军事书上称那场战役为悲壮的失败战斗，志愿军的一个整编师，几乎被敌人全部歼灭。突围成功的战士寥寥无几。耿立志的父亲就是参加了那场战斗。

他的父亲和许多人的父亲一样，再也没有回来，后来朝鲜战争结束了，队伍上许多战友回来，对耿立志父亲的命运说法不一。有人说牺牲了，又有人说被敌人俘虏了。那会儿耿立志还小，正被抱在母亲怀里。那些日子，耿立志母亲抱着他四处打听父亲的下落。跟战友打听完又去找部队领导，部队刚回国，战争遗留下许多事务需要领导处理，他们也说不清耿立志父亲的命运到底是个什么情况。总之，生不见人死不见尸。

又过了一阵子，许多被俘的人员通过朝鲜人民军被送回国内，这些人当中也没有耿立志的父亲。总之，耿立志的父亲成了一个谜。父亲不在了还有母亲，母亲是部队被服厂的一名工人，耿立志也住在军区大院，靠院墙一侧有一排平房，那里住着许多军区部队的职工和家属，但无论如何，耿立志也算作我们军区大院子弟。

那年夏天，耿立志独闯鸭绿江跑到了朝鲜境内，这是件大事，一开学我们便议论纷纷，等着校长给一个说法。以前有违反学校纪律的同学，不是处分就是开除学籍，我们不知道学校会给耿立志怎样一个处分。

耿立志个子不高，长得很结实的样子，穿一件海魂衫，一条肥大的军裤。他家里没有军人了，但他母亲是被服厂的职工，家里一定不缺军装穿。我们注意耿立志时，发现他的上唇已经长出了细细的绒毛，他把手插在军裤的裤袋里，满眼都是桀骜不驯。我们满眼探究地望他，他却不看我们，目光越过我们的头顶望着远处。他的目光可及之处究竟看到了什么，我们不得而知。

那年新学期开学不久，学校开了一次全校师生参加的大会。刘有田校长拖着假腿，手提扩音器“咣当咣当”地又一次走上主席台，他的身后不远不近地跟着耿立志。耿立志仍穿着海魂衫、绿军裤，这次他没把手插在裤兜里，也没有望着远处，而是低着头，满脸悲壮的神情。

刘校长走到主席台中央，耿立志低着头站在刘校长的身后，后来刘校长示意了一下，耿立志又向前迈了两步，刘校长把左手搭在耿立志的肩膀上，把右手的扩音器举到嘴上，我们知道耿立志的命运在今天就会有个答案了。

果然，刘校长呼呼地冲扩音器吹了几口气之后终于说：下面说一说耿立志同学，经校“革委会”讨论，军区领导指示，耿立志同学这次越境去了朝鲜，他是为了寻找父亲，出发点是没错的。耿立志同学爱自己的父亲，爱自己的国家，这没什么错，从今天起，同学和老师们就不要再议论耿立志同学的事了。

刘校长讲完这句话之后，左手用力揽了揽耿立志，他的神态似乎是在抱自己的儿子，又鼓励地在耿立志后背上轻拍了几下，又说：下面让耿立志同学表个态。说完把扩音器递给了一直低着头的耿立志。耿立志接过校长手中的扩音器没有立马发言，仍然低着头，刘校长又在他肩上拍了两下，说了几句什么，因为校长没了扩音器，他具体说的什么，我们已经听不到了。

过了半晌，耿立志把扩音器举了起来，他也扬起了头，冲扩音器带着哭腔说了句：我要找我的爸爸，把他带回家。

说完把扩音器塞给刘校长，转身朝台下跑去。

那一瞬间，我们开始同情理解耿立志了。

刘校长提着扩音器，一直望着耿立志的身影跑下主席台，一直回到班级的队列里。他许久没有讲话，我们看到校长眼角的泪光。他最后只是挥了下手，我们就被班主任老师带回到班级教室里了。

大会之后，耿立志事件似乎告一段落，我们再见到耿立志时，他的神情又恢复了原来的样子，书包吊在脖子上，两手插在裤兜内，目光远远地望着远方。

后来我们还发现，刘校长自从那次事件之后，他经常出入军区院内那排平房之中的耿立志家里。每次刘校长去耿立志家，耿立志母亲都会搬了一张小凳子，让刘校长坐，刘校长有时坐，有时站着。耿立志的母亲是位中年妇女，梳着齐耳短发，显得很精神也很干练，据说她还是被服厂的一名组长，手下领导着十几号妇女同志。刘校长一家访，耿立志母亲就出门陪着校长，也坐在小凳子上，要么择菜，要么拿出一件没干完的针线活，一边陪刘校长说话，一边忙着手里的营生。刘校长和耿立志母亲说了些什么，我们不得而知，反正，刘校长每次离开耿立志家时，身子都很沉重的样子，背着手，拖着假腿一晃一晃地离开，校长的背影沉重而又无奈。

后来我们听说，我们的校长和耿立志的父亲是一个军的，两人不熟，但相互认识。我们理解刘校长对战友的感情。从那件事情以后，耿立志也会经常被刘校长叫到自己办公室里去，他和耿立志说了些什么，没人知晓。刘校长和一名学生的这种特殊关系，除了耿立志之外，再也没有第二名学生享受这样的待遇。

耿立志父亲的生死成了谜，坊间有各种传说，有人说耿立志父亲牺牲在了那次突围中；也有人说，他成了俘虏，留在了韩国或者去了台湾，众说纷纭。说是烈士，耿立志家里一直没有收到烈士证书；说是被俘虏了，也没有个证据。

当时，军区群工部和保卫部的干事，多次调查走访，也没个结论。耿立志父亲的生死就谜一样地悬而未决。

自从耿立志偷渡鸭绿江之后，耿立志成了二哥的好朋友，两人虽然不是同班的，但他们是同一年级的，两人能成为朋友也顺理成章。耿立志成为二哥的朋友之后，经常来我家，每次来他都会去二哥的房间，以前大哥和二哥住一间房子，一年前大哥参了军，二哥便一人住一间了。

有一次二哥领着耿立志又走进自己房间，又“砰”的一声把门死死地关上了。我出于好奇，用力地推开了二哥的房门。二哥的房间里是一张双人床铺，大哥住上铺，二哥住下铺，窗前放了一张学习用桌。大哥参军之后，上铺就一直空着。我推门进去之后，见桌子上摊着一张地图，两人头挨头地凑在一起商量着什么，见我进去，二哥用手臂把那张地图盖上，但一只手臂并不能把一张地图完全盖死，我还是看到了那是一张朝鲜全境的地图。二哥已经是高中生了，他们开始学习世界地理了，他完全有能力看懂世界地图了。当时我傻乎乎地问：你们还要去朝鲜吗？

二哥白了脸，挥了下胳膊忙把那张地图卷起来，塞到书包里道：小孩子不懂，快出去。二哥粗鲁地把我推到门外，又严严实实地把门关上，我听到二哥在里面还把插销插上了。

那一阵子二哥和耿立志两人显得很神秘，后来我发现二哥开始关心起日历牌来了。他拿着一支红笔不停地在日历牌上标注着什么，他走后我研究了日历牌，立秋、霜降、立冬是预示天气寒冷的重要日子，都被二哥标记上了。依据我的观察分析，二哥和耿立志是在等待着冬天的到来，冬天一到，鸭绿江就会封冻了，那时候过江就很容易了。依此结论，我分析出二哥是要帮助耿立志再次去朝鲜。我把自己的发现和分析结果告诉了母亲，母亲正站在锅台边做饭，她听了我的话，叹了一口气，喃喃说了句：你二哥太不让人省心了。

那天晚上，我的父亲石光荣大声地把二哥叫到了面前。他把一张朝鲜地图和日历牌拍在客厅的茶几上，父亲手里还握着一把火药枪。那把枪做得很精致，枪把是枣木做的，被刷了油漆，亮闪闪的。枪管也不是普通的弹壳做的，而是一支钢管，枪口黑洞洞的，差不多跟真枪一样威武。以前我就知道二哥经常舞枪弄棒的，他有一把三八枪上的刺刀，那是他用一套连环画换来的。那把刺刀我见过，刺刀上带着血槽，据说这种刺刀杀伤力很强，扎进人的身体里，血会自动滋出来，刀上却不沾血。后来二哥又制作火药枪，我缠着他要过，我也希望拥有一把火药枪，二哥总是把我推开，不屑地说：小孩用什么枪？他不给我做火药枪，只给了我一把弹弓。一把破弹弓，哄了我好几年。

看来父亲对二哥进行了清剿，他的老底已人赃俱获了，此时的父亲向二哥亮出了底牌。

起初二哥想替自己辩白，他梗着脖子，斜着眼睛瞄我，他肯定知道是我出卖了他。我不接他的目光，眼馋地望着父亲手里那把火药枪。二哥的态度显然激怒了父亲，他鼻子里“哼”了一声，“啪”地把那把火药枪又拍在茶几上，大声地说：石小林，你想干什么，嗯？石小林是二哥的名字，我叫石小山，大哥叫石大林。

二哥石小林还想辩解，但在父亲的威严下，他的身子慢慢地软了下来说：耿立志要找自己爸爸，我帮帮忙怎么了？

父亲站了起来，他背着手在客厅里踱了几步，突然转身手指着二哥道：他父亲是死是活有组织呢，你们小孩子添什么乱。

二哥又梗起脖子道：过了年我就十六了，我不小了。

父亲挥起了手，他似乎要抽二哥一个耳光，这时母亲在旁边大叫一声：石光荣……

父亲把举到半空的手又收了回去，绕着二哥转了几圈，我多么希望父亲的手能落下呀，响亮地抽二哥一个耳光。那样，二哥一定会软下来，然后向父亲认错，发誓再也不玩火药枪了，那他的枪就是我的了。父亲的耳光没有打在二哥的脸上，那把火药枪仍静静地躺在茶几上。我就很惋惜。

父亲最后立住脚，用手指着二哥的鼻子道：这种事你以后少掺和，耿营长的事有军区组织呢。你要是再惹是生非，看我不打折你的腿。

后来，父亲当着我和二哥的面把朝鲜地图和火药枪，连同那把军刺收到了一个袋子里。后来我找过那个袋子，床上床下，柜子内外，就连阳台我也没放过，最后连自行车棚都找了，仍没发现被父亲没收的袋子。我不知道父亲把二哥的战利品处理到哪里去了，我实在是喜欢二哥的那把火药枪，真是太神气了，和真枪没什么两样。

从那次以后，二哥仍然和耿立志来往，他们的据点不再是家里了，而是军区大院内的那片小树林里。每天放学我都会看到二哥和耿立志两人在小树林里嘀咕什么，只要我一走近，二哥就用眼睛瞪我，嘴里说：你这个叛徒，滚远点。我没有理由留下，二哥居然骂我是叛徒，我只能远离他们。直到天擦黑了，母亲站在楼上喊二哥回家吃饭，二哥才从小树林里钻出来，梗着脖子往家走。

那年冬天的寒假，二哥和耿立志最终失踪了。那天晚上，母亲和我在院里院外喊二哥回家吃饭，也没见到二哥的人影，我见到耿立志的母亲也四处在寻找耿立志。深夜了，也没见二哥回来，我冲母亲说：妈，咱别等了，二哥和耿立志肯定去朝鲜了。二哥和耿立志为了这次的阴谋，策划了一个秋天和大半个冬天。

两天后的一个下午，二哥和耿立志被两个军人押送回来了。

事后我才知道，他们果然去了丹东，两人扒火车，在丹东站下车后，直奔鸭绿江。江早已封冻了，冰面上落满了积雪，封冻的江面果然比夏天时窄了许多，从这岸望向对面岸边一览无余，只要一个冲刺，不用几分钟就能到达对面江岸。

二哥和耿立志在夜色的掩护下向江对岸跑去，他们没料到的是，边防军早已布下了天罗地网，一个军官在他们身后大喊：回来，快回来。两个人已经跑上了冰面，再一加油就会闯过中心线了。两人并没有停下脚步，孤注一掷地往前冲，这时他们身后的枪响了。三声枪响之后，二哥和耿立志趴在了冰面上。这三枪是对天警告，警告的枪声让二哥和耿立志的腿软了下来。边防军以迅雷不及掩耳的速度就把两人擒获归案了。

二哥丢盔弃甲地被押送回来，父亲背着手走在前头，二哥勾着脑袋随在身后，进门后父亲坐在沙发上，二哥站在父亲面前。父亲拍了一下茶几大吼道：朝鲜那地方是你去的吗？

二哥的脖子又梗了起来，他斜着眼睛望着父亲道：耿立志要去找父亲，我就帮下忙，我这也是志愿军。

二哥的话差点让父亲刚喝到嘴里的水喷出来。他立起身拽着二哥的膀子，把他推搡到房间里，“砰”地关上门，并在外面把门锁上了。冲母亲大吼起来：谁也不要管他，三天不给他饭吃，让他尝尝当志愿军的滋味。

父亲气得在屋里团团打转。

二哥的戏演出到这儿已经落下了帷幕，我知道父亲一走，母亲一定会把二哥放出来。我离开家门，直奔耿立志家那排平房，想看看耿立志的下场。

我来得晚了，那会儿正是傍晚，许多军人家属正是下班的时候，耿立志家门前已经围满了人，有军人也有家属。我在人群缝里看到耿立志的母亲，举着个鞋底子一下下在抽打耿立志。耿立志不躲，抻着脖子任凭母亲抽打。母亲一边抽打一边说：你咋那么不让人省心，你爸没了，你还想让我失去你吗？母亲打不动了，扔了鞋，一屁股坐在雪地上。无望的母亲就冲天空喊：耿连成啊，你管管你儿子吧。耿连成就是耿立志的父亲，我们听刘校长说过这个名字。

母亲一哭众人也动容了，梗在那儿的耿立志受不了了，他上前把母亲抱起来，冲母亲粗声大气地：妈，你这是干啥，别人都有爸，可我没有，我就是想把我爸找回来。母亲听了这句话，一下子把耿立志抱在怀里，爱恨交加，含混不清地哭诉道：你爸是死是活都不知道，你上哪儿去找哇！

母子相拥着，两人都已泣不成声，许多围观的人也流下了眼泪。耿立志把母亲拖回到屋里，并关上了房门。人群开始散去，最后只剩下一个人站在耿立志家门口，他没有走的意思，坚定地立在雪地里。

路灯亮了，我才看清，一直站立在那里的是刘有田校长。他脸上有泪，此时已经在鼻翼上结了冰，在路灯照耀下，亮晶晶地闪烁着，我不知道刘校长为什么不走。

过完春节后，我们又一次开学了，我听到了一个惊人的消息——刘校长当了耿立志的干爹。我不知道消息是真是假，向二哥去求证。二哥看了看我，第一次把我当个人物似的说：耿立志有个爹也好，他以后就不用惦记去找他亲爹了。这话从二哥嘴里说出，验证了那些小道消息。二哥是耿立志的死党，二哥的话不会有错。

从那以后，耿立志果然和以前不一样了，他经常出入校长办公室，有一次在校园里，我们看到刘校长把一个饭盒亲手递给了耿立志，还听刘校长说：这是你干妈做的煎鱼，你尝尝。耿立志欣喜地接过饭盒，一耸一耸地向班级走去。耿立志认了刘校长当干爹之后，他脸上多了许多阳光，他经常地笑，再也不离群索居了。

耿立志和二哥高中毕业那一年，两人一同参军，二哥去北部边陲找大哥去了。耿立志去了成都军区，奔了大西南。

当了三年兵的二哥后来就复员了，耿立志在成都军区没有复员，他成为扫雷英雄，却因为扫雷牺牲了。

当了连长的耿立志是替战友牺牲的，对越自卫反击战之后，中越边境埋设了大批地雷，各种型号制式的都有。中越关系回暖之后，耿立志所在的部队接到了排雷任务。在排雷时，一个战士踩到了地雷，为了掩护战友，耿立志用双手去替换战友的双脚，战友安全离开了，在排雷时，引线发生了短路，耿立志牺牲了。他被成都军区追认为烈士，并荣立一等功一次。

耿立志的骨灰被成都军区送回来时，迎接骨灰的是刘有田校长和耿立志的母亲。

刘校长马上就要退休了，他明显地老了，头顶不多的几绺杂发迎风飘舞。他郑重地从成都军区的干部手里接过耿立志的骨灰，紧紧地抱在怀里，似在拥抱干儿子耿立志。良久又把骨灰递给耿立志的母亲道：老嫂子，咱们儿子是英雄，他回家了。耿立志母亲抱着骨灰号啕大哭。刘校长也湿了眼睛。

耿立志的追悼会是在八一学校召开的，那是他的母校。我们都已毕业离开了母校，但还是参加了耿立志的追悼会。那天去了许多校友，包括二哥。

我们又一次站在了八一学校的操场上，即将退休的刘校长艰难缓慢地走上主席台，他的身后是布置好的灵堂，苍松环绕着耿立志穿军装的照片，一张桌子上放着耿立志的骨灰盒，上面盖着八一军旗。

刘校长缓慢地举起扩音器，一字一顿地说：同学们，八一学校的校友们，耿立志同学是我们八一学校走出去的英雄，他是我们八一学校的骄傲。我说过，我们八一学校走出去的学生个个都是英雄好汉，因为他们姓军，骨子里流淌的是军人的血液……

台下响起了掌声，伴有轻轻的啜泣之声。

刘校长讲完话，他挥了一下手。校园内四面八方安装的喇叭里突然传出了《解放军进行曲》——向前向前向前，我们的队伍向太阳，脚踏着祖国的大地……歌声雄浑而又嘹亮。先是刘校长唱了起来，接着是台下全体师生，众人肃穆而立，面对着英雄耿立志。军歌之声石破天惊，唱得人汗毛倒立，热血偾张。那一次，是我有生以来唱得最带劲的一次军歌。

时间一晃进入到了二十世纪九十年代，中国与韩国建立了正常的外交关系，韩国为表示友好，向我国归还了一批志愿军烈士的遗骨，后经过比对，其中就有耿立志父亲的遗骨。可惜耿立志已经不在了。

耿立志父亲的遗骨和众多烈士的遗骨一起安葬在了烈士陵园。

耿立志的母亲已经老了，走路一摇一晃的。在清明节的晚上，军区大院门前的十字路口，可以看到耿立志母亲抱着一叠纸，蹲下身子在烧纸钱。她一边烧一边说：连成啊，立志啊，你们在那边团聚了，立志哇，你爸回家了，见到你爸了吗？

母亲的呼喊在风中飘散着，连同那些纸钱的灰烬。

二哥石小林

在我的记忆里，自从二哥石小林上初中开始就是个人物了。

石小林上初中那年，大哥石大林参军离开了家。石大林参军走时，刘校长组织师生为大哥等参军的学生送行。八一学校门前彩旗飘扬，还有标语口号，例如，一人参军全家光荣，好男儿志在四方，等等。

高年级的女生，为即将参军的大哥等人胸前佩戴上大红花，一行人打扮得像新郎。刘校长手里举着扩音器，站在主席台上自然要讲几句。刘校长就讲：你们参军光荣哇，不论你们走到哪里，别忘了你们是八一学校的学生，你们是军人子弟，骨子里流淌的是军人的血……刘校长的话，让大哥等人胸脯鼓胀热血沸腾。最后，大哥等人在锣鼓喧天的奏乐声中，坐上军区派出的卡车，去了火车站，踏上了从军的行程。

每年有学生入伍参军，刘校长都要在学校为即将入伍的学生组织一次隆重的欢送会，这已经成为我们八一学校的惯例。

大哥那天坐上了北上运送新兵的专列，二哥也消失了。大哥出发时是晚上，二哥在那天也一夜没回来，父亲和母亲不停地给二哥同学家打电话，以前二哥有过在同学家借宿的习惯，但以前他总是会提前说一声，这次他却没有打招呼。父亲拿着机关家属电话本，几乎把认识的家属电话都打遍了，仍没发现二哥的踪影。最后是林大斌的一个消息，多少透露出二哥的蛛丝马迹。林大斌是二哥的同学，他的弟弟林小斌和我一个班。林大斌说：他看见二哥去了火车站，他以为二哥是去送大哥，他并没多留意。

父亲听了林大斌的信息，放下电话，像磨道上的驴一样，不停地在客厅里走来走去。母亲靠在沙发上，拍着腿说：这个石小林太不像话了，这么不让人省心。

父亲鼻子里喘着粗气，挥了下手，似乎要说什么，结果什么也没说，挥起的手改变方向重重地拍在自己的脑门上。

那天晚上，一家人谁也没睡好，暗暗地都在等二哥的消息。凌晨时分，家里的电话突然响了，是吉林境内一个兵站打来的电话，电话里说：石小林在吉林的兵站，被送兵的专列清理下来了。

父亲听了电话，“咔嚓”一声把电话重重地扣上了，粗门大嗓地说：小兔崽子，净给老子惹事！

第二天晚上，石小林坐火车回来了，他是被兵站的人送上的火车。石小林把自己打扮成准军人模样，身上穿着改装过的军衣，腰里还扎了武装带。这些都是大哥留给他的。他把自己打扮成假新兵，混进了大哥他们的新兵队伍。开车前，他躲在角落里，车开动了，他开始挨个车厢找大哥。

大哥在家时，他跟大哥的关系很好，大哥不论干什么，他都屁颠屁颠地跟着。我也想跟着大哥玩，可每次大哥都拿眼睛瞪我，二哥在一旁也装腔作势地说：石小山你回去。我不回去，死乞白赖地缠着他们，大哥瞪完我之后，甩了一下头发，转身就走，我就拉住二哥的手，希望他能把我也带上。二哥见大哥开拔了，不耐烦地把我推倒在地上，头也不回地去追大哥了。我就在地上号哭，一边哭一边骂：石大林、石小林，你们两个王八犊子，有本事你们就别回家。他们每次这么对我，我都会向母亲告状。母亲拍拍我满身的土安慰道：你别跟他们学，你这两个哥不让人省心。然后塞给我一块饼干或一颗糖，我暂时忘记了仇恨，玩自己能玩的去了。

大哥当兵前，在武装部把新军装领回家，便把他所有家伙什儿都留给了二哥，除了那身改造的军装外，还有火药枪、军刺，甚至还有一把三节棍。这些东西以前都是大哥的宝贝，现在成了二哥的宝了。我碰一下，二哥就拿眼睛瞪我，跟大哥一样。

二哥处处模仿大哥，他就是大哥的傀儡、走狗。我在心里只能这么骂二哥。

在运输新兵的军列上，他还是被人发现了，在吉林一个兵站他被接兵干部押送下了车。他被两个军官拖曳着离开车厢，他还不停地喊：大哥，我要跟你去当兵。大哥也在车厢里冲他挥手喊：小林，等你高中毕业，大哥在部队等你。

那次回来，二哥被父亲关了三天的禁闭。父亲在二哥和大哥住的房间门上装了一把挂锁，在外面结结实实地锁上了。每天吃饭时，父亲从腰上解下钥匙开锁，母亲把饭菜放进去，然后父亲又把门锁上。

二哥在房间里不哭不闹，似乎没他这个人。二哥被关到第三天时，母亲在吃饭时小心地冲父亲说：要不然把孩子放出来吧。父亲“啪”的一声把筷子拍在桌子上，皱着眉头冲母亲道：这次一定让他长记性，不然他狗改不了吃屎。父亲铁嘴钢牙地这么说，母亲也没了脾气。在我们家里，父亲是一家之主。

那天晚上，我去敲二哥的门，里面一点动静也没有。我就隔着门小声地冲里面喊：石小林，这回你不嘚瑟了吧，告诉你，父亲说了，要关你一年禁闭。里面仍然没有动静，我轻踹了一脚门，幸灾乐祸地走了。

要不是刘有田校长来我家，二哥的禁闭还不知被关到猴年马月。

二哥被关的第三天晚上，刘有田校长一摇一晃地敲开了我们家的门。那会儿我们刚吃完饭，母亲在收拾桌子，父亲戴着老花镜坐在沙发上看《解放军报》，他颠三倒四地拿着报纸，似乎怎么拿都不顺手，一张报纸被他折腾得哗哗响。

门被敲响了，是我为刘校长开的门。刘校长站在门口，一脚门里一脚门外地冲父亲说：首长，在家呢。

父亲抬头见是刘校长，起身道：刘校长，啥风把你刮来了？

父亲和刘校长熟悉，以前都在部队上，难免马勺碰锅沿。父亲让刘校长坐，刘校长不坐，军人似的立在父亲面前。父亲见刘校长不坐，便也立在那里。

刘校长就说：石小林三天没上学了，他是不是病了？

说完到处撒么，也没发现二哥。

父亲就说：那啥，关禁闭呢。

显然刘校长也听说二哥扒火车的事了，见父亲这么说，刘校长笑一下道：首长，别动火呀，小孩子哪有不犯错的，况且，他想参军，参军干什么，他是想保家卫国呀，这是好事呀！总比那些贪生怕死的人强，对吧首长？

父亲似乎把校长的话听进去了，龇着牙花子冲刘校长笑了。伸手把刘校长拉到沙发上道：老刘哇，说说你离开部队的心情，在学校当校长咋样啊？

刘校长叹了口气，陈芝麻烂谷子地又和父亲说开了部队上的事，最后他总结似的说：首长啊，我现在做梦都还在部队。等下次打仗，你说啥也得让我回部队，别看我少了一条腿，打起仗来不比那些新兵蛋子差。父亲又拉过刘校长的手，两人哈哈大笑。

那天刘校长走时，走到门口还没忘记被关的石小林，小声地冲送到门口的父亲说：石小林是个好材料，砸巴砸巴，他一定是块好钢。父亲笑着把刘校长送走。

母亲趁机打开了锁，门开了。三天没见石小林，我急于见到他被关了三天之后的熊样。结果我错了，他没开灯，黑乎乎一团坐在椅子上。母亲打开灯，他还是回家时那副打扮，军衣军裤穿戴整齐，腰上还扎着武装带。把大哥给他的那把火药枪插在腰间，一副随时出征的模样。

突然而至的灯光，似乎让他极不适应，他闭了会儿眼睛又睁开，梗着脖子冲母亲说：我想我哥。

母亲望着石小林，半晌，她眨眨眼睛，泪水含在眼睛里。石大林走了几天了，母亲何尝不想自己的儿子呢！

那次禁闭，因刘校长的造访暂告一个段落，石小林又恢复了正常。

大哥和二哥的交情果然很好，大哥刚到部队不久，就给二哥寄来一只苏联造的单筒望远镜。大哥在信中说，望远镜是和苏联士兵用一瓶酒换的，军用的。

二哥有了苏联士兵用的单筒望远镜之后，人立马变得不一样了，那只望远镜成了他不离手的玩具，时时刻刻带在身上，为此，他的身边聚拢了许多崇拜者，甘愿听他指挥调遣。他举着望远镜，像名作战指挥员似的。在放学后，我经常可以看到二哥左手提着望远镜，右手挥动火药枪，在军区大院小树林里打打杀杀的样子。

我们八一学校经常组织防空演习，那会儿全国的军民都经常搞这样的演习，城市里到处都在挖防空洞，被称为人防工程，从军区到地方还设有专门的指挥部。目的只有一个，就是防备美苏两霸的原子弹。“二战”时，美国在日本长崎和广岛扔下过两颗原子弹，日本顶不住，天皇宣告投降了。美苏两个超级大国，那会儿和中国正交恶着，他们是超级大国，国家有钱，制造出了许多原子弹。我们虽然也有原子弹，但国家穷，原子弹数量很少，这是刘校长告诉我们的。因此，我们要时刻提防美苏两霸的原子弹在我们头上炸响。全国上下军民齐挖防空洞，我们学生也要经常防空演习，时刻准备着。

我们学校有一台手摇式防空警报器，就在我们教学楼顶上放着，防空警报和军号声不一样，叫声特别凄厉，一声紧似一声，像狼嚎一样。防空演习我们事前并不知道，何时演习要看刘校长心情，有时在上课时，也会在课间休息时，总之，防空警报一响，不论我们人在何处，都要往操场上跑。每个班级都有规定的位置，在我们衣兜里都装着手绢，我们防空的基本动作是：以最快的速度到达指定地点，然后再趴下，用手绢堵住口鼻，闭眼，头部努力扎在地面上，接下来就等原子弹在我们头顶爆炸了。这种方式防原子弹到底有多大效果，没人实验过。反正我们每次防原子弹都是用这种姿势和办法。

刚开始，防空警报摇响时，我们都是紧张严肃的，心脏像只老鼠似的在胸膛里乱撞，我们不知是真是假，用求生的本能防备着美苏两霸的原子弹。后来，次数多了，时间久了，就没人太当回事了，嘻嘻哈哈地跑到操场上，把头扎下去，屁股撅起来，然后我们不时地挤眉弄眼，有人还放屁讲笑话，样子非常的不严肃。

刘校长自然很生气，举着扩音器站在主席台上冲我们厉声道：演习要严肃，平时多流一滴汗，战时就少流一滴血。你们以为美苏的原子弹是吃素的吗？它是要死人的，原子弹一来，别说我们学校，就连整个城市都没了。刘校长这么讲话，我们就在心里想，学校和城市都没了，我们人还能有吗？渐渐地，我们开始对这种防空演习不耐烦起来，并产生了深深的怀疑。

高中部的学生比我们还厌烦，每次演习都嘻嘻哈哈的，有许多高中男生把手插在裤兜里，女生用手捂着前胸，真真假假，慢吞吞地向操场跑去。有几个人不再趴下，而是坐在地上，他们怕趴下弄脏了衣服。学生们的这种态度，让刘校长不仅生气，还有些头疼。

学校有好一阵子不再搞防空演习，我们差不多把防空演习的事都忘记了。

那天下午倒数第二节课，上了一天课的我们已经有些昏昏欲睡，美术老师教我们画一棵松树，他不厌其烦地在黑板上画着松针，就在这时，防空警报突然响了，美术老师扔掉手里的粉笔，冲我们说：防空警报！我们班开始有学生条件反射地站起身往外跑，大多数学生认为这都是老一套，收拾起桌上的书本，慢条斯理地向外走。这次警报听起来和往次演习时有点不一样，一声紧似一声，听起来瘆人可怕。不论真假，同学们还是跑下楼，向操场上指定的位置跑去。我们看到跑出来的刘校长摔倒在教学楼的台阶下，校长身后有两个一年级小学生也摔倒了，刘校长还一骨碌爬了起来，把两个小学生扶了起来。刘校长脸色苍白，变音变调地冲我们大喊：快趴下，这次不是演习。我们听到了刘校长的喊叫，顿时紧张起来，有许多学生像没头苍蝇似的在校操场上奔跑着，急得刘校长歪着身子一遍遍大喊：快趴下，快趴下。刘校长因为手忙脚乱，那只假肢不知何时从右腿上脱落下来，他先是单腿在地上蹦，一边指挥跑到操场的学生趴下。后来，他就干脆趴在地上，匍匐着指挥学生们。

无论高年级还是低年级学生，看到刘校长这样，都紧张恐惧起来，有许多女生发出了尖叫，平时满不在乎的一些男生也害怕起来，趴在地上，用手捂住耳朵和眼睛，撅起屁股，一副顾头不顾尾的模样。在混乱的人群中，我在寻找二哥的身影，我想和他趴在一块，有他在我身旁我会踏实一些，结果我并没有看到二哥，只能和同学们一起趴在操场上。有人跌倒，还有的学生发出了号叫，喊声哭声响成一片。

我们的刘校长用单腿艰难地站立起来，挥舞着双手指挥着同学们。

警报声仍在响着，像哀号，凄厉恐惧。乱哄哄的学生们终于安静下来，整个操场全都是卧倒的学生，如果原子弹在我们头顶上炸响，这里将变成尸体的海洋。

防空警报声停止了，我们突然听到一声高喊：举起手来，你们被俘虏了。

我们循声望去，只见二哥几个人，身穿军装腰扎武装带，他们手里举着火药枪，一排黑洞洞的枪口正在教学楼上的平台上冲着我们。全校的人这才醒悟过来，原来这次防空演习的闹剧是二哥他们捣的鬼。责怪声和虚惊一场的叹息声传遍整个操场。

二哥他们的班主任是个四十多岁的中年男人，在草地上摸到滑掉的眼镜戴了起来。他仰着头手指着二哥等人大叫道：你们几个快给我下来。

二哥他们不下来，仍用火药枪指着我们。二哥也高叫道：你们被俘虏了，举起手来。

班主任又叫了一声什么，向教学楼顶跑去。

被骗的学生们咒骂着责怪着从操场上爬起来，一边拍打着身上的土，一边向教室走去。

我们看到刘校长蹦到自己的假肢旁，正费力地穿着假肢，脸上看不出阴晴雨雪。

站在教学楼平台上的二哥和他的几个同学，被自己的老师俘虏了，他们通通被押到了校长办公室。

我们几个好事的学生，挤到校长办公室门前，想看个究竟。

班主任老师站在一侧，他替校长拍了桌子，并厉声呵斥道：把你们的武器交出来。

二哥几个人不情不愿地把火药枪放到校长办公桌上。

刘校长不表态，坐在椅子上，望着二哥等几个学生。

二哥的头并没有低下，梗在那里，不看校长也不看自己的班主任。

班主任又很响地拍了一下桌子：你们这里谁是头，说，谁是主谋？

二哥向前一步，盯着自己的班主任道：是我。

又回身看了一眼身后的几个同学，那里有耿立志和林大斌等人。二哥又说：和他们没关系，这次行动是我的主意。

二哥说完这话，梗着脑袋一副视死如归的样子。

班主任还要说什么，刘校长挥挥手冲班主任老师说：徐老师，让石小林留下，把其他同学带回去吧。

徐老师领着耿立志和林大斌几个学生出来时，看见了围在窗下的我们，冲我们吼了一句：添什么乱，回自己班里去。

我们就作鸟兽散了。

刘校长是如何单挑二哥的，二哥最后认没认怂，我们就不得而知了。

那天放学回家之后，我没敢把二哥闯祸的事告诉母亲，我知道告诉母亲，就等于告诉了父亲，二哥的结果一定不妙，要么关禁闭，要么遭到一顿暴打。那一阵子，我一直求二哥给我做一把火药枪，他已经答应我了，我要是出卖二哥，火药枪的事肯定也会告吹了。

那天晚上我们全家人都吃过饭了，二哥才溜回来。母亲冲二哥说：又去哪儿疯了，怎么才回来？饭菜在锅里热着呢。

二哥只说一句：我吃过了。

父亲坐在沙发上，颠三倒四地在看报纸，他的目光从老花镜上方白眼仁多黑眼仁少地看了一眼二哥，二哥就老鼠见猫似的挤进自己的房间。二哥进去不久，我也挤进二哥的房间。

二哥四仰八叉地躺在自己的床上，球鞋脱了，他的脚横在床头，二哥的脚又臭又腥，我忍受着，凑近二哥道：哥，刘校长怎么你了？二哥审视地望着我问：你没当叛徒吧？我忙摇头，讨好地：咱们是一伙的，你的事我没跟妈说。

二哥一笑：刘校长表扬我了，说我备战的警惕性高。说完这话，二哥还咧开嘴得意地笑了好久。

我认为二哥这是在吹牛，打肿脸充胖子。刘校长怎么弄二哥我不关心，我只关心他的火药枪，就问：哥，你的枪呢？

二哥从腰间把大哥留给他的那支火药枪掏出来，在我面前晃了一下，就塞回到枕头底下了。二哥还得意地冲我吹了一声口哨。见二哥高兴，我又说：哥，我那把火药枪你啥时帮我做？

二哥不耐烦地说：有空就给你做。

我不知二哥啥时有空。

那件事二哥还真没吹牛。

两天后，刘校长把全校师生召集在操场上，他手提扩音器，冲台下招了招手，那天闯祸的几个学生，以二哥为首走上了主席台，站在了校长身后。

我们都认为，校长这是要宣布处分了，接下来就是二哥等人当着全校师生面前做深刻检讨了。

结果让我们非常意外，刘校长举起扩音器，呼呼地吹了几下道：石小林等同学为我们学校防空备战很好地上了一课，以前我们的演习都是假的，只有两天前的防空演练才是真的，这应该感谢石小林等同学，他们为我们全校师生上了一次演习课……

那次，刘校长隆重地表扬了二哥等人。二哥没有吹牛。

关于我们的校长，他不按套路出牌，关键时刻总是峰回路转，若干年之后，我们才理解了校长这种大智若愚，刘校长拥有大智慧，不愧是身经百战的老革命。要是我们的校长不受伤，他一定会成为我军的高级指挥人才。

二十世纪九十年代初，我们的刘校长离开了我们，在殡仪馆告别仪式上，来了许多历届八一学校的学生，有的人已到中年，还有扎着红领巾的小学生，我们所有的学生都是为了和我们的刘有田老校长告别。

他安静地躺在那里，身上盖着党旗，下半身的一截是空的，那只跟随他多年的假肢就放在他的身边，假肢已经成了他身体的一部分。刘校长走了，假肢也跟着去了。看到假肢，我们又想起当年防空演习那一幕，他的假肢丢落在操场上，他全然不顾，仍在指挥我们防原子弹的空袭。

我们流着眼泪，真心实意地向可亲可敬的刘有田校长告别。这是一段刘校长的历史，也是我们八一学校的历史。

那天告别完刘校长，在殡仪馆门口，二哥点了支烟，红着眼睛冲我说：刘校长是个好校长，没几个人能和他比。

二哥忍了许久的眼泪，在告别完刘校长之后才落下来。

二哥从初中到高中没让人省心过，他除了在八一学校折腾还不算，他还组织年级同学和育红中学打了几次群架，每次打架的起因，都是我们低年级的学生被育红中学的人欺负了，二哥等人去打抱不平，替我们出头。育红中学也有一批愣头青，总是不服我们八一学校，见我们许多同学穿军装戴军帽，他们心里就不舒服，故意找碴儿向我们八一学校挑衅。二哥等人不受他们的挑衅，便一次次地去应战，有时打大架，有时打小架。有几次把育红中学的学生脑袋开了瓢，也有打骨折的时候，父母的心也为他操碎了，拿出钱来赔偿人家。刘校长也是一次次出面，约人家的校长和家属在中间讲和，他拖着假肢，一次次奔波在育红中学和被打学生家长中间，他的头发越发稀疏了。

二哥在参军时，遇到了大麻烦。二哥几次打群架，在派出所都留了案底，政审时，派出所出具的证明对二哥极为不利。又是刘校长出面，坐着他四面漏风的美式吉普车，一次次去派出所据理力争，说明事情的原委，最后还请派出所所长喝了一次酒，二哥的政审才算过关。

二哥参军走前，八一学校又一次热烈地为二哥等人送行。除了鲜花、锣鼓之外，刘校长还专门拉着二哥走到一个僻静之处，拍着二哥的肩头说：小林，我一直看好你，你一定能成为一名好军人。

二哥两眼泛潮地冲刘校长敬了一个军礼道：我一定不辜负校长的期望！

二哥当兵走了，他去北部哨卡找大哥去了。大哥已经是边防连的一名连长了。二哥走时把他的军装、军帽，还有火药枪都留给了我，像当年大哥走时一样。

二哥本来有机会在边防团入党提干的，他当满两年兵时，已经被连队列为提干的苗子了，却因为一时冲动，闹起了一场不大不小的外交风波。二哥便提前被处理复员了。

那会儿二哥已经是班长了，他带着班里的战士在边境线上巡逻，那会儿我们边防部队装备差，完全是靠走路巡逻，对面的军人坐着吉普车跑来跑去，就经常遇到对面的士兵挑衅，不是冲边境线上扔酒瓶子，就是吹口哨，总之是一脸的不屑。二哥对邻国的巡逻士兵早就憋一肚子火了，那天又有一个对面的士兵坐在吉普车里，路过二哥他们巡逻时，不仅吹口哨，双手还做出下流动作，二哥忍不住了，举起枪把子弹射向对方吉普车的轮胎，对方的车翻倒在雪地上……

外交无小事，二哥受了处分复员回到了家里。已经退休的父亲，见到了回来的二哥没有暴跳如雷，而是背过身去，望着窗外冲二哥说：你的事你大哥来信告诉我了。从哪儿跌倒就从哪儿爬起来，未来你的天地还很广阔。在我的记忆里，父亲第一次这么心平气和地和二哥说话。

二哥笔挺着身子站在父亲的身后。

二哥说：我们是八一学校的学生，是军人子弟，骨子里流淌着军人的血……这话是刘有田校长经常对我们说的。许多年过去了，我们八一学校的学生都记着刘校长说过的话。

野　山

那一年冬天，野葱岭一连下了几场大雪，莽莽苍苍的山林被雪覆盖了。僵硬的树枝在风雪中“吱吱呀呀”地呻吟着。一缕白毛风从山岗上旋过来，在树林间游窜着。僵硬的树枝，在风中抖颤了两下，“嘎”的一声，断裂了。

天空高远荒凉，灰蒙蒙的。几只乌鸦贴着树梢凄凄地丢下几声哀叫。那叫声裹在风雪里，被拧成几缕飘零的呻唤。几簇野草，从雪里露出头来，在白毛风中做最后的摇摆。

野葱岭在风雪中呻吟着。

已是黄昏，西去的日头贴在西山只剩下一片昏黄的亮团，在那儿有气无力地燃着。这时，世界似一个垂危的老人，在喘息最后几缕阳气。

野葱岭山下狭长弯曲的山路上，积雪使得山路已辨不出形状。天已近黄昏，雪路上吃力地驶来三辆卡车。车高亢地嘶叫着，车轮碾着雪壳子嚓嚓地响。三辆车似三只负重的甲虫，喘息着、号叫着一点点地向前移动。三辆车上都插着膏药旗。旗帜歪斜在车的护栏上，“呼啦啦”地在风中抖动。十几名身裹大衣的日本兵，抱着枪缩成一团蜷在车厢里。三辆车吃力地爬行在野葱岭的雪路上。

天渐渐地暗了，风愈来愈大。白毛风似发疯的马，东一头、西一头地在野葱岭的山谷里闯荡着。三辆卡车，开着大灯，照得前面的雪岭惨白一片。车上的兵们，顺着惨白的光柱紧张地张望着。

天愈来愈暗了，风也越来越大。十几个兵望着眼前的世界，心提到了喉咙口。张望了半晌，并没发现有什么异样，便又埋下头在寒冷中颤抖着。三辆车转了一个弯，前面的一辆车，一只轮子掉进一个雪坑里，发动机嘶哑着号叫了几声，熄火了。后面的两辆车也停了下来，后面车上的人冲前面叽里呱啦地喊着。

就在这时，山崖上雪壳子突然响起了枪声。枪声刚开始很稀落，后来就密集起来了。车上的日本兵被这突如其来的枪声惊怔得半天才恍悟过来，摸索着爬下车。有几个日本兵的腿冻得麻木了，仓皇之中滚下车，摔在雪地里。日本兵蹲在车后，向四面枪响的地方射击。车灯仍没有熄灭，就那么愈来愈暗地照着。

一发子弹击中了一只车灯，陡然熄灭了。世界就暗了许多。这时，躲在雪壳子后身穿羊皮袄的游击队喊叫着，跌跌撞撞地向三辆车冲去。只一会儿，枪声就停了，世界黑暗了下来。几声嘈杂之后，又过了一会儿，野葱岭的山路上，燃着了三堆火，三辆卡车在火光中燃成了三团火球。

时隔一天，伪满洲国《黑河日报》发了一条消息：……三辆大日本皇军装载军火的卡车，在野葱岭被游击队阻击。皇军英勇抗击，因寡不敌众，军火被游击队截获。十名皇军在与游击队作战中英勇献身，五名逃撤回来的败兵被当场枪决，以示军法。还有四名士兵至今下落不明，正在查询中……

一

天快亮了，稀薄的微光不清不白地笼着野葱岭。黎明前的山岭很静，只有丝丝缕缕的寒气蛇样地在山谷间游窜。

四个相搀相携摇摇晃晃的人，踩着没膝深的雪，慢慢地向前移动着。雪也在几双无力却沉重的学生的脚下发出冗长又单调的“嘎吱”声。

川九四郎僵硬地夹在三个人中间，被拖拽着一点点向前蠕动。川九四郎在混战中一条腿被子弹击中，血顺着裤角流在雪地上，最后被血水浸透的棉裤冻成了壳一样的筒，硬硬地套在腿上。川九四郎在最初负伤时，他一路咒骂着，最后是寒冷耗尽了他的气力。川九四郎的脸此时像黎明前的雪地一样惨白无光。几个人整整走了一夜，川九四郎就这么被拖了一夜。刚开始，受伤的腿还有那种钻心的疼痛，热乎乎的黏稠的血还能感觉到，最后一切都失去了知觉。完好的右腿，被拖着时还能用上一些劲儿，渐渐右腿也失去了知觉。川九四郎只觉得寒冷从双腿开始，一点点正向他身上爬来，那股不可抗拒的寒气直冲心脏靠拢。川九四郎因失血和寒冷，头一阵阵地晕眩，呼吸也一会儿比一会儿困难，真想就这么闭上眼睛。他看到川雄、野夫、矢野正无力地望着他，他在心里哀叹一声，无力地说："别管我了，你们走吧。"

三个人听了四郎的话都垂下头，双膝跪在雪地上。川雄扳起四郎的头，野夫握住四郎的一只手，哽咽地说："不，要死我们就死在一起。"

"四郎，别忘了，我们都是从广岛来的呀。"矢野爬过来，凄惶地望着四郎的脸。

四郎想冲三个人笑一笑，只张了张嘴，脸上的肉僵硬地动了动。这时他想起了广岛的雪，广岛的雪一点也不冷，软绵绵、凉浸浸的让人舒服极了。他又想到了大溪边那间木头房子和房子里坐着的妈妈。房子很温暖，每年冬天，他就为母亲生上一盆炭火。四郎情不自禁地喊了一声："妈妈——"

声音很轻，但几个人还是听到了，身子都猛地一颤。再望四郎的眼睛时，四郎的目光已经蒙眬了。

这时，晨曦贴着东方的天际，慢慢地向野葱岭扩散而来。几双目光盯着那方天际，他们一起想到了广岛。广岛的日出很恢宏，一轮朝气蓬勃的太阳从海面上升起。这时不知谁带头唱起了那首歌，最后几个轻声地合唱下去——

广岛是个好地方
有鱼有羊又有娘
漂亮姑娘樱花里走
海里走来的是太阳
广岛是个好地方
有家有妻有爹娘
……

歌声在山野间轻轻飘荡，歌声唱了一遍又一遍，泪水终于顺着几个人的脸颊冰冷地流了出来。这时，太阳终于出来了，却并不辉煌，灰蒙蒙地照在野葱岭的山林雪野上。

几个人一起瞅着东方那抹白光，半晌才恍过神来。川雄望着远方，沙哑地说："我们要往哪里走啊？"

几个人也一同茫然地望着远方。昨夜枪声一响，他们从车上滚爬下来，就知道完了。他们知道游击队是有备而来，这完全出乎他们的意料。一阵乱枪之后，游击队铺天盖地从四周的雪壳子里压过来。也就在这时，四郎听到了背后那一声枪响，他回过身时，就望到了那张狰狞的脸……他们奔跑着，三个人架着四郎，没有人知道往哪里跑，只是跑。直到此时，几个人才真切地意识到此时的处境。他们心里明白，跑回去也是死。这次执行任务是立了军令状的，人在军火在。

几个人望着眼前的山山岭岭，一时间心里空落落的。

"你们走吧。"四郎又呻吟着说。

几个人回转过头，望一眼四郎，又望一眼这沉寂荒凉的山岭。此时，寒冷再一次袭击着他们。几个人站在雪地上，身体里那点剩存的温暖正被雪岭游荡的寒气一点点地抽空。矢野哭了，抱着头，哀怨地说："完了，我们要死了，我们再也回不去广岛了。"这位年仅十七岁的少年绝望地趴在雪地上。

野夫立起身，望着远方，咬着牙说："我们要活。"说完，弯下腰扶起四郎。川雄也走过来，一起扶四郎。

"我们走吧。"川雄瞅着太阳初升的地方说。几个人一摇一晃地艰难地向前走去。他们走着，冲着太阳初升的地方，这样走下去，似乎广岛离自己就近了。

这时，几个人才觉得真是饿了，寒冷和饥饿威胁着他们。几个人觉得随时都有可能倒下去，再也爬不起来了。三个人拖拽着四郎，每向前迈一步都异常吃力。向前迈动一步，他们都要大口地喘息着，四郎一遍遍地冲三个人哀求："你们放下我，放下我吧……"

三个人不语，望着眼前绵延不绝的林海，拼着力地往前移动着脚步。

“你们……若能回广岛……我娘就拜托了……” 四郎挣扎着说。

川雄的眼里涌着泪，他抓起四郎的手用力地握着。他发现四郎的手已经硬了。

野夫咽了口唾沫，两眼空洞地望着雪山雪岭。这时的白毛风又刮了起来，坚硬的白毛风使得几个人浑身如刀割般难受。“我们生堆火吧。”野夫说。几个人一起把四郎放到雪地上，爬出一段雪路去拾落在山林地上的干树枝。树枝很多，不一会儿几个人就拾了一堆。又拢来一堆蒿草放到树枝下。火渐渐地燃了起来。几个人围在火的周围，一股温暖一点点地融进心里。四郎僵硬地伸出手，似要扑到那火堆里。几个人把四郎放到离火近一些的地方，火热烈地燃着。四郎的身子在火的熏烤下不停地颤抖着，他盯着那火，入神入境地望着。暂时没有了寒冷，肚子就愈发地饿了。饥饿不可抗拒地在吞噬着几个人的意志。几个人的目光贪恋地望着眼前的火，似能从那火里寻找到充饥的东西。

四郎惨白的脸在火的温暖下，竟有了几丝红色在爬动。四郎吃力地从雪地上坐起来，瞅着三个人说：“你们还记得麦山吗？”几个人不解地望着四郎，久久地望着四郎那张僵僵的脸。麦山的故事流行于广岛很多年了——麦山和弟弟去山里为母亲寻药。母亲得了一种病，只有长在山里的一种药材才能治母亲的病。麦山兄弟俩找到药材却迷了路，他们在山里转了两天两夜，又累又饿，快要死在山上了。最后兄弟俩生起了一堆火，麦山砍下一条腿扔到火里烧了，让弟弟吃下去。弟弟吃了哥哥的腿走出了大山，治好了母亲的病。麦山却死在了山里……这是一个真实的故事，一直在广岛流传着。

四郎一提到麦山，几个人马上就意识到了什么，川雄一把搂住四郎哽咽地说：“不，我们一起回广岛。”野夫、矢野也一起围过来，冲着四郎说：“我们能回广岛。”

四郎喘息一会儿说：“我不能拖累你们。”这时他又想到了那个叫横路、面带狰狞的家伙，他咬紧了牙齿，声音发抖地说：“谁要是能回广岛，别忘了给我报仇，杀死横路。”

矢野大叫一声，一下子扑到四郎的怀里，哭喊着：“不——”

风刮着，火燃着，抱成一团的几个人低泣着。

二

四个人围着那堆燃着的火，昏沉沉的似要睡去了。干树枝燃得很快，几个人不得不轮流着去添树枝。他们从燃着火的那一刻才发现，生火是一个错误。没有火时，几个人还可以坚持一阵；火一旦燃起，坚持下去的意志便垮了。他们发现此时一刻也离不开火了。

四郎躺在被火烤得融化的雪地上，身下铺着川雄的大衣。四郎在高烧，不停地说着呓语，冻成血筒的裤管被火烤化了，污血顺着裤管慢慢地浸在融化的雪地上。

“娘，娘……”四郎在昏迷中喊着。

几个人的目光就一起去望四郎。四郎闭着眼，因发烧脸颊变得赤红。矢野望着昏睡的四郎，肩膀一耸一耸地哭了。

他们都知道，娘是四郎在这个世界上唯一的亲人了。四郎很小的时候，父亲下海捕鱼遇到风浪就再也没回来，是娘把四郎一手带大。

铁盒子一样的船拉着他们这批兵开赴中国旅顺口的时候，四郎也是这样冲着波浪涛天的大海一声声喊着娘。喊得一车人都泪眼蒙眬。四郎被抓来当兵的时候，娘正有病。四郎被带出小屋时，娘凄厉地喊了一声：“儿呀——”接着，他听到母亲从床上重重摔下来的声音。他大叫着想挣扎开被抓住的身子，但被人抓得很紧。他扭回头，一路叫着：“娘，你等着，我一定回来——”

他相信娘一定听到了他的喊声。

船一登陆，眼前就是另一番世界了。他望着身后茫茫的海水，这时才真切地意识到，广岛离自己很遥远了，母亲离自己很遥远了。他长号一声：“娘呀，俺对不住你啊！”就跪下去了。他跪下去的同时，整个岸上的日本兵黑压压一片都跪下去了。冲着浑浊无际的海水，冲着家乡的方向，他的耳畔响着一片呜咽声。

天又是黄昏了，连绵的雪山似梦似雾地染在一片昏黄里。风雪在远处的山林里呜咽着。

矢野醒了，缩着身子偎在火堆旁，不停地颤抖着。他两眼无助地望着川雄和野夫，哆嗦着嘴唇，半晌带着哭腔说：“我们还能回广岛吗？”

川雄和野夫望着矢野，又望一眼躺在旁边的四郎，俩人顿觉身上的担子很重。

“能。”川雄说。

“一定能——”野夫说。

野夫说完这话，茫然地望一眼，胸膛里呜咽一片。

“我冷，我要饿死了……”矢野又哭开了，哭声很空洞，也很虚弱，在呜咽的风声里显得很渺小，也很悲凉。

野夫心里莫名其妙地蹿着一股火，他不知该恨谁，摘下肩上的枪，无力地举着，枪口盲目地冲着这个世界。

四郎在冬天里升起第一颗寒星的时候醒了。醒了之后，三个人都围过去，默然地望着他。四郎抓住野夫和川雄的手，愣愣地瞅了半晌，又抬头望了一眼暗下来的天空，恍惚间才回到了现实。

天边又一颗寒星升起，在四郎的眼里眨了眨。他扭过脸看了看两个人，又望一眼缩在一旁的矢野，喘息一会儿说：“你们……回广岛……别忘了去看……我娘……”说着，四郎的泪流了下来，几个人望着四郎，眼睛也蒙眬了。四郎这时咬紧了牙，一字一顿地说：“横路，我要……杀了他！”说完这话，就急促地喘息起来。

四郎腿上中的弹不是来自游击队方向，而是来自他身后横路的枪口。横路一家和四郎一家是大溪边仅有的两户人家。四郎的爹随着渔船沉海后，娘就带着他来到了大溪。那时大溪只有横路一家。娘带着四郎在大溪开垦了两亩地，搭了一间茅屋住了下来。当时的横路还小，后来长大了的横路兄弟把大溪边的荒地都开垦了出来，一直开垦到四郎家的那片稻地旁。每年播种的时候，四郎都会看见横路兄弟那一双仇视的目光。四郎不明白横路一家为什么仇视自己，娘告诉他，横路一家想赶走他们。四郎种地时有一头牛，突然在一天早晨，牛肚子被人用刀划破了一个大口子，肠子从那大口子里流出来。四郎望着牛就什么都明白了。四郎什么也不说，默默地望着牛流尽最后一滴血，在自己的眼前倒下。母亲为那头牛的死病了几天。四郎望着大溪边的那两亩即将成熟的稻田哭了，在这个世界上除了娘他已经再没有亲人了。大溪就是他的家，他不知道离开大溪还要到哪里去。没有了牛，他就像牛一样在田地里劳作着。他每抬起头，望见横路一家仇视的目光时，只能把愤怒压在心底。后来他被抓来中国时，横路也一同被抓到了中国。他和横路从不讲一句话，只是互相仇视着。他想到现在家里只有娘一个人，横路家却还有几个兄弟，娘还能坚守那两亩稻田吗？那一晚，枪一响起时，他就被横路射来的子弹击中了。这一切他万万没有料到。

四郎想到这儿，突然哀号一声，爬过来，摸着几个人的腿。在自己中弹的瞬间，川雄和矢野冲过来，拖起了他。他此时跪趴在三个人面前号啕大哭。四郎一哭，几个人再也忍不住了，搂作一团，一起失声痛哭起来。

“你们要活着……回广岛……”四郎嘶声喊着。

好半晌，几个人才止住了大哭，把趴在地上的四郎重新放到了火堆旁。火忽大忽小地燃着，风声在四周呜咽着。

四郎望着那堆火，干涩的眼里亮了一下。半晌，他望着三个人道：“你们再拾些柴吧，火要熄了。”

这时风声更大了，那几缕燃着的火苗在风中挣扎着。几个人听了四郎的话，踉跄地向风雪中走去。三个人走了几步，又回过头望一望四郎，四郎趴在火堆旁冲他们嘶哑地喊了一声：“广岛……”

几个人听着四郎的喊声，心疼了一下，但还是走进风雪里。

四郎从雪地上抓过自己的枪，吃力地拉动着枪栓，一粒黄色的子弹被压上了膛。这时，四郎望了一眼天空，天空很寥茫，旋起的雪雾挣扎着美丽的身影在半空中舞蹈着。久久，他从天空中收回目光，望了一眼身旁的火，拖着枪向那堆火爬去……

三个人拾了一些树枝，摇摇晃晃地向回走来，风声在耳畔回响着。脑子里很乱，不时地出现奇异的幻觉，他们的动作一下子变得盲目和机械了。他们意识到，这个寒冷的夜晚也许过不去了，也许就会在这风雪中被冻死、饿死。他们已没有多余的气力向前走了，前面是哪里？哪里又是活路？他们不知道，唯一支撑着他们的信念就是活着。前面就是那堆燃着的火，那里有温暖。他们跌跌撞撞地向前走着。

天黑着，风刮着，只有那堆火在前方温暖着。这时三个人突然听到四郎撕心裂肺地喊了一声：“娘——”然后是一声惊天动地的枪声。

几个人都颤抖了一下，疯了似的向火堆旁爬去。

呈现在他们眼前的是，四郎趴在火堆里。他一枪击中了自己的头颅。血水正汩汩地向外流着。他们一时惊呆在那里，半晌才喊了一句：“四郎——”

三个人跪在火堆旁，冲着四郎。火燃着，风在刮着。

一股奇异的肉香从火堆里蔓延出来。

“四郎——”三个人冲火堆疯了似的喊着。

三

午夜之后，风雪的世界一下子安静了。满天的星斗静静地亮着，一钩残月垂在西天。星光下的雪野泛着一层晕一样的光。树林阴森森地伏在山岭上，静静地不动，似卧在那里熟睡的兽。

三个人走在雪岭间，似走在一场梦里。积雪在他们的脚下发出“吱嘎吱嘎”的响声。没有人知道要走向何方，前面是什么地方已经不重要了，他们只是走，也只有走才能让他们心里踏实。川雄走在前面，他用外衣包着四郎的骨头，两眼似睁非睁，空洞又茫然地望着前方。野夫背着四郎的两支枪和自己的两支枪，低着头，一步步踩在川雄留下的脚印里。矢野的目光不时地越过野夫的肩头望川雄，他的目光似乎透过了川雄的身体，望到了他胸前抱着的四郎。有几次他想吐，但只是干呕了几声，又把胃里的东西顽强地憋了回去。他想活着，他思念广岛的家。他随在两个人的身后，不知要往哪里走。

三个人不说话，只是走。山岭一座又一座地被他们甩在了身后。他们不清楚前面还有多少座这样的山岭，也不知还要走多久。肠胃不再饥饿了，一团热烘烘、油腻腻的东西在胃里燃烧着，热量通过胃向周身扩散着。他们大口地喘息着，汗水顺着三个人的脸颊不停滞地向下流动着，脚下的雪“吱嘎吱嘎”地响着，三个人似在发泄着什么。

矢野走着，他只觉得体内那团火燃着。他抓起身边的雪填进嘴里，一股带着泥土的沁凉涌到体内。走在前面的川雄突然蹲下身去干呕起来，野夫像受到传染似的也蹲下身去。矢野抓把雪送到川雄面前，川雄愣了一下，从身边抓起雪大口地吃起来。半晌，三个人才止住了干呕。再站起来时，几个人的眼里都呕出了泪水，他们站在朦胧的雪地上，久久地对望着。

川雄小心地把怀里的东西放到雪地上，三双目光就凝在那团东西上。四郎只剩下了这堆骨头。

三个人似梦非梦地立在雪岭中，天地间的一切似乎静止了。

“四郎救了我们。”川雄声音沙哑地说。

“四郎只有娘了。”野夫的声音带着哭腔。

“我要杀了横路。”矢野咬着牙凶狠地说。

“四郎……”川雄跪下去，去抱地上的那团东西。

“我抱一会儿吧。”野夫走过去，伸出双手去接川雄怀里的四郎。

川雄不语，默默地转过身，又向雪地走去。野夫和矢野呆愣地望着川雄的背影，半晌，也随着走去。

残月西斜了，被西边的雪岭遮去了半个身子。世界陡然暗淡了许多，眼前的雪山在三个人的眼里只剩下一片模糊又遥远的轮廓。

几个人终于走累了，围坐在山头上喘息着。

“我们要往哪里走啊？”矢野的声音带着哭腔。

川雄想发火，抬起头望见了矢野那双惶惑无助的眼睛，就把火气压到肚子里。从兜里掏出一支烟，划燃火柴，双手颤抖了半晌才点燃。

“咱们说什么也不能回去了，回去也是死。”野夫望着川雄嘴角的那个亮点。

“说死也不回去。”矢野的浑身颤抖着。

矢野又想到了那个斜眼少佐。少佐隔三岔五地让矢野去他的房间，然后让矢野躺在少佐的床上。少佐脱光自己的衣服，就去脱矢野的衣服。斜眼少佐望着眼前赤条条的矢野，嘴里哼唧着，伸出鸡爪子一样的手一遍遍去抚摸矢野的身体，从头摸到脚。矢野在床上蜷着身子颤抖不止。这时矢野就想到了那个脸色苍白的少女，他想哭，却不敢。矢野每次从少佐的房间里走出来，都似虚脱了。矢野觉得浑身上下脏透了，每次回来他都用水拼命擦自己的身体，恨不能搓下一层皮来。他每次想到这些就不寒而栗。

“死也要死在外面。”矢野的目光很坚定。

“中国人恨我们，我们烧了他们的家。”川雄的声音似梦呓。

野夫垂着头，看着身下的积雪想着什么。

三个人久久不说一句话，茫然又绝望地望着西垂的残月。他们觉得已经无路可走了，前后左右都是山岭，就是走出山岭又能怎样呢？

不知过了多长时间，东方又露出一缕晨曦的时候，三个人才从绝望中恍悟过来。

“我们不能在这里等死，我们要活下去，活着回广岛。”

“我们走。”野夫站直身子。

“走，向前。”川雄转过身，小心地抱起“四郎”。

这次两个人随在川雄的身后，雪的声音不再寂寞单调。

又越过一座雪山时，三个人惊奇地发现雪地上有几行脚印。脚印杂乱地踩出曲曲弯弯的一条雪道，向远方伸去。三个人兴奋地惊叫起来。有了脚印就证明这里有人，有了人就可以生存。三个人似乎看到了希望，一时间望着脚印哭了起来。

那阵激动过去之后，几个人终于冷静下来。有人是一种希望，同时也是一种危险。他们知道自己是三个日本兵，在中国的领土上，他们一时觉得自己很孤独。

“是游击队？”野夫望着川雄的脸。

“游击队会打我们的。”矢野又带起了哭腔。

川雄把怀里的“四郎”背到背上，从野夫手里接过自己的枪。再低头仔细辨认脚印，半晌，他发现那是两个人的脚印，悬着的心终于放下了。

“不是游击队。”

野夫和矢野也去看脚印，待看清后一同松了一口气。

“走！”川雄提着枪，走在最前面。

太阳出来的时候，他们站在了一个雪岭上，他们远远地望见了两缕炊烟缓缓地从山后飘升起来。

“中国人。”川雄长长地嘘了一口气。

三个人一起望着那炊烟，这时太阳照得雪山一片银白，世界很安静，天空也一片祥和。他们望着那两缕炊烟，恍似回到了广岛，站在自家门前，遥望正在做饭的母亲。一股温馨的情感从心头汩汩升起，涌遍了全身。三双目光望着炊烟，久久。最后，他们向那炊烟走去。

他们爬上山顶的时候，终于望见了他们脚下那两间用木头搭成的房子。房子就在他们脚下的山坳里，山坳很美，很安静，四周的树木挂着白色的雪霜，在太阳的照射下一片银白。三个人呆怔地望着那两间小屋，恍如梦中。

一只黑狗从木屋里跑出来，在雪地上蹦跳几下。木屋的门“吱”地一响，从屋里跑出一个少女。少女穿着一件红花棉衣，一条粗黑的辫子甩在身后。她冲狗喊了一声，黑狗听了，亲昵地和少女在雪地上追逐起来。

“中国人。”川雄低呼一声。

三个人一起伏在雪地上，身下压着枪。

矢野的脑海里又闪过那个脸色苍白、目光忧郁的少女。少女在哪里？矢野很短地叹息一声。

小村里鸡飞狗咬，几间农舍在火海里燃着。一个疯狂的女人衣衫不整地在街上奔跑着，后面几个日本兵在嬉笑着追赶。女人跌倒了，兵追到了近前，几把刺刀抵到女人的胸口上，女人抖成一团，兵们却笑着。其中一个兵，“刺啦”一下挑开女人的衣服，露出女人白白的胸。女人惊叫一声用手去掩，又是“刺啦”一声，女人的裤子被刺刀划开了，露出两条白白的腿。几把明晃晃的刺刀仍抵着女人的胸，女人放弃了破碎的衣裤，双手掩面，把白白的整个身子袒露给几个兵。兵们号叫一声，纷纷扔掉手里的枪，向女人扑去……

女人身下的血凝了，几只苍蝇围着女人被剖开的腹部在飞……

此时，三个人莫名其妙地在雪地上浑身哆嗦。和狗戏闹的少女又回到了木屋，炊烟仍在飘着，一时间整个世界很静。

“中国人恨我们。”川雄哆嗦着说。

矢野在脱自己的外衣，只剩下里面的棉衣棉裤。矢野把脱下的衣服用力地往雪里塞，两个人望着矢野。矢野发现他们在望他，就停下手，无措的样子。川雄和野夫对望一下，也去脱自己的衣服，然后也学着矢野的样子，把衣服塞到雪壳子里。川雄又把怀里的枪塞到雪里，然后望着两个人说：“我们要活着出去。”两个人听了，也默默地把枪塞到雪里。

最后三个人一起望着雪地上的“四郎”，那目光很小心，唯恐吓到什么。半晌，川雄自言自语道：“四郎，我们对不住你。”川雄先跪到雪地上，野夫和矢野也跪下了。三个人小心地堆起地上的雪，把“四郎”埋了起来。

“中国人恨我们。”矢野哭着说。

“我们也没有办法啊。”野夫拍打着那新堆起的雪包。

“要杀就杀吧，杀了我们就和你在一起了。”川雄望着那雪已经泪流满面了。

三个人久久地抬起头，再望那两间小木屋时，目光里就多了一些生的欲望。

三个人终于站起身，向两间木屋走去……

木屋静静地飘着炊烟。

四

“砰”的一声枪响，三个人在距木屋很近时，木屋里突然响了一枪。三个人的腿一软，竟跪在了雪地上。矢野恍惚间意识到“完了”，此时他想尿尿。就在这时，木屋的门又“吱”的一声，开了。一位身围兽皮的老人，手里托着一杆猎枪站在屋门前，枪筒里还有一缕淡蓝色的烟雾袅袅地在飘。那条黑狗从老人身后挤出来，冲着三个人低吼着，浑身的黑毛倒竖起来。老人吆喝一声，黑狗转回头瞧一眼老人的脸，老人的脸上没有一点变化。黑狗亢奋地啸叫一声，蹬直后腿就要向雪地上跪着的三个人扑去。老人把一根手指放到嘴里，发出一声尖锐的呼哨，黑狗腾在半空的身子突然改变了方向，落在三个人身边的雪地上。

老人突然朗声大笑起来，飘在胸前的花白胡须在风中抖动起来。三个跪在地上的人被眼前突如其来的笑声惊呆了，仰起头望着眼前的老人。老人笑过了，然后又很响亮地说话。三个人听不懂老人的话，仍呆怔地跪在那里。老人把猎枪立在门旁，转过头冲木屋里说了一句什么，然后迈开大步向三个人走来。老人宽厚的腰身摇晃着，脚下的雪欢快地呻吟着。老人走到三个人跟前，突然打开手臂，似要拥抱三个人。三个人仍不解，瘫在雪地上，怔怔地望着老人。老人见三个人不动，就收回手臂，把一双手放在川雄的肩膀上，只轻轻一提，川雄的身体就站立了起来。当老人又向野夫和矢野走去时，俩人终于明白了老人的意图，就从雪地上爬起来。三个人站起身时，发现老人身后已经站了一男两女。他们在山头上望见的那少女正冲三个人好奇地打量着。

矢野喉咙里莫名其妙地呻吟一声，双腿一软坐在雪地上，再也站不起来了。老人面带笑容弯下身去，伸出一只手臂，轻松地把矢野夹在肋下，另一只手扯着两个人向木屋走去。

三个人身不由己地走进了木屋，他们望见墙壁上挂满了各种兽皮。木屋分里外两间，火炕被烧得直烤人的脸，随着这股热气，一股木屋里特有的膻腥气扑面而来。

老人先把矢野放到滚烫的炕上，三下两下脱掉了矢野穿在脚上的毛皮鞋。然后老人冲川雄和野夫打着手势，俩人明白了老人的意思，不敢违抗，也脱掉鞋，半跪在火炕上。三个人惶惑地望老人，望着这间挂满兽皮的木屋。老人觑着眼在三个人的脸上审视了一遍，手理着胡须朗声笑着，然后转过身走到外间。

三个人听着从外间传来的说话声，一会儿是老人说，一会儿是另外一个男人的声音，中间还夹着女人柔柔的声音。三个人一句也听不懂那些话，他们来中国已经两年了，中国话多少也能听懂一些，可从来没有听到过这样的语言。炕上散发出一浪一浪的热气，烘得三个人的身子暖暖的，只一会儿，那股不可抗拒的温暖，就从屁股底下爬向全身。这温暖使三个人的身子变得一丝力气也没有了。脑子发沉，倦倦的，懒懒的，思维也像凝住了。很快，眼皮就睁不开了。他们歪倒在炕上，即将昏睡过去时，又一同想到了死亡，但这念头只在脑海里闪了闪，就被强大的疲乏挤得只剩下稀薄的一缕，在脑子里挣扎了几下，就消失了。他们靠在一起，昏昏沉沉地睡去了。

这山是鄂伦春人的家。鄂伦春人一年四季住在山里，靠打猎为生。老人叫格愣，带着女儿、儿子、儿媳来到野葱岭已经两年了。以前老人住在大兴安岭，那里有几十户鄂伦春人。格愣是在两年前的一个夜晚逃到野葱岭来的。

两年前，格愣一家和其他鄂伦春人一样住在一起，过着祥和的狩猎生活。生活的变化是儿子格木娶了塔亚之后。儿子娶了塔亚很长时间却没有生育，鄂伦春人的风俗是娶妻不能生育是冒犯了山神，这样的女人是要被赶出家门的。格愣知道这一切都不怪塔亚。格木在十三岁那年随格愣狩猎遇到了狼群，格木的下身被一只凶残的白脸狼咬掉了。婚前，格愣为了自尊隐瞒了这些。塔亚娶过来后，起初的日子还很平静，可是很长时间过去了，塔亚的肚子仍没有动静，族人就开始劝格愣休了塔亚。格愣什么也不说，不住地唉声叹气。后来塔亚再走在人面前时，族人免不了开始说三道四，从此塔亚再也不敢在人前露面了，整天躲在家里不停地哭泣。

族人见格愣一家仍不休掉塔亚，很是气愤，这一切都有辱族规。每天傍晚的时候，就有族人把猎来的兽头割下来扔到格愣家的院子里，这是对鄂伦春人最大的轻蔑。格木哭了，跪在格愣面前，一下下捣打自己的下身。格愣望着痛不欲生的儿子，长叹一声，他忍了。一家人也都忍了。

鄂伦春人狩猎都是集体行动，男人们相互吆喝着，一起来到山里。鄂伦春人再去狩猎时，唯独抛下了格愣和格木。两个男人发现这一切时，才意识到这里再也待不下去了。就在这一天夜里，他们烧了自己的木屋，逃到了野葱岭。

格愣一家逃到野葱岭就再也走不动了。那一夜，他们憩息在树林里。就在那一天晚上，他们遭到了一群野猪的袭击。一家人在和野猪的搏斗中，格愣的老伴被野猪咬死了。格愣把老伴葬到了后山坡上，就在山坳里搭了两间木屋。他们虽然遭到野猪的袭击，但同时也证明了这里有猎物，有猎物的地方就是鄂伦春人的家。从此，格愣一家就在野葱岭的山坳里生存了下来。

脱离了族人，逃离了耻辱，一家人一晃就在野葱岭住了两年。格愣的老伴死了，葬在这里，他们就再也不想离开这里了。可有一点让格愣一家寝食不安，那就是女儿宾嘉已经十八了。十八岁的姑娘早就到了婚嫁的年龄，而苍莽的野葱岭百里没有人烟，到哪里去寻个男人呢？为了女儿，格愣苍老了。他已经对不住儿子了，再也不能对不起女儿了。

今天早晨，他们远远地看见了雪岭上走来的三个人。一股对人类的亲近和冲动，使格愣用鄂伦春人欢迎客人的最高礼节——鸣枪，欢迎三位客人的到来。

一家人坐在兽皮上，相互对望着。他们从三个人的装束上知道他们不是鄂伦春人，这多少让他们有些失望。

“他们是迷路的。”格木说。

“他们一定是从很远的地方来。”塔亚说。

“很远的地方也有人吗？”宾嘉问。

格愣用手捻动着胸前的胡须，目光不时地透过门缝望炕上睡下的三个人。老人终于说：“客人来了就不会走了，欢迎他们吧。”

三个人醒来的时候，屋里已经摆好了各种烤熟的猎物。丰盛的美味热腾腾地摆在三个人的面前。格木从外间抱来一木桶自酿的山楂酒，给每个人倒了一大木碗。山楂酒鲜红得能照见人的脸。老人端起酒碗一饮而尽，然后把空碗冲三个人亮着。三个人不明白，迷茫地望着眼前的一切。老人大声地说了句什么，格木替每个人端起酒碗，三个人这才明白，老人是让他们喝酒。他们不明白，一家人不杀他们还让他们喝酒的目的，不想喝，却又不敢不喝，犹豫着端起酒碗，学着格愣的样子，一口气把酒喝干了。一碗山楂酒落肚，三个人尚未清晰的脑子更加晕眩了。

这时天已经黑了，炉膛里的火光照着几个人，他们太饿了，还没看清面前摆的是什么，就狼吞虎咽地吃了下去。

格木已为每个人的碗里倒满了酒。

三个人喝第三碗酒时，才发现胃里已经再也装不下任何食物了。他们这才定睛看清桌上的东西，那些烤得鲜嫩的食物正散发着诱人的味道。这时他们的眼前又出现了那堆风雪中的火，四郎在火里烧烤着，那味道也是这般诱人……矢野首先哀号一声，扭过头吐开了。川雄和野夫也忍不住吐起来。三个人此起彼伏、汹涌澎湃地吐着，恨不能把肠胃里所有的东西都吐出来。等他们吐完，已经没有气力再坐起来了，就趴在地上呜咽着哭了。

“杏子啊——”川雄边哭边喊道。

三个人醉了。野夫扭过脸，冲格愣一家人大声地说：“你们杀了我们吧，我们是日本人……”这时，他看到格愣正冲自己友善地笑着。

不知什么时候，三个人昏沉沉地又睡过去。当他们醒来的时候，发现自己正躺在温热的炕上，身上盖着兽皮。这时天已经亮了。

五

三个人想，自己一定是死了。当他们相互对望时，仍不相信自己还活着，直到把自己的手放到身上，感受到脉搏的跳动时，他们才敢确信自己仍然活着。但他们不明白，中国人为什么不打死他们。

一个粗壮高大的游击队员被关在一间漆黑的小屋里。哨兵踢踢踏踏不停地在门口走动。哨兵的脚步声搅扰着沉寂的夜。游击队员已经三天没有吃到东西了，粗壮的身子缩在幽暗的墙角，似一只被掏空只剩下壳的虾。游击队员想睡却睡不着，饥饿折磨得他不停地在墙角呻吟。他不时爬起来去喝桶里的凉水，让凉水填满胃后，又缩到了墙角。他每次翻动身子，胃里的凉水漾出来，汩汩地从嘴角边流下。

游击队员被饿到第五天时，门被打开了。来了两个兵，手里托着吃的，热气腾腾，香味飘绕。游击队员似看到了救星，双手伸过去，抓起食物没命地吞咽，脸上的血管暴突着。游击队员的胃转瞬间似一只吹胀的气球。

游击队员吃完时，他已经不能站立了。两个兵把他拖到一块平地上，游击队员仰躺在那里。鼓胀的肚子似隆起的一座山峰。两个兵又抬来一条木板放在游击队员小山似的肚子上。这时很多的日本兵围了过来。板子放好后，走过来几个日本兵，动作相当规范地站到了木板上。只听到游击队员哽咽着号叫一声，隆起的肚皮似一只捅破的气球，很沉闷地响了一声，肠胃一起顺着裂开的肚皮流了出来。游击队员的一双眼睛怒胀着……

三个人等待着，等待着死亡落到自己的身上。

这时，窗外的风声已经搅成一团。野葱岭的风雪又刮了起来。木屋似飘摇在风浪中的一只小船。三个人听着风雪声，惊惧地从炕上爬起来，透过窗口看到外面已是一片浑浊。这时，他们才发现这间木屋里只有他们三个人。

“他们怎么不杀我们?”矢野灰白着脸。

“杀不杀是早晚的事。”川雄垂着头。

“也许他们不会杀我们。”野夫透过窗口望着另一间木屋。

格愣瞅着女儿已经好半晌了，宾嘉低垂着头，一次次捏弄着自己黑黑的辫子，脸孔红红的，一双杏眼也娇羞地垂着。哥和嫂坐在一旁也不时地抬眼去瞅宾嘉。

“他们来了，真是成全了我格愣啊——”格愣冲着窗外长叹一声。

格愣从见到落荒而来的三个人时，他的心就没平息过。鄂伦春人离不开山林，就像农民离不开自己的土地一样。可为了愈来愈大的女儿，他又不能不离开山林。眼见着一天大似一天的女儿，格愣心急如焚。他不时地冲着雪山唉声叹气，眼见着自己一天天苍老下去。他曾想过，把女儿送到山外，找一个男人结婚，可他又舍不得让女儿一个人到山外去生活。族人那里是不能再回去了，那里不明真相的鄂伦春人会把自己一家当成叛逆用斧头敲成碎块。他割舍不下女儿，老伴死了，他把所有的情感都倾注到女儿的身上。

鬼使神差，野葱岭从天而降地来了三个男人。是我格愣救了他们，他们就应该对我有所回报。鄂伦春人爱得光明，恨得磊落。格愣瞅着女儿不知第几遍这么问了：“你瞅上了哪一个?”

女儿不答，脸更红了，头也垂得更低了，丰满的胸脯不停地起伏着。

这时，有一群饿疯的野猪悄悄向小屋袭来。大雪封山，所有的动物都躲到洞穴里了。野猪在悄无声息的野葱岭里寻找了好久，终于发现了山坳里这两间小木屋，它们远远地嗅到了人的气息。

格愣一家先听到了黑狗变音的吠叫，他们抬眼望窗外时，发疯的野猪们已经把木屋围在当中了。一家人僵在那里，他们又想到两年前刚到野葱岭时被野猪群袭击的情景。格愣知道装着散沙的猎枪对野猪已经不起任何作用了。两个男人操起了板斧，把女人挡在了身后。黑狗紧张地吠叫着，它在回望身后的主人，望到了主人准备决一死战的神情，它不再那么害怕了，更有力地吠叫着。

这时野猪更近了，为首的一头浑身的硬毛奓着，龇着长长的獠牙向木屋逼来。格愣和格木冲出门去。野猪见到了人，很是亢奋，奋力朝格愣扑来。格愣闪身躲开了野猪的一击，挥斧朝野猪砍去，野猪哀号一声，转过头更凶狠地朝格愣扑去。这一扑格愣没有躲过，倒下了。野猪张开嘴准备向格愣咬去，这时黑狗已经扑到了格愣身上，用自己的身体护住了主人。黑狗惨叫一声，鲜血从脑门流了下来，野猪和黑狗在雪地上扭咬起来。格愣站了起来，格木也已经和又逼上来的野猪战在了一处。

三个人看到了那群疯狂的野猪，他们还是第一次见到这么凶残的野猪。三个人呆望着一时不知如何是好。野夫首先想起了埋在山坡雪里的枪。格愣、格木和黑狗已和野猪战成了一团，有几头野猪同时向这间木屋逼近。

“枪——”野夫喊了一声，撞开门，疯了似的向山坡跑去。

川雄和矢野也醒悟过来，一起向山坡跑去。他们从雪壳子里拖出枪的时候，几只野猪已尾随过来。

格愣和格木几次被野猪扑倒，又几次滚起来，到最后俩人只有招架之力了。野猪一次次更加凶狠地向两个人扑去。

这时枪响了，先是一声，两声，后来三支枪就响成了一片。野猪们被这枪声惊怔了，眼见着一个个同类在枪声里惨叫着逃走，野猪开始溃退了。

三个人站在山坡上，四个人站在木屋前呆定地对望着。

后来三个人扔下手里的枪向木屋走来。木屋前的雪地上一片混乱，黑狗的肚子被野猪的獠牙划开了一个大口子，胃肠流了一地，脑门的皮肉翻露着，它为了保卫主人战到最后一刻。它望着逃走的野猪们，低声地叫了一声，又回过头，望了一眼完好的主人，就一头倒下了。

格愣一家围着狗哭了。后来他们把黑狗埋掉了，一家人冲黑狗的雪墓跪了下去。

三个人望着这一切，眼圈红了。他们想到了广岛，想到了四郎，泪就流了出来。

木屋里很温暖，炉火红红地燃着，两个女人在炉火上忙着烧烤。

格愣和格木陪着三个人坐在炕上。三个人望着忙碌的女人，又望格愣和格木，残留的恐惧渐渐消失了。三个人从一家面对野猪的血战中，看到了一家人的豪气。格愣没料到三个人会有枪，他不知道他们来自何方，通过和野猪的一场血战，觉得他们已经和自己站在了一起。鄂伦春人在狩猎时遇到危险，不管什么人看到了，只要帮助猎人脱离危险，彼此就能肝胆相照。

烧烤很快就好了，格愣又摆上了一桌比昨天更加丰盛的晚餐。窗外的风仍刮着，雪仍下着。

酒满满地在每个人面前的木碗里漾着。三个人吃着喝着，心境已完全和昨日不同了。他们在格愣的热情劝酒下，毫无顾忌地喝着。老人爱惜地瞅着野夫，野夫从老人的目光中看到了信任，心里很兴奋，悬着的心也踏实了。他偶尔抬起头，望见了站在一旁的宾嘉的目光，他的眼神不知为什么打了个闪，很快地就避开了。宾嘉也垂下了头，脸孔红红地立在那里。格愣看到了这一切，老人高兴地豪饮着。他再望野夫时，目光里就多了层内容。几个人都微醉了时，老人冲女儿说："就是这个小伙子了。"然后他蒙眬地去望野夫，野夫不知老人在说什么，就伸出手一口喝干了碗里的酒。

夜深了，几个人终于尽兴地喝完了酒。收拾完东西，嫂子爬到炕上，从布包里找出一条白床单铺到了炕上。三个人醉倒在那里。

格愣和格木搀起川雄和矢野走到另一间木屋去，这间木屋里只剩下了宾嘉和野夫。野夫不知什么时候醒了过来，他望见了垂手立在一旁的宾嘉，一时不知自己在哪儿。好半晌才看清屋里的一切，似乎明白了什么，又似乎什么也不明白，愣愣地瞅着脸孔红润、身体健壮的宾嘉。

宾嘉不时地用眼角去瞥野夫，并不住地站起身往炉膛里填着劈柴。填完劈柴的宾嘉就坐在暗影里。窗外的风仍刮着，雪仍下着。小屋里的炉火红红地燃着，映得木屋一明一灭。

不知过了多长时间，宾嘉站起身向野夫走过去。野夫呆定地望着宾嘉，宾嘉弯下身去帮野夫脱鞋，野夫惊惧地躲开了。宾嘉僵在那儿，嘤嘤地哭了。她想起了被野猪咬死的母亲，想起了祖祖代代生活在大兴安岭上的鄂伦春人的小山庄。宾嘉哭很很伤心，不知过了多长时间，宾嘉睡去了。

野夫坐在那儿，望着抽噎的宾嘉，望着这间温暖的小木屋，他想到了广岛。野夫的父母都不在了，是哥嫂把他养大。他想起了生活在广岛的哥嫂，想起了四郎，这时耳边隐约地响起了川雄和矢野压低的歌声：

广岛是个好地方
有鱼有羊又有粮
漂亮姑娘樱花里走
海里走来的是太阳
……

六

天亮了，风雪平息了，格愣一家才发现三个人失踪了。

格愣和格木安顿好野夫和宾嘉，就高兴地拥着川雄和矢野来到另一间木屋里。格愣高兴，他高兴终于为女儿选择了一个勇敢英俊的丈夫。酒席间他一个劲儿地劝酒，喜滋滋地望着野夫。野夫生得白净端正，寻这样的男人做女婿，鄂伦春族人里也难找到。他不知道野夫是从哪里来的，也不知道野夫有没有妻子儿女。鄂伦春人的风俗是只要你进了山里，一切就都是鄂伦春人的规矩。格愣不想失去送上门来的机会，他不能离开大山和狩猎，他不知道除了狩猎以外还有什么值得让他生活下去的乐趣。按鄂伦春人的风俗，婚礼应是热闹隆重的，族人间相互礼拜祝福，而这一切在野葱岭是找不到的，格愣心里面隐隐的有些不安。

他客气地为川雄和矢野在木屋的外间铺好床铺后，就和两个人一起躺下了。因喝多了酒，很快就睡去了。深夜里，他在梦中模糊地听到有人在唱歌，歌声听起来遥远又亲切。他以为歌声也是梦里的，翻个身又沉沉地睡去了。他梦见了老伴，老伴正在为女儿宾嘉张罗隆重的婚礼，族人络绎不绝地前来祝贺，提着丰盛的猎物，说着祝福的话。他想看清新郎，新郎的模样却很模糊。他挤开人群，模糊的女婿却离自己愈来愈远。

格愣醒来，他就想到野夫，却发现身旁的两个人走了。他走出木屋看到雪地上留下一行伸向远方的脚印。

女儿宾嘉哭了，蹲在雪地上呆怔地望着那行脚印。宾嘉后背上那条粗黑的辫子从头上垂下来，搭在她的肩上。宾嘉哭得很伤心。格愣望着远处的雪山一声不吭，微风中格愣花杂的胡须在风中颤抖着。新郎出走，这对格愣一家是极大的侮辱。冰一样沉默的格愣望一眼儿子和儿媳，儿子和儿媳也正瞅着父亲。格愣的心翻江倒海地翻腾着，终于格愣冲一家人说："走，追上他，一枪把他崩了。"说完，走回木屋操起猎枪，顺着雪地上留下的那行脚印走去。格木望着父亲，也操起了板斧随在后面。

这时，蹲在地上悲恸欲绝的宾嘉，扬起脸冲父亲和哥哥的背影喊了一句："等等我——"便也踉跄地追去。

黑夜和风雪让三个人迷路了，兜了很大一圈又走了回来。几个人终于无力再走下去了，被冻僵在雪岭上。三个人的大半个身子都被雪埋上了。他们浑身僵硬，一句话也说不出来，只剩下一双眼珠在转动。

格愣看到这一切，所有的怒气消得只剩下一丝幽怨在胸膛里缭绕。他望一眼躺在那里的野夫，野夫看见了格愣一家便把眼睛闭上了。他想：完了，今天就死在这里了。

格愣放下枪，跪在雪地上，把野夫从雪里拖出来。宾嘉立在一旁接过野夫，身子一蹲就把僵硬的野夫背到了背上。然后，一甩手，把辫子绕在脖子上，咬紧牙，头也不回地向小屋走去。

格愣和格木背起川雄和矢野，"吱吱嘎嘎"地向山下走去。

野夫趴在宾嘉的背上，他觉得有一股温暖顺着宾嘉的背传到了自己的身上。他的头僵僵地枕着宾嘉，从宾嘉的领口里散发出一股鄂伦春女人特有的味道，那味道使他浑身的血液一下子欢畅地流动起来。他迷迷糊糊地躺在宾嘉的背上，恍惚间觉得自己又回到了少年——母亲用一只藤编的背篓背着他。想到这些，野夫的两眼里流出了两行泪水，泪水滴在宾嘉的脸上，和宾嘉的汗水汇在一处。

宾嘉一口气把野夫背回木屋。她把野夫放到那条还没有来得及收起的白床单上，麻利地脱去野夫的衣服。野夫想动却不能动，睁着眼不解地望着宾嘉。宾嘉不看野夫的脸，直到把野夫的衣服脱光，只剩下一条短裤，宾嘉这时才望了一眼野夫。野夫张开嘴，想说什么，喉咙里却发出呜咽的声音。

宾嘉收回目光时，目光落到了野夫结实的胸脯上。她伸出手，刚触到野夫的身体，就哆嗦了一下。很快，她那双打猎、操持家务的手，便在野夫的身上摩擦起来……渐渐地，野夫的身子发热了，宾嘉一边摩擦，一边咒着："你这个该死的，该死的……"汗水和泪水混在一处，点点滴滴地落在野夫的身上。野夫似被汗水和泪水烫着了，浑身不停地哆嗦着。

野夫的身子渐渐变软了。

宾嘉含着泪，伏下身，用舌头去舔野夫泛红的身体。鄂伦春人救治冻伤一直使用这种方法——用舌头舔过被冻伤的人，不留病根。宾嘉伸出粉红色的舌头，一点点地舔着野夫的身体，那么专注，那么深情。野夫呆呆地望着宾嘉，宾嘉的舌头每触碰一下野夫的身体，他就哆嗦一下。他不明白一个陌生的中国人为什么要选自己做丈夫，更不明白她为什么要对自己这么好。鲜嫩的舌尖，一下下轻舔着自己，让他浑身颤抖不止。他莫名地想到了母亲，望着眼前丰满健康的宾嘉，野夫的泪水不知不觉地淌了下来。这以后，他一直用一种永恒又固执的目光望着宾嘉。

格愣和格木在另一间木屋里为川雄和矢野做着这一切。苏醒过来的川雄和矢野抱住格愣和格木哭了。他们同样不明白格愣一家为什么对自己这么好。

做完这一切，格愣收拾了一堆烤熟的猎物，连同一把板斧一起递到三个人面前。格愣又把猎枪递到野夫的手上。宾嘉站在一棵树下，苍白着脸，望着呆愣的野夫。格愣示意野夫用枪打死宾嘉，只要宾嘉死了，野夫想走想留就随他的便了。这是鄂伦春人的风俗，女人嫁给男人，任杀任打都随你了，活着是你老婆，死了也是你老婆。但只要女人不死，你就不能离开她。想离开她，除非先把她杀死。

起初野夫不明白格愣老人的意思，后来就明白了。明白后的野夫，端着枪的身子便不停地颤抖。他抬眼去望站在树下的宾嘉。宾嘉靠在树上，闭着眼，一排白净的牙齿死死地咬着下唇，隆起的胸部在碎花袄里挺立着。野夫望着宾嘉痴情又绝望的目光，身子陡然似被电击了一样，扔掉手里的枪，跪在了雪地上。

川雄和矢野同时呆怔了一下，也一同跪在雪地上。三个日本人跪在雪地上对望着，半晌，他们抱在一起哭了。

格愣老人也哭了，两滴浑浊的泪水顺着苍老的脸颊流了下来。他望着远近起伏的雪山、森林，心里轻唤着：我格愣有救了，野葱岭强大了……

格愣当天带着一家人伐倒了一些树，很快在雪地上搭了一座木屋。木屋同样铺着兽皮，点起了炉火。

野夫和宾嘉躺在温热的炕上，野夫想了很多。他想到了四郎，想到了广岛，还有在广岛的哥嫂，想到了野葱岭的大雪……他想着这一切的时候，觉得自己一下离宾嘉很近了。黑暗中，宾嘉睁着一双火热的眼睛在望自己。宾嘉同样火热的气息一次次扑在他的脸颊上，这让他又想到了她结实有力的后背和身子……

想到这一切时，他的浑身就热了。他动了一下，这时宾嘉一下子就扑到了他的怀里，浑圆结实的胸脯一下子抵到了他的身上。瞬间，野夫的身子似燃着了火，他把整个身体向宾嘉压过去……

转天，嫂子为宾嘉晾出了那条白床单。洁白的床单上似盛开了两朵鲜艳的樱花。鄂伦春人的风俗是新婚之夜的床单要向人展示，以昭示新娘的清白。

后来格愣老人摘下树枝上的床单，双手捧着，像捧了一件圣物，一步步向老伴的坟地走去。

七

格愣一家不知道世界上还有个叫日本的国家。鄂伦春人的家就是大山，山外面的天地让鄂伦春人陌生。久居在山上的鄂伦春人不知道外面的世界有多大，眼前的山林就是他们的世界。不管是外国人，还是中国人，只要是山外面的人，对他们来说都是一样的。

格愣一家在部落里生活的时候，每年都要结队走上三天三夜，来到山外面的一个集镇上。他们背着兽皮、猎物，换回盐、布匹……再把这些换回来的东西背到山里。每年一次，这一切对鄂伦春人来说足够了。

格愣一家无法想象走进他们生活的这三个人会是日本逃兵。在格愣一家人的眼里，三个人就是迷路的猎人，是山外的猎人。只要是猎人就是一家人。

三个人暂住下来，格愣一家也静了下来。他们又恢复了以往的狩猎生活。每天早晨天刚亮，格愣和格木便拿起猎枪、板斧走进莽莽苍苍的野葱岭。傍晚时分才扛着一天狩来的猎物满足地返回。

没几天，格愣和格木站到雪地上准备出发时，三个人也走出木屋，扛着他们的枪，整齐地站在格愣和格木面前。格愣望着眼前这三个整齐的猎人，朗声地笑了。他们随在两个猎人的后面，踩着积雪，“吱吱嘎嘎”地朝前走去。

野夫向山里走去时，他觉得背后有一双眼睛盯着自己，让他背上热热的。他回过头，果然就看见了宾嘉立在木屋前，用手抓着辫子正恋恋不舍地望着自己。这时野夫的心里就莫名地滚过一阵热流，暖暖地在浑身上下涌动。野夫转过头时，眼里就多了份内容，那内容沉甸甸的。

几天来，野夫和宾嘉温存着。他觉得宾嘉像团火一样在他身边燃烧着，那团火燃得宾嘉漆黑的眸子里似有两颗星儿在闪烁，令野夫既亢奋又不安。短短的几天，野夫已经不能离开宾嘉了，同时他也发现宾嘉对自己的那份真诚和迷恋。这一切，使野夫暂时忘了自己日本逃兵的身份。

夜晚，野夫躺在宾嘉的身旁，听着宾嘉熟睡的声音，他就想到了广岛，想到了住在另一间木屋里的川雄和矢野。几次在梦里，都被川雄和矢野的歌声唤醒。他轻轻地爬起来，站在窗口，想到了仍埋在山头雪地里的四郎，泪水不知不觉地流了下来。他几次想走到旁边的木屋里，可看见熟睡在那儿的宾嘉，他的心就平静了。他重新躺回到温热的火炕上，摸着被宾嘉咬痛的肩头，他呆呆地凝视着熟睡中的宾嘉，心里的温暖就一浪一浪地涌动。

几天了，三个人已经习惯了这种早出晚归的狩猎生活。他们和格愣一家语言不通，就用手势和表情传达他们的情感。每次格愣和格木说话时，三个人就望着他们的表情，猜想着。

格愣一家因为有了三个人帮助狩猎，每天猎到的东西不断增多。格愣望着这些多起来的猎物，想象着等天暖了，雪化了，走出山外，换回他们所需的东西。格愣到野葱岭三年了，他们一家还没有走出过野葱岭，他怕族人发现他们。三年来，山外面的变化离他们一家很遥远。

野夫每天晚饭后都要到川雄和矢野的木屋里坐一会儿。他们坐在一起时，大部分时间一言不发。该说的都说完了，他们一时觉得再也没有什么可说的了。这段时间里，他们曾无数次地聊到走出野葱岭的话题，猜想着山外面的变化……更多的时候，三个人的目光都透过窗口，茫然又空洞地望着月光下青灰色的雪山，一座连一座地伸向远方。望着望着，几个人的泪水不知什么时候就流了下来。

川雄在默坐的时候，更多的都是在思念杏子。他还没有和杏子正式结婚，便在和杏子逃命的途中被抓了兵。他和杏子逃跑前，都在横路家的洗纱厂做工。川雄负责维修机器，杏子是名洗纱女。杏子很漂亮，只有十六岁，他自己也说不清是怎么和杏子相爱的。他每次进出厂房维修机器，都要经过杏子做工的地方。每次经过杏子身边时，他都要慢下脚步多看杏子几眼。杏子模样娇小，一双灵动的黑眼睛，笑起来时嘴边会漾起浅浅的酒窝。他忍不住一次次偷看杏子。不知是哪一次，他再望杏子时，发现杏子也在望他。刚开始，杏子每次望川雄的目光总是慌慌的，后来就不再躲避川雄的目光了。川雄被杏子那一双目光鼓舞着，有事没事都要到杏子的工作台前站一站。后来川雄发现横路老板也经常出现在工作间里。横路像一条狗一样在女工中间嗅来嗅去。横路一来，女工们便拼命地干活，川雄不敢停留，见到老板就匆匆地离开杏子。

一天午饭后，川雄路过一座堆纱头的仓库门口时，听到里面有个女人在惊叫。他不知女人为什么要叫，就走了进去。昏暗的灯光下，他看见老板赤身骑在一个女人的身上，那女人挣扎着。他知道老板经常在这间仓库里强奸女工。川雄想走开，转过身时却听见女人又叫了一声。他听到那声音很熟悉，再转回头细看时，才发现那女人竟是杏子。杏子咬紧牙，双手死命地抓紧自己身上的衣服，老板此时正用力去扯杏子的手。杏子也望见了他，眼里闪过一束光，转瞬又息了。川雄被那束光一照，热血“腾”地涌遍全身，他又想到了杏子和自己相望时那双含情的目光。想到这儿，他想也没想便走过去，一把拖起老板。老板赤着身子站在地上，他一见到川雄就不由分说挥起拳头冲上来。川雄不动，任凭老板打他。不一会儿，川雄的鼻血就流下来，老板又抬起脚狠狠地踹了川雄一脚。川雄趔趄一下，仍站在那儿。老板气哼哼地穿好衣服，扔下句：“你以后少管闲事，小心我开除你。”说完便走了。

杏子颤抖着从纱头堆里站起来，一下子扑到川雄的怀里，嘴里一遍遍地说：“川雄你要了我吧，要了我吧——”川雄没有动，愣愣地站在那儿，望着脸色苍白，泪如雨下的杏子。杏子抬起脸，冲着川雄说：“我现在还是干净的，你要了我吧……”川雄心里一阵感动，他觉得这一顿拳头挨得值。那一晚，川雄没有要杏子，只一直用身体搂着杏子，像护着一个婴儿。

以后每天下班时，杏子都要和川雄在厂房后面的煤堆旁幽会。每次，川雄抱着杏子只说一句话：“我们再挣点钱就离开这里，回家结婚。”在幽会的日子里，川雄没有要杏子，他们都在等待结婚的那一天。为了那一天，他和杏子都拼命地工作。他们想攒下点钱，到时候永远地离开这里。

他们却没有等到那一天。一天夜里，川雄被一阵叫门声惊醒了，他听出是杏子的声音。他拉开门，看见杏子满手是血地站到自己面前，杏子手里还握着一把剪刀。杏子脸色惨白，见到他，“当”的一声扔掉手里的剪刀，一头扑在他的怀里。杏子急切地说：“我们走吧，我杀了横路老板。”川雄傻了似的立在那儿，一时不知该怎么办才好。杏子见他不动，便跪下，仰起头，凄惨地叫了一声：“川雄，我这都是为了你呀。”川雄这时清醒了，他真切地听见杏子那句发自肺腑的话，他的心震颤了，为了眼前的姑娘，他死也不怕了。他拉起杏子，走进苍茫的夜里……

在逃跑的路上，杏子告诉川雄，她把横路的生殖器剪下来了。杏子咬着牙说：“他再也不能欺辱女工了。”川雄知道横路不会死，不会死的横路就不会善罢甘休。他们不敢往人多的地方走，也不敢回家。他们白天钻山林，晚上住山洞。杏子跟着川雄一路走下去，他们不知道要往哪里走，只是走，走得越远越好。在一天天亮时，刚钻出山洞的川雄就被抓住了，不是横路派来的人，而是抓兵的。川雄被抓走时，听到杏子在后面凄厉地喊了一声：“川雄，我等着你。”

川雄一时一刻也忘不了杏子，杏子是他在这个世界上唯一的亲人了。为了杏子他要活着，他要回广岛去。这时，川雄瞅着野夫，一把抓住他问：“你娶了中国姑娘，就不想回广岛了？”野夫不说话，望着川雄。川雄突然抡起胳膊，打了野夫一个耳光。川雄打完野夫自己也愣了，半晌，他一下子抱住野夫呜咽着哭了。他边哭边说：“我要回广岛，我要找杏子……”野夫怔怔地搂住川雄，一时心里也不是滋味，他长长地哀叹一声，泪就流了下来。矢野在一旁也小声地抽泣着。

八

野夫每次从外面回来，宾嘉都把烧好的热水盛在木盆里，放在野夫的脚边。当野夫把冰冷的双脚放到温热的水中，那股温热的感觉会顺着双脚暖到心里去。这时，野夫会抬起眼睛去寻找宾嘉。宾嘉正睁着一双黑眼睛含情脉脉地望着自己，野夫的心就动一动，顷刻就觉得一股家庭的温馨和幸福包裹了他，让他浑身暖暖的。自从父母去世，他已经好久没有体会到这种温情了。

当他的目光缓缓地从小屋游移到窗口，透过窗口望见川雄和矢野住的木屋时，他的心陡然打了一个冷战。这时，他又清醒地意识到目前的处境，心一下子似被拖到了窗外的冰天雪地里，缩成一团。野夫怅怅地望着窗外的寒风和飞雪，呆怔地坐着。不知什么时候，宾嘉已倒掉水，擦干了野夫的双脚，直到宾嘉把被子铺在温暖的火炕上，他才恍过神来。

天很暗，远方的山风在呼啸着。小屋里的炉火一明一灭地扑闪着。野夫躺在宾嘉的身旁，嗅着那股既熟悉又陌生、带着山野女人特有的气息时，他想起了家乡广岛。宾嘉也没有睡着，睁着眼睛，扑闪扑闪地望着野夫。野夫的眼前又闪现出新婚之夜的转天早晨，那条挂在树梢上的白床单。那一次，野夫望着白床单上的樱红，想起了广岛盛开的樱花。野夫不懂鄂伦春人为什么要把这件东西挂在众人面前，但有一点他懂，宾嘉把自己完整地交给了他。意识到这些，便有一股巨大的、说不清道不明的东西在心里翻腾着。不知为什么，他一望见那白床单就有想哭的感觉。

这么多天了，虽然他还不能和宾嘉在语言上交流，但每当夜晚降临，他和宾嘉躺在温暖的火炕上，借着一明一灭的炉火，四目相对时，他们又分明在永恒地交流着。每次望见宾嘉那双幽幽的眸子，仿佛看到了一颗真诚的心在跳动。这时他又想到自己是个日本人，却被一个中国姑娘这么爱着，心里就不是滋味儿。他的双手在自己的身上摸索着，他有些恨自己，恨自己配不上宾嘉。想到这儿，他就去掐自己的皮肉，直到疼得浑身颤抖起来，只有这样，他的心才能平静一些。更多的夜晚里，他大睁着双眼，听着宾嘉的微酣，想着家乡广岛，也想着宾嘉。

一晃，时间过得真快，不知什么时候，野夫发现宾嘉的小腹在悄悄地隆起。起初他并没有在意，直到有一天，他的一只手搭在宾嘉的小腹上，感到那里正有一个活泼的东西在动。猛然间，他浑身一阵战栗，终于明白这一切时，他一下子抱紧了宾嘉的身子，嘤嘤地哭了，嘴里一遍遍地喊道："我有孩子了，野夫有孩子了。"宾嘉也伸出一双结实的手臂，搂紧了野夫。两个人长久地拥在了一起。

川雄、矢野白天随着格愣一家去狩猎。几个人走在茫茫的雪野中，转了一片山林又一片山林。更多的时候，川雄和矢野都会随在后面，用目光去望那看不到尽头的雪山雪岭。自从风雪之夜逃出小木屋，他们在雪野里狂奔，后来发现迷路时，才感到走出野葱岭是如此困难，即便走出野葱岭又能往哪里去呢？他们自己也不清楚。格愣一家从雪地里救了他们，他们才真实地觉得在野葱岭是安全的。他们暂时和外面的世界隔绝起来，心里倒也清净了许多，不用整天再去杀人了，也不会被人杀了。因此，他们有些庆幸自己逃了出来。但更多的时候，他们觉得孤独，这种孤独使他们愈发地思念广岛，思念亲人。每次出来狩猎，两个人都不由自主地去望那山、那岭，想象着这山岭到底有多远，并留心记下自己走过的山岭，想象着有朝一日走出野葱岭。有几次，他们坐在雪地上休息，川雄用手比画着问格愣到大山外面的路线。格愣看明白了就用眼睛去瞟野夫，这时的野夫不敢去望那目光，也不敢望川雄和矢野，低垂着头去看眼前的雪地。格愣收回目光，叹口气，再望一眼川雄和矢野，很快地用一根树枝在雪地上画出一条长长的曲线。两个人看了，知道走山外的路很远，也很难走。他们抬起头，再望远方的雪岭时，目光就暗淡了许多。矢野眼前又闪现出那张忧郁苍白的少女的脸。

夜晚的时候，川雄和矢野沉默地坐在小屋里，望着窗外，远天有三两颗寒星一闪一闪地醒着。两个人谁也不说话，望着远方，想着远方。不知过了多长时间，当两个人收回目光时，望见了对面的山岭，山岭上的雪地里埋着四郎，两个人的眼里就热了。川雄先对着坡跪下去，矢野也跪下去，俩人就那么久久地跪着。他们又想到打伤四郎那个叫横路的家伙，牙齿就咬得“咯咯”响。他们又想到了他们押运军火的这些人，不是被游击队打死了，就是回去后被联队执行军法了。想着横路一定不会活着了，他们憎恨横路的心就颤抖了一下，也不知为谁，泪水又悄悄地流了下来。

很晚了，俩人才睡去。几乎每天夜里，矢野都要被川雄的呓语唤醒几次。川雄每天在梦里都要呼喊杏子的名字。矢野在夜深人静时，听着远方传来的野兽怪叫，听着川雄的呓语，浑身止不住地哆嗦起来。他有些害怕这黑暗，望着无边的夜色，他又想到了那个斜眼少佐。

他们每到一个地方住下来，就有两辆罩了篷布的卡车拉来一些日本女人。每次分享这些女人的都是少佐这些军官。卡车一来，矢野就要被派去站岗。那一次，矢野看到卡车里走下来一个十七八岁、穿着和服的少女。少女的脸苍白忧郁，目光散乱，似乎什么也没看见，异常麻木地从车上走下来。矢野盯紧少女的眼睛，那眼里有哀怨也有泪水。就在少女从车上走下来、转过身时，矢野看见少女的目光不经意地和自己的目光对视了一下。两双眼对视在一起的时候，矢野感觉少女的目光哆嗦了一下。很快，少女便垂下头，随在众人的后面走了。他分明看见，那少女被斜眼少佐领进了自己的房间。当时，矢野的心沉了一下，不知为什么，他怎么也忘不了少女那双忧郁的目光。那一夜，他交完岗，一夜也没有睡着，眼前不停地闪现出少女那张苍白的脸。

天亮了，女人们坐上卡车又要走了。矢野知道她们还要赶到其他联队去。卡车停在院子里，所有的日本兵都自觉地走过来，围在两辆卡车旁，望着这些穿和服的女人。他们望见这些女人，心里就觉得和家乡亲近了许多，然后默默地目送着这些表情麻木的日本女人被卡车拉走。矢野又望见了那个脸色苍白的少女，他盯着少女的一举一动。少女来到卡车旁，一双纤细的手搭在了车帮上……这一切无不牵动着矢野的心。忽然，少女在登车时脚下一软，跌坐在地上。他清晰地听见少女叫了一声，也望见她慌乱的目光，她想站起来，可努力了几次也没能站起。他鼓足勇气走过去，扶起了少女。他闻到了少女身上一股陌生的气息，让他心颤不已。还没等他恍过神来，走过来的斜眼少佐望定他，眼里流露出淫邪的笑意，伸手在他脸上捏了一下，只轻轻一下，便一个迅雷不及掩耳的耳光扇过来。他摇晃了一下，只觉得满眼金星，他扶着少女的手松开了，鼻子里流出黏黏的东西。这时，斜眼少佐照准少女的肚子踢了一脚，少女哀号一声。斜眼少佐望着矢野道："你也想女人了?"然后丢下少女扬长而去。少女被两个年岁稍长一些的女人扶上了车。少女泪流满面地望着他，他呆呆地立在那儿望着少女，直到卡车远去。

从那以后，他再也忘不了少女的影子。每次想起少女时，少女都是用哀怨的目光望着自己。他恨斜眼少佐，也更怕他，每次看见斜眼少佐就浑身颤抖不止，恨不能扑上去把他撕碎。

在卡车长时间不来联队时，斜眼少佐经常把他叫到房间去，剥光他的衣服，一双手一遍遍在他身上游移着。他止不住地抖动着，睁大眼睛，望着少佐挂在墙上的枪。他几次在幻觉中跃起，摘下枪向少佐射击，少佐在枪声中应声倒下。

以后，他盼望着卡车来的同时又怕卡车来。他盼卡车来，是自己又能看见少女了；他怕卡车来，是怕少女又要被迫走进少佐的房间。一想到这些，他的心都要撕裂了。每次听见卡车声，他的浑身就忍不住一遍遍地颤抖。然后他走出去，一个个地望着从车上走下来的女人。他又望见了那个少女，少女的目光也在人群中寻找着，终于和他的目光相遇在一处，再也挪不开了。他在这一瞬间，似被子弹击中了，木然地僵在那里。直到少女的身影消失在少佐的房间里。他望着少佐的房间，想冲进去打死少佐，救出少女。而每次他又没有那种勇气，只是木然地戳在那里。

少女又坐着卡车走了，他的心也随着走了。从此，他的生活多了份内容。

九

积攒了一冬的山雪，悄悄地化了。山风潮潮的，一阵阵似从冰冻的江面上刮来。雪还没有完全融尽的时候，漫山的柞树和松柏已泛出了新绿。开始有嫩嫩的芽儿在枝头上绽开。只几天的时间，雪说没就没了，山野的草地似一夜之间有了生命，远山近岭一片新绿。这时已是六月份了，山外早已是鲜花烂漫。

宾嘉的肚子也日渐丰隆。野夫望着宾嘉一天大似一天的肚子，心似一只鼓满风的帆，蓬勃地鼓胀着。宾嘉的身子再也没有以前灵便了，每次做烧烤的时候，野夫总是要帮忙。这么长时间了，野夫学会了烧烤。野夫帮忙时，宾嘉就双手抵住后腰，静静地看着野夫在那儿忙。有时宾嘉会拿来一些针线活，一针一线地为尚未出世的婴儿缝制小衣服。山里人没有那么多的布，宾嘉依然沿袭鄂伦春人的风俗，用兽皮裁成小衣服的样子，然后缝制成一件件毛茸茸的婴儿服。鄂伦春人刚生下来便穿着带着山野气味的衣服，孩子一天天也就适应了山里的一切。

宾嘉忙碌这一切的时候，野夫就坐在宾嘉面前，温情地望着宾嘉的脸。然后又将目光渐渐移到她丰隆的腰上，想到即将出生的婴儿，一股说不清的滋味在胸膛里欢快地流淌着。他望着远方的天际，竟觉得远方那片蓝天下就是广岛。他久久地一动不动地望着，心里呻吟着：我就要有孩子了。这时他又想到了已经过世的爹娘，泪水不觉流出了眼眶，模糊了眼前那方灰蓝的天空。

川雄、矢野和野夫在雪化的时候，把四郎的尸骨从雪里扒出来，又在化冻的山岭上挖了一个洞，深深地埋下了四郎。他们跪在四郎面前，那个呼啸的雪夜仿佛又出现了，川雄望着四郎，哽咽地叫了一声："四郎君，我们对不住你呀——"然后他又和矢野一同道："四郎，我们一定要回广岛——"野夫不说话，两眼盯着远天几颗寥落的星星，他又想到了宾嘉，想到了宾嘉肚子里的孩子，同时也想到了广岛，心一下子似被撕成了两半，泪水汹涌地流了出来。

格愣在春天来临的时候，显得异常亢奋。山风吹得他的脸孔微红着，他看着女儿一天大似一天的肚子，想象着又一个鄂伦春人的后代在不久的将来就会呱呱坠地，野葱岭将又有一个猎人问世。格愣无数次地幻想着在野葱岭的山坳里，一个强大的鄂伦春人的部落在悄悄崛起……格愣老人幻想起这些的时候，他便准备下山一趟，用一冬狩到的猎物，换回山里的必需品。他和一家人商量后，终于决定下山了。

川雄和矢野得知要下山的消息，一夜也没有睡好。他们渴望走到外面去，他们不知山外的一切变化得怎么样了。他们心里清楚，走到山外只是回广岛的第一步，广岛一下子在他们的心里变得邈远起来。

几个人终于在一天清晨出发了。格愣、格木挑着担子，腰里别着砍山斧，野夫、川雄和矢野也挑着装满猎物的担子随在后面。

野葱岭的山坳里，只留下了宾嘉和嫂子。两个女人都来为男人们送行，宾嘉走在野夫的身旁，一步步向前挪动着。野夫肩上的担子在不停地颤悠着，心也在颤悠着。宾嘉撑腰，走得很慢，野夫放慢脚步等宾嘉，心里热热的。他不想让宾嘉受累，就用学会的鄂伦春话说："你回去吧。"宾嘉听到了，却不停下脚，仍随着野夫向前走。风吹着她的鬓发，野夫望着坚定、执拗的女人感动了，便伸出一只手去揽宾嘉的身子。宾嘉哭了，泪水默默流出了眼眶，流下脸颊。野夫望到了，顿感肩上的担子很重。

一行人翻过三道山梁的时候，走在前面的格愣停下了，抖了抖下巴上的胡子，声音洪亮地说：“你们回去吧。”两个女人才恋恋不舍地立住脚，冲着男人的背影举起了手。野夫走了一段路，再转过身去的时候，就望见了宾嘉跪在地上的身影。他的心似被什么撕扯了一下，一股热辣辣的东西在周身扩散着。后来女人就在野夫的视线里消失了，心里却被一条看不见的线，远远又紧紧地牵着。他每向前走一步，就觉得那条线在紧一紧。

走了三天三夜，眼前的山岭终于少了下来，眼前的视野一下子开阔了许多。几个人在傍晚的时候，眼前终于出现了几十户人家的小村。他们走到小村时，走过来几个老人和孩子围着他们看。当小村里的人明白了格愣这些人的来意后，只立在那里僵僵地看，眼馋地望着他们担子上的兽皮和猎物。最后还是几个女人和老人，拿出了盐巴和布匹换走了一些猎物。格愣他们望着眼前的小村，不明白这里的青壮男人都到哪里去了？

天黑下来了，格愣想到小村里借宿，明天再往前赶，换掉剩下的猎物。一个老人立在他们面前，连连冲他们摆手，最后用手一指村外山坡上那座山神庙。格愣明白了，老人不愿意让他们进村。没办法，格愣只好带着大家住进了山神庙。格愣和格木躺下不一会儿就睡着了，三个日本人却睡不着。他们站在村口时望见了村旁被炸焦的弹坑和一些被火烧焦的农舍，他们清楚，战争离这里并不遥远。

后半夜，几个人被山下的枪声和喊声惊醒了。他们望见小村里已是火光一片，两拨人马在小村巷里激战着。三个日本人在火光中看见自己国家的国旗在不停地挥舞，一些游击队伏在黑暗中和日本兵对射着。

格愣和格木被眼前的情景吓呆了，惊呼一声：“土匪——”便拔下腰间的板斧，挑起担子向后山撤去。三个人望着眼前的场景，心都缩紧了，他们没想到刚下山就碰到日本人。他们怕见到日本人，见到日本人就等于死。他们不想死，便也一起向后山撤去。

几个人在返回山里的一路上，没有人说话，一路沉默着。格愣和格木不明白，外面的世界怎么会这么乱？川雄和矢野心情沮丧，认为又失去了一次走出山里的机会，野夫在一边不停地想着宾嘉。

几个人回来没几天，宾嘉便生了，是个男孩。格愣一家低落的情绪被眼前的喜悦冲淡了。野夫听到孩子出生时清脆的啼哭，心都要碎了，他大喊一声，便在山岭上狂奔起来。他一路跑，一路呼喊着："我有儿子啦……"最后他跪下了，冲着天边那方暮色的天空。

十

春天刚在野葱岭驻足几天，夏天就来了。夏天的野葱岭，山似乎变高了，天空变小了。三间小木屋掩在一片绿树丛中。

野葱岭拥有了一个婴儿，使得寂寞的野葱岭有了生气。婴儿每一声的啼哭，都清脆、悠然地在山谷间回荡。

野夫自从有了眼前这个儿子，久久悬浮着的心一下子便落下了。他听着儿子的哭，望着儿子的笑，心里便很充实。他再望眼前的山、眼前的树，野葱岭的一切一下子离自己很近很亲。白天没事的时候，他就抱着儿子走出小木屋，站在阳光下。儿子在他怀里咿呀着。他嗅着从孩子身上散发出的乳香，让他很是满足。他微醉的目光穿过树林的空隙，望着头顶那方澄碧如洗的蓝天，仿佛自己在做一个梦，一场温馨又滋润的梦。

格愣有时也走过来，抱一抱外孙，和野夫交流几句。野夫已经会说一些简单的鄂伦春语言了。格愣以前无数次地问过野夫他们是从哪里来，野夫每次总是说从很远的地方来。野夫这么说时，目光就望着很远的天空。在格愣的印象里，很远的地方就是山外，野夫后来又告诉格愣和宾嘉，说自己是个日本人，家在海的那一边。格愣和宾嘉从没有听说过山外面还有个叫日本的国家。在鄂伦春人的眼里，世界只有两个，那就是大山和平原。宾嘉晚上躺在野夫的怀里，想象着很远的日本的模样，但她更多想到的还是大平原的集镇。小时候，母亲还在时，她曾随父亲挑着山里的东西，走出过大兴安岭。山外的一切让她看了既新鲜又陌生。她喜欢山外面的一切，又害怕外面的一切。她怕山外面的那么多人，她看到那么多的人说一些她听不懂的话，便觉得很不安全。她和野夫成家时就想，野夫一定会走掉的，回到外面的大平原去。那时她就想，要是野夫走，她会义无反顾地跟着他走，可她害怕外面的一切。后来，她从野夫的眼神里看到了一种令她欣慰的东西，她看得出，野夫已经喜欢上这里了。有时，她会觉得野夫更像一个孩子，一种做了母亲的柔情在心里慢慢地滋生着。

川雄和矢野一时一刻也没有忘记广岛。

川雄忘不掉在广岛的杏子，他无数次重温着与杏子的最后一次幽会。

川雄和杏子偎在山洞里，听着叮咚的滴水声，他们更紧地拥在一起。有月光透过洞口洒进来，大地升腾起一片模糊的雾气。眼前的情景让他们陶醉了，川雄跪了下来，望着眼前的杏子颤抖着声音说："我们今晚就结婚吧。"杏子点点头，与他一起朝洞口跪着，心里默默地发誓。后来，川雄把杏子抱起来，放到洞口那块巨大的石头上，两个人紧紧地拥抱在一起。杏子狠狠地在他胸前咬出了齿印，那甜蜜的痛楚永远地印刻在了他的胸前。每晚睡觉时，他都要抚摸那里，就像一次次抚着杏子秀美的脸庞。想起杏子，心里就有酸甜苦辣的东西在翻腾。他不知杏子离开他后将怎样在广岛活下去，想到这些时，一股寒气便涌向全身。

川雄望着野夫和宾嘉的孩子，就想到自己和杏子唯一的那一夜。想着杏子也许怀上了自己的骨血，他的心就热了，也更加思念起远方的杏子。

川雄来到中国，每进入一个村庄时，看到身边的人疯狗一样地追逐着中国女人，他的心就一阵阵地发麻。听着女人一声声痛苦的呼喊，他就觉得那是杏子在喊。作为一个士兵，他没有能力去阻止任何人，只能远远地躲开，拼命地抽着烟。

那两辆拉着日本女人来到联队的卡车，每来一次，都是对川雄的一种折磨。他望着一个个脸色苍白的日本女人，从车上下来的时候，他都要转过身去，拼命地控制着自己不去看她们的脸。后来，一个日本女人死在了他们联队，听说那女人是得了性病死的。女人临死前还接待了两个军官。联队为这个叫千叶的女人举行了追悼会，他没有去，躲到没人的地方大哭了一场。他哭自己，也哭那个叫千叶的女人。

每次再有那两辆拉着女人的卡车驶来，他都远远地躲开。他拼命地在空地上跑步，用疲劳麻醉自己，直到跑不动了。

矢野在后来再也没有见到那个脸色苍白、眼神忧郁的少女。每次那辆卡车再来时，他都挤过去，一直望到最后，也没有看见那个少女。他忍不住走过去，去问最后一个从车上下来的女人。女人冷漠地说："不知道。"矢野望着女人远去的背影，心就冷了。一连几天，矢野吃不好、睡不好，脑子里总是闪现出少女的形象。后来矢野才听说，那些女人经常换地方，矢野就盼望有一天能再见到少女。

夏天来了，川雄和矢野在小木屋里整夜地睡不着，夜深人静使他们愈加地思念广岛。这时，他们就一遍遍地唱起那首歌：

广岛是个好地方
有鱼有羊又有粮
漂亮姑娘樱花里走
海里走来的是太阳
……

两个人唱歌的时候都是泪流满面。他们望着窗外的星空，望着广岛的方向，一遍遍地唱着。唱歌的时候，家乡的模样会不停地在眼前闪现出来。唱累了，他们就跪在地上，似呻似唤地说："广岛，我们一定要回去……"然后，两个人抱在一起痛哭失声。

和格愣一家出山的那一次，他们抱定了走出大山的决心，可那晚发生在俩人面前的战争，使他们又心灰意冷了。他们恐惧战争，恐惧再见到日本人。

十一

川雄和矢野失踪了十几天，格愣一家以为俩人再也不回来了。十几天后的一个傍晚，他们又回来了，回来后两个人在小屋里昏睡了两天。他们走时野夫一点也不知道，当他走近小屋时，听见小屋里一点声音也没有。进去时，两个人已经不在了。他意识到什么，忙向山坡跑去，看到埋着四郎尸骨的地方已经被人动过了，他什么都明白了。野夫有些心酸，两个人就这么悄悄地走了。俩人走了十几天，他的心就悬了十几天。俩人昏睡的几天中，野夫去看过几次，野夫第三天去时送了吃的。两个人已经醒了，呆痴地坐在炕上，似没有看见走进来的野夫。野夫把吃的东西放在他们面前，这时野夫看见两个人的泪水流过脸颊。半晌，川雄轻轻地哼起了那首歌，矢野很快也随着哼起来。俩人边唱边流泪，最后野夫也唱了起来。唱着唱着，川雄和矢野就唱不下去了，一起去望野夫。野夫冲两个人跪下了，声音哽咽地说："真对不住你们，不能和你们回广岛了。"

两个人也冲着野夫跪下了。

"我们要回广岛。"川雄说。

"我们一定要回广岛。"矢野说。

"你娶了中国女人……"川雄盯住野夫，停了停又说，"我们不怪你，我们要回广岛。"

野夫这时听到儿子的哭声，他望着眼前的两个人，心都要碎了。他泪流满面地冲着两个人，这时野夫发现矢野的腿上有一处枪伤。野夫从格愣那里找来草药为矢野敷上，他没有去问枪伤是怎么回事。

两个人终于又住回到小木屋里，但野夫知道，说不定哪一天，他们就又会走掉，再也不回来了。野夫望着两个人住的小木屋想着。没有四郎，就不会有他们的今天，野夫一想起这些，心里就刀割一样的难受。更多的时候，他望着山坡，山坡上长满了野草，野草很茂盛，四郎又被回来的两个人安葬在那里。有几次，他背着川雄和矢野来到四郎的坟前站一会儿，用心地和四郎说一会儿话。每次从四郎的坟前回来，他都要到川雄和矢野的屋里坐一坐。但也只是坐一坐，三个人并不说什么，只呆怔地顺着窗口望向远方。野夫发现，川雄和矢野正在一天天地消瘦下去。

野葱岭的夏天来得快，去得也快。一晃，山里就凉了。树叶绿了，又黄了。寒冷又降临了野葱岭。在寒冷来到时，矢野的腿伤也好了。

就在第一场雪飘下的第二天，川雄和矢野找到野夫，平静地说：

“我们要走了，再晚，大雪就封山了。”

野夫的心“咚”地响了一下，心想：这一天终于来了。他不愿让两个人走，他知道这一走不管是凶是吉，两个人再也不会回来了。可眼前的一切，他又能说什么。

“要是出不去，你们就回来。”野夫哽着声音说。

川雄和矢野很希望能听到野夫说出和他们一起走的话，可野夫不会走了，这一点他们心里清楚。两个人默默地望着野夫。

“你们回广岛，给我哥嫂捎个信儿。”野夫说到这儿，声音就哽住了。

川雄和矢野的眼圈也红了，半晌，川雄立起身，冲野夫说：“请让我们带走四郎吧。”

三个人默默地向埋着四郎的墓地走去。他们跪在四郎面前，然后轻手轻脚地把四郎从土里扒出来。三个人的泪水又流了下来。

格愣一家也知道川雄和矢野要走了，一年多的相处，格愣真有些舍不得就这么让两个人走了。格愣一家准备了足够的烤肉给他们带上。两个人望着格愣一家，也真的感动了。是这一家人救了他们，还对他们那么好，他们不明白这一家人为什么如此对待他们。格愣一家杀掉他们，他们觉得这一切才合情理，可偏偏对他们这么好。不管以后是凶是吉，他们还是被格愣一家深深地感动了。两个人扑通一声，跪在格愣一家人的面前。半晌，冲野夫说：“野夫君，你多保重，我们走了。”

两个人走了，初冬的雪地上留下了他们浅浅的脚印。

这时，格愣举起了猎枪，用鄂伦春人送客的礼节举起了枪，枪口冲天。一声清脆的枪声久久地在山谷间回荡。两个走在路上的人怔了一下，回过头。他们望见了格愣，野夫再也控制不住自己，向前跑了两步，跪在雪地上，冲两个人的背影大声喊着：

“川雄君，保重啊——”

“矢野君，保重啊——”

“四郎君，保重啊——”

川雄和矢野走了。

野葱岭依然如故，山还是那些山，岭还是那些岭。两个人走了，便再也没有回来。

野夫常常望着那些空寂的山岭愣神。每天早晨起床，他都要来到川雄和矢野曾住过的小木屋看一看。他几次在梦里，都梦见川雄和矢野回来了。每次走进那间木屋，他都希望两个人会在一天夜里突然地走回来，可惜他希望的情形再也没有出现。隔三岔五地，野夫会独自来到木屋里，点燃炉火。当炉火升起来时，火暖暖地烤着自己，他在心里默默地和川雄、矢野说一会儿话。这样的情形，每隔一段时间都会重复一次。他一走进那间木屋，就觉得自己离广岛很近了，心里也就踏实了一些，然后他一次次跪下，祈祷两个人能平安地回到广岛。

宾嘉默默地望着野夫做这一切，什么也不说。野夫每次回到自己的木屋，宾嘉就用一双目光迎着他。野夫一望见宾嘉的目光，就觉得自己一点点地在那目光里融化了。

野夫和宾嘉的儿子一天天长大。会跑了，后来又会用板斧劈柴。以后宾嘉又连续生了两个儿子。

山依旧，岭依旧，只有时光在流逝。

十二

流逝的时光使格愣老了。在流逝的时光里，格愣死了。

格愣死后不久，野夫一家便搬到山外，住在一个汉鄂混居的小村里。早就没有了战争，在太平的日子里，野夫和一家人打猎，也种地，过着平常百姓家安定的日子。

一晃，野夫也老了。儿子成家后也有了自己的儿子。

一天，野夫抱着孙子，坐在家门口的石头上晒太阳。这时他发现村口走来一个老人，野夫一眼就看出这老人从远方而来。那人愈走愈近了，他从来人的举止和走路步态上觉得有几分眼熟。那人来到野夫面前，望了野夫一眼，四目相对在一起，便再也分不开了。好久，来人眼里有老泪在闪动，终于用日语说了一句："你是野夫君?!"

猛然间，野夫的眼前打了一个闪，记忆的闸门陡然打开了。他放下怀里的孙子，颤巍巍地站起身，嘶哑地用生硬的日语说了句："川雄君……"没等来人回答，野夫一下子抱紧了川雄。

几十年过去了，过去的一切如同一场梦。

野夫终于知道川雄这几十年是怎么过来的——

当年，川雄和矢野离开了野葱岭，来到了山外。刚走出山外不久，就被游击队俘虏了。俘虏后没几天，广岛被美国扔的原子弹炸成了一片废墟，所有广岛来的士兵哭得昏天黑地。没多久，他们作为战俘被送回到日本。

川雄当然没有忘记杏子。他要寻找杏子，哪怕杏子被原子弹炸死了，他也要找到她。广岛不能去了，那里已经没有人了，他就寻找从广岛幸存逃出来的人。他在一家医院里，终于找到当年在纱厂做工的女工。从女工那里得知，他被抓走后不久，杏子也被抓走了。杏子被横路老板卖给了慰安团，杏子也去了中国。听到这一切时，他当场晕了过去。

后来，他又到处寻找从中国回来的妇女，打听着杏子的下落。几年的时间里，他几乎走遍了日本，终于在一个曾到过中国的女人那里打听到杏子的下落。那女人曾见过杏子，俩人还在一起住过一段时间。女人告诉他，杏子在来中国前就已经怀孕了，到中国后杏子拼死不肯服务，她被鞭打过，各种苦都吃过后，生下了孩子。杏子来中国后，一直在寻找一个叫川雄的士兵。杏子在兵营里被折磨得快不行的时候，一天夜里，杏子失踪了。女人肯定地告诉川雄，杏子仍在中国，没有回来。川雄得到这一消息，就病倒了，很长时间后才能爬起来。以后的日子里，川雄就来到他们当年去中国的码头上，隔海向中国的方向遥望，一望就是几十年。

那时他想到了留在中国的野夫，他想有朝一日到中国来寻找杏子和他的孩子。尽管他想再一次踏上中国的土地，可一直没有机会，再后来他以一个旅游者的身份来到了中国。在中国官员的帮助下，找遍了大半个中国，最后在哈尔滨日本侵华罪行展览馆里找到了一张照片。照片是当年的一名英国记者拍摄的，上面是一个被轮奸后曝尸的妇女，妇女身边躺着一个被刺刀捅破肚子的婴儿。照片下有一行小字：此妇女是从慰安团逃出的日本妇女，被日本兵发现后强奸曝尸……

川雄从那张发黄、模糊的照片中辨认出女人就是杏子，他当时大叫一声，便昏死过去……

寻找了大半生的杏子终于有了下落，心里支撑起的希望也随之破灭了。川雄恨自己找到了杏子，更恨自己那双看到真相的双眼。

川雄梦呓般地说着如梦的一切。后来他又说起了矢野。矢野和他同乘一条船回去的，矢野下了船却再也不走了，他好像在等什么人。看着一条条船上下来的人，后来他就看见了斜眼少佐。以后再没有船回来了，矢野还是在等，最后终于确信再没有船回来了，便在一天夜里闯进斜眼少佐家，杀死了斜眼少佐。没有人知道矢野在等谁，更不理解他为什么要杀死斜眼少佐。后来矢野被抓进了牢房，没多长时间，矢野就在牢房里死了。

川雄说完这一切，两个人再没有说话，久久地坐在那里。

不知过了多久，川雄恍似从梦里醒来，他说要去看一看四郎，这时野夫才知道四郎没走，一直在陪着他。原来两个人被俘前就知道走不出去了，他们把四郎埋在一棵古松下。川雄还记得那个山坡，还记得那棵古松。两个人很快就找到了那棵古松，望着挖出的四郎的骨头，两个人谁也没有说话。不知过了多久，川雄梦呓般地说："野夫君，我真羡慕你。"

野夫抬眼看川雄，川雄的目光却盯着四郎说："四郎，你应该留在这里。"

后来，川雄就死了，死在野夫和四郎面前。野夫遵照川雄的遗嘱，把他和四郎葬在了一起，坟前立了块碑，碑上刻了日文。

荒草萋萋，草枯草荣。

人们经常看见野夫带着孙子，梦游一样地出现在古松下。

"爷爷，这上面写的是啥？"一个幼稚的声音问。

“野人。”

“啥叫野人？”

“就是没有家的人。”

孙子扒着碑仔细地去看：“为啥野人没有家？”

老人不答，抬起头望那棵苍老的古松。古松遮天蔽日，老人的眼里滚下两颗浑浊的东西。

悦耳动听

一

我该写写朱革子了，以前朱革子在我的故事里都是跑龙套的小角色。其实在我内心深处很重要的位置装着朱革子，不仅因为我们是发小还有同学，我一直认为朱革子是个人物。

从我们高中毕业那一年说起吧。高中毕业不久之后，招兵工作就开始了。我们军区大院内张贴了许多动员参军的标语，例如，一人参军全家光荣、好儿郎扛枪卫国，等等。其实对我们那个年代的人来说，参军用不着动员。我们的出路少得可怜，高中毕业要么下乡，要么就业，就业对我们应届高中生来说比登天还难，大部分应届高中生都是下乡的命运。参军是最好的结果了，即便不入党提干，按当时复员军人的政策，怎么也会安排个工作。因此，想参军的人有很多，每年招兵的名额就那么几个，所以竞争就尤其激烈。

那年我们报名参军的人站成了两排，足有几十人，看起来黑压压一片，有男有女。我竟然在队伍里看到了朱革子，他站在队尾，神情严肃地看着接兵的两个军官。两个军官很年轻，手里拿着一张纸，纸上写满了参军报名者的名字。每年招兵都是如此，名曰：目测。其实接兵的军官站在队前看看我们外表，然后让我们回答几个简单的问题，大多数人都能通过目测。在队伍里我发现朱革子还是吃惊不小，我一直认为朱革子不符合参军的条件，因为他有口吃的毛病，部队无论如何也不能招一名说话结结巴巴的人去参军。此时的朱革子有些心虚，所以才站到了队尾，我偷眼去瞄他，显然他经过了一番精心打扮，穿了身假军装，还戴了顶假军帽，人五人六地把自己打扮成了一名准军人。他目光正虚虚地望着队前那两个年轻军官，把自己的胸脯挺得笔直。不说话的朱革子和我们没什么两样，甚至腰板挺得比我们还直。我环顾左右，队列里大都是军区大院子女，相同之处是我们没等参军呢，却都早就穿上了军装。哥哥姐姐大都在几年前参了军，我们的军帽和军装也大都是哥哥姐姐寄来的，于是，我们就人五人六地把自己打扮成了一名准军人。不了解内情的人，看到此时我们的队伍，还以为是整装待发的军人。

朱革子有个姐姐叫朱革静，三年前我们还在读初中时就参了军。在这之前，朱革子不仅没有军装穿，也没有军帽戴，他就一脸羡慕地望着我们头顶上的军帽，一边咽着口水一边说：等、等我、我姐参军，我、我也有军帽戴了。朱革子的父亲在军区后勤部管营房，被称为朱局长。其实是营房管理局的副局长。朱局长的头很大，大得有些夸张，不仅头大，还一年四季都理着光头，戴的军帽也是最大号的。朱革子无法继承。朱革子这小子长得很怪，和他父亲一点也不像，头是细长的那一种，还有些方，远远看去，他的肩膀上像顶了一个长方形的头，随着身子在移动，但我们看久了，觉得朱革子这样也没什么不好。有一点朱革子和他父亲倒是很像，就是结巴。朱局长也结巴，我们经常能看见朱局长领着一帮人，在我们军区大院里背着手仰着头瞅着一栋房子在议论，朱局长的声音很大：这、这房、房子，明、明天派人修、修……朱局长是管营房的首长，他说修，用不了两天，就会来人维修了。朱局长的业余时间也会经常在营院里转悠，背着手，把那顶大号军帽捏在手里，顶着一颗硕大光亮的脑袋，这看看那瞅瞅，眉头一会儿紧锁一会儿舒展。营房在他眼前静默着，一排排一列列的，像一群列队整齐的士兵。的确，营房在他眼里就是士兵，他想修理谁就修理谁。营房大多是这座城市解放后有了军营才建造的，二十多年过去了，有的门窗开裂了，也有的墙面斑驳了。我们就经常能看到朱局长带着一堆人，站在这些待修理的营房前，指点江山，结结巴巴地下达指示。

朱革子的父亲资格很老，听父亲说，他们在抗日时就认识，那会儿他还不管营房，就是名战士，有着一头乌黑浓密的头发。朱局长在抗美援朝时头受过伤，被美国鬼子飞机投下的一枚炸弹炸伤了脑袋，据说至今头里仍留着一块弹片。从那以后，朱局长就开始留光头了。有一次，朱局长被父亲叫到家里喝酒，我有幸仔细研究过朱局长的脑袋，在他右侧太阳穴向上的位置有一道疤痕，那道疤有手指头那么长，呈月牙形状。喝了酒之后，那道疤就呈深红色，比其他地方的皮肤颜色深了许多。喝多酒的朱局长就摇着一颗硕大的脑袋说：老、老石，我、我这脑子大、大不如以前了，不好使了，老、老忘、忘事。说完就用手掌啪啪地拍他的脑袋。朱局长不论和谁聚会，人们议论的话题都不会离开他的脑袋，因为朱局长的脑袋的确是个问题。在我们的记忆里，经常有救护车出入营区，有时救护车停到办公楼下，有时停到朱革子家的单元门口，只要有救护车出现，不用问，十有八九是来抢救朱局长的。朱局长脑子里的弹片经常让他头疼，这种疼不是一般的疼，每次疼痛发作都会让他晕倒。每次朱局长晕倒，救护车都会风驰电掣地赶来，医生护士七手八脚地把朱局长抬上救护车，不用多时，救护车又会开回来。然后我们看见朱局长又顶着他那颗硕大的光头从救护车里跳下来，背着手，就像什么也没发生一样，向办公楼或者单元门口走去。一次次病痛发作，朱局长已经不把头痛当回事了，我们也习惯了。朱革子跟我们说过，他父亲头里的弹片已经和神经长在一起了，没法手术了。只要一犯病就拉到医院，打止痛针，然后就又和没事人一样了。

朱局长还是和别人不一样，别人都军容整齐，唯有他经常不戴帽子，军区首长似乎也了解他和别人不一样，也总是睁只眼闭只眼的。我们就经常在阳光灿烂的日子里，看到朱局长站在军区大院的操场的某一处，努力抻长脖子，让那颗光头暴露在太阳底下。表情很舒畅的样子，眯着眼睛，似睡非睡。朱革子就给我们解释道：我爸爸说，脑、脑子里的弹、弹片受潮了，他要晒一晒，晒干、干了就、就不疼了。

朱局长在阳光下晒脑袋的情景便成了我们军区大院一道风景。不知是朱局长脑袋受潮的缘故，还是别的原因，朱革子一直没有一顶真军帽。每当我们嘲笑朱革子的假军帽时，朱革子就涨红了脸，结结巴巴地说：等、等我姐参、参军，我就有真、真军帽了。果然在朱革子的姐姐朱革静参军后，朱革子头上多了顶军帽。那天我们走在上学的路上，朱革子气喘吁吁地从后面追上来，跑到我们面前，他的样子有几分骄傲，又有几分羞涩，结巴着说：咋样，这、这军帽可是真的。我们仔细端详朱革子时，却发现那顶帽子有些怪异，总觉得有些不对劲，再仔细打量时，这才发现他戴了顶无檐军帽，确切地说，这是顶女兵军帽。无檐军帽戴在朱革子头上，滑稽可笑，有一绺头发从前额处钻出来，样子像个女生。我们发现了这一点，便集体哄笑起来，弄得朱革子手足无措的样子。他脸先是红了，又白了。最后把那顶女士军帽塞到书包里，低下头匆匆地向学校跑去。

从那以后，朱革子再也没戴过军帽。我们经常拿那顶女士军帽取笑他，每次他都红着脸说：别、别说、说了，好歹也、也是真、真军帽。后来我们发现同班女生王秋月头顶上多了顶女士军帽，我们一致认为朱革子把那顶军帽送给王秋月了。朱革子就急赤白脸地说：别、别瞎说，让、让人听、听到不好。他这么说完，我们的哄笑声就更响亮了。虽然朱革子不承认，但我们发现，从那以后，他和王秋月之间总是眉来眼去的。有时在放学路上，两人走的距离也很近，看到我们朱革子才快走几步，把王秋月甩在身后。

王秋月也是我们大院里的孩子，她父母都在军区门诊部上班，两人都是医生。王秋月是家里的老大，没有哥哥姐姐参军，她头顶上突然多了顶崭新的女式军帽，我们有千万条理由相信她头顶上的军帽就是朱革子送的。王秋月以前梳两条辫子，辫梢还经常系两条红头绳，在后背上甩来甩去的，很灵动的样子。因为突然多出的这顶军帽，她居然把辫子剪掉了，改成齐耳短发，配上那顶军帽，人就显得飒爽了许多。我们偷偷地注视着变化后的王秋月，心想，她以后要是参军，一定是个漂亮的女兵。

我在参军报名队伍里也看到了王秋月，报名参军的女兵不多，王秋月站在队伍里显得与众不同。为了今天的目测她似乎精心打扮了，齐耳短发梳得又黑又亮，配上那顶军帽俨然就是个女兵了。王秋月和三年前的她已经不可同日而语了，身材高挑，该丰满的地方一律饱满，弄得我们都不好意思望她。反而王秋月总是很大方，一双眼睛顾盼流波，每次望到朱革子时，我们发现那目光总是会亮一下。她望向我们时却没有那种亮。有一次在放学路上，我们把朱革子截住，非得让他交代和王秋月的关系，不交代就不让他走。那次把朱革子逼得没招了，才结结巴巴地说：我、我爸头、头疼，都、都是王、王秋月父母把、把我爸送到医、医院的，我给、给她军、军帽，那是感谢人家。朱革子终于承认王秋月头顶上的军帽是他送的了。我们就想起朱局长顶着一颗硕大的脑袋在太阳底下晒弹片的情景，在心里就原谅了他。但我们仍然嫉妒他和王秋月那种过电似的感觉。一想起他们之间四目相对的样子，心里便怏怏地不快。

那次参军前的目测，朱革子便被淘汰了，原因还是他的口吃。当两个年轻军官喊到他的名字，朱革子就挺胸抬头地从队列里走出来，还学着军人的样子，给两个年轻军官敬了个礼，大着声音说：首、首长好。他的话一出，两个军官确认了一下眼神，其中一个军官就说：你叫朱革子？朱革子答：是。军官又问：你为什么要参军？朱革子挺了下身子答：保、保家卫国。这次两个军官把眼神长时间地聚在了一起，似乎又一起肯定地点点头，就在手里的花名册上做了个标记。结果在公布的体检人员名单中，朱革子的名字就消失了。那天，我们看到朱革子的目光是绝望的，狠狠地扫了我们一眼，转身便跑去了。那次，王秋月也进入了体检的名单中，朱革子跑去时，我们看到王秋月也一脸失望，她的目光一直追随着朱革子的背影远去。

二

朱革子因为结巴，参军落选了。

我接到入伍通知书那天，专门找到了朱革子，他正在楼下的花坛里吹口琴，不知他吹的是什么曲子，曲调黏稠，悲悲戚戚的，我站在他的身后，他仍然没有发现我。我看着朱革子的背影就想，要是他说话像他的口琴声这么流畅，参军就不会落选了。我把手搭在他的肩上，口琴声便戛然而止了。他回头望着我，满脸的悲哀，半晌，我才问：下步怎么打算的？他把身子转过来，声音低沉地说：还、还能咋，下、下乡呗。我又把手拍在他的肩上，他突然抬起头盯着我的眼睛说：我恨、恨我、我爸。我一惊，不解地望着他。他甩了下口琴里的口水道：我、我妈说了，我、我口吃就、就是和我、我爸学的。朱革子母亲我们有印象，一个干净利落的中年女人，在机关的卫生处上班，一年四季总喜欢在脖子上系点什么，围脖、纱巾之类的，于是人就显得很俏皮。她比朱革子父亲年轻不少，站在朱局长面前时，人就越发地显得年轻。朱革子悲伤地勾着头，把脚前的一粒石子踢飞又说：为、为这，我妈和、和我爸吵、吵了一架。我不知说什么是好，拉着朱革子坐下，安慰他道：下乡也不是什么坏事。在乡下待两年，回来找个工作也不错。

我发下新军装那一天，又找到了朱革子，他在家里也正在打背包，这两天他就该下乡了，我把自己的军装和军帽送给了朱革子，我这套军装是真的，是二哥参军后特意从部队上给我寄来的。朱革子看着我送给他那套军装，重重地叹了口气。我又保证道：我到了部队，一定给你寄一套新军装。我看到朱革子眼圈红了。

在那个飘着雪花的早晨，我们登上了运送新兵的卡车。我们军区院里这次参军的有十几个人，有同学杨卫平、刘振东等人，我们在卡车上还看到了王秋月，她和几个女兵挤在车厢角落里，背对着我们叽叽喳喳地说着话。就在这时，我看到了车下的朱革子，他穿着我送给他的那套军装，背着行李，手里提着提包，蔫头耷脑地走出来。我们把身子探出车厢，齐声呼喊着朱革子，朱革子苍白着脸，冲我们挤出一缕难看的笑意。我们知道，他这是去街道集合，准备下乡了。我挥着手冲他喊：朱革子，到了知青点来信。他没再回头，就那么勾着头，耸着肩膀一点点向院外走去。我发现王秋月的目光也在追随着朱革子的身影，似乎从她的目光中还看到了泪光。我又想起上学时，她和朱革子经常四目相对时那道像闪电一样的东西。

我们车下站满了送行的家长和亲人，他们不断地叮嘱我们注意这样那样的事项。我们参军出发，朱革子下乡，却没有发现朱革子有人来送，他孤单的身影一直消失在院外，最后望不见了。

新兵连结束之后，我和杨卫平分到了一个班，王秋月那几个女兵则分到了师部的通信连，做起了话务员。通信连在师部机关院内，条件要比我们团里的连队好许多，我们团部在距离师部二十几公里的一个山沟里。到了连队不久，我就得到了朱革子下乡知青点的地址，便洋洋洒洒地给他写了封信，通报了同学们的去处，最后又强调了下王秋月，告诉他王秋月通信连比我们条件好之类的。过了好久，朱革子才回信，信不长，只有半页纸，信中的最后一句话是：你们条件再不好，也比我们知青点强上百倍。关于知青点我们没有体验，但军区大院里许多哥哥姐姐都下过乡，他们经常以看病或探亲的名义从乡下跑回来。他们一律面色枯黄，衣衫破烂，回到城里后他们便开始想办法不再回去了，四处托关系在城里联系工作。找不到接收单位的，便托各种人脉到医院开出五花八门的诊断书，总之，他们的目的只有一个，就是不想下乡。许多人从乡下回来后，往事不堪回首地总结道：知青点不是人待的地方。他们从乡下回来后，缓了一阵，又缓了一阵之后，他们枯黄的脸色才又泛出血色。

接到朱革子的来信，一面想着朱革子的艰苦岁月，一面找机会去师部转一圈。师部的院子要比我们团部大上好几倍，在我们眼里就是现代和文明的象征。卫生队专门在一栋灰色小楼里，院前屋后经常挂满了白色床单，还有女兵的军服，运气好的话，还能够看到女人晾晒出的内衣，同连来的女兵，有好几个被分到了卫生队。卫生队是女兵最集中的地方，除此之外，通信连话务班也有十几个女兵，王秋月就是这些女兵之一。我们部队是野战军，在团以下单位，别说见女兵，就是各个连队的猪圈里母猪都见不到一只。因此，每到周末，请假去师部转一转、看一看成了我们的奢望。

我们每次去师部，先要走上一段路，才能见到公共汽车的站牌。等上好久，一辆公共汽车才喘息着驶过来，摇晃着再开上半小时左右，才到了师部。师部的军人服务社是最热闹的地方。周日的时候，许多男兵女兵都会到军人服务社买东西，运气好的话，还能碰到三三两两的女兵走过来。她们似乎刚洗过澡，头发还是湿漉漉的，有时她们会买点东西，有时又什么也没买，但她们手里一律会拿根冰棍，一边走一边吃，吃完冰棍，又把手里的木棍潇洒地扔到身边的垃圾桶里。

有一次，我和杨卫平结伴来到了师部，在军人服务社门口看到了同学张雯。张雯参军前又瘦又矮，脸上还有雀斑，在我们班女生中属于丑小鸭。此时的张雯，几个月没见，人就变了，比以前胖了，脸色也红润了许多。这都不重要，那天我们见她时，她正和另外两个我们不认识的女兵走在一起，她们一律目不斜视、挺胸抬头地从服务社里出来。杨卫平叫了一声：张雯。张雯立住脚，目光缓缓地投向我们，像电影里的慢动作。终于认出了我们，嘴里发出“呀”的一声，然后就夸张地说：是你们呀！那天我们站在军人服务社门前和张雯说了几句可有可无的话，张雯的话题从始至终一直没离开卫生队，什么学习打针了，配药了。总之，她把自己当成了个人物，临走时还不忘说上一句：有空到我们卫生队去玩。然后头也不回，挺胸抬头地走了。惹得一群路过的男兵引颈张望着她的背影。

杨卫平冲地上吐了口唾液，咬着牙说：什么玩意儿，跟我们还装得人五人六的。我也补充道：卫平你说得对，上学时，我们男生都没人正眼瞧她。杨卫平又咽口唾液，喉结上下滑动一下说：在部队就是缺女生，要是放到别的地方，我都不搭理她。

又有一次我和杨卫平去师部，在门岗外面碰到了王秋月。她匆匆从师部院里走出来，门岗后面有一个传达室，传达室门前立了只绿色的信箱。她是来寄信的，投完信抬眼看到了我们，怔了一下，便主动招呼道：是你们呢。王秋月几个月不见是真的变了，确切地说是变得漂亮和洋气了，一身军装合体地穿在她的身上，她的眼睛更亮了，乌黑的那一种。她忽闪着睫毛看着我们，弄得我们一时不知说什么才好。杨卫平一遍遍咽着口水，突然结巴起来：秋、秋月，你咋样？王秋月就简短地介绍了下通信连的状况。我们分手时，她又突然叫住了我们，低垂下眼睛小声地问：你们谁有朱革子的地址？我没加犹豫把朱革子的地址写在了她的手心里。她一直张着手，似乎五指握在一起那地址就会从手心里消失，她一边道着谢，一边张着手向院里走去。

回团部的路上，杨卫平一遍遍地问我：她还没忘掉朱革子？我没说话，望着公共汽车窗外，想到了上初一时，王秋月戴着朱革子送给她那顶军帽时的样子。确切地说，朱革子和王秋月之间的来往并不多，两人只是偶尔相望，目光交织在一起，激起一片电光火石之外，其他时间真没发现朱革子和王秋月有暗度陈仓的故事。朱革子和我住一栋楼，中间隔一个单元，上学放学，我们两人经常走在一起。在上学的路上也会经常碰到王秋月和其他几个女生，她们叽叽喳喳着，似乎见了我们男生，她们的话就格外多。我私下里问过几次朱革子，问他是不是对王秋月有意。每次朱革子都急赤白脸地辩白道：怎、怎么可、可能，我、我是因、因为她父母每、每次接、接送我爸。

朱革子的父亲朱局长每年都会有几次被救护车拉到医院里去抢救，一想到他父亲我就叹口气。有时我们放学时，会在办公楼门前的操场上看到朱局长，他顶着一颗硕大的脑袋在晒太阳。一看见朱局长，我就知道，他脑子里的弹片又受潮了。朱局长的脑门流着汗，脑袋越发显得油光锃亮，嘴里发出咝咝哈哈的声音，不知是因为舒服还是痛苦。走在我身边的朱革子每次看到父亲这样，便背过脸去，露出难看又痛苦之色。朱局长有时会看到我们，他把笑堆在脸上结巴地说：三小子，你、你们放、放学了。我一听到他结结巴巴的声音就想笑，但又不能笑，忍住笑应道：朱叔叔又晒弹片了。朱局长就笑一笑，把褶皱堆在脸上。这时的朱革子会急三火四地拉着我快步走去。朱革子在没人时会经常叹气，然后望着远处的什么地方道：我、我妈说、说了，我、我口、口吃这毛病就、就是和我爸学的。我不以为然地说：你妈说得不对，你学结巴了，你姐怎么没结巴？那会朱革静已经参军了。听说朱革静当的也是名话务员，口齿清晰地接转电话。朱革子就摇着脑袋说：那、那不一样，我、我姐是女的。我听了他的话就笑了，结巴传男不传女，我第一次听说过。

想起往事，我又想起王秋月要朱革子知青点地址的事。我断定，朱革子和王秋月真的没有什么，要是有什么，他们不可能不通信，也用不着向我要朱革子的地址。但为什么王秋月偏偏只要朱革子的地址，我心里又画了一个大大的问号。

有天晚上，我正躲在宿舍里给朱革子写信，想告诉朱革子王秋月要他地址的事，杨卫平突然闯进宿舍把我拉到门外，兴奋异常地告诉我：我刚才和王秋月通电话了。他的眼睛冒着亮光，意犹未尽的样子。我不屑地呲了句道：和她通个话有什么大不了的。杨卫平就摇着头说：她的声音在电话里太好听了，简直就是悦耳动听。我没想到他会用这个词，不可思议地望着他。他拉着我来到了连部门外走廊上，那里有部连队公用电话，战士们有事需要和其他连队战友联系就在这儿打电话。杨卫平不知是因为激动，还是别的什么原因，手哆嗦着，拿起电话，先是接通团部的总机，让总机接通师部总机，然后把电话听筒贴到我耳朵上。这时，听筒里传出一个好听的女兵声音：你好，请问要哪里？这声音的确很好听，用悦耳动听来形容一点也不过分。我一时不知说什么是好，杨卫平冲我使着眼色，我明白他的意思，便问了一句：是王秋月吗？得到了肯定答复之后，我没话找话地说：你给朱革子写信了吗？电话那端突然短暂地沉默，半晌，才听她说：没有。最后我放下电话，心也跟着怦怦乱跳起来。

杨卫平挤眉弄眼地说：咋样，是悦耳动听吧？没想到做了话务员的王秋月声音一下子动听起来，她的吐字标准，声音随着每个电波的律动传过来是那么让人受用，简直是天籁，像音乐又像一场春雨。总之，她的声音无法言说和形容。

从那以后，我和杨卫平有事没事就会凑到那部电话前和王秋月说上几句话。她是师部总机的话务员，每次值班都有许多电话需要接转，这时，她就让我们稍等，她接转完电话后，又会上线和我们说上几句。每每这时，心情就会舒畅许多。久了，就有种罪恶感，我隐隐地觉得她在和朱革子通信了，只是她不说而已。我从朱革子的来信中看出了蛛丝马迹，朱革子现在来信不再抱怨知青点有多苦多累了，而是憧憬着说，争取早日回城找份工作。信的末尾总是会写上一笔：最近见到王秋月了吗？都是同学，你们在一起要互相照顾。我隐约觉得朱革子和王秋月有些不对劲了，同参军的这么多同学，他为什么不提别人，总是提王秋月？意识到这些之后，我便不再给王秋月打电话了。杨卫平就像中了邪一样，只要王秋月当班，他都要和她说上一阵子，东扯葫芦西扯瓢的，就是没话找话。每次和王秋月通完话，他的人就不一样了，飘飘悠悠的，幸福的感觉一直洋溢在脸上。然后迷迷瞪瞪地望着某一处发呆。我意识到，杨卫平这小子已经暗恋上王秋月了。看到他这样，我就想到朱革子在信上说的话：你和秋月是同学，要相互照顾。看着杨卫平走火入魔的样子，又不好戳破他。

三

杨卫平已经爱上了王秋月，这是我的发现。以前周末时，他总是约我和他结伴去师部，在军人服务社买两支雪糕，来到门外，一边慢条斯理地吃雪糕，一边暗中观察来来往往的女兵。当然，偷看女兵的不仅是我们，还有其他一些男兵。女兵们自然也知道我们在偷瞄她们，路就走得和平时不一样了，又矜持又妖娆。看着女兵们如此模样，我就想，她们此刻一定觉得自己是天底下最漂亮的一群女人。自从在师部门口和王秋月邂逅之后，杨卫平总会到通信连门口站一站，有时会碰到话务兵在换班，三五个女兵站成一排，"一二三四"地去总机班换班，下了班的几个女兵也排着队"一二三四"地走回来。我们有时会看见王秋月也在队伍里，她发现我们就冲我们笑一笑，回到连队院内便消失在门洞里。每每这时，杨卫平就干干硬硬地咽口唾液，仿佛刚从梦中醒来，半晌之后冲我说：咱们回吧。

杨卫平对王秋月走火入魔后，再到周末时，他就独来独往了。每到周末，他把假条塞给班长，然后就像只兔子一样从我眼前消失了，我知道他的目的是什么。杨卫平一走，我就想起朱革子，不知他此时在知青点如何受苦受累。我给朱革子的信件大都是在这会儿写的，当然我并没有提杨卫平追求王秋月的事。起初朱革子的信回得很快，抱怨没能参军，他还说，一个老知青告诉他一个治结巴的偏方，就是大声地读报纸，我想象着朱革子读报纸的样子。我记得我们上学时，老师也经常把朱革子叫起来当着全班的面读课文，朱革子读课文时总是铿锵有力、抑扬顿挫，一点也不结巴，作文写得也是文笔流畅，语文老师经常把他的作文当成范文来读。老师在讲台上读他的作文时，他坐在位子上，腰板是笔挺的，眼睛还一亮一亮的。这段时间不知为什么，朱革子的来信少了许多，有时我写上三两封信之后他才回上一封。内容也简略得很，有应付差事之嫌。我又想到了王秋月要朱革子知青点地址的事，就想，也许朱革子把写信的热情都给王秋月了吧。这么想过，在内心深处为朱革子祝福着，但隐隐的还有些失落，在我们眼里王秋月方方面面的条件都要比朱革子强，不知王秋月喜欢朱革子哪点了。

周末下午的时候，杨卫平从师部回来了。不仅他回来了，那些请假外出的士兵，都陆续回来到班长那儿去销假了。杨卫平每次回来，神情都很疲惫的样子，他歉意地从挎包里掏出一个苹果什么的，递到我面前声音虚虚地说：给你带的。我把目光望向他，希望从他眼神里看出些什么，每每这时他都在掩饰，脸上挂着笑，把目光移向别处，嘴里南辕北辙地说：以后你需要什么，我去服务社给你带回来，省得你跑腿了。再用目光深究他时，他已经躲出宿舍了。

只要一有空闲，杨卫平就往连部里跑，我知道，他一定是给师部总机打电话了。过了一会儿，又一会儿，他便回来了，嘴唇似乎舔过了，湿湿的很滋润的样子，一脸满足和幸福。开口说话时，也努力咬"音"嚼字的，让自己的话语标准起来。我想，他一定是受了王秋月的影响。

有一次，晚上我和他在操场上散步，有几个星星寡落地在天边闪动着。杨卫平似乎有些魂不守舍的样子，不时地扭头向连部方向张望，我知道他又想给王秋月打电话了，便立住脚认真地盯着他说：卫平你想谈恋爱我支持你，可你要分清对象。他听了我的话，眼睛眨了几下道：怎么了？我又说：王秋月和朱革子有意思，咱们不能做对不起哥们的事。从上初中开始，我就把朱革子和杨卫平等几名同学当成了哥们。哥哥姐姐都毕业了，有的参军有的下乡，我们成了保护弟弟妹妹的男人。军区大院子弟学校经常和地方上育红学校的那帮人起冲突，这种对立矛盾从什么时候开始的我不知道，反正我们一上学时，在放学或上学的路上经常遇到育红学校高年级的学生欺负我们，还经常抢我们头上戴的军帽。每每这时，哥哥们总是过来解围，有时把他们吓跑，有时又会发生一场恶战，总之，有哥哥们在，我们没吃过亏。现在轮到我们保护弟弟妹妹了，我和朱革子、杨卫平几个人天天像救火队员一样，前赴后继地出现在最危险的地方，经常把育红学校那些欺负弟弟妹妹的男生打得落花流水。我们的友谊就是这么建立起来的。

杨卫平听了我的话，怔了怔说：你能肯定朱革子和王秋月好上了吗？

我说：虽然不肯定，但也十有八九。

杨卫平咽了口唾液又说：只要他们的关系没有宣布，我就有追求王秋月的权利。

听了杨卫平的话，轮到我发怔了。杨卫平又急三火四地奔向连部，饿狼似的扑向了那部电话机。

在以后的日子里，杨卫平经常迷迷瞪瞪地跟我说：王秋月的声音真是太好听了，简直就是天籁。

我不知道杨卫平是喜欢上了王秋月这个人，还是她那悦耳动听的声音，或者兼而有之，总之，他为王秋月已经神魂颠倒了。

我们入伍第二年的春节前，休假探亲，从车站出来，我们意外地看见了朱革子。他穿了身旧军装，立在出站口，目光越过我们的头顶向我们身后望着。杨卫平怔了一下，犹豫着脚步，我拉了他一下向朱革子走去，快到他眼前时喊了声他的名字，他一惊才把目光移到我们的脸上：你、你们也坐、坐这趟车？说完目光又向出站口望过去，我顺着他的目光望过去，王秋月从出站口走出来，朱革子冲我们：我、我去接、接人了。说完火烧火燎地向王秋月奔过去。

杨卫平手里的提包掉在了地上，他呼吸急促，脸都白了。我狠狠地扯了一下他的肩膀，我们都没想到，王秋月和我们坐一列火车回来的，我们居然没有发现。上了公共汽车，杨卫平似乎才缓过神来，仍用不可思议的语调说：怎么会，怎么可能，王秋月怎么会看上他？

爱情这东西是说不清楚的，在那年的春节，我经常可以看到朱革子和王秋月成双入对的身影。王秋月穿着军装，鲜红的领章和帽徽映得她的脸红扑扑的，朱革子则穿了一身洗得发白的旧军装不离左右。如果说我们上高中时，朱革子和王秋月是暗恋，现在就是从地下走到地上了，他们明目张胆的爱情像面旗帜似的在那个春节到处招摇。

杨卫平显然失恋了。在探亲的日子里他几乎闭门不出，不论怎么打电话叫他，他不是说不舒服就是头疼，总之他找各种理由大门不出二门不迈，直到离假期还有两天了，同学们张罗一次聚会，他才勉强出来。十几天没见，杨卫平似乎变了一个人，很憔悴的样子，眼窝深陷，似乎大病了一场。席间朱革子带着王秋月姗姗来迟了。朱革子拱着手一遍遍说：对、对不起大家，来、来晚了。王秋月脸红扑扑的，看看这个望望那个，很少说话，别人不论说什么，她都以微笑作为回答。自从朱革子和王秋月到来后，杨卫平更加沉默了，目光就没离开眼前的盘子。

酒席间我们都一遍遍祝福着朱革子和王秋月，花好月圆的话说了一遍又一遍，酒喝了一杯又一杯。不知为什么，喝了酒的朱革子口齿变得清晰起来，他拉着我的胳膊一遍遍地说：秋月和你是一个师的，你一定要帮我照顾好她。他说这话时，还把目光落到杨卫平的身上。杨卫平头都没抬，他们之间无法确认眼神。那天晚上，朱革子很兴奋，话很多，酒量也很惊人，喝了一杯又一杯，最后他站起来道：今天我一人敬各位一杯，虽然我没参成军，但秋月替我参军了，我知足了。说完他开始打通关，一个又一个地敬下去。轮到杨卫平时，朱革子有些喝多了，脚步不稳，端酒杯的手也有些抖，他拍了下杨卫平的肩膀，叫了声：卫平。杨卫平就抬起脸，却没端杯子的意思。朱革子就说：卫平，咱们还是不是哥们？杨卫平把目光躲开，从牙缝里挤出一个“是”字。朱革子就说：我喝三杯，你随意，就是为了哥们。果然，朱革子站在杨卫平身边真的连喝了三杯。我看见此时的王秋月的目光一直在朱革子和杨卫平身上游移着。朱革子喝完，众人都把目光移到杨卫平身上，饭桌上一下子静下来。这次探亲回来所有人都知道他暗恋王秋月的事，但没人把话说破，刚开始喝酒时，也小心地维护着他的心情。杨卫平突然站了起来，伸手抓过酒瓶子，那瓶酒刚打开，还有大半瓶的样子，他把瓶口插到嘴里，一口气把大半瓶酒都干了，引来众人一片喝彩。朱革子放下酒杯，一把抱住了杨卫平，突然狼嚎似的哭了，一边哭一边说：卫平呀，我没看错，咱们是永远的哥们……

那次休假回来，杨卫平几乎变了一个人，他开始变得沉默寡言。周末的时候，他几乎不再请假外出了，需要日用品也是让战友们帮忙带回来。他再也不去连部打电话了。他学会了吹口琴，没事他就躲到操场旁的树下呜呜咽咽地吹上一气，然后把目光拉长望着天边某一处星光或者云朵沉思。

四

先是王秋月当满三年兵后复员了，杨卫平也是那一年复员的。复员的老兵都到师部集合，然后用大巴车再送到火车站。我一直把杨卫平送到了师部，三年的战友生活让我们的感情得到了升华。最初连长宣布杨卫平复员的消息时，我心里没着没落了好一会儿。到了师部操场上，杨卫平就站到了复员老兵的队列里。摘去领章和帽徽的这些老兵，虽然仍穿着以前的军装，怎么看都觉得少了点什么。我在复员老兵的队列里发现了王秋月，她和几个为数不多的女兵站在一起。自从她和朱革子公开恋情之后，我和杨卫平几乎再也没见过她。原因是我们一晃就是老兵了，偷看女兵那是新兵才干的事。但王秋月和朱革子好上的事实还是给杨卫平带来挺大的打击。自从那以后，杨卫平的性格大变，他不再天真无邪地嘻嘻哈哈了，而是开始变得沉默寡言，一下子成熟了不少。杨卫平就是那会儿学会的吸烟。没事的时候，他就会在连队院内找个角落蹲下身子，看地上的蚂蚁爬来爬去，然后点燃支烟狠狠地吸上一口，让烟雾把整张脸罩住。我们刚到连队时，看到许多老兵都是如此的状态，那会儿我们不理解，以为当兵当傻了，那些蚂蚁有什么好看的。当我们融入到老兵发呆看蚂蚁的行列里时，我才突然发现，我们也已经成为老兵了。

站在复员老兵队伍里的王秋月，一脸平静。她上大巴车的样子还有些雀跃，就像一只刚出笼的小鸟。她坐在大巴车上，透过车窗看到立在车下的我，手伸出来小幅度地冲我摆了摆，甚至还咧开嘴笑了一下。杨卫平坐在距她隔了几个窗口的位子。大巴车启动的一瞬间，我冲他们大幅度地挥舞着手臂。不知为什么，泪水突然涌出来，模糊了我的双眼，大巴车就在我蒙眬的视线中远去了。

杨卫平复员两个多月后吧，我收到了他的来信。他在信中喜气洋洋地告诉我，他现在成了一名交通警察，刚刚报到，正在接受培训。我替杨卫平感到高兴，交警也是警察。小时候我们各自谈起梦想时，记得杨卫平和朱革子两人的理想就是做一名警察。

想到朱革子才意识到，他已经好久没给我来信了。我们参军，朱革子下乡，都是在同一天，细算起来已经有三年多了。我们军区大院里也有一些哥哥姐姐下乡了，大都是三年两年就从乡下回来了。我给朱革子写了封信，询问他在城里工作联系情况，还告诉他杨卫平复员回去找到交警的新工作。不知为什么，朱革子一直没有回信。

年底时，我被宣布提干了，春节前回去探亲。从参军到现在，我这是第二次回家。我回到军区大院时，在门口竟然看到了朱革子，他穿了件油脂麻花的军大衣，大衣老旧得已经看不出成色了。他的头上居然还戴了顶狗皮帽子，一只手提了只提包，踉跄着身子往里走。我是从他走路的姿态上认出了他，大叫了一声。他回头，发现是我，把手里的两只提包顺手扔到地上，张着手臂向我迎过来，结巴地说：是、是你小、小子呀！我们俩在军区门口结实地拥抱了一下，我从他身上闻到了一股土炕味。以前朱革子来信告诉过我，他们知青点住的是土炕，北方人对土炕自然不陌生，可我一次也没住过，就问他住土炕的感受，朱革子就在信中说：一股煳了吧唧的味。此时我在朱革子身上闻到的就是这种味。我们一边拍打着对方的后背，一边大笑着，我抽空问：你这是从乡下回来了？他就答：可、可不，费、费老鼻子劲了。然后他又打量我道：你、你小、小子行呀，穿、穿四个兜的干部服了。我从朱革子的脸上看到了羡慕的眼神。我们一边说一边向院里走去，我们又在楼下分手，相约着过两天好好聚聚。

回到家之后，我才听母亲说，朱革子父母为了早日把朱革子从乡下调回来费了不少周折。朱革子父母都是军人，朱局长是管部队营房的，母亲在机关的卫生处上班，两人几乎和地方上的人没什么交往。看到别人家的孩子，要么在部队提干，要么复员，按照政策顺利找到工作，唯有朱革子还在农村吃苦受累，他们都为朱革子着急。后来还是姐姐朱革静的男朋友出面帮忙。朱革静几年前就复员了，在一家医院当护士，朱革静参军时，在部队一直是卫生员，复员回来当护士也顺理成章。她的男朋友是自己的战友，在木材厂当车间主任，为自己未来的小舅子帮忙自然不遗余力，终于找到一个招工名额，这才把朱革子从乡下调了回来。

几天后，朱革子、我、杨卫平还有其他几个同学聚了一次。朱革子刚到木材厂报到，还没正式上班，我们两个属于没事人到得比较早，到饭店包间等了好一会儿，其他人才陆续赶来。记得杨卫平是最后一个赶到的，酒菜已经上来了，他穿了身警服，推开门带来一股寒气。他一边搓着手一边说着抱歉的话，然后依次和我们握手。轮到和朱革子握手时，我发现朱革子的情绪一下子低落下去。我不知道他的这种变化到底是为了什么。席间喝酒时我为了调动朱革子的情绪就说：听说王秋月到市毛纺厂上班，那单位效益好，祝贺你呀。有人就补充说：王秋月现在在厂工会当广播员，你们没听过王秋月广播吧，声音比电台的播音员一点也不差，有空你们可以去听听。众人就起哄，一起夸王秋月的声音好听，人也漂亮，都说朱革子福气不浅。虽然大家都这么说，朱革子的情绪仍然不高涨。

说说笑笑之间，几瓶白酒就喝光了，一直到饭店打烊我们才离开。朱革子明显喝多了，一出饭店的门，便找到棵树抱住，身子也滑下去，冲树根呕着。杨卫平和我一直把朱革子搀回到军区院内，因我和朱革子住一栋楼，杨卫平分手时把朱革子交给了我。杨卫平一走，朱革子拉着我走到花坛的排椅处，因为是冬天，排椅上落满了雪，他不管不顾地坐下，我只能陪着他。他把我的手攥紧，还用了些力气，盯着我的眼睛说：我、我不服哇。我不解地盯着朱革子，他把头向前伸着，又做出随时要吐的样子，却没吐而是说：咱、咱们都是同学，你、你们工、工作都比我、我好，我进木、木材厂就、就是一个工、工人。说到这他大哭起来，时间已经很晚了，家家户户的灯早就熄灭了，朱革子的哭声在空旷的花园里显得异常突兀。他的哭声尖厉而又流畅，和他的结巴一点关系也没有。我想把他的嘴堵上，又觉得不合适，只能把他的头按在怀里，手抚着他的肩膀。他的肩膀随着他的哭声耸动着。我搜肠刮肚地安慰着他：没事，工作不合适想办法再找，天无绝人之路。好劝歹说把朱革子劝得消停了一些，扶着他来到了他家单元门口，却发现朱局长已经立在单元门口了。他披着棉衣，光着头正盯着我和朱革子。朱局长没说话，默默地从我手里接过朱革子，冲我点了下头就往单元里走去。显然，朱局长听到了儿子哭声，从楼上下来。朱革子到了父亲手里似乎一下子就清醒了，他止住了哭声，偎着父亲的身体上楼了。我沉默了好一会儿才向自家门栋走去。躺在床上久久没有睡着，想象着今天晚上朱革子的表现，他心不甘情不愿，虽然从农村回到了城里，但他并不满意现在的工作。

几天后吧，我出门办事，路过木材厂，突然想起朱革子就在这里上班，冒出了想去看看他的念头。见到朱革子时，他正在车间里忙碌着，穿了一身蓝色工作服，还戴了只口罩。一棵硕大的原木被天车运到一架电锯面前，一个老师傅把一个铁钩子用力扎到原木上，然后按下按钮，电锯突然启动，发出巨大的轰鸣声。电锯飞转着切进原木里，顿时木屑四溅，直到一棵原木被锯成条状，师傅关闭了电锯，车间安静下来，朱革子才看见我。他带我走出车间，从兜里掏出烟来，我们站在院子里吸烟，他把一口烟深深地吸进肺里又缓缓吐出，像发出的一声叹息。我拍一下他的肩膀，一时不知说什么才好。他突然伸出手在自己脸上抽了一巴掌，声音清脆而又响亮。我不解地问：你这是干什么？他的目光一下子变得凶狠起来：都、都是因、因为我这结巴。要、要是我不结、结巴，我、我就会和你们一样。朱革子突然这么一说，我一下子替他难过起来。那天我和朱革子立在木材厂院子里，吸了一支烟，说了几句可有可无的话便告辞了。

一想起朱革子的眼神我的心里就沉甸甸的。我在院里见过几次王秋月，她住在我对面那栋楼里，想见她并不是难事。复员后的王秋月穿着便装，人和在部队时就有些不一样了，头发似乎烫过了，波浪状，围巾外面的头发随着她的脚步一颤一荡的，很是好看。不知为什么，却没有看到过她和朱革子成双入对的身影，两个人都独来独往的样子。不知她和朱革子之间发生了什么。

突然想起同学说，王秋月现在是毛纺厂的播音员，声音动听得和电台的播音员没什么区别。出于好奇，那天我骑着自行车来到了毛纺厂大门外，毛纺厂离军区大院不远，公交车也就几站地的样子。我到毛纺厂大门口时，正是交接班时间，一群女工走进厂内，厂内又有一群女工从院里走出来，眼前是一片戴白工帽的女工。毛纺厂是三班倒，人歇机器不歇，二十四小时昼夜轰鸣。我到厂门前时，厂区的高音喇叭里正在播放音乐。音乐突然停止了，接着从广播里传来一个动听的女声：职工朋友们，现在是毛纺厂电台播音时间，下面播报职工投稿……没错，这就是王秋月的声音。在部队时，我和杨卫平通过电话听到过她的声音，电话里她的声音很迷人，像块磁铁似的能把人的耳朵吸住。此时，她的声音通过广播传递出来，仍然那么有磁性，标准的女中音。我在毛纺厂门口站了许久，一直到王秋月的播音结束我才清醒过来，在回来的路上，满脑子仍然是她那动听悦耳的声音。我终于意识到，声音对一个人有多么重要，即便没见过王秋月本人，凭她的声音也会被吸引，并爱上她。我又想到了朱革子因为结巴而苦恼，我理解了朱革子。

我归队的前一天晚上，接到了杨卫平的电话，他说要为我送行。我赶到他说的饭店时，他已经站在饭店门口了，看到我后径直向一个包间走去。进了包间我才知道，除了我之外，他谁也没叫。他一边开酒一边说：今天我谁也没叫，就想和你单独聊聊天。大约半瓶酒下去之后，他突然对我说：朱革子和王秋月吹了。我一惊，盯着杨卫平。他就说：我听毛纺厂一个哥们说的，听说他们厂长的儿子在追求王秋月。我有些急促地问：他们因为什么吹了？杨卫平苦笑下摇摇头：听说是朱革子提出来的。

我得到朱革子和王秋月分手的消息并不吃惊。我回来这些天一次也没有看到他们成双入对的身影。他们分手却是朱革子主动提出来的，这不能不让我吃惊。在我们看来，王秋月能爱上朱革子就是个奇迹。一想起王秋月从广播里传出的动听的声音，我心里就麻酥酥的。

杨卫平深喝了一口杯中的酒，认真地看着我说：我现在追求王秋月还算不仗义吗？

我认真地望着杨卫平的眼睛。我知道从参军那天开始，他一直在暗恋王秋月，只是因为知道朱革子和王秋月好上了，他才把暗恋的苗头扼杀在心里。我想了想说：你不能这样，王秋月和朱革子的关系怕没那么简单。

杨卫平急不可耐地说：再晚了，就让那个厂长的儿子抢去了。

我又说：她现在和那个厂长儿子谈上了吗？

杨卫平犹豫下才道：应该没有。

我再说：她要是和厂长儿子谈上了，你再去抢。说完又认真地盯紧杨卫平的眼睛。

他眼里突然亮了一下，拍了下大腿说：我懂了。

那天晚上我和杨卫平分手后，走到朱革子单元门下抬头向朱革子家张望了一会儿，发现他家的灯已熄了。我真想见到朱革子问问他为什么要和王秋月分手。这时把朱革子叫出来显然不合适。第二天一早，我带着疑问和遗憾匆匆地归队了。

五

我归队之后，给朱革子写了封挺长的信。内容有三：首先问他为什么和王秋月分手；其次，是希望他振作起来；最后，我告诉他口吃这毛病是可以治好的。我不知在什么杂志或报纸上看了一则故事，说是国外有个国王，因为口吃很自卑，总不能当着他的人民把演讲进行下去，这个国王便天天读报纸，当着众人，渐渐口吃的毛病就好了，成为一名擅于演讲的国王。信寄出后很久，却没有得到朱革子的回信。

杨卫平却来了信，他在信中说，朱革子想放弃和王秋月的爱情，可王秋月并没有放弃。原因是，他经常能在家楼下的空地上看到朱革子大声朗读报纸的身影，每每这时，王秋月都会站在朱革子一旁充当他的忠实听众。杨卫平在信中说，朱革子的朗读和上学时朗读课文一样，声音很大，也很流畅。最后他在信的结尾处不无忧虑地说：这个办法能治好他的结巴吗？我看悬。杨卫平已先入为主地下了结论。

我不管杨卫平如何悲观，仍然三天两头地给朱革子写信，为他把朗读继续下去加油打气。朱革子虽没回信，但我能想象得出，朱革子站在楼下的一棵树下，手里拿着一份报纸或杂志，大声朗读的样子，家家户户的窗子后面挤着各种各样的脑袋，目光自然也是复杂的。我现在最关心的是朱革子的父母是如何看待他的。他们是为朱革子的境遇感到悲伤，还是充满了悔意，这一切我不得而知。

大约半年后吧，杨卫平突然又来了封信。他告诉我，军区大院辖区的公安分局面向社会招聘警察，有军人履历的退伍官兵会优先考虑。他喜气洋洋地在信中告诉我，有许多战友报名了，还罗列了许多战友的名字。最后他又忧心忡忡地告诉我，朱革子也报名了。我明白杨卫平为什么忧心，他是担心朱革子的口吃毛病，最后功亏一篑。那样的打击怕朱革子承受不了。杨卫平婉转地告诉我，希望我给朱革子写封信，让我劝劝朱革子放弃报名，正视现实。

朱革子能听我的吗？我知道他的梦想就是想做一名警察，有一次我问他，为什么要梦想着当警察？他涨红了脸，半晌才说：警、警察是、是和、和平年代的英雄。记得问他这句话时是初二的上学期。正是秋天，地上落满了树叶，我们走在树叶上一片哗哗作响。我们报名参军前，他又提过一次，小声地告诉我：我参军不、不想提干，回、回来想、想办法分到公、公安局。那个年代很多人参军就是想复员回来分配一个有铁饭碗的工作。那天，我重重地拍了一下朱革子的肩膀。他正一脸向往地憧憬着参军以后的样子。没料到，参军前的目测朱革子的梦想就被腰斩了。

我不知朱革子最近的朗读对治疗他的口吃有没有什么效果。我和杨卫平的意见不一样，我在信中鼓励他，希望他为了自己的梦想而努力。这次朱革子很快回了信，他在信中告诉我，为了能考取警察，他现在每天跑五公里，用两个小时朗读报纸。他的信中充满了浪漫的现实主义气息，我为朱革子感到高兴。

一个月以后吧，朱革子又来了一封信。他又一次喜气洋洋地告诉我，他已经考取了警察，分配到街道派出所，成为了一名光荣的治安警察。接到朱革子的信，我一颗悬着的心才落到了实处。

又几个月后，我休假探亲，母亲告诉我，朱革子考取警察并不那么容易。他是先挨了父亲几个耳光，又找人说了情才有了考取警察的机会。原来，朱革子又是在第一轮被考官刷下来了，他是如何含泪回到家里并没有多少人注意，但回到家里和父亲大吵起来许多邻居都可以做证，他们争吵的声音几乎整栋楼的人都听到了。朱革子含着泪冲父亲结结巴巴地说：都、都怨你，我这、这结巴都是和、和你学的，害、害得我、我，参军不成，连、连警察也当不上。朱革子含泪带怨地抱怨着父亲，朱革子母亲就两头劝了：你们小点声吧，当不上警察当个工人天塌不下来。朱革子不依不饶地：我、我这辈、辈子就毁、毁在我爸手里了。这时，人们听到惊天动地的一声大喊：放、放屁，我、我那么多好处你没学，谁、谁让、让你学、学这个了。朱局长的口吃一点也不亚于朱革子。朱革子此时一定是梗了脖子，一副视死如归的样子了，他仍然不依不饶地说：不、不怪、怪你，怪、怪……那个“谁”还没说出来，朱局长左右开弓连扇了朱革子几个大耳光，声音清脆而又响亮。紧接着就安静下来。朱革子和我们一样，从小到大没少挨父亲的打，以前打几个耳光这都是小事，小时候我们闯了祸还被父亲绑到楼下的树上去喂蚊子。后来我们再大一点，在外面惹了祸，就不敢回家了，要么跑到院外的同学家借宿，要么跑到郊区的山里去躲藏，几天后，我们自以为父母消了气，才敢颤颤巍巍地溜回来。但自从我们上了高中以后，个子都有父亲高了，也懂事了许多，父亲就不再打我们了。

几年没遭到父亲暴打的朱革子，突然受到这致命一击，一定晕头转向，目瞪口呆。他用手捂着脸，不可置信地看着父亲。父亲的一颗光头在他眼前晃来晃去。朱革子镇静下来，放下手，扬着红肿的脸说：好，你不是打我吗，从今以后我不在这个家里待了，我走还不行吗？

朱革子转身进了自己的房间准备收拾东西，母亲却兴冲冲地进门一把拉住他的胳膊道：儿子，你这病好了！朱革子望着母亲道：什么好了？母亲拍了一下他的肩膀道：你的口吃呀。朱革子不信任地盯着母亲的脸，又摸摸自己发热的脸说：妈，我真的好了吗？母亲哭了，一边哭一边说：还不快谢谢你爸，他要不打你几巴掌，你这口吃病能好吗？

朱局长打完儿子正后悔，他背着手在客厅里转圈。听老伴这么说才把注意力收回来，望着喜极而泣的老伴，又望眼发呆发愣的朱革子说：你、你再讲、讲两句。

朱革子就说：我要是考不上警察，工作我也不干了，我要离家出走。

朱革子后来跟我说：他当时的确有这个想法。就此云游四方，破罐子破摔了。

朱局长听了，左手打右手，又跺了下脚道：老、老天爷呀，你、你可不好了吗?!

朱革子的结巴被他父亲打好了，但人家警察招人的考官已经宣布朱革子被淘汰了，似乎也无可挽回了。母亲就眼泪汪汪地冲朱革子父亲说：老朱，这次你无论如何要帮一次儿子，咱们可就这一个儿子呀！当初，朱革子没能参军，母亲已抱怨父亲好几年了，一提起儿子下乡时吃的苦就唉声叹气。后来虽然是回城了，工作不仅朱革子不满意，他们也不满意。

朱革子母亲不想放弃这次改变儿子命运的机会，一遍遍央求着朱局长。朱局长在客厅里又转了两圈，看了眼呆站在一旁的儿子，狠了狠心说：我、我给王副局长打个电话，看、看能不能管用。朱局长说的王副局长以前是军区的一名转业干部，和朱局长在一起共过事。

朱革子的命运就此发生了改变，他又重新接受了面试，笔试……一路过关斩将，终于如愿以偿地成为了一名治安警察。

那年的元旦前一天，我又一次回家休假。一进军区大门，就看到了大门口一旁的电线杆上贴上了大红喜字，每隔几步就张贴了这样的喜字。这些喜字显然是刚张贴好的，我顺着喜字一直走到朱革子家那个楼门口，楼门口左右各贴了喜字，我不知谁要结婚了。刚进门，正要问母亲，母亲告诉我，是朱革子要在元旦结婚。朱革子马上要结婚了，这小子居然一点消息也不给我透露。我又问母亲：新娘是谁呀？母亲说：还有谁，不就是那个王秋月嘛。我心里舒了口气，朱革子这是挣扎了一圈又回到了原点。想想也是，现在他口吃病好了，又当上了梦寐以求的警察，在我心里他完全配得上王秋月。

朱革子的婚礼是在一家饭店举行的，我和杨卫平还有同年的战友都参加了他们的婚礼。朱革子身穿警服站在台上，人一下子就显得很精神。王秋月穿了一身大红的衣服站在朱革子身旁，她正一脸幸福地微笑着。婚礼主持是朱革子的姐夫，木材厂的车间主任。他热烈地讲了一番花好月圆的话之后，然后安排新郎新娘讲话。先是朱革子向前迈了一步，还给到场的所有人敬了个礼，然后他口齿清晰地冲新娘子王秋月说了许多感激的话，同时也感谢了到场的每位亲戚朋友。轮到王秋月讲话时，她还没开讲，台下就响起了一片热烈的掌声，那是参加他们婚礼的毛纺厂的女工们，她们一边鼓掌一边呼喊着王秋月的名字。当王秋月第一句话一出口全场立马变得鸦雀无声了，许多年过去了，我们都忘记了她当时讲的内容，但她动听的声音一直回荡在我们的脑海里。她的声音像一首动听的旋律，穿过了我们所有人的耳鼓，听着她的声音，望着台上幸福的王秋月，她就像一朵盛开的鲜花在婚礼的舞台上绽放。

我在整个假期，无数次地看到朱革子和王秋月成双入对、恩爱甜蜜的身影出现在军区大院里。我望着他们恩爱如初的身影，衷心地祝福着他们。

这次休假即将归队前，突然又一次接到了杨卫平的电话，还是要为我送行，准备了酒宴。我几乎每次归队前，杨卫平都要搞一次这样的仪式。上学期间我和杨卫平关系不算紧密的，但经过几年战友的历练，我们的关系明显比其他同学更近了一层。

晚上来到杨卫平指定的酒店，发现朱革子和王秋月也来了，我前脚刚到，杨卫平带着一个女孩也到了。席间杨卫平介绍那个女孩是他们交警支队的内勤，叫赵小琴。赵小琴也当过兵，要比我们晚两年。她在部队时做的是卫生员。

那天所有人都显得很高兴，我们三个男的都喝了不少酒。先是互相说着祝福的话，到后来，我们就回忆上学时的种种趣事。还说到了朱革子送给王秋月那顶女士军帽，王秋月这才说出了实情。她就是在那会儿爱上朱革子的，她说到现在那顶军帽她还保留着。我们一起回忆着青葱岁月。

饭局结束之后，赵小琴的家住在另外一个方向，我们先把她送上公交车，我们才一起往军区大院方向走。朱革子明显喝多了。这半年来，他正春风得意，结巴的毛病被他父亲几巴掌扇好了，又娶了王秋月，他没有理由不高兴，所以就喝多了，王秋月就半搀半扶着他。我和杨卫平相互搀扶着往回走，趁朱革子他们不注意，我小声地问杨卫平：今天咋把朱革子和王秋月也叫来了？这话我一进门时就想问，一直没有找到机会。杨卫平突然把我拉到路边，我们俩坐到马路牙子上，挥手让王秋月扶着朱革子先走。两人走出一定距离后，杨卫平才道：你知道吗？我这是给我自己画上一个句号。我明白他说的句号是什么意思，在朱革子没结婚前，他一直在暗恋着王秋月。去年我休假时，朱革子人生处于低谷，在有意回避着王秋月，他就动了再次追求王秋月的心思。杨卫平掏出烟，我们各自点燃，杨卫平看着自然明明灭灭的烟头说：念想就像这烟头，吸完了就熄了。我扶着他的肩膀说：那个赵小琴不错，她当过兵，现在又和你在一个单位，你们一定有许多共同语言。杨卫平听了我的话，突然大哭起来，不可遏制的样子。我没有理他，我知道，杨卫平正把自己的暗恋埋葬。果然，过了一会儿，杨卫平把烟掐灭在马路牙子上，站起身拍拍屁股上的土说：走，咱们该回家了。一路无话，我和杨卫平肩并肩地向军区大院走去。

六

我调到军区机关那一年，朱革子的儿子都三岁了。也是那一年，朱局长退休了。朱革子自从结婚一直住在家里，姐姐朱革静和木材厂的车间主任早几年就结婚了，搬出去另过日子了。

我每天早晨上班时，经常能看到朱革子牵着儿子的手向院内的幼儿园走去，这是军区子弟幼儿园，在大院东侧的一个角落里。我和朱革子从小就在这个幼儿园里长大的。记得刚上幼儿园时，朱革子刚脱下开裆裤，想上厕所又不敢向老师报告，经常把尿撒在裤子里，然后老师就给朱革子妈打电话，过了半晌，又是半晌，朱革子妈风风火火地从外面跑进来。老师早已把朱革子尿湿的裤子脱下来，朱革子便半裸着身子蹲在墙角，想哭又不敢哭的样子，被他妈扯起胳膊向家走去。我们透过窗子看见他母亲一边走一边数落他，说到生气处，还拍了几掌他的后背，朱革子响亮的哭声便传过来。我怀疑朱革子就是那会儿落下的病根才结巴的。朱革子尿裤子的事，从小班一直到中班，他才改掉这个毛病。知道上厕所要请假了，每次请假都小心地站起来，怯懦着声音道：老、老师，我、我要上厕所。然后就弯着腰夹着腿，扭捏地走出去。

现在还是那个幼儿园，只是门窗似乎换了。朱革子牵着儿子的手走在前面，王秋月随在后面，一家三口幸福地向幼儿园走去。此时的朱革子一丝不苟地穿着警服，挺胸抬头地牵着儿子的手，儿子就左顾右盼地看街景，我发现朱革子的儿子眼睛很亮，五官长得像王秋月。

王秋月已经到市电台上班了，是名交通电台的节目主持人。两年前她参加了市里组织的主持人大赛，一举取得了第二名的好成绩，不久便被市电台挖了过去。那会儿交通台刚成立，正四处搜罗人才。我们经常在广播里听到王秋月悦耳动听的声音，有时报路况，也有时和另外一名男主持人在广播里谈天说地讲笑话。她现在是最受听众喜欢的主持人之一。生完孩子的王秋月似乎一下子长开了，她比以前更漂亮更有女人味了，一眼望去便是颇有姿色的少妇。

朱革子、杨卫平我们这些发小经常聚会。朱革子每次都会晚到，经常带着一股凉风走进包间里，先坐下，然后又欠起身子把腰间的枪掏出来，重重地放到桌子上。我们就把目光投到他那把枪上，每每这时，他都用手护住枪，低调地冲我们笑一笑道：有了枪才有平安。他这么说，我们也笑一笑。朱革子现在很自律，从来不多喝，每次吃饭，只倒一杯啤酒在自己眼前，饭局结束时他才把那杯酒一饮而尽，于是人就显得很清醒的样子。有时我们喝多了，他会扶着我们往回走。不时地把腰间的枪碰到我们身上，硬硬的。杨卫平就说着酒话道：你天天带着个家伙，是不是睡觉也搂着？朱革子不说什么，只是笑一笑，很满足很幸福的样子。

有时我们饭才吃到一半，朱革子接到电话有出警任务，又抓起枪，急三火四地走了。我们望着朱革子出门的背影，杨卫平就举起杯子喝口酒说：发现没有？朱革子自从当上警察后，人和以前不一样了。

我笑笑，我知道朱革子从小就喜欢警察，一直梦想着做一名警察。小时候做游戏时，他总想当警察抓坏人。有一次，高年级的翟天虎和我们一起做游戏，高年级的同学做游戏总是花样百出，翟天虎那天分派朱革子做小偷，我们做警察，翟天虎瞅着朱革子说：你一看就不是好人。小时候的朱革子长得的确有些奇怪，脑袋是长方形的，头发还杂草丛生的样子。朱革子一听让自己做小偷立马咧开嘴大哭起来。我们好奇，他说话结巴可哭起来和正常人没什么两样，流畅而又嘹亮，闭着眼睛咧着嘴，让哭声传到每个角落。杨卫平还抓了一把草塞到他咧开的嘴里，哭声才戛然而止。

杨卫平也已经结婚了，婚后的生活也很幸福和谐的样子。但只要一提起王秋月，他的表情就复杂起来。有一次，我们喝完酒趔趄着向军区大院走去，他突然拉住我说：我总觉得王秋月嫁给朱革子亏了。我有些惊怔地去望他。他看出了我的意思，忙摇头说：我心里早没王秋月了，你可别乱想。作为同学战友，我替王秋月亏得慌。我拉过杨卫平在路边坐下，叹口气说：朱革子这人不错，现在是警察了，穿上警服人也是很精神的。

杨卫平吐了口口水说：他不配王秋月。

当初王秋月和朱革子好上时，我也有些吃惊，难道就是因为当年朱革子送给她那顶军帽吗？后来过了几年，我觉得爱情这东西说简单也简单，说复杂也复杂，朱革子和王秋月的爱情就是个例子。人们都觉得朱革子配不上王秋月，可人家又很幸福，感情这东西说不清楚。

杨卫平一提起王秋月便耿耿于怀，我明白杨卫平这小子心里的情结还没有完全解开，就是因为他当年追求过王秋月。过年过节我们一起再聚会时，王秋月有时也会参加，她的样子似乎早就忘了我们当年给她打电话闲聊的事了，总是大大方方有说有笑的。凡是有王秋月参加的聚会上，我们说话都很少，想方设法让王秋月多说话，因为她的声音和收音机里的声音又不一样，更加悦耳动听。后来我们想出一个让王秋月多说话的游戏，她说三十秒话，我们喝一杯酒。我们乐此不疲地做着这个游戏，每次杨卫平都会喝醉，在众人搀扶下东倒西歪地往回走，一边走还一边笑着，脸上洋溢着无边的快乐。

朱革子父亲，那个光头朱局长突然在一天夜里被送到了医院。那天晚上救护车开到楼下时，我们许多人都看到了，医护人员和朱革子七手八脚地把他父亲抬上了救护车。朱局长被救护车拉到医院并不稀奇，隔三岔五地就会来上这么一出。救护车走后，各家各户便熄灯睡觉了，一切归于平静，就像什么事也没发生一样。

第二天早晨，我们却听到了一个惊人的噩耗，朱局长昨晚去世了。原因还是头里那块弹片，那块在朱局长脑子里潜伏多年的弹片，刺破了他脑子里的血管……

朱局长的追悼会很隆重，军区首长都参加了。悼词是后勤部部长念的，我们作为朱革子同学也参加了他父亲的追悼会。后勤部部长在悼词中细数着朱局长的履历，我们都惊呆了。他十三岁就参加了革命，在冀中打过游击，抗美援朝还参加过上甘岭战役，他头部的弹片就是在那次战役中留下的。朱革子母亲在朱革子和王秋月搀扶下站到朱局长遗体前，墙上挂着一幅巨大的朱局长遗像，遗像中的朱局长穿着军装，戴着军帽，此时照片中朱局长的头一点也不大。我再望朱革子时，他身穿警服，臂戴黑纱。当后勤部部长致完悼词，我们排着队向朱局长遗体告别时，突然听到朱革子发出一声凄厉的叫声：爸，爸呀……他几乎欲扑到父亲的遗体上，被我们抱住，朱革子已经哭成了一团。

平时觉得朱革子和父亲的感情一般。从小他一直记恨自己是因为父亲才学成了结巴，虽然，他被父亲打了几个耳光治好了结巴，顺利地参加了警察队伍，但每次我们在院里看到朱局长站在凉亭边晾晒他的脑袋时，朱革子总会把头别过去，不想多看父亲一眼。从小到大我们欣赏朱局长晒那颗大脑袋，觉得是军区大院里的一景，每次看朱局长晒脑袋我们都心生愉快。唯有朱革子总会把脸沉下来，别过头去，装着没看见一样。从我们记事起，朱局长就一直是局长，在职位上从来没动过窝，而我们的父亲从师职到军职，隔几年总会升一级。我们放学在军区院内那片小树林里，每次谈到自己的父亲时，都心生骄傲，每每这时，朱革子就会悄悄溜走。

朱局长去世后，父亲心情也很沉重，在饭桌上没吃几口饭便放下筷子，然后他就说起了朱局长。父亲是朱局长的老战友，他们当年打游击时就在一起，还说到上甘岭上那块弹片，朱局长是中了弹片之后才变得结巴的。父亲叹着气说：老朱脑子的神经被弹片切断了……在我的记忆里，父亲这是第一次这么述说朱局长。我们想起小时候，尾随在朱局长身后学他结巴说话，那一次，父亲迎面走过来，在孩子群里把我抓出来，狠狠地踢了我两脚。从那以后，我再也没敢尾随在朱局长身后，取笑他说话。直到现在我才明白，朱局长脑子里的弹片，不仅疼在朱局长身上，也疼在父亲的心里。

朱局长去世后，在很长一段时间里，我都看见朱革子臂戴黑纱神情严肃的样子。过了好久，黑纱才从朱革子的手臂上消失。不知为什么，朱革子似乎比以前成熟了。他走在院里时，经常把目光投向那个凉亭，那是他父亲退休后经常待的地方。一些人在凉亭里下棋，他父亲则站在凉亭外太阳照得见的地方晒着脑袋。我看到朱革子还会经常在凉亭里驻足，这儿摸摸那儿看看。每次看到朱革子这样，我心里都沉重几分，默然地叹口气。

七

我们这拨同学中，开始陆续有人拥有私家车了。杨卫平买了车不久，有一个周末他打电话约我去钓鱼，说渔具已经准备好了，我只能下楼，坐上了杨卫平的车。车是新车，散发着刚出厂的气味，车内收音机调到当地的交通台，一阵音乐之后，王秋月的声音便出现了。她先是在动听地播报路况，然后和另外一个男主持人谈天说地。他们的话题就是说吃鱼，从小时候对吃鱼的记忆，到现在市场买的鱼，还有水库鱼，杨卫平不动声色、全神贯注地听着交通广播。我理解杨卫平，便没有打扰他，把目光投向了车窗外，看着熟悉又陌生的景色向车后退去。杨卫平把车开到一个水库旁，我看到了漫无边际的水库，王秋月这档节目也下线了。我望着兴致勃勃向水库旁走去的杨卫平突然明白了什么。

从那以后，又坐了几次杨卫平的车，车内收音机自然还是锁定在交通台，王秋月动听的声音便充满了耳鼓。说心里话，王秋月的声音的确很美妙，就连她的叹息都充满了韵律。只要王秋月的声音出现在收音机里，杨卫平就像换了个人一样，有时我连喊他几声他也听不到，脸上的表情随着王秋月的声音起伏变化着。

有一次，我和杨卫平聚会完，往回走，就重重地拍了一下他的肩膀，他侧过头望着我，我说：这样挺好的。他问：什么挺好的？我没继续说下去，只是冲他心照不宣地笑一笑。他似乎读懂了我的笑容，沉默片刻，叹口气说：人活到最后其实活的是精神。杨卫平说这话，我们已经到了三十五六岁的年纪，再往前一步，就跨入中年人的“门槛”了。快到中年的我们，人生就多了许多感悟。

朱革子一家仍然和他母亲住在一起，父亲去世，母亲需要人陪。我经常能看到朱革子匆匆从楼上走下来，手里提着儿子沉重的书包，到楼下自行车棚里推出自行车，把儿子的书包挎到自己的肩上，先是一骗腿跨上自行车，儿子在后面一蹿就坐到了后座上，朱革子弓起身子便带着儿子出发了。每天早晨送儿子上学是朱革子的既定项目。还是我们当年上学的八一中学，出军区大门向左拐，过两个红绿灯再右拐，闭着眼睛都能找到。我们当年上学时，家长从来没送过我们。哥哥姐姐第一天把我们带到学校之后，我门便自己走了，每天早晨站到楼下呼朋唤友地向学校走去。我因为和朱革子住在同一栋楼，我们一起去上学的次数最多。现在是独生子女了，一下子就娇贵起来，有的开车送孩子，最差的也是自行车。

朱革子家里半年前买了一辆车，车是红色的，很扎眼，他咧着嘴把车开到自家楼下，凑过来许多看热闹的人，围着他那辆大红轿车品头论足。众人说得最多的一句话是，他不该买红色，红色适合女人，不适合他，况且他的身份还是名警察，一点也不阳刚。朱革子不说话，一味地笑，从车里拿出鸡毛掸子小心地掸着车。我看到他买那辆车的第一眼，就明白他是为王秋月买的。果然，他上班还是骑着自行车，驮着儿子上学，不久之后，王秋月才光鲜地从楼门里走出来，款款地打开车门，缓缓地把车开出去。

朱革子冲我解释过：秋月在电台上班，她是公众人物，我单位有车，每天上街执勤开自己车不好吧。朱革子几乎把王秋月视为了掌上明珠。自从结婚后，他就没让王秋月干过粗活，就是每天吃的菜都是朱革子下班后去菜市场买回来，低调地提在手上，一脸幸福地往家走。因为王秋月在电台上班的缘故，她在院里同龄女人中打扮得也是最光鲜的一个，孩子接送有朱革子完成，她只负责光鲜地上班，动听地在电台里说话，人就显得很年轻。朱革子有一次在聚会上喝多了酒，满脸通红地说：我现在很幸福，家里有一个女儿、一个儿子。那次我们才理解，敢情他一直把王秋月当成女儿了。

王秋月是幸福的。当初我们许多同学都认为王秋月嫁给朱革子亏了，不仅亏了，还亏大发了。有人甚至说出那句很难听的话：鲜花插到了牛粪上。朱革子用一系列事实证明，他们的爱情是幸福完美的。就连耿耿于怀的杨卫平都在酒后拍着朱革子的肩膀，竖起大拇指说：革子，你真行，我不如你。朱革子每每这时，也不多话，只咧开嘴笑。一切幸福尽在不言中。

谁也没料到，朱革子却发生了那次意外。他在执勤时，发现了一个公安部通缉的逃犯。朱革子自然要去追赶，结果在一条死胡同里，和无路可逃的逃犯发生了搏斗，逃犯用一块砖头砸在他的脑袋上。当支援的警察赶来时，朱革子早已晕死在了现场。

医生最初给朱革子的诊断是脑出血。朱革子晕死在医院，要做一次大手术，对任何家庭来说都是件大事。我和杨卫平等人赶到医院时，王秋月和朱革子母亲已经守候在手术室门外了。此时的王秋月已经哭成了泪人，朱革子母亲没哭，坐在靠墙的椅子上，她两眼一直盯着手术室的门，我们知道，朱革子母亲是医生出身，一定见过大世面。她见我们赶来，还欠了欠身子，我们忙把她安抚在椅子上，默然地立在她的身旁。她清了清嗓子，似乎在安慰我们，又似乎是在说给王秋月听：革子爸在朝鲜受伤时，是我给他做的手术，从脑子里拔出十三块弹片，剩下那块弹片扎得太深，我没能拔出来。我们肃穆地望着眼前这位刚强的老太太。王秋月就梨花带雨哽着声音说：朱革子万一有啥好歹，我们娘俩可怎么办？老太太用一只手捉住王秋月的手，冷静地说了句：还有我呢。婆婆的话让王秋月止住了声音。

朱革子开颅手术完成了，可一连三天朱革子仍没苏醒过来。医生又给出了自己的判断：朱革子因为伤势太重，十有八九要变成植物人。这条消息无疑是一颗炸弹。

我们再见到朱革子时，他身上插满了各种管子，头上缠着纱布，我们几乎认不出他来了。他母亲坐在病床一侧，一直握着儿子的手，王秋月带着他们的儿子站在一旁，眼睛早已红肿得不成样子，他们的儿子躲到母亲身后，想看又不敢看的样子。来之前，我们本想说些安慰的话，可看到眼前的场面，竟一句话也说不出来了。

在以后的日子里，我们经常隔三岔五地去看朱革子。每次走到朱革子病房门前时，都能听到王秋月在朗读报纸的声音，她的声音一如既往的动听，就像中央电视台的播音员在病房里播报新闻。我们走进病房时，王秋月才会抬起眼睛，停止读报纸，情绪低沉地招待我们。后来我们才知道，这是朱革子母亲的主意，朱革子以前在家里说过无数次，王秋月的声音好听，有时还会让王秋月给自己读上一段报纸听。每次听完朱革子都会揉着自己的耳朵说：我这一对耳朵有福了。朱革子为此还专门买了一部小半导体收音机，没事就揣在兜里，频率自然是交通台。他在家没听够媳妇说话，上了班还要听。

后来王秋月不仅给朱革子读报纸，还读公安局的通报，那个逃犯如何被抓住的，还有分局对朱革子的事迹的表彰，他立功受奖的通报。有一次，我来到朱革子病房门外，正听到王秋月对朱革子的哭诉：革子，你醒醒吧，你醒不过来，我和大壮该怎么办呢？还有妈，她的年纪一年比一年大了，你不是说过把我当成女儿吗？革子，你醒不过来，我和大壮靠谁呀？……大壮就是他们的儿子。王秋月说到这就哀哀地哭成一片了。我立在病房门口，心里也跟着湿了一片。

记得是半年后吧，在这期间，我们这些同学去了无数次，后来考虑到王秋月的身体，我们轮流看护朱革子，让王秋月能够歇一歇。有一天，我突然接到杨卫平的电话，他在电话那端变音变调地说：朱革子醒了。我赶到医院时，朱革子果然醒了，医生已经把他身上的一些管子撤走了，他的两只手被他母亲和王秋月这两个女人死死地抓着，立在他面前的所有人都喜极而泣。他不解地望着母亲和王秋月，又望望我们，疑惑地问：你们哭什么，我怎么了？后来朱革子说，自己做了一个挺长的梦，梦见自己一直在收听交通台王秋月主持的节目，他听着听着就醒了。

医生都说朱革子能够醒来是个奇迹，我们知道这是爱的力量。

两个月后，朱革子出院了，他在医院里待满八个月后，终于恢复了正常人的样子。他穿着警服第一天去上班时，我们同学，还有分局的一些领导和同事都站在楼下迎接他。他穿着警服从楼门里走出来，显然被眼前的景象惊呆了，他先是冲我们敬了个礼，然后腼腆地说：不、不用，这、这么弄，我、我都不好意思了。

朱革子恢复了正常，但我们却发现他治好多年的口吃毛病又回来了。我们经常在院里见到送孩子或提着菜回来的朱革子，然后我们就会聊上几句，他结巴着说：快、快去上班吧，不、不然就迟、迟到了……

我们笑着，朱革子又是以前的朱革子了。

他们一家过得依然幸福。朱革子学会了遛弯，一手举着收音机，收音机里播放的是交通台广播，王秋月的声音行云流水地从收音机里传出来，依然是那么悦耳动听。

漫山遍野金达莱

一

说起老金，故事还得从头讲起，但也不长，三言两语的事。

老金是军区大院的职工。我们对他有印象时，他似乎五十来岁的样子，经常穿一身油脂麻花的旧军装，戴着一副灰色套袖，从他身边路过，总会闻到一股汽油和柴油混合的气味。老金个子不高，属于比较瘦的那种身材，眼睛细长，饼子脸。对了，老金是少数民族，父亲在饭桌上说过，他是朝鲜族人。父亲在抗联时就和老金并肩战斗过，对老金很了解，每次说起老金，态度都很暧昧不清。老金在抗联时，算是地下党的通信员。有一次大雪封山，老金为父亲的抗联队伍送豆腐，那会儿地方上的同志也没筹集到粮食，只凑了一筐大豆腐，日本人不仅封山，对粮食控制得也很严。老金那会儿还是小金，和父亲同龄，十几岁的样子，因为他孩子的身份便于掩护，于是他就成了地下组织的交通员。那次他挎着装满大豆腐的筐翻山越岭为抗联队伍送吃的，正巧遇到日本人封山，漫山遍野都是日本人的哨兵，当年的小金子无路可去便爬到一棵树上隐藏自己，等待进山的机会。日本人那次封山，三天后才撤走了岗哨，三天后的小金子几乎从树上摔下来，他僵硬的手脚早就不听指挥了，他是爬着找到抗联小分队的。分队长姓赵，看到小金子这样，抱着小金子哭出了声。也就是那次，小金子十根脚指头都被冻掉了。从冬天到夏天，几乎都没下过地。又一个初冬时，父亲又一次见到了小金子。这次小金子为他们送来了一筐玉米饼子。少了十根脚趾的小金子，走路扭着身子，像个小脚女人，不敢迈大步，很扭捏的样子。

我们认识老金时，他走路也是一副扭捏的样子，从背后看，更像一个小脚老太太。老金有三个孩子，老大叫盼军，老二叫念军，老三来军和我们是同学。盼军和念军是两个姐姐。我们都住在军区大院里，所不同的是，他们一家住在我们家属区南侧一排平房里，那是一片职工宿舍，正确的称谓叫军工，军队的工人的意思。

金来军虽然和我们是同学，同在军区子弟的八一学校就读，但他平时很少和我们来往，低着头匆匆地走过，到了学校教室里也很少和我们搭话。下课时我们一群人在操场上或班级的角落里奔跑，他总是在一旁袖着手，腼腆地把目光望向我们，显得非常不合群的样子。

有几次我们在放学路上把来军截住，质问他为什么不和我们一起玩。此时的来军低垂着头，脸还红了几次，一句话不说，用脚尖踱着地面，此时他的样子更像一个丫头。朱革子就结巴地上前说：金、金来军，你、你不会是个女的吧？我们就哄笑，金来军的头更低了，样子似乎要哭出来。我们给来军起了个外号叫“金达莱”。因为几天前我们看过一部抗美援朝的电影，有一首插曲就是和金达莱有关，我们知道，是赞美中朝友谊的。既然金来军是朝鲜族，我们就理所当然地把金达莱这个外号送给了他，觉得金达莱这个花名又时髦又洋气。过了许多年，我们才知道，金达莱是朝鲜人民对杜鹃花的叫法。杜鹃花对我们来说并不陌生，在军区首长每户家门前的小院里，到处可见杜鹃花，每年的五六月份，杜鹃花在首长的小院里总是开得姹紫嫣红。

我们每次拿金来军取乐时，赵拥军总是过来解围。赵拥军比我们高一年级，长得也比我们高半个头，他用手臂把来军护在身后，大声地说：你们不能欺负来军，我爸说过，来军爸为抗联送过干粮。他是我们一伙的。赵拥军的父亲就是当年抗联支队的赵队长，此时是军区的参谋长，住在军区首长的小楼里，此时院子里的金达莱正在盛开。我们并没有欺负来军的意思，只是总觉得他和我们不一样，又不合群，便成了我们的心事，总想找机会一探究竟。既然赵拥军出面护着来军，我们就暂且放过他这一朵金达莱了。

在我们心里还有两朵金达莱，一朵是来军的大姐盼军，另一朵就是他二姐念军了。他大姐比我们高三届，我们上小学三年级时，他大姐就上初一了，但我们还在一个学校里。大姐盼军和来军一点也不一样，她的身体跟一个男孩子一样，壮实得很，梳着短发，脸孔黑红，从背影上看几乎和男孩子别无二致。走起路来风风火火，两条粗壮有力的腿，走在地上短促有力，不仅和她弟弟反差强烈，就是和她父亲老金也不一样。我们经常看到盼军从粮站出来，左腋下夹了一个装满粮食的口袋，右腋下也夹了一个口袋，噔噔有声地向家走去，后面随着扭捏快走的老金。我们不仅叫盼军为金达莱，还给她起了另外一个外号：假小子。假小子盼军在我们面前总是一阵风地刮过，独来独往，像一个传说。

二姐念军和盼军、来军都不一样，应该说念军是三个孩子中长得最漂亮的那一个。她不仅在他们家最漂亮，就是在他们全年级也是最漂亮的。她和赵拥军在一个班，我们经常能看见赵拥军总是斜着眼偷瞄念军，想看又不敢看的那一种。不仅赵拥军这么做，许多比我大一些的男孩子，经常用那种见不得人的眼神偷瞄念军。过了几年之后，我们有一天也发现了念军的美。念军总是和别的女孩子不一样，长腿细腰，凹凸有致的样子，头帘总是弯曲着，配一张白净的面孔，眼睛不大，却总有一层雾一样的东西，于是人就显得很婉约。她和盼军、来军一样，也总喜欢独来独往，要么就是和来军走在一起，依旧婉约的样子。

起初我们不明白他们三个人为什么不和我们来往，我们长大一些才明白，因为他们是军工子弟，住在平房里。就是玩也大都是和那些住在平房里的孩子一起。因为他们是军工子弟，自觉不自觉地和我们住在楼房里的人疏远着。有时我们把目光投向他们时，他们总是会做出目不斜视的样子，把目光投向远处，让我们摸不清头尾。有时，我们路过那片平房门前时，也会加入他们的游戏队伍中，他们的游戏便戛然结束了。他们自觉地站到一旁目光无措地望向我们，没有他们参加的游戏索然无味，我们也就散了，心里总是怏怏的。

老金的大名叫金英柱，他的名字是我们在军区礼堂的报刊栏里见到的。每年的年底，报刊栏里总会贴出一批优秀职工的名字，不仅有名字，还有他们胸戴红花的照片。金英柱就是我们认识的老金，每年都会被评上优秀职工，戴着大红花微笑地望着我们。这些先进职工的照片和名字总会在报刊栏里张贴上一阵子，后来又被各种通知或标语占据了。老金是电工，但他却不是一般的电工，他管着好几台发电机。电机房在军区办公大楼后面的几间房子里，有柴油的，也有汽油的。发电机门前还有士兵站岗，持着枪一丝不苟的样子。我们有几次试图去发电机房看个究竟，都被卫兵举起的枪拦下了。门口还立了块牌子：军事重地，闲人免进。那几个字和哨兵一样严肃地立在发电机房的门前。老金就在发电机房里面上班，远远看过去，他不是躺在地上维修机器，就是检查发电情况，在几台发电机面前走来走去，一脸严肃的样子，和照片上那个微笑的老金一点也不一样。

后来我们知道，发电机房对军区来说是很重要的一个部门。我们小的时候，因国家用电紧张，军区三天两头停电。每次停电老金就让发电机派上用场，发电机房里机器轰鸣，整栋办公楼就灯火通明。我们家属院没这个待遇，只能点蜡烛。记得小时候，蜡烛是我们每家常备的用品之一，在军人服务社经常有人在买蜡烛。军区大楼有作战指挥所，还有电台、电话什么的，是离不开电的，没有电整个军区的首脑部门就变成聋子瞎子，是没法指挥作战的。

知道这些道理后，老金的形象在我们心里就高大起来，甚至觉得老金比军区司令和参谋长还要厉害。我们在军区大院里经常能看到军区首长从办公楼里出来往家属院方向走。在家属院的东面还有一个小院，那里有几栋小楼，又围成了一个小院，小院门前依旧有士兵站岗，那里就住着军区的几个首长，他们的小院里有金达莱在盛开。首长们一走进小院就显得神秘起来，他们走在路上，身边总是会有秘书或警卫相伴。首长的目光要么温和要么严厉地从我们眼前走过。

赵拥军的父亲赵参谋长和老金很熟的样子，有时在路上碰到老金，每次他都会停下脚步，亲切地叫一声：小金子。老金就一脸的笑，快速地扭捏着自己的脚步走过去，离老远就把双手伸出去，作握手状。赵参谋长和老金就会说上几句话，然后打着哈哈就走了，他的身旁还有一名警卫不离左右地相伴着。每每这时的老金并没有马上离去，而是面对着赵参谋长的背影，把笑挂在脸上，这种笑和戴红花照片上的笑又不一样。他一直用微笑把赵参谋长送出好远，直到看不见，才收起笑，转过身，又扭捏着步子向前走去。

父亲也会经常和老金打招呼，父亲招呼老金时总是显得很亲切，远远地叫一声：金子。老金也是又惊又喜的样子，咧开嘴，快速地倒腾着脚步走到父亲面前，伸出手叫一声：石部长，这是上班呀。父亲就说：金子，啥时有空去家里喝酒。老金就响亮地应了，但老金一次也没来过家里喝酒。父亲倒是经常喝酒，有朱部长、李部长等人，有两次赵参谋长也来过。他们喝酒并不讲究，把酒倒在大碗里，下酒菜也不挑，有时有个炸花生米，或者半斤猪头肉，他们也会把酒喝得有声有色。喝着喝着他们就会说起老部队，父亲这些朋友都是抗联出身，一说起在抗联那会儿，总会说起大雪天，日本人封山什么的。他们说当年日本人封山没了吃食，吃树皮吃野果子的生活，每每这时，他们总会想起小金子，是小金子一次又一次绕开敌人的封锁线，蹚着及腰身的雪把吃食送到抗联营地。每次父亲他们说到这时，总是眼泪巴嚓的，然后他们一致认定，小金子亏了，要不是因为脚被冻伤，他就会转到部队工作，现在起码也是名师职干部。父亲他们说到小金子时，感情是真诚的，为老金的遗憾也真情实意。

二

抗日战争结束后，老金也算是地下组织的有功之臣，组织考虑到他的脚伤，参军或到地方工作是不现实了。为了给老金找条后路便送到苏联去学习，老金不认字，没什么文化，便被苏联同志安排去学习发电。发电听起来简单，要把发电机工作原理弄明白，也不是件简单的事。这是老金第一次接触机器，听到机器轰鸣，看到一盏又一盏灯亮起来时，老金双脚离地跳起来，高兴得跟个孩子似的。在苏联学习了一年发电机后，老金回到了国内。那会儿解放战争正打得如火如荼，老金又一次被派到了部队，还是原来那支老抗联队伍。此时，他们早就不叫抗联游击队了，而改成了纵队，赵支队长已经是名团长了，父亲也成了一名连长。老金的工作在纵队，纵队有一台发电机，那会儿的发电机要一天二十四小时工作，保障纵队的电台和通信联络。老金的加入让发电机工作效率得到了提升，没有因为发电机故障而耽误纵队的情报往来。老金随着部队一直到了海南岛，海南岛解放不久，又随部队去了朝鲜。朝鲜战争结束后，便成立了军区，老金也就名正言顺地成了一名军区的老军工。不论刮风下雨、阴晴雪雨，他都会穿着一身没有领章帽徽的军装，扭捏着脚步去发电机房上班。赶上部队演习或训练时，发电机被卡车拉着追随着指挥所，哪里需要就在哪里发电。

随着三个孩子陆续出生，老金便多了心事。他一直想生个男孩，完成他未尽的心愿。在抗联时期，他做地下联络工作，那会儿他最大的愿望就是参加游击队，因为冻伤失去了十根脚趾，他的愿望落空了。虽然，他从苏联回来后，仍在部队工作，但看到那些战友们在前线杀敌立功，他的心也痒痒的。当年的赵支队长，如今的师长曾拍着他的肩头，安慰道：小金子，不论你在哪里，只要为革命工作，你都会发光发热的。他听了赵师长的话，脸上带着笑，眼睛也眯成了一条缝，但只有他自己知道他并不心甘情愿地只做一名发电工，他的理想是要像别人一样，大脚走八方去前线杀敌立功。

后来，我们从他三个孩子的名字，依稀能够感受到老金对军人的渴望。老大是个女孩叫盼军，老二又是个女孩叫念军，她们盼着念着，来军终于出生了。在老金的观念里，只有男孩未来才能驰骋疆场。但来军似乎不怎么争气，生性胆小。记得我们都上小学了，在老金的家门口，还经常有被褥晾出来。在那排职工宿舍门前，有几条拴在树上的铁丝，就是为了职工们洗衣晾晒方便，偶尔也有职工在天气好时把被褥挂出来晾晒。可老金的家门前，隔三岔五地就红旗招展，他们家晾晒最多的物件就是褥子，明眼人都能看到褥子上地图一样的印痕。后来听母亲说：来军经常尿床，找了好多中医来也不见效果。母亲说这话时，是一脸的同情之色。

那会儿我们都不爱搭理来军，都知道他是个尿床大王，他走在我们身边似乎都能闻到一股尿骚气。于是我们就不待见来军。来军也从来不和我们掺和到一块儿，就像他两个姐姐一样总是独来独往。有时在上学或放学的路上，老金家的三个孩子经常走在一起，盼军和念军走在前面，来军低着头看着自己的脚尖跟在两个姐姐身后。我们暗地里给来军起了一个外号：尿炕精。只要见到来军一个人时，我们就大呼小叫地喊：尿炕精。朱革子因为结巴，他每次喊，总是比我们慢几拍，我们都喊完了，他还没喊完，逗得我们经常哈哈大笑。每每这时，朱革子就一本正经地补充道：本、本、本、来、来就是嘛。于是我们就又笑。

大约是三四年级时，我们就很少能看到老金家门前那件画满地图的褥子了。我们也经常能看到来军的母亲，那个同样长着细长眼睛的女人，在铁丝上花花绿绿地晾晒衣服。她见了我们总是会友好地笑一笑，并不说什么，转身进了门里。我们看着来军的母亲，就想起念军，三个孩子只有念军长得和她妈相像，好看的腰身，还有耐看的笑容。盼军和来军长得和他们父母谁也不像，一副听天由命的样子。

虽然来军不再尿床了，但他的性情却一直没改过来，总是一副胆小怕事的样子。上体育课有一个跳木马的项目，我们男生总是能轻松完成规定动作，唯有来军不行，跑到木马前犹犹豫豫，总是半途而废。体育老师便把他分到女生那一组，一遍遍地给他和女生开小灶。来军站到女生队伍里，脸都红到脖子根了，样子似乎要哭出来。

我们想，老金千盼万念地终于等来了来军这个男孩，来军的表现一定让他们一家失望了。

果然，盼军高中毕业那一年，老金突然出现在我家。记得那一天的傍晚，我家的门突然被怯生生地敲响了，父亲几步走到门前打开门，只见老金一脸笑意地立在我家门口，他手里还拎着两瓶酒。门开了，他并没有进来的意思，两只脚不停地搓着，一副不知如何是好的样子。父亲一把把他扯到屋内，大声又热情地说：老金，你这是第一次登我门吧，你可终于来了。父亲拉出一副要热情招待老金的架势，父亲在外面碰到过无数次老金，每次父亲都会说：老金，啥时有空到家里来，咱哥俩好好喝几盅。我们都知道，父亲和老金在抗联时就相识，一个在游击队，一个做交通员，父亲的热情一点也不奇怪，只可惜，老金一次也没来过家里。倒是父亲和他当年那些抗联时的战友经常聚会，每次都喝得脸红脖子粗，也无数次说过当年的小金子、如今的老金。每次提起老金，他们就咂着嘴感叹：要是老金当年不冻伤脚……后面的话他们不说了，一律用摇头叹气代替了。

此时的老金，把手里提着的两瓶酒放到我家茶几上，脸上僵着笑道：首长，我今天不是来喝酒的，是为我家老大盼军参军的事。

那会儿高中毕业有几种去处，下乡、工作或者参军。直接工作的可能性几乎没有，因为老金家三个孩子，不符合就业条件。老金和老金的妻子还没到退休年龄，也不存在接班工作的问题。只剩下两个选项，要么下乡，要么去参军。老金到街道上报名了，想让盼军参军，街道答复是，今年招收女兵的名额有限，直接给否了。老金万般无奈下找到了父亲。父亲听完了老金的原委后背着手在空地上踱了两步，踱步是父亲的习惯，每次遇到事做决定时，他总是先踱步，然后再做决定。果然父亲立住脚，盯着老金说：老金，你第一次开口，就是再难，这事我也帮你办。老金的眼睛瞬间潮湿了，他伸出手捉过父亲的手，一边摇一边说：石部长，真是太感谢了！父亲就说：老金，别忘了咱们是抗联时的战友，我办不成就去找老赵。父亲嘴里的老赵就是如今的赵参谋长。老金告辞时，父亲想起了放到茶几上的两瓶酒，提起来去追老金，老金已经扭捏着脚早就下到楼下了。父亲望着那两瓶酒，长吁短叹了好一阵子。

父亲并没有食言，打电话给街道，又给武装部，最后还是联系上了部队接兵的同志，反复做工作之后，接兵部队的人终于为盼军找了一个入伍名额。之所以盼军入伍这么费周折，是因为当年接兵的部队是海军潜艇部队，他们不招女兵，没有女兵名额，要不是父亲再三协调，盼军参军的事肯定泡汤了。

许多年过去了，盼军参军那天的情景我仍记得。那天下了一场小雪，营区里白茫茫一片。接新兵的卡车停在部队院门口，车下聚了许多送孩子参军的家长，也有一些看热闹的人。老金自然也在其中，他牵着盼军的手，似乎有话要说的样子。此时的盼军身穿海军军装，人立马不一样了，英姿飒爽的样子。男兵们陆续地登车了，盼军冲父亲说：爸，还有什么交代的吗？老金用力地看了眼盼军，咬咬牙说：我说的你记下了吗？盼军点下头说：到部队一定争取留下，做一个女军官。老金用力点点头。盼军挥下手道：爸，那我出发了。说完一个箭步奔到车下，学着男兵的样子，先是把背包甩到车厢里，然后扒着车厢一翻身登上了卡车。她的样子干净利落，比许多男兵的动作还敏捷。盼军是一车新兵中唯一的女兵。她站在车上冲车下的父亲挥着手，车开动那一刻，老金挥着手突然大声地喊：盼军，别忘了我说过的话。我们看见盼军抿着嘴唇冲父亲用力地点了点头。车启动了，越开越远。老金的手用力地挥舞着。

三

盼军参军不久，我们发现来军头顶上多了顶海军军帽。海军的军帽分两种，一种是夏天戴的大檐帽，佩有飘带的军服，据说全世界的海军军服都差不多，我们习惯了看陆军着装，觉得夏天海军军装又复杂又夸张。冬天海军军服则变成了深灰色，军帽也是深灰色的。来军戴了顶深灰色军帽，我们怎么看怎么觉得有点别扭。我们那个年代，戴军帽成了一种时尚，只要头上扣一顶或真或假的绿色军帽，总能引来周围人羡慕的目光。我们军区大院里的孩子，头上的军帽大都是真的，我们有父母、哥哥、姐姐在部队上，军帽理所当然是真的。

盼军没参军前，记得来军头顶是光着的，他不仅没军帽，头发还有些杂乱，旁逸斜出的不成个样子。那顶军帽虽然戴在他头上有些大，但却一点也不影响来军的自豪感。虽然他还是不合群，溜着我们的人群走，但他的目光似乎变得正常了许多，不再低眉顺眼了，有时还把目光投向我们，我们把目光回敬过去时，看见来军还把胸脯往上挺了挺，弄得我们还有些不习惯。朱革子暗地里就结巴着说：都、都是那顶军帽闹、闹的。我们看着来军头上那顶深灰色的军帽，心里就多了种异样的东西。

有一次，在放学路上，朱革子挥手把来军拦住了，上前结巴道：把、把你帽子让、让我看看。来军不动，木头似的立在那。朱革子上前不由分说地把来军的帽子摘下来，扣到自己头上，摇了摇头说：这咣咣当当的，啥、啥玩意。很快朱革子就把来军的帽子还了回去，很不正经地把帽子扣在来军头上。来军这时涨红了脸，脖子似乎也粗了，他盯着朱革子，声音很大地说：我姐是海军。说完逃也似的跑了。望着来军的背影，我们发现这家伙腿上似乎也有了力气。

我们军区大院子女，参军到海军和空军的很少，大都是陆军。原因有两个，我们的父母都在军区，属于陆军，自己的家事怎么招呼都有道理。有许多人参军季过去之后仍能把自己的子女送到部队上，部队的首长都和我们的父母熟悉，有的还是老下级。我们把这些人称为“后门兵”。另外一个因素是，陆军在我们部队序列里编制最多。空军和海军偶尔也到我们这来招兵，每次只招短短的一截队伍，而陆军可不一样了，有时一招就招一个方队，黑压压的一群人。

盼军参加了海军的潜艇部队。我们自然知道是在海底穿行的船只，有时躲在海里十天半月的也不上岸，但我们想象不出盼军能在潜艇上干什么，是开艇还是做装炮手。我们想象着，盼军的身份在我们心里竟有了几分神秘。

我们发现变化最大的还要数老金。老金仍然是我们军区的军工，穿着身旧军装，戴着套袖，扭捏着脚在院里走来走去，外表看似乎和以前没什么差别，但我们对老金很熟悉了，还是发现了他的变化。首先他的变化在精气神上，他似乎找到了快乐的密码，脸上多了笑容，还有就是他和首长们打招呼的声音。以前他在院里碰到在军区上班的首长，也打招呼，声音是含蓄的，有种压着嗓子说话的感觉；现在不一样了，他的声音一下子变得嘹亮了，底气十足的样子，透着精神和高兴。有两次，他在院里看到了父亲，立住脚，挺着胸脯说：石部长好。父亲看到老金也立住脚，关心地问一句：盼军还好吧？老金把脸上的笑绽放开来，眯着眼睛道：多亏了部长你呀，盼军很好。父亲就点点头，想起什么似的又说：金子，有空来我家，你上次放到我那的两瓶酒还没喝呢。老金就爽快地点头道：一定一定。我知道，老金说这话是顺嘴了，在这之前父亲也无数次做过邀请，老金也都答应了，可他一次也没有来过。

元旦那天晚上，外面响起爆竹声时，母亲把饺子煮好了，我们围在桌前正准备开饭，这时突然响起了敲门声。父亲怔一下，还是过去把门打开。门外却意外地站着老金，脸上挂着标志性的微笑，手里还提着用蒙布包着的东西。他冲父亲说：家里的包了辣白菜馅饺子，我送给部长一家尝尝。说完把蒙布连同盆递了过来，父亲醒过来，侧过身子一只手接过盆，一只手把老金硬拉到屋内，冲母亲说：烫壶酒，金子来了，我们哥俩一定要喝一杯。老金就一边笑着一边挥手说：不了，改日，哪天我再来。老金被父亲不由分说地按到吃饭桌前。这时母亲已经把老金带来的饺子盛到了盘子里，满满的两大盘，还冒着热气，酒也很快被母亲烫好了。起初，老金喝得有些扭捏，像他走路的样子，三杯之后，老金的脸上泛起了红晕，喝酒的样子也自然起来。一遍遍地说：部长，盼军能够参军多亏了你了。父亲就挥着手说：孩子参军是为国家做贡献，要都不参军，国家谁来保卫？老金的笑容就灿烂起来。父亲那天话很多，也很稠，一杯又一杯地和老金碰杯，说得最多的还是抗联那会儿。父亲盯着满桌子上摆着的饺子，眼泪巴嚓地说：金子，还记得那年大年三十吗？你冒着风雪给我们游击队也送了一盘饺子，饺子都被冻硬了，赵支队长给我们每人分了一个，那是我这辈子吃过最好吃的饺子。父亲说到这哭了，老金也唏嘘着道：那年真冷，送完饺子回到家都半夜了。走在半路上还下起了雪，差点迷路。

父亲夹起一只饺子，狠狠地塞到嘴里，一边嚼着一边说：香，真香。老金就不失时机地说：家里的放了猪肉，还有大油。老金带来的辣白菜馅饺子我尝了一个，味道很奇特，就是有点辣，吃了一个后，我便不再吃了。

父亲明显喝多了，又举起杯子，酒却洒了一半，落到衣服的前襟上，父亲就大着舌头说：金子，我代表当年的抗联老兵要感谢你，没有你，我们也许活不到今天。老金似乎也喝多了，含混着声音说：部长啊，我最大的遗憾就是没能参加正规军，现在好了，盼军终于参军了，我高兴。说完抖着手，酒稀稀拉拉地从杯子里落下来，也落到衣服的前襟上，一扬头把半杯酒也喝下去了。父亲真诚地从桌下攥住老金的手，然后把两只手放到自己膝盖上，哑着声音说：金子，你要是参军现在也该是名首长了。

老金听了父亲的话，眼圈红了，手在父亲的手里拱动了一下才说：部长，我现在挺好的，咋说，我也是名军工。

那天晚上父亲和老金都喝多了，老金走时，父亲让我去送老金，我搀着老金的胳膊，随老金扭捏地下楼，又向职工家属区走去。院里张灯结彩，有孩子在雪地上放鞭炮，鞭炮声音把天上的雪花纷纷炸裂下来。

老金很兴奋的样子，嘴里不停地说着：三呀，以后你也要去参军，我和你爸都姓军，不能让咱们的血脉断了。我嘴里嗯嗯呀呀地应着。他又说：你盼军姐现在是军人了，军人真好……来到老金家门前时，我看见老金的老伴、念军还有来军，一家三口人站在门口巴望多时了。见到我们，老金的老伴惊呼一声奔过来，从我手里接过老金的手臂道：送个饺子咋还喝上了。老金立住脚，冲我挥下手道：三呀，替我谢谢你爸。我招呼一声，便转身往家走，听见身后老金还在说：石部长请我喝酒了，真好……

我走在路上，想着老金家的辣白菜饺子，不知为什么，又想起了金达莱，眼前被灯火照耀的雪地上，竟有一朵又一朵金达莱在盛开。老金家第一朵金达莱参军去了，还有一朵便是念军了。念军是美丽的，美得让人有些不可思议。虽然她还是躲着我们这些人，形单影只地走在上学放学的路上，但她的美已悄然绽放了。我们男孩子的目光总是有意无意地追随着念军的身影转来转去。今晚送她爸回家，我发现她落在我身上的目光是柔和的，甚至还有几分亲切和感激的成分，弄得我有点小激动，转过身时，念军的美丽便像金达莱一样在我眼前绽放了。

我记得念军快高中毕业那一年，我在院里的路上又碰到了不一样的老金。说他不一样是他的着装，突然发现他穿了条海军军裤，上身还是那件陆军旧军装。以前老金常年穿的是陆军衣服，一身上下都是，看起来并不显眼，如今他穿了条深蓝色海军军裤，一下子就不一样了，很扎眼。他见我陌生地打量他，便冲我一边笑一边招着手说：三呀，这是你盼军姐给我寄来的，好看不？我把笑写在尴尬的脸上，不知如何作答，突然想起什么似的问：盼军姐还没探亲呢？老金就掰着指头说：你盼军姐来信了，今年八一节就回来探亲。一晃盼军参军快满两年了，不知这两年她又有了什么变化，还是那个生龙活虎像假小子一样的盼军吗？我不知道这两年的军旅生活给盼军带来怎样的变化。

从那以后，老金在院里碰到熟人打招呼时，总是有意无意地把话题引到盼军身上，他含蓄着声音说：我家的大丫头来信说已经入党了，上个月还受到了一次嘉奖。老金说这话时，脸上的笑肆意地绽放着。盼军成了老金生活中的念想和希望。我望着志得意满的老金，就想：也许一两年后，盼军还会给老金一家带来惊人的消息，那就是提干。盼军成为女军官之后又是什么样子呢？

我的想法没能成为现实，那年八一节还没到，父亲有一天下班，突然带来了一条惊人的消息——盼军牺牲了。

直到这时，我才知道，盼军参军后并没有在潜艇上工作，而是在潜艇基地的服务站工作。潜艇的官兵出海时，短则十天半月，长则一两个月、两三个月，一直在深海里潜伏，官兵们执行任务，岸上就留下了他们的家属。服务站主要就是保障基地生活正常运转的一个机构，比如，为家属们换送煤气罐，把充满气的煤气罐送到军人家里，装好，再把空罐拿回到服务站，再次充满气。还有其他的一些生活保障，比如谁家漏水了，下水道堵了，都要由服务站的官兵去处理。盼军确切地说是名后门兵，潜艇部队招兵时并没想招收女兵，是父亲反复协调人家才为盼军开了绿灯。潜艇是男人的世界，盼军无论怎么像个男孩子，但毕竟她还是女的，于是就被安排到军人服务站工作。这份工作盼军无疑是努力的，参军一年半之后就入了党，还受到过两次嘉奖，如果她不出事，她能否提干不好说，但无疑会是名优秀的士兵。结果就在盼军准备探亲前十几天，她光荣地牺牲了。

据父亲说，盼军牺牲就是因为煤气罐，一只煤气罐漏气，碰到了明火，引燃了煤气罐。那是个库房，里面排满了充好气的煤气罐，如果处理不好，会引起连锁性爆炸，后果可想而知。盼军为了不引起可怕的后果，她把那只燃烧的煤气罐扛到了肩上，在她的观念里，海水能浇灭燃烧的煤气罐，于是她扛起那只燃烧的煤气罐向海边跑去。许久之后，我仍在想象着那是怎样的一种场面，盼军肩上是燃烧的大火球，她却全然不顾，疯了似的向海边跑去，她当时的样子一定是英勇无畏的。可惜的是，她还没跑到海边，那只煤气罐就在她肩上爆炸了……

盼军出事后，军区派了辆吉普车，拉着老金和他的老伴奔向了潜艇基地。他们出发是在晚上，许多人都围在了老金家门前，那辆吉普车停在老金家门口。赵参谋长、父亲，还有一些和老金熟悉的叔叔们都来了。老金和他老伴终于从门里走出来，老金又换上了那套陆军服装，浑身上下很协调的样子。他依旧扭捏着脚步，比平时多了沉重。他和老伴显然已经哭过了，眼睛红肿着。父亲上前几步，握住了老金的手，说了句：金子，你要挺住。老金先是把目光定在父亲的脸上，又移开依次在那些熟人的脸上扫过，似乎想笑一笑，那笑就僵在嘴角，他扶住车门时，说了句：谢谢了首长们。他和他的老伴坐到吉普车的后排，父亲重重地把车门关上。吉普车便一溜烟地驶走了。

人们渐渐散去，我看见念军和来军贴在自家窗后的脸，我看到了两双不安惊惧的目光向外面望着。

四

老金和他老伴是几天后回来的，还是送他们的那辆吉普车。车开到他家门前时，许多人又一次去了，赵参谋长和父亲也在其中。先是老金从车上下来，他怀里多了一只骨灰盒，古铜色的骨灰盒质地饱满，人们都被他怀里的骨灰盒吸引了，那里面装着的是盼军，参军前还生龙活虎地在自己门前进进出出。老金的老伴，那个好看的中年女人，扶着车门，摸索半晌才从车上下来。老金没回头，立住脚，显然他在等老伴从车上下来。先是老伴哑着声音喊了一声：盼军，咱回家了。又听到老金哽着声音喊：回家了，盼军。两人一边喊着，一边向家门走去。快到门前时，不知老金坐车久了腿脚麻木，还是怀里的骨灰盒太沉太重了，他的身子摇晃一下，差点跌倒。念军这时从屋里冲了出来，先是扶住了父亲，又从父亲怀里接过盼军的骨灰盒，凄厉着声音：姐，姐呀！门开了，我们看见来军怕冷似的抱紧了身子，灰白着一张脸，恐惧地望着眼前的一切。

后来，老金家房门关上了，我们仍能听到从房间里挤出的哭声，是一团，分不清谁在哭。人们低着头，又一次散去，最后只剩下赵参谋长和父亲。赵参谋长背着手，眼睛早就潮湿了。父亲背过身抹了一把脸，又回头冲赵参谋长说：老金一家不容易，我们要帮他做点什么。赵参谋长用力点了点头，冲父亲摆了下手，两人向军区办公楼走去，两人一边走一边低声说着什么，背后是老金一家高一声低一声的哭声。

念军突然参军了。直到她戴着大红花，被通信团的车接走，我们才反应过来。八月份征兵工作还没开始，我们所熟悉的标语口号还没张贴得到处都是，营院里的树墙和柳树正茂盛地生长着，身穿绿军装的念军胸前戴着红花，悄然无声地坐进了通信团的小车里。那天我们看到，念军的样子很平静，上车前弯下苗条的身子，把一双修长的腿也收进车里。直到小车启动，我们才意识到，念军这是参军了。没有往常敲锣打鼓欢送的场面，一切都平常得很。但我意识到，平常只是表面，后面一定是不同寻常。

后来，在家的吃饭桌上，才听父亲说：念军是被军区特批入伍的。这次她没再去海军，而是去了军区的通信团。通信团离军区并不远，和一个军用机场相邻。

盼军牺牲，成了烈士，老金一家无疑便是烈士家属了。我们看到街道的工作人员，把一个烈士家属的牌子钉在老金家的门楣上。牌子是红底黄字，写着“烈士之家”的字样。因为这块与众不同的牌子，老金的家一下子就显得不一样起来。

盼军牺牲后，军区报，还有《解放军报》都登载过盼军的光荣事迹，她被报纸称为“火海英雄”。报纸上写的什么我忘了，我只记得盼军登在报纸上的那张照片，照片被黑框标注了，她身穿军装，眼神刚毅地望向前方，嘴角还露出一丝不易察觉的微笑。盼军参军时我们见过，这张照片比她参军走时成熟了许多，有了点老兵的味道。眉宇间也有了少女的气息。盼军成为英雄，成为部队官兵学习的典型。有一天，军区首长赵参谋长把老金请到办公室，赵参谋长是代表军区首长和老金谈话，意思是，让他有什么想法尽管提出来，组织能办到的，就一定会办。不料想，老金其他什么照顾条件都没提，只提希望组织把念军安排到部队参军，让她去接姐姐的班。这些细节自然是听父亲在饭桌上说起的，父亲一边和母亲叨叨着这些事，一边摇着头道：这个金子，唉！父亲不知为什么为老金叹气。

从那以后，我们依然能在院里经常看到老金，他还和以前一样，电工的工具袋坠在腰上，扭捏着脚顺着电线这看看，那查查，表情是平静的。所不同的是，他那条深蓝色海军军裤不见了，又换成了一身绿色军服，从上到下老金又恢复到了以前的模样。在我们眼里，老金这身打扮顺眼多了，海军和陆军服装搭配在一起的确很扎眼。

几个月后，我们在军区营院里看到了念军。她身穿军服，佩戴着领章帽徽，瘦瘦高高地走在营区的路上，人一下子比以前显得更好看了。在我们的印象里，我们班所有同学的姐姐都不如念军长得好看，以前只要我们见到念军的身影，总忍不住偷眼去看她。她离我们近一些时，我们的心还乱跳着，想看又不敢看的样子。可惜她从来不和我们打成一片，一阵风似的走过来，又一阵风似的去了，空气中留下一股好闻的气味。此时，穿上军装的念军比以前又上了一个台阶，几个月没见，似乎她又多了种女人味，这种风味只能意会不可言传。念军的出现弄得我们的心痒痒的。

那次念军回来，是回家过周末的，住了一晚上又一阵风似的走了。我们期盼着能够再次见到念军，我们不知道下次会是什么时候。有一天放学，我们把来军拦住，他见我们把他拦住，眼里瞬间闪过惊惧的神色，想躲开。朱革子拉住他的书包结巴着说：来、来军，我、我们不咋、咋地你，就、就问你姐、姐念军啥时候还、还回来？来军听了这话，神情放松了许多，用脚掌踾着路上的一块小石子，怯怯地说：上次念军回家，是我妈生病了，专门请假回来的。我们这才知道，前几天老金的老伴生病了。虽然我们不知道念军何时会回来，自此，我们多了份盼头和念想。那一年我们已经读初中二年级了。

有天傍晚，朱革子在我家楼下气喘吁吁地喊我，我急三火四地从楼上下来，朱革子神秘地把我拉到没人处，急不可耐地说：我、我和念、念军通上话了。我不解又吃惊地望着朱革子因兴奋而扭曲变形的脸。我从朱革子结结巴巴的叙述中知道念军在通信团做了名话务员，而且还在一号台工作。所谓的一号台就是负责首长电话接转的中转台。那会儿我们家里都装有两部电话，一部是拨号的，还有一部是红色话机无须拨号，只要拿起来就会有人和你说话。后来我们知道那是总机员。这部红色电话不是每家都有，只有师职以上军官的家里才会安装这种红色电话。

朱革子就是无意中通过红色电话听到念军声音的，通过朱革子我还知道现在的念军是有代号的，她的代号是洞两幺。就是021。朱革子那天还神秘地和我说：念、念军现、现在说话声音老、老好听了，像电、电台里的播音员。我想象着念军的样子心就又快速地跳起来。也是从那以后，我开始留意起家里那部红色电话机了，趁家里没人，我偷偷地把电话机拿起来，把听筒贴到耳朵上。很快便有一个标准的女声出现了：首长好，捌洞三为您服务，请问您要哪里？显然不是念军，她的代号是洞两幺，我忙把电话放下，心里杂乱地跳着，就想，要是念军接电话自己说点什么呢？我突然想起了来军，就说自己是来军的同学，问候她一下。这么想了觉得理由还算充分，要是再加上句，问她何时回家就完美了。从那天开始，只要家里没人我都会跑到红色电话机旁，一次次拿起电话，有一次真的是念军接的电话，她用悦耳又标准的声音说：首长好，请问您要哪里？洞两幺为您服务。电话里念军的声音太好听了，正像朱革子所说的一样，都赶上电台里的播音员了。之前想好的和念军搭讪的话一句也没说出来，像只刺猬似的把电话扔到一旁，心跳如鼓。平静一会儿之后，忍不住又把电话拿了起来，还是念军的声音，还是礼貌的用语。几次之后，念军就改变了语气，她在电话里说：你好，小孩不要玩电话。说完就下线了。在那一瞬间，我仿佛被念军一眼看穿了，忙把电话听筒放回到原处，脸上火辣辣的。回味着念军动听又美好的声音，不免一次次地心旌神摇。再看电话机时，仿佛念军就在我的眼前，正用一双嗔怪的目光望向我，手都又一次伸到电话听筒上了，又慢慢地收回来。

第二天，我和朱革子偷偷地交流打电话的情况，他也和我遇到了同样的遭遇。他脸红着说：我听、听我妈说，咱、咱们家的电话都是登、登记过的，我们一打电话，她、她们就知道谁、谁家打、打的。这种事我还是第一次听朱革子说，我的脸一下子也红了，仿佛被念军看穿了心思，不仅脸红，还火辣辣的。从那以后，我们不敢再随便打电话了，在心里默默地希望念军再一次回家。

也许是因为念军，来军在我们眼里突然一下子变得生动起来。以前，来军在我们眼里总是那么不起眼，更像一只老鼠，偷偷地在我们眼前走过。虽然他现在不在床上画地图了，但前几年招展在家门口花花绿绿的床单和褥子，始终不能在我们记忆中抹去。虽然尿炕精这个外号不再叫了，但依旧存储在我们的记忆里。也许是因为念军，我们在心里原谅了来军，不论怎么说他都是念军的弟弟。我们怀着这种心情再去看来军时，竟然发现他长的像是两个姐姐的混合体，又像盼军又像念军，望着来军那张脸，我们总会想起他的两个姐姐。也不知何时，来军的学习成绩突飞猛进，以前他和我们学习成绩差不多少，也就是不显山不露水的中游水平。现在一转眼的工夫，他几乎成了全班第一名。班主任经常站在讲台上表扬来军，一边表扬一边一脸不屑地看着我们说：人无远虑，必有近忧。最后班主任的目光在朱革子脸上打住，狠狠地剜了一下又移开。朱革子脸不红不白地冲班主任厚颜无耻地笑。朱革子的学习成绩的确不怎么样，不仅让老师操碎了心，小时候还经常逃学，没少遭他父亲暴打。每次被打他都大哭不止，哭声嘹亮而又高亢，一点也不结巴。

班主任老师在一次我们测评考试之后，一脸兴奋地在讲台上宣布：这次测考打满分的同学只有一个。说完这话时，目光从学习比较好的几个同学脸上扫过，我们一些学习不咋地的人，他懒得理睬我们。班主任挥了下手里的考试卷子，又说：打满分的同学就是金来军。我们再望来军时，发现他的样子很平静，目光望着老师，似乎老师的表扬和他一点关系也没有。班主任老师从那以后，说得最多的话就是：金来军同学努力下去，北大清华皆有希望。老师大张旗鼓地表扬来军时，让我们感到汗颜。

我们再望独来独往的来军时，便生出了几分羡慕和妒忌。又一次开学后，我们光荣又无奈地升入了高一。

五

一晃念军就成了老兵。

成为老兵之后的念军遇到节日，部队放假，在院子里我们总能看到念军的身影。再次见到念军时，她似乎和以前不一样了。先是发现她的刘海似乎被烫过了，卷曲着在她的眼睛上方，走起路来，刘海也跟着一颤一颤的，很有风情的样子。还有她的军裤，不再肥大，而是很贴身地穿在她的身上，看上去凹凸有致，显得她的面条腿修长无比。还有就是，她多了双半高跟鞋，鞋是绒面的那种，黑色的，远远看过去，像军官的皮鞋。当然，念军还不是军官，只能穿绒面布鞋。念军这身打扮走在军区大院里，风姿绰约地走过，引得人们不停地对她侧目。我想在任何人眼里，念军都称得上全院最漂亮的女兵。军区大院不缺少女兵和女军官，她们和念军比起来，只能算是女人，漂亮和她们一点关系也没有。

那次，朱革子和我走在一起。他看见念军从我们眼前走过，狠狠地咽了口水，又结巴说：念、念军可是越来越、越漂亮了。我看眼朱革子，他的目光被念军的背影牵得又长又虚。我伸出手在他眼前晃了一下，朱革子才醒过来，冲我难看地笑笑，又费劲地咽口唾液，我看见他隆起的喉头上下滑动了几次。

老金一如往常地在院子里转悠，腰上扎着皮带，皮带后面吊着电工工具包，沉甸甸地坠在屁股上，扭捏着脚步很勤奋地转来转去，他的身后有时跟着俩徒弟，有时不跟。那俩徒弟我们也见过多次，大张三十出头，还有个小李也二十大几的样子了。他们都一律人高马大，跟在老金后面就像两个保镖。大张和小李是前几年招的工，据说两个人都参过军，在部队上还立过功，复员后能到军区当职工，也算是天大的福分了。我们经常能看见大张和小李两个人，训练有素，又遵纪守法地走在营区的院子里，一丝不苟地检查线路。

老金的身后，无论跟不跟着两个徒弟，不知何时老金的脸上都镀了层喜色。嘴角上扬，眉毛弯着，一张饱经沧桑的脸似乎也变得新鲜起来。他总是笑眯眯地打量着院内的人和景物，人就整日里喜滋滋的。

五一节那天，我们学校放假，我在院子里又看到了回家的念军。部队刚换成夏装，念军的白衬衣雪白地从军装里露出一圈，白色映得她的脸红红的，她的目光像风像雪似的穿透刘海迷离地望向远方。我一见到念军心就止不住地乱跳一气。我伸手压住心脏的位置，在心里想，老金一家这是苦尽甘来了。盼军牺牲了，似乎是老金一家幸福开始的前奏，接着是念军参军，来军在学习上也奋起直追，现在已经一跃成为全班第一了。老金一家有理由高兴。

五一节那天，吃晚饭时，母亲没摆父亲的筷子。母亲说：父亲被老金请到家里吃饭去了。我有些吃惊，父亲当年和老金是战友，年龄也相仿，除了老金为盼军的事来过我家之外，老金从不来家里做客。院里父亲和老金相见也相互打招呼，一个叫首长，一个叫金子。也许是因为工作或者地位，让两人有了距离，似乎总是热乎不起来，老金永远和父亲保持着距离，父亲向前一步，他就退后一步。我琢磨过老金和父亲这种关系，觉得他们无论如何成为不了朋友。就像我们和来军一样，来军学习一下子成为全班第一，我们明里暗里都对他有了些许的嫉妒。特别是我们班那些女生，在老师提问我们问题时，我们依次败下阵来，往往来军会成为最后出场的那名大将军。只要他站起来，所有女生的目光都会投向来军，来军处事不惊、胸有成竹，遇到再难的题他都会迎刃而解，引来女生一片又一片的惊叹。私下里，我和朱革子等人试图和来军拉近关系，可这家伙，总是跑得比兔子还快，在我们眼前一闪而过。不论我们怎么叫他，他连头都不回一下，跑得急了，还把书包抱在胸前，弓下身子，低着头，他的样子真的就像一只受到了惊吓的兔子。因为他学习成绩蒸蒸日上，我们甚至都忘记了，他小时候在床单上画地图的形象了。几次三番之后，我们伸出了橄榄枝，来军并没有和我们和平共处的意思，仍和以前一样，独来独往，一见到我们就把头勾下去，把书包抱紧，做出随时奔跑的架势。

朱革子就摆摆手，总结似的道：来、来军和、和我、我们不是一个道、道上的人，他、他是军工子弟。咱、咱们犯不着。来军学习也是刻苦，我们在院里玩闹时，总是见不到来军的身影，有时我们路过来军家门前时，透过窗子总能看见来军坐在桌前学习的身影。

那天晚上，天都黑透了，父亲还没回来，母亲就催我去接父亲。父亲这两年不知怎么了，喝点酒话就多，再喝一点就醉了，隔三岔五地会去外面做客，有时去赵参谋长家，有时去李部长家。他们几个要好的朋友轮流请客，他们都是抗联时的战友，走动就多一些。每次喝上三五杯之后，说的都是和抗联有关的话，什么大雪封山、鬼子扫荡，他们是如何躲藏在雪地里躲过敌人的搜捕，还有就是如何吃树皮，吃山果，他们有一套经验，什么样的树皮好吃，什么样的山果有毒……然后就醉了，醉倒一片，然后就打电话让各家的孩子来接各自的父亲。他们踉跄着走出门，大着声音含混不清地说着再见，摇摇晃晃向各自家里走去。

我来到老金家门前时，父亲已经出来了，是来军搀着父亲想往我家送。他正大着声音和老金站在门口说着什么。不远处一棵树下，赵参谋长的警卫员正搀着赵参谋长，参谋长扶着一棵树，弓着身子冲树呕着。我忙过去从来军手里接过父亲，来军一句话也没说，向家门跑去，我看见念军正站在门口一侧的暗影里朝我们这里望着。我想尽快把父亲搀走，父亲拉过老金的手在热烈地说话，父亲大着舌头一遍遍地说：金子，命运对你不公平呀，你受伤没能到部队上来，盼军牺牲了，念军这事包在我和老赵身上了，你们家不能没有一个军人，否则不公平哇。父亲也去呕，我借机把父亲搀走，走了几十米，父亲嘴里还在说：金子，念军提干的事找我来办。我回头再看时，老金仍立在家门前，他倚在一棵树上冲父亲挥着手，一边挥手还一边冲父亲喊：谢谢参谋长、部长能来……念军不知何时已经不在了。

回到家的父亲，坐在沙发上，喝了两口水之后还在说：命运对金子一家不公平，念军应该提干。

直到这时，我才明白，老金请赵参谋长和父亲去家里吃饭，一定是为念军提干的事。二哥和念军是一批参的军，二哥去了北部边陲。二哥每次来信父亲连看都不看，只有母亲一个人看，看完会简单地和父亲交流一下，父亲总是不耐烦地挥着手说：吃点苦怕什么，当兵哪有不苦的，和我们当年抗联比，他这点苦还算苦了？母亲这时就不说话了，草草地把二哥诉苦的来信收起来。父亲更不会给二哥回信，一般给二哥回信的任务都落到我的身上。每次我给二哥回信都告诉他，父亲不会帮他，想出人头地只能靠他自己了，还狠狠地和二哥说，让他忘记父亲，忘记这个家吧。起初二哥还充满热情地给家里写信，诉说部队如何艰苦，希望自己能够调到一个较好的单位。一段时间之后，不知是我添油加醋起了作用，还是二哥醒悟了，总之，他给家里来信的次数越来越少了，有时一年也来不了两封。

父亲对老金家的念军提干的事如此热情，却对二哥如此冷淡，起初我有点想不通，偷偷地和母亲抱怨过。母亲就叹口气说：你爸就那样，他管过你们谁呀，要出息就靠自己吧。那一次，我在母亲眼里读懂了失望。

五一节之后不久，有天晚上，老金又一次敲开了我家的门，这次手里不仅有两瓶酒，还多了两条烟。他有些尴尬地站在我家客厅里，父亲拉他坐，他也不坐，把烟和酒放到沙发旁的空地上，嗫嚅着说：部长，麻烦你，看能不能把这烟和酒捎给通信团的团长和政委？

父亲就把脸拉下来，看了眼烟和酒，又看了眼老金，声音愠怒地道：金子，你是不是不相信我老石呀？念军的事我记着呢，已经和通信团的领导打过招呼了。那天晚上，老金告辞时，父亲把烟和酒又塞到了老金的怀里，老金执意把东西留下，两人像打架似的从客厅撕扯到门口，又到楼下。半晌，父亲从楼下回来，空着手，才一脸轻松地说了句：这个老金呀。

我知道，过不久，念军应该就提干了。再次在院里见到念军时，我就想象着念军穿上军官的服装，还会穿上只有军官才有的皮鞋，走在路上的样子，那时的念军一定比现在还要漂亮。心里就多了种说不清的滋味。我给二哥写信，把念军即将提干的消息告诉了他，不知二哥没当回事，还是没收到我的信，总之，他没回信。

不久，念军要提干的消息，在院里传开了，所有熟悉老金的人，见了他都会说上一句：恭喜了老金。老金就把眼睛眯成了一条缝，满脸是笑地迎接着人们的祝福。有几次，我路过老金身边时，还听他哼起了一支不知名的歌，多年之后，我才知道，他哼唱的是那首著名的《阿里郎》。每次，一想起这种熟悉又亲切的旋律，我的眼前就会出现漫山遍野的金达莱，她们正红艳艳地开着。

老金家原本有两朵盛开的金达莱，一朵属于盼军，可惜她夭折了。现在剩下唯一的一朵是属于念军的，正红彤彤地开着。念军越来越漂亮了，可以用风姿绰约来形容了。我们羡慕着念军，同时也为她祝福着，她是继承姐姐的遗志走向部队的。

如果念军不节外生枝，她的命运会依据所有人的祝福，成为一名年轻漂亮的女军官，前途将一片美好。

六

老金一家没能期盼来念军带来的美好。突然有一天下午，我们刚放学回来，我们已上到高二上学期了，记得是刚开学不久的下午，天不冷不热。我们散落地走在家属院的甬路上，朱革子突然拉了下我的衣袖，结巴道：你、你看。我抬头望去，念军正向院里走来，她背着行李，手提旅行箱，虽然仍穿着军装，却没了领章帽徽。就像她刚参军走时一样，所不同的是，她参军走时，是通信团的一辆小车把她接走的，此时，她形只影单地自己走了回来。

朱革子望了我一眼，不解地：念、念军，复、复员了？

我的目光仍被念军吸引着，她走得若无其事，脚步轻盈，甚至可以形容为潇洒，半高跟鞋敲击在路面上发出一串清脆的响声，不得不说无论何时念军都是那么美丽。一直到她的身影消失不见，我才清醒过来，脑子里画出一个大大的问号：念军真的复员了？

当天晚上，我就得到了一条关于念军的惊人消息。这条消息是从父亲嘴里说出来的。在饭桌上，母亲忧愁地盯着桌面说了句：我下班时，看见金师傅蹲在一棵树下哭呢。母亲一直称老金为金师傅。父亲刚拿起筷子，听母亲这么说，啪的一声把筷子又放到了桌子上，叹了口气道：这个念军真是不争气呀。于是父亲就宣布了那条让我惊掉下巴的消息：念军因在部队谈恋爱，被通信团处理提前复员了。因为恋爱被处理复员我还是第一次听说，直到我参军后，才清楚，士兵条例明文规定，士兵在服役期间，禁止在驻军当地恋爱。

没多久，念军被处理复员的细节便浮出了水面。念军的恋爱对象是名北京籍的兵，那个士兵姓章，文章的章，还是名班长。在被发现前，章班长入党已经一年多了，正准备被部队保送去军校学习，结果，章班长和念军不知何时好上了。发现两人恋情那天晚上，通信团搞了一次紧急集合，意外地发现队列里少了两个人。这是一次意外，队伍被宣布解散，分头去找两人，结果在营院外的一棵树下，连长发现了两个人，当连长的手电光束射向两人时，他们的身体才在惊悸中分开。

两个士兵在服役期间违反士兵条例而偷尝禁果，这件事就闹大了。连长报告营里，营里又报告团里，没两天，他们的处理结果就出来了。两人同时被宣布提前复员，也许是因念军是烈士的妹妹，是特招入伍的，除了提前复员，并没有受到其他处分。那个章班长就不一样了，不仅被提前复员，档案里还留下了一个记大过处分，原因就是违反纪律条例。

念军出了这么大的事，她一直瞒着家人，直到迫不得已从通信团回来。我们知道老金家出大事了，都想从来军脸上查看出端倪，来军一如既往，低着头上学，又低着头放学，就像一只没有欲望的老鼠从我们眼前悄然走过。没从来军身上看出内容，我们放学后就故意在老金家门前走来走去。老金家的房门和窗子关得严严实实的，似乎没人一样。我们不免有些失望，真希望这时能够看到念军从屋里走出来，哪怕她哭一场，让我们听听声音也好。结果，我们什么都没有发现。意外地，我们却看到了老金，几日不见，他似乎瘦了一些，人也显得苍老起来，电工工具袋吊在他的屁股上，压得他的身子有些歪斜，他的目光却是直的，直直地望着远方什么地方，显得木木的。

念军回来前可不是这样，老金的身板笔直，目光活泛，脸上还绽放着花似的笑容，一看到老金的脸我就想到金达莱。不仅如此，他还把一首《阿里郎》哼唱得有声有色。然而，此时的老金就像换了一个人似的，日子还是那个日子，老金却不是那个老金了。

那些日子，父亲也是唉声叹气的，一张脸变成了苦瓜，难看得很。有天晚上，父亲吃完饭就出去了，很晚也没回来，母亲一边看墙上的时钟，一边把目光投向我，嘴里说：老三，看看你爸去哪了，咋这时还不回来？父亲每次喝酒回来晚了，母亲总是用这种口气让我去接父亲。父亲出门喝酒目的很明确，我总是能在父亲的朋友家准确地把他找到。有时父亲喝多了，需要我扶，有时他没喝多，背着手大步地在前面走，兴致来了有时还会哼唱《抗联军歌》：铁岭绝岩，林木丛生，暴雨狂风，荒原水畔战马鸣……这时，我就想父亲一定喝美了，他们喝酒的主题一定和抗联有关。这天，我虽然有些不情愿，但还是出来了，在家属院漫无目的地寻找父亲的身影。因为天已经晚了，在外面散步的人已经不多了，很容易便找到了父亲。发现父亲时，他背对着我，坐在花园的一个排椅上。他不是一个人，身边还坐着老金，从侧影我就认出了他，他的身子仍然歪斜着，不堪重负的样子。先是听见父亲不知说了句什么，就听老金长叹一声说：盼军牺牲了，我还指望着念军能在部队立住脚，可谁想她这么没出息。父亲的一只手拍在了老金歪斜的肩膀上。老金的身子似乎抖了一下，带着哭腔说：部长呀，这辈子最大的遗憾我没留在队伍上，本指望孩子们圆了我这个心愿，可谁承想……老金就哀哀地哭泣起来。我立住脚，不知进退地戳在那，我第一次发现，老金把部队看得这么重。我们院里每年都有许多士兵入伍，又有许多人复员回来，在我的印象里，铁打的营盘流水的兵，进进出出很正常，别人也觉得正常，孩子走了，欢送，孩子回来，迎接。日子还是那个日子，水波不兴，能留在部队的永远是少数，可到了老金这里，天就塌了。在我的记忆里，盼军牺牲时，也没见老金这么伤心难过。

父亲这次说话我听清了，他沉着声音说：金子，不论你是不是在队伍上，你都姓军，咱们是一辈子战友，我认你，老赵和老李也都认你。

老金就说：部长啊，我这心不甘哪，哪怕我穿上一天军装我这心也就踏实了，我没这个机会，原本指望孩子能有一个留在队伍上，可是……老金说不下去了，懊恼地拍着自己的大腿。

父亲又说：不是还有来军吗？他是个男孩子，更适合部队。

老金叹了口气：来军就是个书呆子，他两个姐姐不行，我还能指望他？老金一边说一边摇着头，最后还把双手拢到头上，痛不欲生的样子。

那天，我没打搅父亲，心情沉重地回到了家里，老金的声音和他的痛苦不知为什么让我心里也沉甸甸的。我躺在床上好久也没能睡着，想的都是老金的梦想。他十几岁就成了抗联的交通员，一直梦想有朝一日能够入伍参军。抗战胜利了，他却因为冻伤的双脚失去了转入部队的机会。然后又梦想着孩子们能满足他的愿望……那天，我听见父亲回来，走进父母的卧室，小声地和母亲说了几句什么，我在那天晚上一直没有睡好。

又是个不久之后，我们早晨上学的路上，还没走出家属院，看见念军也从家门走出来，这是她复员回来后，我第一次见到她。她身穿便服，手里还提着复员回来的旅行箱，天气有点凉了，她脖子上围了一条薄围巾，是红色的，映得她的脸也朝气蓬勃的样子。她和我想的一点也不一样。原本以为她被处理复员而精神沮丧，没料到，她竟和没事人一样。她神态自若，甚至有些兴高采烈地在我眼前走过。她还是那么漂亮，目光中还充满了自信。在院门外，我见她向公共汽车站走去，正好驶来一辆车，她轻盈地跳上车，车门在她身后关上，车便欢快地向前方驶去。我不知道念军这是要去哪里，起初我以为她就是一次外出。

又过了不久，我才听说，念军去了北京，我知道，她一定是找章班长去了。那年的春节，我听母亲说，念军在北京结婚了。自然是那个章班长。他们的爱情终于修成正果。我莫名地有些失落，但在心底里还是为念军祝福着。念军这一走，便一直没有回来。我参军几年之后，有一次回来休假，才听说有关念军的消息。人们说，念军和她的丈夫干起了旅游，专门承接北京名胜古迹的旅游线路，出发地点就在前门的某一处。得知念军的结果，关于念军的故事似乎仍然不能画上句号。

我参军不久之后，老金就退休了。退休的老金仍然住在职工的平房里。偶尔我会在路上看见老金，屁股上少了工具袋，他就把手背在身后，步子仍然扭捏，在他的目光里似乎看到了一股劲，于是他就劲劲儿地走着，目光坚定，似乎又听到了他哼唱的《阿里郎》的曲调。

有一次，我出差路过北京，专门到前门转了一圈，就是希望能看到念军。许多人去过北京，见到过念军，他们说得真切。果然，我看到了念军，她手里拿着一个票夹，在招呼游客上车，北京的名胜古迹蹦豆似的连在一起，听起来像绕口令。念军已经一副北京口音了。因为是冬天，她穿了件军大衣，没系扣子，几年没见，她似乎没什么变化。路旁停了辆中巴客车，一个男子坐在司机的位置上，冲车下的人也呼叫着：八达岭、十三陵、密云水库一日游嘞……我想，这人一定就是传说中的章班长吧，他仍留着寸头，圆圆的脸上挂着笑。

那天，我一直看着他们把车开走，那辆中巴车融入车水马龙的路上，过个红绿灯转弯不见了。

又是几年后，我又听说念军和丈夫开了一家旅行社。没多久，念军和丈夫回了一次老家，要接父母去北京常住。人们都说，念军在北京买了大房子，接父母去享福。可不知为什么，老金和他的老伴只在北京住了不到一个月，便又回到了他们的平房里。

这一切都是后话了。

七

念军决然地离开了家，离开了生养她的城市，头也不回地追寻她的爱情去了。

来军就成了老金唯一的念想。我们高中即将毕业了，离高考还有一个月，我们拿到了高考志愿表。班主任专门拿出一节课的时间，为我们讲解这张高考志愿表，让我们认清自己，恰如其分地填报自己的志愿。最后班主任把目光落到来军的脸上，哗啦哗啦举着那张表格说：来军你一定填报清华大学。老师这么说完，我们看见来军脸都涨红了，目光满是骄傲。

那天放学后，我们看到来军把那张高考志愿表卷成一个纸筒，死死地握在手里，急不可待地向家里走去。不仅班主任对来军能考取清华大学充满希望，我们作为来军的同学，也相信我们这届毕业生，如果有一人能考上清华大学，那也一定是来军。上了高中后，来军似乎就被人施了魔法，他的成绩一骑绝尘，把我们远远地甩在了身后。因为他的学习成绩，我们甚至在心里原谅了他上小学还在床单上画地图的事实，也原谅了他像个女孩子一样的懦弱。上学放学时，只要在路上我们碰到来军，都主动上前和他搭讪，可来军依然故我，低着头行色匆匆，对我们释放的友好信号不闻不问。每次来军这样，朱革子就很生气，结巴着说：牛、牛什么呀，不就是学、学习好吗？我望着来军远去的背影，又想到了他的两个姐姐上学时，也是这么独来独往，并不是因为他们的学习好坏，而是他们知道自己是军工子女，因此，才和我们产生了深深的裂痕。正如老金和我们的父亲一样，老金就是军区大院里的一名军工，坠在他屁股后面的工具袋总是把他的身子压得歪斜起来，我们认识老金那天，他就是这样，一直到退休他仍然是名军工。而我们的父亲职务总是隔三岔五地在晋升。比如我的父亲，在这座城市解放时，才是名副团职军官，现在已经是名军级部长了。还有朱革子父亲，还有赵参谋长，现在已经是军区副司令了。不论老金资历有多么老，仍然改变不了他是名军工的事实。

班主任下发高考志愿表格的第二天傍晚，我看见我们班主任走进了老金家。班主任这时家访，让我感到吃惊，还有不到一个月时间我们就要高考了，这时班主任突然出现在来军家，一定别有深意。过了好久，我看见班主任从来军家门里出来，低垂着头，老金在后面相送。班主任站在门口，仍和老金说着什么，看样子班主任仍然有些激动，连说带比画，全然不顾鼻子上的眼镜都滑落到了鼻尖处。老金的话不多，只做了一个手势，斩钉截铁的样子。班主任望着老金又小声地说了句什么，样子似在哀求，老金把身子别过去，似乎不想听班主任再说什么了。班主任只能心不甘情不愿地走去，还不时地回头张望一眼。老金扭捏着脚步回到了门里，还重重地把门关上了。

吃完晚饭之后，我拿本历史书从家里出来，准备在路灯下再背一会儿历史题，路过老金家门前时，发现来军坐在家门口的马路牙子上，托着腮似乎在想着什么。我走过去，距离来军几步远的地方立住脚，来军发现了我，目光在我脸上停留了几秒钟就躲开了。我想来军这样子一定和班主任上门有关，便上前几步说：来军，我看见班主任来你家了。他没再抬头，而是把头埋在两腿之间，突然耸动着肩膀哭了起来。我又走近一步，手扶在他的肩膀上，感受到他的悲伤，没头没尾地安慰他道：来军，你放心，以你的成绩考上清华一定有把握。谁知来军听了我的话，越发伤心起来，整个人都因哭泣而抖成一团。我不知班主任的到来，来军一家发生了什么，来军一直在哭泣，也没有和我交流的意思。我在他身边默立了一会儿便离开了。身后仍然是来军断续的哭泣之声。

第二天上学是我们交高考志愿表的时间，班主任低着头把我们递给他的高考志愿表码在一起，班主任似乎情绪也很低落，脸上写满了失望。坐到座位上，我看见了来军。他此时已经平静了，但双眼仍然红肿着。显然，他昨天晚上哭了许久。

几天之后，班级里又恢复了平静，我们做着高考前的最后冲刺。放学时，我又看见了老金几次，他带着几个年轻徒弟，在检查电线杆。工具袋让他身子歪斜起来，他仰起头，冲在电线杆上作业的徒弟大声交代着什么。

那年高考后不久，我们大院里，来军是第一个收到大学录取通知书的人。让我们吃惊的是，录取来军的大学不是清华，而是部队一所院校。来军放弃了清华，而改成报考一家军校，这个结果让我们大吃一惊。我们得知来军收到军校录取通知的那天下午，我们被一阵鞭炮声吸引了，我看见老金站在自家门前，手里握了一根竹竿，竹竿一端挑着一挂正燃放的鞭炮。老金的表情高兴得跟个孩子似的，他眉毛都立起来了，抿着嘴角，神采飞扬的样子。自从我认识老金，这是我见过老金最开心的样子。他是在为来军考取军校才点燃的鞭炮。可惜的是，来军并没有出现在我的视线里，老金的身后站着他的老伴，老伴手捂着耳朵，高兴得也像一个胆小怕事的孩子。

直到这时，我才知道，高考前班主任来到来军家的目的。班主任试图说服老金让来军报考清华大学，而老金执意让来军报考军校，最后自然是老金占了上风，谁让来军是老金的儿子呢？

来军也是我们那届第一个入学的大学生。他出发那天，我们这波同学都去为来军送行。来军穿了一身军校学员制服出现在自家院门前，我们突然发现来军和以前不太一样了。不知是他那身军装，还是别的什么。老金拖了个旅行箱，腰杆也挺得笔直，他冲我们挥着手，一副合不拢嘴的样子。自从来军接到军校入学通知书，老金就是这副高兴的样子，我们经常在院里听到他偷偷哼唱《阿里郎》的歌声。

来军似乎还没学会敬礼，但他却意外地走过来，依次和我们拥抱告别。这是来军从小学到高中，第一次如此主动地和我们近距离地接触。我们从他的表情上看不出他是高兴还是失望。我又想起了填写高考志愿表的那天晚上，他哭得如此伤心，一定是为梦想的清华大学做告别。

来军在老金的相送下，挥手和我们告别了。我们站在老金家门前，望着来军和老金向院外走去，心里一时不知是个什么味。

那年我没能考上大学，朱革子也是，年底我参军离开了军区大院，朱革子也想参军，但因为他有口吃的毛病，面试时就被部队接兵领导排除在外了。

我参军两年后回家探亲，意外地在院里看到了来军，来军放寒假也回到了家中。两年没见来军，他的变化让我有些吃惊。我们在院内的路上遇见，很快便认出了彼此。他先是立住脚，给我敬了个军礼，他的军礼标准而又利落。然后我们迈开大步相向而行，我们的手握到了一起。这时，我才发现来军的手很有力量，他的个子又长高了一些，比以前又壮了一些。他握着我的手道：咱们现在是战友了。我有些陌生又羡慕地望着来军说：来军你变了，更像名军人了。他冲我笑一笑，露出一口洁白的牙齿。

后来，我也上了军校，又提干留在了部队。不断有来军的消息传来，他又考上了部队院校的研究生，后来又听说来军读了博士。博士毕业后，被分到北京一家部队的科研单位。

后来我还听说，老金退休后，和老伴一起去北京看望过来军，还住了一阵子。回来后的老金身上就多了一套部队新发的九五式军官服装，虽然没有肩章和领花，但那身新式干部服装穿在老金身上，还是让他精神了不少。

八

老金退休了，接着就是父亲，还有赵副司令，父亲他们那一拨抗联老兵都相继退休了。

老金他们住的那一排职工宿舍终于不见了，而是建成了楼房，老金自然也住进了楼房里。他在院内活动的身影也就随之减少了。但他和父亲、赵副司令，还有老李一起活动的次数却明显增多了。

父亲和老李等人退休后便住进了干休所，房子自然也是依据职务高低大小不一的。父亲和老李住在联排别墅里，各自有院子，种着花花草草，自己的小院外，还修有凉亭、假山什么的，像一个公园。每次父亲他们相聚时，大都在父亲的干休所。干休所离原来军区的家属区并不远，只有一条马路相隔，老金扭捏着穿过马路，便走进干休所院内了。

父亲和老李等人已经在凉亭下等候了，一副象棋摆在眼前。老金不下棋，他坐在一旁看父亲和老李下棋，他们每次下棋都很认真的样子，为一步棋总是会吵吵嚷嚷上好半晌。老金在一旁急得也搓着手，抽个空插上一句话就劝慰着：两位首长，别为一步棋吵了，再吵就伤了身子。老金每次这么说，父亲和老李就怔一怔，相互看看，把目光投向老金，老金就一脸平和地把目光望向他们。一直到两人退休，老金还称他们为首长。父亲在家里家外，无数次地替老金打抱不平，每次都会说：老金若不是当年脚被冻伤，现在最差也能弄个师长军长了。每次说起这话，父亲就叹气，眼神里露出深深的遗憾之色。据父亲说，老金和父亲是同岁，当年在抗联时，他和父亲都十四岁，老金是在地下组织当交通员，父亲是抗联支队的通信员。一个里，一个外，最后就成了两种不同人生。父亲和老李都是军职干部退休，算是高干了，住别墅，配专车，生病住院也住的是高干病房。虽然他们退休后仍不断地和老金打交道，但老金每次来从不多言，就是坐在一旁看两人下棋，抑或把目光移开，打量着干休所里的山山水水。父亲和老李也和老金闲聊，一般情况下，不是坐在凉亭里，就是绕着假山或水景在散步。老金就喃喃地说：你们休养所真好，像个公园。父亲立住脚，看着老金说：金子，没事多过来走走。老金就把虚虚的目光移到树木掩映的那一排排别墅上，红砖青瓦的别墅像一道风景似的在眼前飘过。

父亲和老李带着老金也看望过赵副司令。赵副司令年龄比他们大上一些，也是最早退休的，他仍住在军区院内的首长小院里，院子内外仍有士兵站岗，不时地还有游动的士兵在院内走过。副司令的房子就更加宽大了，小楼是独立的，前后有院，院内的各种名贵古树参天遮日的样子，恍若走进了世外桃源。首长的院内也修有凉亭，凉亭上还长满了青苔，朴拙而又古老。

他们来到时，赵副司令已经坐在凉亭里等他们了。他们既是战友又是上下级。赵副司令坐在中间，老金总是找个远端的位置坐下，然后几个人就说些话。他们退休了，工作上的事自然就不说了，每次聊天都要从天气说起，或冷或热地说上一阵子，也会聊些国际国内形势，最后总是在各自孩子的话题上打住。赵副司令家的老大，在部队已当上了副师

长，老李的儿子也成为一名团职干部。父亲说起我们几个孩子时，总是匆匆带过，似乎总是不值得一提。匆忙结束之后，就把老金往前拉一拉说：金子的老小才有出息，现在在北京一家保密单位做科学研究，是科学家。每每这时，老金总是把胸挺起来，接受检阅似的，目不斜视的样子。赵副司令拍着大腿就说：是来军吧？老金就说：首长，是他。几个人沉默下来，他们几乎都同时又想起了盼军扛着燃烧的煤气罐飞奔而去的身影。赵副司令就总结似的说：小金，你的子女争气呀！老金的腰就弯下一些，他又想起了念军，没底气地说：我们家老二不争气，她要是留在部队，就完美了。

老金责备念军时，念军和丈夫已经开了家旅行社，旅行社的业务不仅遍布全国，还走向了世界。念军亚洲欧洲到处行走，开辟着旅行线路。

念军几次三番地要把父母接到北京去住，老金和老伴也去过几回，每次都以住不惯为由停留几日，在念军家住几天，又到来军家住几天，便又匆匆地回来了。一走进营区，心似乎才踏实下来，脸上也会绽放出难得的笑容。老伴不说什么，随在他的身后。

老金的晚年是幸福的，日子在水波不兴中就这么过着。可在感觉上，退了休之后的老人总是老得很快。我先是发现父亲的背驼了，脚步也大不如以前那么灵便了。

有一次，见到老金和他老伴在过马路，老伴搀着老金，老金手里不知何时多了条手杖，他们小心地移动着脚步向干休所走来。我走到他们近前，打了招呼。他们半晌才认出我来，老金就似梦似呓地说：老三哪，都长这么高了。他的思维似乎还停留在二三十年前，我们在院里打闹追逐的样子。老金的老伴不好意思地纠正道：你金叔老糊涂了。然后又冲老金的耳朵大声地说：老三现在调到军区当干事了，是营职干部了。老金就答非所问地说：你爸和李部长下棋，我去当参谋，不然他们老是吵架。老金在老伴的搀扶下，扭着小脚向干休所院内走去。

记得是过完五一节之后的某一天，我突然听到老金去世的消息。老金去世前身体就已经很不好了，三天两头去医院，后来都不能下楼了，他的老寒腿总是疼。抗联的日子不仅让老金失去了脚趾，还有一双腿，

遇到阴天下雪就会发作。不仅老金这样，父亲和老李还有赵副司令也是这样，只不过他们的后遗症要比老金轻一些。

老金去世后，念军、来军都从北京赶了回来。父亲特意把我叫到他面前，父亲把拐棍立在自己的身前，抬起头望着我说：你金叔的遗愿是想回老家，你记住，等我有一天和你金叔一样时，我也要回老家。我知道父亲说的老家指的是什么，就是当年他们在抗联日子里曾经战斗过的山岭和林海。父亲和李叔叔在退休前回去过，退休后也结伴去过。回来后他们就要叨叨上好久关于老家的一切，某座山头如何了，哪条水沟又变化了，似乎，他们的青春岁月就在眼前，触手可及。

父亲又说：我老了，走不动了。你代表我去送送你金叔。

护送老金回老家时，有十几口子人，除了念军、来军，还有我们这些当年抗联老兵的子女。我们坐火车，又坐汽车，一路上向大山深处奔去。最后在当地抗联纪念馆同志的陪同下，我们翻山越岭来到了一片山岗前。纪念馆的同志指着这片山岗说：前面的大山就是当年抗联三支队经常活动的地方。我顺着纪念馆工作人员的手势望过去，山峰相连，高高低低，错落有致，就像当年抗联老兵的队伍。此时，正值金达莱盛开的季节，漫山遍野，我们听到了鸟鸣之声，还听到了山泉水缓缓流过的声响，我们向大山深处走去，簇拥着老金。我的耳畔又响起松涛之声。十四岁的老金挎着筐，里面装着情报或者送给抗联队伍的吃食，穿行在风雪之中。泪水浸湿了我的眼眶，模糊了眼前的一切。